Grégoire Polet

Barcelona !

W0215169

Gallimard

AVERTISSEMENT

Les personnages, leurs noms, leurs opinions
et leurs destinées, à l'exception des joueurs de football,
sont tous fictifs.

© *Éditions Gallimard, 2015.*

Grégoire Polet est né en 1978. Il a publié aux Éditions Gallimard *Madrid ne dort pas, Excusez les fautes du copiste, Leurs vies éclatantes, Chucho, Les ballons d'hélium* et *Barcelona !*, prix Amerigo-Vespucci 2015.

Il est également traducteur de l'espagnol.

Pour M.
À Barcelone.

Aucun homme n'est une île, un tout, complet en soi ; tout homme est un fragment du continent, une partie de l'ensemble ; si la mer emporte une motte de terre, l'Europe en est amoindrie, comme si les flots avaient emporté un promontoire, le manoir de tes amis ou le tien ; la mort de tout homme me diminue, parce que j'appartiens au genre humain ; aussi n'envoie jamais demander pour qui sonne le glas : c'est pour toi qu'il sonne.

JOHN DONNE

PARTIE I

LES UNS

1

(2008)

Elle se promène avec son casque de moto dans un sac en tissu, tissu fin, qui laisse voir le casque au travers, et qui balance à côté de son derrière.

La nuit, tous les chats sont gris.

N'empêche que, le lendemain, Joaquín a l'impression de la reconnaître. Port de Barcelone, départ de M. Pere Català, navigateur en solitaire, tout un petit attroupement, et lui, Joaquín, envoyé par le journal pour couvrir l'événement, il lui semble bien que c'est la même fille, près du réverbère, debout, sans casque, en tee-shirt blanc, avec écrit dessus LOVE en mosaïque de petits cœurs roses brillants, un peu kitsch, mais c'est la mode. Et puis elle est jolie, dans son genre.

Mais enfin, faire attention au départ.

Surtout que, là, Pere Català va parler, les micros sont autour de lui, il n'a pas l'air d'avoir grande envie de s'exprimer, mais on l'entoure. Écouter ça, enregistrer et, tout à l'heure, transcrire.

Il remercie les sponsors, Pere Català, d'une voix lasse, en peu de mots. Presque ingrat. On sent qu'il a envie de partir. Et qu'il a envie de ne plus devoir parler, d'être dans le silence. Sinon, il serait plus loquace, plus ému. Non, clairement, il est énervé.

— Y a-t-il un record que vous pensez battre ? Votre record personnel ?

— Non, non, d'ailleurs je n'ai jamais fait le tour du monde en solitaire, donc je n'ai pas de record à battre. Et puis tous mes itinéraires sont différents des voyages que j'ai faits par le passé. Ça n'a rien à voir. Battre des records, en bateau, surtout en solitaire, ça me paraît sans intérêt, et même pas très respectueux de la mer.

Il est froid, et les journalistes sentent ça très vite, et ça leur déplaît, et ils ramènent plus vite que prévu leurs micros, leur forêt de micros rentre sous terre, comme des arbres ravalés par leurs racines. Bon, ça parle encore un peu, puis finalement la question à cinq sous, rapport au pavillon catalan et à l'absence de pavillon espagnol.

— Le seul risque que je coure, c'est qu'une frégate de la police m'arrête avant la sortie des eaux territoriales, mais je vous rappelle que le premier code maritime en Méditerranée, au XIVe siècle, c'était un code en catalan. Aucun bateau ne s'aventurait en mer, même vénitien, même génois, même byzantin, sans un marin au moins qui parlât catalan, alors il ferait beau voir.

— Mais vous avez des sponsors castillans. Ils n'ont rien dit ?

— Oui, et un Basque aussi. Je ne vois pas le problème, et je crois qu'eux non plus.

Alors il regarde l'heure, sur une montre que Joaquín suppose être une Breitling, puisque Breitling est un des sponsors, peint en petits caractères bleu-gris sur la coque entre deux dalots.

C'est beau, un bateau, quand même. Soleil éclatant, ciel azur. Il y a quoi, cent, deux cents personnes ? Ça fait beaucoup, et en même temps ça prend si peu de place, deux cents personnes. Joaquín compte rapidement. Oui, deux cents, à peu près.

Et, se tenant au réverbère, debout sur une borne, toujours la fille d'hier soir, qui a l'air d'être un tantinet émue, parce qu'elle tient entre les dents le bas de son tee-shirt, maintenant, et que ça met au vent son ventre et un peu plus. Elle ne s'en rend pas compte. Elle doit le connaître, peut-être qu'elle l'aime, peut-être qu'elle a peur, qu'elle craint pour lui. Elle a le visage rond, des taches de rousseur autour d'un nez tout fin et un joli écart entre les dents de devant. On ne peut plus lire LOVE sur son tee-shirt retroussé. Mais elle ne doit pas être très parente du navigateur, autrement elle serait près de lui. Comme cette femme, qui semble être sa mère.

Et, puisque Joaquín est journaliste, il veut savoir, et il demande à son voisin confrère :

— La femme, plus âgée, c'est sa mère ?

— Évidemment.

— Et son père ?

— Il est mort. Tu débarques, ou quoi ?

Oui, un peu. Son sujet, à Joaquín, c'est les sports, mais pas trop la voile. Il n'y avait pas d'autre bonne poire disponible un samedi matin. Qu'est-ce qu'il croit, l'autre ?

— Il n'a pas de femme, pas d'enfants ?

— Non. Renseigne-toi, un peu. Tu travailles chez qui ?

Le confrère regardait déjà l'accréditation qui pendait au cou de Joaquín.

— Pour le *Diari.* Et toi ?

— C'est toi qui vas couvrir son tour du monde ?

— Non, enfin, je ne sais pas. Normalement, non. Et il a une petite amie ou quoi ?

— M'enfin, c'est quoi ces questions !

La fille au réverbère a desserré les dents et le tee-shirt est à nouveau en place. LOVE.

Le vent s'est levé, comme si les éléments appelaient le marin au départ. Les drapeaux publicitaires se réveillent. Les banderoles de plastique sur les barrières Nadar claquent dans l'air. Pere Català embrasse sa vieille mère dans une intimité que les caméras et les appareils photo rendent très relative, puis il embarque sous les applaudissements et les vivats. Il porte une casquette de marin tout ce qu'il y a de pittoresque.

Tout est paré, certainement depuis hier. On largue les amarres. Et il s'en va, avec le petit vent. On voit bien qu'il n'avait envie que de ça, s'éloigner, sur sa boîte blanche qui flotte, comme un cercueil temporaire, mourir au monde et à tout ce bruit, ne fût-ce que pour un an. Flotter sur le grand cimetière bleu, mourir sans mourir, parenthèse solitaire, adieu, adieu, bien que, bon, le risque de mourir existe tout de même. Il ne faut tout de même pas avoir froid aux yeux.

La fille accrochée au réverbère ne fait pas signe, mais on sent bien que de l'intérieur elle en fait beaucoup, des gestes.

Puis tout le monde se tait. Et Joaquín aussi a un nœud dans la gorge, parce que c'est grandiose et que c'est terrible, que c'est dangereux et que c'est beau. Partir.

Deux cents personnes qui se taisent, c'est plus fort que deux cents personnes qui crient. Pas de doute.

Il y a des gens qui courent vers la jetée, d'autres qui s'y trouvent déjà. Et des touristes aussi, qui ne se rendent compte de rien. La jetée s'ouvre en deux, c'est un pont mobile qui se lève comme deux bras. Le bateau passe. Pere Català fait signe. Les deux moitiés de pont redescendent, se rejoignent. Les gens passent à nouveau. La fille n'est plus au réverbère. Merde. Joaquín a été distrait.

À la place de la fille, il voit, plus loin, ce à quoi elle faisait écran dans le paysage : la statue de la Mercè, flottant au-dessus des premiers immeubles de la ville, au front de mer. Patronne de Barcelone et patronne des bateaux et de ceux qui vont dedans. Elle n'a jamais été aussi éloquente, dans les yeux de Joaquín, qui la prenait jusque-là pour un colifichet baroque, avec sa robe de pierre agitée dans le vent et son air, de si loin, quand même le sculpteur, quel talent, son air doux, rassurant, consolateur. Elle semble dire : naviguez, naviguez, au péril de la mer, car aucun malheur ne sera plus grand que ma consolation, et soit que vous arriviez à bon port, soit que vous sombriez, au bout de l'un ou l'autre voyage je serai là, les bras ouverts.

Il ne pensait pas être ému, Joaquín, ça l'ennuyait profondément ce samedi matin tôt, cette corvée, et puis finalement, c'est fort, ce départ, c'est beau. Bon vent, Pere Català !

Les gens se sont dispersés, la photographe du *Diari* le tire de sa rêverie :

— On prend un petit café avant d'y aller, non ?

— J'en ai bien besoin, je suis complètement endormi.

— Tu es sorti, hier ?

— Oui.

Partir.

On le lui avait pourtant dit, plusieurs fois, et il le pensait aussi, que le ras-le-bol était la pire des motivations possibles pour partir en mer. Ses maîtres et les livres et son expérience même l'enseignaient. Ton ennui, tu l'assumes sur terre, ta difficulté de vivre, tu la combats. Te lancer à la mer, ça doit être avec l'envie de la mer et une réponse à l'appel, pas une fuite en avant. Tous les problèmes que tu laisses derrière toi en les fuyant vont prendre racine et croître énormément pendant ton absence, et ton retour sera un enfer.

Sors quand ta maison est bien rangée, quand tout est calme derrière toi.

Et c'était bien dans cet esprit-là qu'il avait commencé. Mais les préparatifs se sont éternisés, tout le dégoût de la terre est remonté et finalement il est parti excédé. Et la rage et la colère tiennent son bras qui tient la barre. Et comme ce n'est pas en paix qu'il part, c'est la peur qui l'attend partout à l'horizon. Le temps est clair, mais il ne voit pas devant lui. Il commence par une erreur, il tire la voile trop près du vent, la secousse l'empêche de prendre la bouée sur bâbord, il est du mauvais côté du chenal, et déjà deux périls ridicules : qu'une caméra le suive depuis la côte et qu'on s'en aperçoive, et puis le haut-fond que le chenal évite et sur lequel la quille risque maintenant de se heurter, faute pathétique que le port n'a pas dû voir depuis mille ans. Ça commence mal.

Heureusement, il passe sans toucher, rejoint le chenal et il tourne le regard, voit la ville diminuer et les montagnes augmenter, par-derrière.

Il y a son chien, chez sa mère. Et il y a sa mère. Les deux sont vieux. Et il n'est pas sûr de les revoir.

Un qui l'a vu partir, que Pere Català ne connaît pas et qui pense à lui, c'est Gavilán. Chauve comme un bollard, Gavilán, avec des sourcils de grand duc, mais rieur ce matin comme une mouette, les petits yeux translucides, des tavelures déjà sur les mains, soixante ans, et qui marche, content. Il va ouvrir sa librairie. Un peu plus tard que d'habitude, mais les circonstances ne sont pas habituelles, justement. Le départ de Pere Català. Et puis, de toute façon, il n'a jamais de clients.

Il s'arrête pour acheter dix paquets de cigarettes Ducados. Il parle avec Anita du départ de ce matin, elle n'était pas au courant.

— Au courant, c'est le cas de le dire. Je te dois combien ?

En sortant du café, Joaquín demande à la photographe :

— Tiens, prends-moi une photo de la statue, là, de la Mercè, si tu veux bien. Je vais la mettre en profil sur mon Facebook.

— Zoom ou plan large ?

— Comme tu veux.

Veronica, l'œil dans le viseur, grimaçant :

— C'est pas vraiment la Mercè, tu sais. La Mercè, c'est une petite statue qui est à l'intérieur. Celle-là, c'est seulement une grande décoration sur le toit, d'ailleurs un peu lourde, non ?

— Oui, enfin, tout à l'heure, ça m'a ému, avec le départ.

Elle est mignonne, en fait, Veronica, vue de

près. Un peu grande, quand même. Sa main sur le zoom. Elle a les ongles rongés.

— Comment tu sais tout ça, toi ?

— C'est mon père. Il connaît tout. C'est un passionné complet.

— C'est marrant. J'ai toujours été persuadé que c'était la Mercè. En même temps, je ne vais jamais dans les églises.

— Voilà. Regarde. Ça te va ? Il a un blog, si tu veux, où il met plein d'informations sur Barcelone, les trucs que personne ne connaît, des anecdotes historiques. Il est à la retraite. Il a le temps.

— Ah, oui. Oui. Tu prends quand tes vacances ?

— Bah, tu sais, comme stagiaire, j'en ai pas vraiment, des vacances. Et toi ?

— En août.

— Ils t'envoient à Pékin, pour les J.O. ?

— Tu rêves ou quoi ? J'ai tout fait pour, mais les places sont chères. C'est là que tu vois un peu le panier de crabes de ce journal. Carme Ros, elle en touche pas une en sport, mais elle est bien vue, et hop, elle y va. Qu'est-ce que tu veux… Tu rentres au journal ?

— Non, j'envoie les photos depuis chez moi.

Une petite lame a éclaboussé Pere Català quand il se penchait. Il s'essuie le visage. La forme revient. Les idées noires s'en vont.

— À plus, alors.

— Je t'envoie l'adresse du blog.

— C'est ça. Salut !

— À lundi.

2

Joaquín s'en va, les mains dans les poches, avec son sac en bandoulière, qui lui bat la hanche. Un petit rot, saveur anis, parce qu'il a demandé un café bien chargé, un peu d'alcool le matin, son remède contre la gueule de bois.

Il se retourne. Veronica s'éloigne, dans la direction opposée. Elle est trop grande, et puis elle n'est pas bien proportionnée. Le bassin large et les épaules étroites. Un pantalon blanc, pas très seyant. Mais enfin, elle est plutôt sympa. Il se demande si elle va se retourner. Il a lu quelque part qu'il existe deux types de femmes : celles qui se retournent et celles qui ne se retournent pas.

Veronica se dit que tiens, ça fait longtemps qu'elle n'est pas allée voir la Mercè, elle pourrait faire des photos, tant qu'elle y est, les passer à papa pour son blog, il serait content. Mais tout compte fait non, elle n'a pas ses flashes. Ça ne donnerait rien.

Une prochaine fois.

Il est un peu moche, tout de même, le blog de son père. Elle devrait prendre le temps de le lui relifter. En même temps, son père, il s'en fiche, il ne se rend absolument pas compte. Ce qui lui importe, c'est le contenu et le nombre de visites. Il est mignon.

Allons bon. Elle ne s'est pas retournée.

Fait chaud.

Joaquín pousserait bien un peu jusqu'à la plage de la Barceloneta. Rédiger là-bas, il a son ordi. Et mater un peu.

Mais non. Fait trop chaud. Là, franchement, en pantalon. Soyons raisonnable. Et au journal, il y a la clim.

Hop, au bout, il prend à gauche, vers l'avenue Laietana, qui monte, plutôt qu'à droite, promenade du Bourbon, qui descend vers la plage.

Sur la plage, des baigneurs et des pigeons de ville ; sur l'horizon, des cargos paresseux attendent l'accès au port ; des avions de gauche à droite, nord-sud, se succèdent, bas, tendant un flux de touristes, qui, pour une part, regardent par les hublots et découvrent la ville depuis le ciel, ceinture bouclée, atterrissage imminent. Heureux du beau temps.

Revenant de l'eau, ruisselante et gaie, en bikini noir, Michèle rejoint Nico sur la plage. Dernier jour de vacances. Ils prendront l'avion tout à l'heure. Nico, couché sur le ventre, lit. Michèle s'assied sur la serviette. Elle regarde la mer. Une scène curieuse se déroule sous ses yeux. Un gamin, qui vient de passer à côté d'elle, se dirige lentement vers l'eau et, tout habillé, y entre. Il avance, enfoncé dans l'eau jusqu'à la taille, absent à ce qui l'entoure. Il doit avoir dix, douze ans. Deux autres enfants arrivent, l'appellent. Puis un adulte, qui retire ses souliers et qui entre dans l'eau à son tour, tout habillé aussi, saisit le gamin par le bras et le ramène de force. L'enfant a crié, l'adulte aussi. Il y a quelque chose de violent et d'insensé.

Nico s'est retourné ; il regarde, mal à l'aise. L'homme emmène l'enfant, remonte la plage.

En les voyant s'éloigner, Michèle demande à Nico s'il ne faudrait pas intervenir. Nico ne sait pas, mais il se lève. Elle se lève aussi. Apparemment, ils sont les seuls sur la plage à s'inquiéter. Nico prend son sac banane et les suit, à distance. Michèle hésite puis, laissant tout là, rejoint Nico. Le type tire fort sur le bras du gamin, le rudoie. Ils traversent la rue. Ils arrivent près d'une grande Mercedes décapotée, vieux modèle, couleur bordeaux. L'homme ouvre le coffre et y enferme l'enfant. Michèle et Nico ont les jambes qui flageolent. Les deux autres enfants s'en vont, l'homme se met au volant et démarre. Michèle dit qu'il faut faire quelque chose et Nico a relevé le numéro de la plaque. Il prend son téléphone dans son sac banane, appelle le 112. La voiture a tourné le coin de la rue et disparaît. Nico explique dans un castillan approximatif la scène qui vient de se dérouler, donne le numéro de plaque. Et puis c'est tout.

— Qu'est-ce que tu veux qu'on fasse de plus ?

— Ils ne t'ont pas demandé d'aller faire une déposition ?

— Je ne crois pas, je n'ai pas compris grand-chose à ce qu'elle m'a dit, la nana. Elle n'avait pas l'air paniquée. Et puis de toute façon on n'aurait pas le temps.

Quand ils reviennent sur le sable, près de leurs serviettes étendues, on a volé leur sac de plage.

— Et merde, il y avait mon portefeuille dedans.

Les gens autour n'ont rien vu.

Saloperie de dernier jour de vacances.

— Je t'avais bien dit qu'on ne devait pas aller à la plage.

3

Boutique de robes de mariées, soies et froufrous partout, des photos glamour dans des petits cadres. Un toutou blanc qui roupille devant la porte. Blanca, seule cliente, enrobée dans un tissu écru, la vendeuse accroupie fichant des épingles, et Nuria, la copine censée donner son avis.

— Dis, et Begonya, elle ne devait pas venir ?

— Oui, oui, je suppose qu'elle va arriver.

— Pourquoi tu ne te maries pas en rouge ?

— Tu rigoles ?

— Ben, c'est la mode. Et puis c'est plus original.

— Tu crois ?

La vendeuse tire sur le bas du tissu et, plus haut, un sein de Blanca est découvert. Un petit sein blanc, téton marron, plus trois grains de beauté alignés comme des points de suspension. Blanca essaie de le recouvrir. Mais la vendeuse :

— Attendez.

Blanca regarde par la vitrine, si personne ne passe, si personne ne regarde. Nuria se marre. Blanca lève les sourcils. Avec des épingles en bouche, la vendeuse :

— Un inchtant, un inchtant. Bou-hez pas.

Évidemment, la porte du magasin s'ouvre. Le toutou a sursauté. La jeune fille avec le tee-shirt couvert d'un LOVE en mosaïque de petits cœurs roses, en entrant :

— Strip-tease, ici, ou quoi ?

C'est Begonya.

— Ah, j'adore, la robe de mariée topless, c'est ton genre.

— Salut.

La vendeuse :

— Vous inquiétez pas, de toute façon il y aura des bretelles.

Begonya :

— Quoi ? Des bretelles, ah non, ringard ! Salut, Blanca, mouah, je blague, très sympa, la robe.

— C'est vrai ? T'as même pas regardé derrière.

— On peut faire le tour ? Désolée, je suis en retard, mais c'est parce que je viens de devenir veuve.

— Quoi ?

— Ah oui, c'était ce matin ! Il est parti, alors. Ça s'est bien passé ?

— Oui. C'était émouvant.

— Tu lui as parlé, finalement ?

— Voilà, vous pouvez bouger, maintenant.

Blanca tire sur le bustier et range son sein.

— Même pas. J'avais demandé à mon père de l'inviter, mais ça n'a pas pu se faire. C'est idiot. Et maintenant, il est parti.

— Combien de temps ?

— Pff. Minimum six mois, et pas de maximum.

— En même temps, comment peut-on être amoureuse d'un type à qui on n'a jamais parlé ?

— J'ai pas dit que j'étais amoureuse, et puis peut-être que oui, et peut-être que c'est possible.

— Nuria dit que je devrais me marier en rouge.

— C'est pour les vieilles, ça.

— Elle dit que c'est plus original.

— C'est déjà assez original comme ça de se marier à vingt-deux ans.

— J'en aurai vingt-trois. Tout juste.

— Enfin, la moyenne, c'est trente.

— Dépend des pays. Ici, oui, mais dans le Nord…

— Dans le Nord aussi, tu sais. Ils se marient quand ils sont bien dans leurs papiers.

— Eh bien moi pas.

— Elle est pas mal, la robe. C'est ton choix ?

— Non, j'en ai essayé une autre avant que tu n'arrives, avec un bustier jaune.

— Jaune cocu ?

— Pourquoi tu ne te maries pas en jean et tee-shirt ? Ton Marc, il est tombé amoureux de toi quand tu étais en jean et tee-shirt, forcément. Pas en robe Barbie. C'est un des trucs qui me dépassent. Le jour de leur mariage, les nanas, elles sont méconnaissables. Pas du tout naturelles. C'est une bizarre idée de la beauté. La beauté, c'est le naturel. Que je sache.

— Oh, les filles, vous êtes chiantes.

Begonya :

— Tu vas te coiffer comment ?

Nuria :

— Dis-moi que tu ne vas pas te teindre, hein. Il faut que tu ressembles à Blanca, quand même, merde, c'est Blanca qui se marie.

Blanca :

— Non, je ne vais pas me teindre. Je vais me faire un chignon et puis des…

La vendeuse :

— Si vous prenez celle sans bretelles, il faut absolument un chignon, ça, c'est sûr.

Blanca en essaie une autre, derrière le paravent. Par le jour, en dessous, on voit ses pieds nus qui se lèvent, qui se posent. Nuria et Begonya attendent, assises sur un pouf et sur un fauteuil compliqué.

Begonya, à Nuria :

— Tu pars quand, à Londres ?

Nuria décroise les jambes :

— Quoi ?

— Tu pars quand ? Tu as déjà fixé ?

— Non. Mi-août, fin août. Mon contrat commence le 1er septembre. Et toi, New York ?

— Finalement, j'y vais d'abord une semaine avec mon père, en repérage.

— La fille à papa, merde.

— Mais tu sais, les States, c'est pas l'Europe. Et puis pour une fois que je verrai mon père une semaine d'affilée.

— Vous allez vous engueuler.

— M'étonnerait. Et puis, avec ma sœur il avait fait pareil, alors.

— Elle avait eu la bourse aussi, ta sœur ?

— Non. Eulalia, les études, c'était pas ça. Non. Mais elle avait fait un an à San Francisco, pour l'anglais.

— Au fait, ton navigateur, il ne fait pas escale à New York ? Sinon, quand tu seras là-bas, tu pourras peut-être le voir ? Ce serait fou.

— Non, il ne passe pas par là. Il traverse l'Atlantique, puis cap sur le sud, Brésil, Argentine, il passe par là. Enfin, en théorie. Parce qu'il a dit qu'il se laissait toute liberté.

— Sympa, ton tee-shirt.

— *Desigual,* nouvelle collection.

La vendeuse replie le paravent.

— Et alors, celle-ci ?

4

Le numéro d'immatriculation a permis d'identifier le véhicule, qui appartient à Abel Encina, dit Belito. Le témoignage téléphonique de Nico est transmis à l'inspecteur Damián Pujades, qui a ce petit truand dans sa liste. Proxénétisme, trafic de drogue, exploitation de mineurs et débit de boissons sans licence. Plus une affaire en cours, moins nette et peut-être plus grave, d'une prostituée retrouvée découpée en morceaux. Ludmila Rankov, dite La Polaca.

Le témoignage est daté d'avant-hier, samedi 26 juillet. Damián était en congé. Mais il sait où aller et que faire.

L'avenue Laietana, la grande verticale qui tombe de l'Eixample jusqu'à la mer, traverse la ville gothique, qu'au temps de son percement elle ravagea passablement. À mi-chemin, l'immeuble de la police est un grand parallélépipède rectangle, ancien immeuble de rapport, l'air cossu, bourgeois, massif et isolé de tout voisin, hanté par les fantômes des torturés du franquisme. Quatre agents montent la garde et renseignent des touristes qui les abordent, le plan à la main. Damián sort, passe entre les sentinelles. Il pourrait prendre une voiture, il pourrait se faire accompagner de deux agents, mais il préfère y aller seul et à pied. C'est une trotte, mais aussi une balade pour son ennui.

Ça lui prendra une demi-heure.

Il a le visage gris et les cheveux clairs, coupés tout courts. Tee-shirt et jean. Sa carte de police dans la poche arrière et pas d'arme. Quarante et un ans. Son téléphone dans la poche arrière droite, un paquet de cigarettes dans la poche avant gauche et, dans la poche de droite, avec ses clés, un mouchoir en tissu chiffonné et taché de sang.

Parce que cette nuit son gamin a eu un saignement de nez.

Ce matin, à sept heures et demie, il était avec lui devant la porte de son ex-femme, qu'il n'appelle plus jamais que la mère de mon fils. La porte s'est ouverte, comme tous les quinze jours, et le gamin est entré, pas très réveillé ; Damián a donné le petit sac à dos décoré aux couleurs du Barça, un vague salut, la porte se referme. Et au boulot.

Damián a traversé la vieille ville, il est arrivé sur l'avenue Parallèle, où il a des souvenirs, et il la traverse, grimpe les rues étroites et pentues du quartier de Poble Sec, sur le versant de Montjuïc. Quelle chaleur…

Au pied du raide passage de Martras, il fait une pause. Allume une cigarette, regarde. Sur le trottoir, à l'ombre de la maison basse où son itinéraire s'achève, il y a une vieille grosse femme assise sur une chaise en plastique. Bien connue de lui. Angelines García, dite la Dumbre, ancienne prostituée analphabète et héroïnomane. Tout un poème.

Mais elle est de ces personnes pour lesquelles il a de l'affection. Une sorte d'estime. De ces gens qui dans la misère et la malchance ont atteint une manière de summum, victimes de la vie jusqu'à un stade quasiment aristocratique. Qui ont accumulé le mépris de tous comme d'autres accumulent le succès. On pourrait la croire morte tant elle est immobile. Le paillasson à côté remuerait plus facilement. Il y a aussi la grande Mercedes bordeaux et la Vespa. Parce que, si improbable que cela puisse paraître, la Dumbre circule en Vespa. Elle est de celles qui ont fait la vie du *barri xino*, l'ainsi nommé quartier chinois, où il n'y avait pas un Chinois, et Damián ne sait fichtre pas pourquoi on a appelé ça le *barri xino*, mais c'était le quartier chaud des putes et des malfrats, des bourgeois qui s'encanaillaient et des parias, des filles de pas de chance qui se vendaient au plaisir des autres. Il ne l'a pas connue jeune, mais il connaît des jeunes filles, et elle ne devait pas être bien différente. Sans moyen terme entre la joie et la colère, sans repos, avec l'inconséquence leur servant d'insouciance et toujours en danger. Comme des soldats de première ligne, en fin de compte. Ceux dont la vie vaut pour rien. La chair à canon dans la guerre que la société livre à son incapacité d'être vertueuse. Quand on voit par qui on est dirigés, en haut, on n'a pas de mal à éprouver de l'estime pour les ordures d'en bas. C'est son idée.

Il entre. La Dumbre semble n'avoir pas eu assez de souffle pour lui dire bonjour, mais elle l'a vu et en silence il a entendu. Damián a peur en entrant. Il tend le bras dans le rideau de bandelettes antimouches, l'écarte. Ses yeux, qui n'ont pas eu le temps de s'habituer à l'obscurité, n'ont pas vu, mais ses oreilles ont entendu la fuite de quelqu'un, qu'aussitôt, à l'aveuglette, il poursuit. Dans la cuisine, il y a plus de lumière parce que le fuyard a ouvert la fenêtre et qu'il a grimpé sur l'évier pour s'échapper par là. Mais Damián l'attrape par la taille et la poche du pantalon, le tire violemment et le fait retomber à l'intérieur.

Allons bon. C'est le « prêtre ».

— Pourquoi tu t'enfuis, idiot ?

Le « prêtre », pakistanais d'origine, Damián a oublié son nom réel, prostitué homosexuel, doux, malheureux, ne ferait pas de mal à une mouche. Grimaçant, parce qu'en retombant il s'est pris le robinet dans le dos. Le robinet est déboîté, de l'eau fuit.

Le 6 du passage de Martras est un ancien café qui a soi-disant cessé de fonctionner. Il est équipé encore de son bar et pourvu de la trappe qui descend aux réserves.

C'est cette trappe que le prêtre, avec les mains, lui dit d'ouvrir.

Les tables sont empilées, sauf une. Les chaises aussi, sauf deux. Sur la table, il y a du tabac, des tubes de papier, une télécommande et une machinette à bourrer. Sur le bar, il y a une petite télé avec le DVD mis sur pause, dont l'image jaune-orange tremblote. Le prêtre devait regarder un film en confectionnant ses cigarettes. Et Damián, que des tas de choses ne cessent de surprendre, réalise qu'avant de se lever et de fuir vers la cuisine, le prêtre a pris le temps de mettre son DVD sur pause. Il regarde le prêtre, avec un soupir de découragement.

— Ouvre-la toi-même, cette trappe.

Le prêtre s'exécute, sans regarder ce que font ses bras, en fixant le policier. Le prêtre a un visage d'une fausseté difficilement exprimable. Damián :

— Non. Descends, toi, le premier. Il n'y a pas de lumière ?

Le prêtre fait non de la tête.

— Il y a quoi, là en bas ? Qui ?

Damián prend la télécommande et éteint l'écran. Le prêtre, toujours accroupi, tourne la tête vers la télé.

— Il n'y a pas une torche électrique ?

Le prêtre hausse les sourcils.

— Bon.

Il sort.

— Dumbre, il n'y a pas une lampe ?

Elle, hagarde, et sans se tourner vers lui :

— Elle est éteinte, ma lampe. Elle est éteinte. *Se apagó, se apagó.*

Il rentre. Le prêtre n'a pas bougé.

— Bande de tarés.

Il hésite à descendre. Il aurait dû se faire accompagner, finalement.

— Tu regardais quoi, comme film ?

— *Taxi 2.*

— Mmh. Allez, dis-moi ce qu'il y a, en bas.

Muet.

Damián hésite à téléphoner.

Non. C'est ridicule.

— Écoute-moi bien, le prêtre. Je vais descendre. Si tu t'enfuis, je te garantis des ennuis.

Le prêtre bouge les sourcils.

Damián commence à descendre, par la volée très abrupte de la trappe. Il sort son téléphone et, à la lueur faible de l'écran, il éclaire autour de lui. Il n'a pas encore atteint le fond, qu'il entend déjà le prêtre qui cavale. Évidemment. De toute façon, pour ce que ça change…

Ce qu'il trouve dans la cave, c'est un corps et apparemment rien d'autre, que des vieux fûts et des bouteilles, de la crasse et des mauvaises odeurs. Éclairé à l'écran du portable, le visage semble bien celui de Belito.

Damián remonte prestement l'escalier, presque une échelle. La Dumbre est là, debout, soudainement très excitée et pantelante. Elle part dans une explication infinie et incohérente, où Damián du moins apprend que ce n'est ni elle, ni le prêtre, ni le gamin qui l'ont poussé. Première hypothèse, ça doit être à eux trois. Reste à savoir de quel gamin on parle. Sans doute celui du coffre de la Mercedes. On verra bien.

— Oui, oui, Dumbre, oui.

Maintenant, il téléphone.

En tout cas, ça semble avoir été improvisé.

Il s'assied. La Dumbre divague. Sur la table, le tabac et la machinette à cigarette ont disparu. Le prêtre a dû les prendre en fuyant. Mais quel monde !

— Dumbre, à la cuisine, essaie d'arrêter le robinet, de l'empêcher de fuir.

— Quel robinet ? Quelle cuisine ?

5

Avec le bout du pied, Nuria ferme le robinet d'eau froide et rouvre le robinet d'eau chaude. La baignoire est à moitié remplie. On ne peut pas dire qu'elle ne soit pas contente, Nuria, d'aller travailler à Londres. Ça lui fait un peu peur, forcément, mais c'est plutôt du trac que de la peur, parce qu'elle a de l'ambition. Tout va bien. La vie pétille.

La salle de bains est peinte en bleu, autour d'elle, avec du carrelage blanc jusqu'à mi-hauteur. La salle de bains de toute sa vie, jusqu'ici. Dans l'émail de la baignoire, près de son genou, il y a le petit éclat jamais réparé dans lequel, enfant, elle voyait une forme de baleine.

Blanca va se marier, en décembre, c'est un fait. Begonya va passer un an à New York, c'est un fait. Et elle, Nuria, elle va s'installer à Londres, engagée chez PWC, privilège des meilleurs étudiants sortants de l'ESADE. Trois ont été pris : deux pour le bureau PWC de Barcelone, puis elle, pour le bureau de Londres. Elle ne sait pas si c'est mieux ou moins bien. Ça lui fait un voyage, mais de la solitude en perspective. Le salaire est alléchant.

Paraît qu'on n'arrête pas de travailler. *A priori*, c'est ce qui la dérange le moins.

Begonya a eu une bourse, de la fondation Puig. Difficile de savoir si c'est mieux ou moins bien que d'avoir été recrutée par PWC. C'est une bourse pour les gens brillants. Mais on dit qu'elle a été pistonnée par son père, qui est dans le conseil d'administration de Puig. Et puis Blanca, l'élève pas aussi bonne mais peut-être plus douée pour le bonheur. Elle se marie. Super tôt, super jeune.

Avec le pied, Nuria ferme l'eau chaude et rouvre l'eau froide.

Enfin, tout dépend à qui on se compare. Anastasia, par exemple, qui a deux ans de plus parce qu'elle a redoublé deux fois, qui a coïncidé avec Nuria en dernière année de secondaire, une toute bonne copine, elle n'a pas fait l'ESADE, elle n'aurait jamais pu être admise, elle a galéré encore une fois en faisant en quatre un diplôme de trois ans, elle n'a pas encore de boulot. Et pas de mec non plus. Apparemment pas de plan. Pas de parents riches comme Begonya. Mais au moins elle reste à Barcelone.

Ce qui l'attend, Nuria, en tout cas, c'est l'isolement. Elle n'est pas naïve. En dépit des promesses de se voir et de s'appeler, nécessairement, elles vont s'éloigner. Toutes. Dans le meilleur des cas, elle se fera des amis à Londres, et elle ne s'en rendra pas trop compte ; dans le pire, elle subira l'éloignement petit à petit, comme on regarde un sablier. C'est très étrange ce sentiment de quelque chose qui se termine. Les amitiés, les copines. Blanca tombera enceinte, forcément. On ne se marie pas si tôt si on n'a pas envie d'enfants très vite. Leurs mondes vont changer ; tant qu'elles seront à l'étranger, elles s'écriront avec la même impression de connivence. Puis, quand elles se retrouveront, ce sera comme quatre instruments désaccordés. Les mêmes musiques apprises par cœur, depuis le temps, sonneront faux. On fera peut-être semblant de ne pas s'en apercevoir, mais pas longtemps. Il faut donc y aller. Quelle est cette force qui pousse en avant et qui sépare ? Qui rend fade ce qu'on aimait ? Qui fait sortir des écoles et qui fait décrocher des diplômes ? Qui fait étudier, qui fait travailler, qui fait voyager ? Qui, à la longue, rend blancs les cheveux noirs ?

Elle ferme le robinet. Silence. L'eau est à ras bord.

Si elle s'immerge la tête pour se rincer les cheveux, ça débordera.

6

L'autopsie est terminée, le médecin légiste a dicté le rapport.

— Salut. Alors ?

Coup de chance, c'est le grand Bernat qui a fait l'autopsie. Coup de chance, parce que Damián l'aime bien, et ils ne se voient pas souvent.

— Fait longtemps !

— Oui. Ça faisait longtemps que je n'avais pas un cadavre sur les bretelles.

— S'il faut chaque fois un mort pour qu'on se voie…

— On peut remédier à ça. On s'appelle et on prend un verre. Semaine prochaine ?

— OK.

Ils disent ça chaque fois et ils ne le font jamais.

— Et sinon, qu'est-ce qu'il a raconté, le corps ?

— Pas grand-chose. J'ai dicté mon rapport. Tu l'auras sur ton bureau.

— Tant qu'à faire, dis-moi.

— Pas de surprises. Commotion cérébrale ayant entraîné la mort. Certainement en tombant. Il y avait deux bons mètres de chute, jusqu'à la cave. Mais pas de fracture. En même temps, ce n'est pas un accident, parce que, tu veux le voir ? On n'a pas encore scellé le sac.

— Montre toujours.

— Beatriz, je reviens dans cinq minutes. Viens. Voilà. Tu vois, on l'a aidé à mourir, quand même. Plusieurs coups sur le crâne, du sang par le nez. Et par une oreille.

— Donc, sans doute, il est tombé, on l'a peut-être poussé, puis on a frappé sur son crâne avec quelque chose.

— Ou plus simplement, s'il était sonné, on a pu lui taper le crâne directement par terre. Il y a des grains dans chaque plaie. Or le sol était en briques, avec pas mal de crasse. Oui ?

— Oui.

— C'est bon pour toi ? On pourra sceller ?

— Oui, pour moi, oui.

Damián se gratte la tête, mais il avait oublié qu'il portait le bonnet de plastique réglementaire. Alors il se gratte le front, puis le menton.

Retrouver le « prêtre », ce ne sera pas difficile. Pendant une semaine, impossible certainement, parce qu'il va se cacher. Puis, ces êtres-là n'ont pas mille paysages, pas mille chemins, pas beaucoup de rues, des tout petits quartiers. On le pêchera comme un poisson dans un aquarium.

Et peut-être même qu'il se présentera à la police, quand il se sera fixé un baratin.

— Un règlement de comptes ?

— Bof. Une histoire à la con. Sûrement. Mais avec quelque chose de moche. Enfin. Je te dirai quand je saurai. Et je ne suis pas pressé, pour être sincère. Sinon, à part ça, ta femme ?

— Elle se remet, elle se remet bien. Elle marche à nouveau.

— Bravo !

— Parfois elle s'aide encore d'une canne. En septembre elle expose ses tableaux dans une galerie, j'ai oublié le nom, rue du Conseil des Cent. Je lui dis de t'envoyer un carton, si tu veux.

— Volontiers.

— Et puis, la semaine prochaine, on prend une semaine de vacances, on va faire du bateau à Majorque.

— La semaine prochaine ? Ben alors, on n'ira pas prendre notre verre.

— Ah non, c'est vrai. La semaine suivante ?

Quand l'inspecteur Damián Pujades sort du bloc de médecine légale, Gran Vía, derrière la place d'Espagne, il y a un joli vent. Les taxis, jaune et noir, vont par essaims sur l'avenue, comme des abeilles.

Le soir est déjà là, sur la montre, près de vingt heures ; mais pas encore dans le ciel, éclatant.

7

Au Moyen Âge, heure de gloire où, en Méditerranée, Barcelone valait Gênes, valait Pise et valait Venise, existait, hors les murs, à quelque trois cents mètres du rempart, le plus grand et le plus charitable des hôpitaux de l'époque. Un gigantesque U grand comme trois cathédrales, où, dans des centaines de lits multiplaces, on accueillait et soignait, autant que faire se pouvait, et gracieusement, tous les malades du monde connu. Avec l'accroissement de la ville, l'hôpital se trouva inclus dans le nouveau tracé des remparts. Dû au même accroissement et sans avoir changé de taille, d'immense, il devint néanmoins trop petit, puis dramatiquement insuffisant. Jusqu'à ce qu'on fût en mesure, au lieu de multiplier les petites annexes, de bâtir un nouveau complexe hospitalier, vers 1900 seulement, presque aussi ambitieux que celui du Moyen Âge, à l'autre extrémité de la ville. Ainsi l'hôpital de la Sainte-Croix fut transporté dans les nouveaux édifices de l'hôpital Saint-Paul. Et la triple nef en U sous arcs gothiques fut nettoyée, rénovée et réaffectée, pour devenir orgueilleusement la bibliothèque nationale de Catalogne, faite pour défier celle de Madrid. Dans le patio, la sainte croix est encore là, de marbre sur sa colonne torse. Et, à la rampe de l'escalier d'accès, saint Roch, patron des médecins, ou peut-être des malades, montre encore sa plaie de granit. À l'intérieur, les lits de mourants ont cédé la place à des tables de lecture et les étagères de potions à des étagères d'ouvrages de référence, non moins méthodiquement classés, à l'usage d'une caste de savants qui jouissent sans bruit de tout ce passé qu'ils connaissent, d'un peuple d'étudiants qui n'en ont rien à faire et qui souvent l'ignorent, et d'un petit nombre de vieillards sales et malodorants qui ont mérité le nom de rats de bibliothèque.

Irving O'Donnell, professeur à l'université de Barcelone, fait partie de la caste des savants jouisseurs.

Mais il est près de vingt heures et les membres des trois catégories sont invités, tout également, par la voix automatique qui sort des petites enceintes, à se diriger vers la sortie. Heure de fermeture. Il a une moustache et un bouc, blanchâtres, il est maigre, il a les yeux brillants, il passe le code-barres de sa carte devant le lecteur, il sort de l'espace de lecture, il récupère son sac et quelques effets dans le casier numéro 46, année de sa naissance, que par miracle il trouve chaque fois, ou presque, libre. Il salue le vigile à la porte et descend les escaliers, touche la tête de saint Roch, à la dernière marche, regarde le ciel clair puis sa montre et rejoint la rue qui, à cause de la dure mémoire des villes, porte toujours et pour longtemps le nom de rue de l'Hôpital. C'est au cœur du quartier du Raval, anciennement nommé quartier chinois, *barri xino*, ce qu'on appelle aujourd'hui un quartier ethnique, plein de mélange de races, d'immigration, de jeunes Barcelonais détestateurs de cravates et de cols blancs, d'artistes sans consécration et d'avenir douteux, de magasins musulmans, de touristes égarés et, dans la rue qu'Irving emprunte, de putes sans réserve. Il pourrait prendre à gauche, chemin le plus court vers la Rambla et le métro. Mais il préfère, fatigue, lassitude, curiosité vague, prendre tout droit par la rue du Robador. Ruelle crasseuse, étroite, malodorante, qui, du coup, même si les édifices qui la bordent ont dû être détruits, reconstruits, puis détruits encore et encore reconstruits, a conservé son essence médiévale. Senteurs d'urine, la ruelle est longue et sombre, on a l'impression d'entrer dans le canon d'un fusil. Il y a au sol des cafards géants, de taille quasi mexicaine, crevant sur le dos en agitant les pattes, et qu'on néglige d'achever. Des préservatifs racornis si vieux qu'ils semblent des chewing-gums. Et déjà une première pute qui lui touche la jambe, à Irving.

— Non merci, mademoiselle.

C'était une Noire. D'où qu'elle vient, celle-là ? Sénégal ?

Mais déjà une deuxième, qui l'appelle *joven*, jeune homme. Sud-américaine. Irving, avec cette loupe de savoir entre son œil et le monde, revit en un instant Hernán Cortés à Tenochtitlan.

— *Ya, ya.*

Pour dire non.

Puis, en face du troisième immeuble, dont le rez-de-chaussée abrite une mosquée, triste mosquée en comparaison des merveilles du genre, une autre

Africaine. Avec un popotin d'Hottentote. *Dios mío.* Ça lui suffit pour se souvenir de ce roi du Soudan dont un aventurier anglais, au XIXe siècle, disait qu'il avait un harem constitué comme un catalogue d'anthropologie, une femme de chaque type racial, précisément répertoriée et consignée.

Il reste cinquante mètres ou un peu plus à la rue du Robador. Qui rivalise avec ledit harem, pour ce qui est de la variété. Irving va l'enfiler, ce couloir du monde, et comme d'habitude il se sera rempli les yeux et la tête et n'aura dit oui à aucune. Cependant qu'à gauche, au troisième étage au-dessus d'une laverie, dans une pièce couverte de tapis persans sales, le « prêtre », en fumant une cigarette, explique à un gamin de onze ans que c'est le moment pour lui de disparaître. Le gamin :

— Et où tu veux que j'aille ?

— L'inspecteur Pujades, tu vois ? Damián Pujades, le type qui a la peau toute grise. Tu vois ? Il m'a pris en chasse. Il enquête. Tu t'en fous, mais moi je te dis. Je te dis qu'il va me retrouver. Il faut que tu quittes la sphère, Chucho.

— Mais où ? Mais où, tu veux ?

— À la Mina.

— Quoi ?

— La Mina. T'es un Gitan. À la Mina, on t'accueillera.

— Mais je suis pas gitan !

— Si, tu es gitan.

— On m'a déjà dit que j'étais gitan, mais c'était pour m'injurier.

— Tu sais bien que non. T'es comme les autres

de Belito, comme Baltasar. Tu ne sais rien. Mais moi je te le dis, Chucho. Tu es gitan et, si tu vas à la Mina, ils vont te protéger. Ils vont te prendre avec eux. Merde. Ça crève les yeux.

— Si je vais à la Mina, on va me tuer.

— Tu rigoles ? Si tu restes ici, on va te prendre. L'inspecteur, il va te trouver. File. Crois-moi. File.

Chucho est un gamin tout bronzé, avec un sourire involontaire, même quand il est grave, comme là. Et un coin d'incisive cassé, comme s'il lui fallait une canine de plus. Et des yeux et des joues d'une beauté que le prêtre, efféminé comme il est, trouve plus fondants qu'un rayon de soleil.

— Chucho, moi, je vais aller à la police, moi-même, je vais aller dire ce que je veux, j'ai réfléchi, mais seulement si tu es parti d'ici. Si t'as changé de sphère. Pujades, les Gitans, c'est pas son domaine. Il y connaît rien. Tu seras chez toi, et tu seras à l'abri. *Estarás a salvo.*

— Les Gitans, ils vont me tuer.

— Et qu'est-ce que tu en sais ? Moi, je te dis que non. Mais Pujades, lui, il va nous tuer. Pars !

En bas de la rue du Robador, à droite, on a tout juste commencé de démolir un pâté de maisons. Le chantier est cerné de barrières et de bâches qui retiennent la poussière. L'immeuble a commencé déjà de mourir par l'intérieur. Tout est calme et muet. Contre les barrières, on sent la fraîcheur de cave qui s'exhale par les trous noirs de l'immeuble qui a tous les yeux crevés. C'est dans cette carcasse de pierre que l'illustre Jean Genet se logea jadis, plusieurs mois. Irving regarde la ruine pendante, songeur. Qu'est-ce qu'ils vont bien pouvoir construire là ? Des logements sociaux ? Ou bien, comme ils en sont capables, un beau musée, boum, pour changer le signe du quartier ? Faudrait qu'il se renseigne.

8

Carlos Sastre a gagné le Tour de France. Pep Guardiola a pris en main l'équipe du Barça. Barak Obama transporte sa campagne présidentielle en Europe, réunit dix mille jeunes à Berlin et leur parle une demi-heure, réveille le souvenir de Kennedy et l'enthousiasme pour un nouveau siècle, Pékin inaugure ses Jeux olympiques et met au péril des feux de la rampe ses pratiques d'État totalitaire, une fille jolie remue les lèvres dans le grand stade tandis qu'en sous-sol une fille moche lui prête sa belle voix. « Olympiade chez les tricheurs », titre le *Diari.* Le texte de l'article est de Carme Ros, mais le titre est une idée de Joaquín, qui en a fait la suggestion, reprise avec enthousiasme par Carme Ros, échange d'e-mails, Joaquín fier, c'est l'article le plus lu sur l'édition en ligne et le plus retweeté et le plus liké sur Facebook.

Je ne suis quand même pas mauvais, a pensé Joaquín, et le lendemain soir il s'est saoulé comme il faut, pour marquer le coup avec des amis.

Août, la rédaction tourne en effectifs réduits, à cause des vacances, mais il faut tout de même sortir quarante-deux pages tous les jours.

L'inflation frise les cinq pour cent, à cause de la hausse du carburant ; la société Martinsa de promotion immobilière, dont le propriétaire fut en son temps président du Real Madrid, s'est déclarée en cessation de paiement, sept mille millions d'euros de factures en suspens, l'insolvabilité la plus volumineuse du siècle. Les prêteurs, principalement des banques espagnoles, en seront quasiment pour leurs frais. « 7 milliards de bulles », titre le *Diari*. Vague de chaleur africaine, quarante degrés à l'ombre à Barcelone. La colonne hebdomadaire du professeur Irving O'Donnell dans le *Diari* est consacrée à la mort de Soljenitsyne, enterré sous un lit de fleurs. Quatorze milliards d'impôts catalans distribués dans les autres territoires espagnols : le gouvernement central se félicite de la plus solidaire des communautés autonomes, la Catalogne s'insurge contre une solidarité forcée et exige un nouveau pacte fiscal. Madrid appelle au calme. Le navigateur Pere Català a démâté dans une tempête au large des Açores. Il a atteint la côte sans appeler les secours. Les réparations sont en cours. La Géorgie ouvre une offensive militaire contre la région séparatiste d'Ossétie du Sud. Pluie de missiles. Tskhinvali est en feu. L'Ossétie compte ses morts. Moscou envoie ses chars. C'est la guerre. Trois cent mille chômeurs en plus. Zapatero maintient son discours optimiste. L'opposition crie à l'inconscience. Faux départ du Barça de Guardiola. Match amical en Pologne, premier test de la présaison : le Barça ne donne pas signe de vie. Morne saison en perspective. Tabassage d'un travesti dans la vieille ville de Barcelone, deux vidéos amateurs prises depuis les balcons accablent la police, trois agents mis en cause. L'homophobie des forces de l'ordre frappe une nouvelle fois.

Et, en effet, le « prêtre » y a perdu trois dents et a le bras cassé. Il n'aurait pas dû s'enfuir, il n'aurait pas dû se débattre.

Aussitôt après avoir appris que le prêtre a été interpellé, l'inspecteur Damián Pujades arrive avenue Laietana, où on lui apprend que le suspect a dû être transféré à l'hôpital Saint-Paul, mais rien de grave, il s'est pété un bras en s'encourant et en tombant. Tant pis. Damián attend, fait un tour aux étages puis un somme sur sa chaise. Le prêtre, le bras dans le plâtre et le visage un peu cabossé, arrive vers dix heures, totalement épuisé.

Les vidéos amateurs ont fait un admirable scandale. Le chiffre de vues sur Youtube et sur les sites des principaux journaux du pays a augmenté exponentiellement d'heure en heure. Prises par deux touristes depuis le balcon d'un petit hôtel, on y voit, dans un certain flou, parce que c'est la nuit, mais avec une évidence éloquente, le suspect allongé sur le sol, les agents debout autour de lui dont un accroupi qui manifestement le frappe et les autres debout qui lancent de temps en temps un coup de pied sec. Puis arrive la voiture de patrouille, qui éclaire remarquablement la scène. Le suspect est ramassé et jeté dans le véhicule comme un sac de pommes de terre.

Pluie de commentaires. Pluie acide.

Communiqué de la police : on fait dire ce qu'on veut à ce type de vidéos. Le suspect était violent, la manœuvre des agents a peut-être été trop dure, mais il fallait le réduire, il était impossible autrement de lui passer les menottes. L'agent accroupi, sur les images, ne frappe pas le sujet mais, selon son témoignage, tente de lui maintenir la tête, que le sujet se heurtait lui-même contre le trottoir, à force de se débattre furieusement. L'orientation sexuelle du suspect n'a rien à voir avec l'intervention des agents, qui ont agi le mieux possible, dans une situation très difficile à gérer, *una situació molt difícil de gestionar*, le sujet étant sous l'effet de la drogue.

Les médias crépitent. Radio, télévision, on réclame une enquête, des sanctions pour les agents, des démissions à la direction.

Le conseiller de l'Intérieur de la Generalitat, responsable des questions de police, n'a aucune envie de comparaître devant la presse, mais le président de la Generalitat le lui impose, par téléphone. Le directeur général des *Mossos d'Esquadra*, la police catalane, n'a aucune envie de comparaître devant la presse, mais le conseiller de l'Intérieur le lui impose, par téléphone. La conférence de presse est convoquée. Les journalistes remplissent la salle de presse de l'hôtel de police. Les caméras s'installent sur leurs tripodes, au fond ; la presse écrite s'assied sur les chaises, au milieu ; les photographes ont les flancs ; on attend le conseiller et le directeur, devant.

C'est la première fois que Veronica est envoyée à une conférence de presse de la police.

Et comme baptême, ce n'est pas mal. Houleuse à souhait. L'un ou l'autre excité a hué l'entrée des deux responsables. Le directeur général a parlé en premier, répétant à peu près le contenu du communiqué, puis le conseiller a pris la parole pour demander à la presse de ne pas envenimer la situation (rumeurs dans la salle), que des instructions étaient données d'ores et déjà pour l'ouverture d'une enquête au sein de la police, et, à la question provocatrice d'un journaliste de *La Vanguardia* demandant au conseiller s'il ne considérait pas de son devoir de démissionner, le conseiller répond, là, sèchement et maladroitement, que si on doit démissionner pour ça, et si vite, un conseiller démissionnerait tous les quinze jours et qu'il n'y aurait plus de stabilité gouvernementale possible. Un journaliste d'*El País* demande à quoi ça rime que le ministère de l'Intérieur fasse d'abondantes campagnes de sensibilisation contre la violence domestique si, au sein même de la police, l'homophobie continue de régner comme au temps de la dictature. L'allusion à la dictature énerve considérablement le directeur général, qui exige qu'on ne traite aucunement cet incident sous l'angle de l'homophobie, l'identité sexuelle du suspect n'ayant rien à voir dans le cas qui nous occupe. Rires et sarcasmes dans la salle.

— De toute façon, vous, la presse, vous adorez taper sur la police. Ce serait trop vous demander…

Fuse le mot :

— *¡Grisos!*

Le surnom des poulets de Franco.

Le directeur tape du poing sur la table, son micro tombe, les journalistes sont debout, « *Dimissió ! Feixistes ! Dimissió !* », un stylo vole, de provenance inconnue, et touche le directeur au visage. Bruit. Le directeur, outré. Deux agents s'interposent entre la table et les journalistes, qui n'avaient toutefois pas l'intention de s'en approcher. Le conseiller parle de scandale, les journalistes également, on demande de sortir, et Veronica constate sur le petit écran de son appareil photo qu'elle a capté dans sa rafale le choc du stylo sur la tête du directeur. Son cœur bondit, c'est une bonne photo, ça. Elle s'attarde à la regarder et son voisin, par-dessus l'épaule, la voit et lui dit :

— Bravo, ma belle, c'est du bon boulot.

Elle se retourne, il la regarde, c'est un barbu d'une cinquantaine d'années avec une haleine de saucisson et qui lui sourit paternellement. Elle sourit aussi. Elle est fière. Il ajoute :

— Surtout que, comme tout le monde était debout, les caméras, là, elles n'auront rien eu. Montre-la encore ? Waw.

Elle dit :

— En même temps, ce n'est peut-être pas flatteur pour nous, les journalistes…

— Si ton journal la publie, alors si, c'est flatteur. Et ils vont la publier. Tu travailles pour ?

— Le *Diari.* Ça se passe souvent comme ça ?

— Non. Il devait y avoir des agitateurs. Le lobby gay. Tu me la vends, la photo ?

Elle, étonnée. Lui :

— Je rigole.

Mais il s'en va et pas sûr qu'il rigolait, en fait.

Veronica est très pressée de rentrer au journal et de donner sa photo. Mais elle a le cœur qui bat et l'intuition lui dit de ne pas partir si vite. Elle est dans le corridor. Elle entre aux toilettes. On n'a pas d'images du suspect, enfin, de la victime. Son nom a circulé, Yusef Bhatti, un Pakistanais, surnommé le « prêtre », mais aucune photo. Il est peut-être dans le bâtiment, quelque part, là, au-dessus d'elle. On ne l'autorisera pas à circuler comme ça. Mais elle a le cœur qui bat et, quoi, on peut essayer. Planquer d'abord le gros appareil photo, pas discret. Mais en garder le disque mémoire dans sa poche, au cas où. Pas perdre la photo du stylo. Elle pousse son sac photo dans un coin et le recouvre tant bien que mal avec un seau de nettoyage. Et maintenant, les étages.

Évidemment, on ne quitte pas comme ça la zone de presse. L'accès aux locaux de la police est gardé, bien que de façon très détendue, par deux vigiles, un portique de sécurité et un petit tapis roulant, comme dans les aéroports.

Essayer de passer en force, naturelle, en même temps que d'autres personnes, comme si j'étais de la maison. Un peu de culot.

Hop, en avant.

Et puis pas de chance. Ça n'a pas marché.

— J'ai oublié mon badge.

— Mademoiselle…

— Les toilettes sont en nettoyage, on m'a dit d'aller à celles-là, là.

— Mademoiselle…

— Je suis journaliste, je…

— Mademoiselle.

Bon, tant pis, j'aurai essayé.

Elle va récupérer son sac photo. Mais elle a toujours le cœur qui bat vite et elle ne s'avoue pas vaincue.

Statistiquement elle avait peu de chances que, un, Yusef soit dans l'immeuble, que, deux, il en sorte aujourd'hui et libre et que, trois, des trois issues apparentes possibles il sorte justement par celle qu'elle a choisi de surveiller. Et pourtant l'homme, bras dans le plâtre, type clairement pakistanais, sort par la porte latérale de la ruelle Portet.

Ça lui a coûté quelques heures d'attente, tout de même. Et de retarder le plaisir d'aller montrer sa photo au journal. Et d'encourir peut-être une engueulade, puisqu'elle n'a pas répondu au téléphone quand le journal appelait. Tête de mule. Mais il est là, dans le viseur, et elle prend des photos. Le barbu odeur saucisson n'est plus là pour lui dire bravo, mais elle se le dit toute seule.

Et maintenant, forcément, le suivre. Il rase les murs, démarche élastique, à une vitesse étonnante.

Pendant qu'elle attendait, Veronica, debout d'abord puis assise dans le creux d'un seuil de porte, elle s'est faite copine avec un insecte, pas tout à fait un cafard mais tout de même plus louche qu'un scarabée, qui vivotait dans la rainure. Pour passer le temps, elle lui parlait doucement. Il n'avait pas l'air dérangé par sa présence. Elle avait fini par lui donner le doigt. Elle avait frémi quand il l'avait touchée de ses antennes puis de ses premières pattes. Mais il n'avait pas voulu monter. Au bout d'un moment, l'insecte lui avait dit que toi aussi, finalement, tu fouilles la merde. Elle avait souri et réfléchi, puis finalement non, pas d'accord. Toi non plus tu ne fouilles pas la merde. Tu n'as pas conscience que c'est de la crasse, ta nourriture. Ou alors, tu es un beau salaud.

Et avec un moineau aussi, mais plus brièvement, qui tournait sa petite tête sur le côté pour la regarder, l'air interrogateur et bienveillant. Genre : t'es qui, t'es qui ? Genre : tu me donnes à manger ? Elle n'avait rien à lui donner et d'ailleurs elle avait faim, mais elle ne pouvait pas lâcher son poste, même pour tourner le coin et acheter un sandwich. Il faut être cohérent. Et on peut se passer de manger. Elle avait soif aussi, par la chaleur étouffante. Mais, raisonnement identique. Pas de chance qu'un Bangladais vendeur ambulant de canettes de bière et, en sous-main, de hachisch, ne soit pas passé par la ruelle Portet. Ils pullulent pourtant. Mais peut-être justement pas ruelle Portet et autour de l'immeuble central de la police. Note.

Mais il était arrivé, il était sorti, vingt-trois heures presque quinze, par cette porte-là, elle avait eu raison, et elle le suit. Son sac photo l'encombre. Il va vite, le Yusef. Lui aussi a quelque chose d'un insecte. Il s'est retourné plusieurs fois et maintenant il s'arrête et il la regarde.

Elle le rejoint, oh, le cœur qui bat. Et elle commence par s'excuser, elle bascule du catalan au castillan, évidemment, quelle idiote, et elle s'explique, je, vous, comment dire, je m'intéresse, parce que, la police vous a interpellé comme suspect, mais, pour nous, vous êtes en fait une victime, et on voudrait, je voudrais, je peux vous accompagner, vous poser quelques questions, si vous voulez vous pouvez garder l'anonymat, vous n'aurez pas de problème, le…

Difficile de faire plus incohérent, mais Yusef la regarde, puis ses pieds, blême, il a l'air d'avoir horriblement peur, elle ne comprend pas qu'elle puisse inspirer de la peur, il semble dire plutôt oui que non, et ils marchent ensemble. Lui, vite ; elle, tâchant de suivre, réfléchissant à ce qu'elle doit faire, à ce qu'elle doit dire.

Ils traversent la Rambla, toujours peuplée. Elle ne dit toujours rien. Peut-être qu'il la conduit quelque part. Rue de l'Hôpital, un taxi klaxonne pour se frayer un passage. Elle s'écarte sur le trottoir de gauche, il s'est écarté sur le trottoir de droite. Elle le rejoint, mais il a pris un peu d'avance et, au coin de la rue de Jérusalem, il est parti en courant. Elle court. Il y a les escaliers et la colonnade de la Boquería. Il a pris à gauche. Elle le suit, ne le voit plus, sans doute il a repris à gauche, mais on l'appelle par-derrière, hé ! Hé ! Elle se retourne et elle reçoit une pierre en pleine tempe. Impossible de savoir d'où le caillou est parti. Elle ne voit personne. Elle a la main sur le visage. Elle lève la tête, vers les fenêtres. Elle regarde dans sa main, rien, pas de sang. Un bon coup tout de même. Ça a fait clong sur le crâne et ça a tremblé comme une boîte en fer-blanc.

Décidément, c'est la journée des projectiles. Elle soupire, s'appuie au mur. Maintenant, ça saigne un peu. Elle a la tête qui tourne, mais ça va.

Putain merde.

Elle se laisse glisser contre le mur et s'assied par terre.

Pas si facile.

9

À l'aéroport.

— Qu'est-ce que tu cherches ?

Begonya :

— Quelque chose sur Pere Català.

Son père :

— Ils n'en parlent pas tous les jours, c'est normal.

— Mais tu sais qu'il a démâté, aux Açores ?

— Oui, j'ai appris. Et il s'en est sorti, hein ?

— Par miracle, apparemment. Il n'a pas pu faire appel aux secours.

— Pas pu ou pas voulu. C'est une tête brûlée.

— C'est un héros.

— Un aventurier, plutôt. Un héros, ça ne recherche pas le danger pour le danger. Un héros, ça lutte pour autrui. Pere, c'est un aventurier, il ne veut pas battre de record, soi-disant, mais il veut tester ses limites. C'est très bien, mais, en fin de compte, ça le concerne.

— Et la valeur d'exemple, alors…

— Oui. Oui, bien sûr.

— Un exemple, papa, réfléchis, c'est tout de même pour autrui, c'est généreux. Ça inspire, ça donne du courage. Tu en parles négativement, ça m'étonne, tu le sponsorises, tout de même !

— Oui, bien sûr. J'adore Pere, et puis j'adore la voile, et je le soutiens. Oui. Au fait, tu l'as connu comment, toi ?

— Il avait été invité, à l'ESADE, pour faire une conférence sur la motivation, justement.

Begonya rougit. Son père n'a pas l'air de s'en apercevoir. Il vide la fin de la bouteille d'eau dans son verre, prend le journal que Begonya a refermé et le tire devant lui.

— Tu ne veux pas acheter des trucs, là, dans les boutiques, pendant qu'on attend ?

— Euh, non, pas maintenant. On fera plutôt du shopping à New York.

Begonya a le visage rond, des taches de rousseur sur les pommettes, un écart entre les incisives et des cheveux marron. Miquel Tarràs, son père, porte une barbe châtain courte, une cravate bleue et un costume, même pour les vacances. La petite table est ronde, le marbre au sol tout reluisant, les boutiques rutilantes et, sur le tapis roulant, les gens ont l'air de défiler sur une passerelle de mode. Elle regarde vaguement. Beaucoup de monde. Personne qu'elle connaisse. Dans moins d'un mois, elle prendra le même avion, mais seule.

Son père, les yeux sur son téléphone :

— Ta mère qui envoie un message : « Soyez prudents. » C'est tout elle, ça, quand même.

Ça lui a posé problème, tout à l'heure, quand son père lui a dit : tu ne veux pas acheter des trucs pendant qu'on attend ? Un vague malaise. Ou alors, c'est le verre d'eau qui n'est pas passé.

Mal au ventre.

Maintenant, dans l'avion, elle s'amuse avec les boutons et les automatismes des sièges en *business class*, l'option œuf qui permet de rabattre un volet rond par-dessus sa tête et de se mette en bulle, pour dormir, s'isoler, avoir la paix.

Qu'y avait-il donc d'anormal, dans cette phrase ? Ou dans le verre d'eau ?

Cette semaine à New York avec son père (et déjà, ce n'est plus une semaine, mais quatre jours, raccourcie parce qu'il a eu des obligations imprévues) et qu'elle espérait avec tant de gourmandise, peut-être comme la dernière occasion d'être complètement dans l'enfance. Insouciante. Avec papa. Et puis finalement elle se sent bizarre et pas insouciante du tout. Même pas parce que c'est pour préparer son année d'études là-bas. Bizarre. Malade.

Elle fredonne une mélodie. Elle a ça en tête depuis tout à l'heure.

— C'est quoi ça, encore, que tu chantes ?

Tam tada taaa, tatam… Elle ne sait plus. Il connaît aussi. Tam tada taa, tatam…

Décollage. Son père :

— Tu sais, au début de ma carrière, la métaphore du décollage, ça m'a beaucoup inspiré : tu sens l'accélération au sol, puissante, continue, les roues qui tournent, le tarmac qui défile, tu prends la vitesse d'une formule 1, puis tout à coup tu te sens léger, hop, ça a quitté le sol, il n'y a plus le bruit des roues sur le tarmac, en quelque sorte : ça y est. Mais justement non. Ça n'y est pas du tout. Parce que c'est quand l'avion a quitté le sol qu'il commence vraiment à accélérer, en fait, qu'il augmente la puissance, qu'il met la sauce, le paquet.

Sinon, c'est le crash. Tu vois, la métaphore ? Si, quand ça a décollé, tu te dis ça y est, c'est bon, j'y suis parvenu, et que tu te relâches : crash. Quand ça a décollé, c'est précisément le moment d'augmenter l'effort, de travailler plus et plus dur, c'est le moment le plus dangereux, le plus urgent, le moment de ne plus prendre de repos, de ne plus hésiter, d'être encore plus décidé. Et alors là, puissance ! Là, ce n'est pas seulement décoller, là, c'est s'envoler. Et il faut encore pousser, encore, encore, fort. Puis un jour, comme par miracle, tu atteins la hauteur qu'il fallait, et l'appareil se stabilise, il est à neuf cents kilomètres heure, la force d'inertie fait désormais la moitié du travail, et là tu peux te dire : j'irai loin. Tu vois, je me suis dit à l'époque que la différence entre deux types qui en veulent, dans la vie, c'est que bien souvent il y en a un qui se relâche dès qu'il a décollé ; et l'autre, il sait qu'il faut continuer d'accélérer. Chaque fois que je prends l'avion, je reprends cette leçon.

Il a donné son explication avec des tas de gestes de bras et de main qui poussent, qui actionnent des leviers de commande.

Et elle, maintenant, elle se souvient : c'est une chanson de Pedro Palma : « On meurt aussi bien en business qu'en tourisme, le présent est un parapluie, partout dehors c'est la mort qui pleut, on meurt aussi bien en business qu'en tourisme. » Tam tada taaa, tatam…

— Juste, c'est ça ! Ben, tu es gaie, ma fille ! Tu as peur en avion, toi ? C'est nouveau !

— Non, non.

— Cela dit, Pedro Palma, ça c'était vraiment un bon chanteur. On n'en fait plus des comme ça. Qu'est-ce qu'il devient ? Il a sorti des trucs, récemment ?

— Je ne sais pas, mais il était en concert à Barcelone au mois de juin. J'y étais pas : les examens. Quelle idée de faire un concert au mois de juin.

— Bah, il est pas vraiment de ta génération. C'est un concert pour vieux, ça. Ta mère et moi, on aurait dû y aller, si on avait su.

Tam tada…

Sur les petits écrans télé défilent des bandes-annonces. Bientôt dans les salles : *Che l'Argentin*, de Steven Soderbergh avec Benicio del Toro. Bientôt, dans tous les bons cinémas : *The Wrestler*, de Darren Aronofsky, avec Mickey Rourke.

— Benicio del Toro, j'adore.

— Tiens, Che Guevara, ça dit encore quelque chose à des jeunes gens de ton âge ?

— Oui, quand même, oui.

— Tu vois, le Che, c'est un mythe que j'ai toujours eu du mal à comprendre. Parce que c'était tout de même un aventurier brutal, assez sanguinaire, et puis qui a laissé derrière lui quoi ? La dictature la plus délirante des temps présents : Cuba. Non ?

Begonya prend dans la pochette du siège le petit sac en papier prévu pour recueillir le vomi.

— Tu ne te sens pas bien ?

— Je sais pas, non. Pas terrible.

— Attends, on va demander une eau gazeuse. Tu veux une pastille ?

Et hop, tout dans le sachet.

— Pauvre chou. Ça va ? Enfin, bravo, tu as fait ça hyper-proprement. Tu avais déjà eu le mal de l'air, toi ?

Elle fait non de la tête. Et hop, encore un peu.

— C'est depuis le verre d'eau, tout à l'heure, à l'aéroport.

— Oh, saloperie, peut-être que le verre était sale. Une bactérie. Attends, je vais demander à l'hôtesse, ils ont sûrement de la Dramamine ou quelque chose de ce genre. Mademoiselle, s'il vous plaît…

— Oui ?

10

Oui. La Géorgie.

Évidemment, c'est une drôle d'idée, mais en même temps une révélation. Ce que le caillou sur la tempe lui a dit, clairement, en faisant résonner sa boîte crânienne, c'était : la Géorgie. Elle veut aller là-bas, Veronica, et l'évidence la prend ce matin, dans le lit, au réveil, avec les moulures au plafond de sa chambre et les rayons filtrant par les volets de bois intérieurs, son armoire rouge, et les reproductions de photos de Robert Capa au mur, tout lui dit : la Géorgie. L'appel, la solution à l'ennui et aux questions qui se pressent sans parvenir à seulement se formuler. Et même, elle peut dire que la réponse a créé les questions. Soudain, le danger, la Géorgie, là où ça brûle, c'est là qu'il faut aller, avec son appareil photo. Ou sans. Qu'importe, c'est là. Difficile de résister à une révélation qui entre dans la chambre avec la lumière et qui vous touche doucement les paupières et qui les ouvre. Tout est léger, elle ne pèse plus qu'un gramme ou deux, Veronica ; tout le reste de son poids est porté par la révélation. Ses pieds sont des plumes qui effleurent à peine le sol de sa chambre et maintenant le carrelage de la salle de bains. L'eau de la douche coule sur elle comme quelques gouttes aussi sur le plumage huileux d'un cygne. Elle sort de la salle de bains en ondulant. Le thé de papa est fumant dans la théière avec une tasse vide, pour elle, sur la table de la cuisine, et lui est déjà dans son living plein de tapis, de cadres et de meubles sombres, devant l'ordinateur, napperons, livres et bibelots, photos de maman et de petit frère dans des cadres en argent, funèbres, tristes et souriants, comme toujours les photos de morts. Mais, la Géorgie.

Elle ne va pas en parler à papa, pas maintenant. Surtout pas. Il trouvera que c'est une très mauvaise idée. Ne pas lui en parler. Lui faire un baiser, sortir de l'appartement, dire à tout à l'heure, bon travail, et ne pas lui en parler. Mais des anges tout joyeux dans sa gorge et dans sa bouche s'envolent :

— Papa, tu sais quoi, je vais demander au journal de m'envoyer en Géorgie !

Et lui, d'abord, incrédule, bonjour ma fille, que dis-tu ? Puis il lui montre le journal, les photos de missiles, évidemment, elle sait bien, et justement.

— C'est pas une idée, ça. C'est un grain de folie. Et est-ce que tu crois que le *Diari* va envoyer une stagiaire, une stagiaire, en Géorgie ?

— Mais je suis très bien vue, tu sais, au *Diari*.

— Oui, je sais, tes photos du directeur de la police avec le stylo dans la face, tout un scandale, enfin, un succès, mais il ne faut pas… enfin, tu délires, un peu. Les pieds sur terre, je t'en prie !

Comme une légère fêlure dans un verre en cristal, l'allégresse de l'idée est parcourue par un fil de tristesse. Ou d'amertume. Trois fois rien. Trois fois rien. Par la fenêtre ouverte sur le patio, un oiseau. L'écran de l'ordinateur se met en veille, noir ou vert-noir comme un étang glauque. Il se lève, avec sa tasse vide, va se resservir du thé. Le vent fait pivoter la fenêtre, un reflet de lumière balaie le piano droit, contre le mur, et les trois trophées d'escrime qui sont dessus. Parce que maman faisait de l'escrime.

Elle le suit dans la cuisine. Elle voit son large dos. Il est petit, chenu, touffu, grosse moustache.

— Quelle drôle d'idée, hein, ma petite.

Mais elle, les anges s'en sont allés, on dirait qu'ils sont sortis de l'appartement, par la porte, qu'ils descendent les volées d'escalier, qu'ils vont dans la rue. Et alors :

— Bon, j'y vais. Bon travail, à tout à l'heure.

Pour rejoindre les anges avant qu'il soit trop tard, leurs plumes, leur force, leur vérité.

Elle a rattrapé les anges. Oh qu'ils sont bons de l'avoir attendue ! Elle va dans la rue pleine de lumière jaune et d'immeubles. Rue de València. Elle file vers le métro. Elle marche sur le trottoir, à contresens de la circulation des voitures et des bus, bruyante. Elle traverse la rue de Girona, longe le marché couvert, traverse la rue du Bruc, passe devant le grand fleuriste Navarro dont les verdures, ficus, orangers, hortensias et mille variétés, ne laissent sur le trottoir qu'un étroit couloir toujours encombré, toujours parfumé, hibiscus, rosiers, cactus, puis elle traverse Roger de Llúria, passe devant le salon de coiffure où elle va depuis qu'elle est petite, puis, mais enfin qu'est-ce qui me prend ? Elle s'est trompée de station, ce n'est pas à celle du passeig de Gràcia qu'elle doit aller, mais à la station de Girona, évidemment, comme chaque matin, mais où avais-je la tête ? Demi-tour, coiffeur, fleuriste, rue de Girona, s'arrêter prendre un café, ça me fera le plus grand bien. Et sur ses anges blancs intérieurs le liquide noir ramène un peu de calme. La Géorgie, ton père a raison, il y a toutes les chances pour qu'on te dise non, au *Diari.* Mais raisonne tranquillement. *I know there's something in the wake of your smile.* La radio va fort dans ce petit bar. Pour faire comme Robert Capa, reporter de guerre ? Grand reporter, ça se mérite, ça ne s'improvise pas. Gagne la confiance, travaille bien, puis, *I get a notion from the look in your eyes, yeah,* avec le travail et avec le mérite la maturité sera venue et alors, alors seulement *Your little piece of heaven turns too dark,* ça ne choquera personne que tu veuilles aller là où ça brûle, ce ne sera plus un coup de tête, espèce d'idiote... *Listen to your heart ! There's nothing else you can do !* Oh putain merde, le vieux tube à la radio, Roxette, *Listen to your heart !* Et sa gorge se noue, à Veronica, si fort. *I don't know where you're going and I don't know why, but listen to your heart...* Qu'est-ce que c'est que ces putains de signes et de coïncidences, pourquoi je m'arrête dans ce bar, à ce moment précis, pour que Roxette me chante dans les oreilles que *listen to you heart...* Non ! Oui ! Dans un faux mouvement Veronica a fait tomber la cuiller par terre. Elle s'accroupit. Se relève. Devant elle, il y a le mur d'étagères couvert de bouteilles d'alcool. Sur le côté, le serveur ou le patron feuillette le journal des sports. *Sometimes you wonder if this fight is worthwhile.* Sur la caisse enregistreuse il y a la statuette en plastique de saint Pancrace, censée favoriser le commerce, et un petit chat thaï qui fait le salut fasciste en aller-retour et inlassablement. *Listen to your heart.* Écoute ton cœur, Roxette, la radio, le café, et ce matin l'idée venue toute nue et toute neuve, *take a listen to it,* oh tais-toi, Roxette !

— Combien je vous dois ?

Puis, en descendant vers le métro, elle se demande si on est en droit de gaspiller les signes. Parce que, si elle ne s'était pas trompée inexplicablement de chemin vers le métro, si elle n'avait pas eu la tête à l'envers, elle ne serait pas entrée dans ce petit bar au moment précis où la radio allait lui faire entrer dans l'oreille le deuxième message du jour, une sorte de fixatif de la première révélation du matin. Les anges devenus archanges et impérieux. Peut-on gaspiller les signes ? Parce que indubitablement c'en est un.

Puis, dans le métro, pendant le trajet, elle raisonne. Sans doute, la Géorgie, ce sera non. Il faudra s'armer de patience et prendre des décisions toute seule.

Le comble, c'est qu'elle n'aime pas la chanson de Roxette, enfin, elle n'aimait pas, elle n'a jamais aimé. Du toc. Et puis là, c'est trop tard. S'agit plus d'aimer ou pas. Elle lui a parlé. Mais comment elle a fait ! La gorge de cette femme, le micro, l'enregistreur, le disque, le temps, la programmation, la radio, le bar, et puis ses tympans à elle, Veronica, et finalement son cœur. Chemin des ondes, voie des anges, sur des vagues d'idées et de sentiments, de cœur à cœur. Ce n'est pas de la chanson. C'est de la communication.

En même temps que tout s'éclaire et que tout

s'obscurcit. Tout s'éclaire dans son désir de Géorgie ; et tout le reste s'obscurcit. Le feu, la mort, le sang, les cris et l'inconfort. La peur, la lutte. Cette surface de la vie que les bombes et les balles peuvent crever, et montrer un bref instant au moins l'autre côté. L'autre côté où il y a sa mère et son petit frère, à Veronica. Bien sûr ! Funeste accident de voiture, maman et Gabriel ne sont pas sortis de la vie ! Mais ils ont dédoublé l'épaisseur de celle de Veronica. Ils y sont, de l'autre côté. Et elle ne peut plus vivre une existence où leur côté n'est pas apparent, pas accessible. Ils ont passé par une porte, et elle veut être près de cette porte, pour, quand elle s'ouvre, s'entrebâille, claque, avoir le temps de jeter un coup d'œil, pour en sentir le vent, l'air de là-bas, la mort, oui, évidemment, *listen to your heart.* Joie ! Joie d'avoir compris les anges de ce matin ! C'étaient maman et Gabriel !

Et tout s'obscurcit aussi, parce que l'existence sans l'éclat du feu coule autour d'elle comme un noyé, avec des mouvements muets de poisson ou d'imbécile. Bref élan de haine soudain pour les gens dans le couloir du métro, sur l'escalier roulant, tongs, bermudas et pantalons, appareils photo, sacs à dos portés côté ventre par peur des voleurs à la tire, pathétique foule, mangeurs de hamburgers, mépris invincible pour ce père qui engueule son fils apparemment parce qu'il a perdu le guide Michelin, et le fils, ado ventripotent qui ressemble à un canard et qui fouille son sac. Puis mépris pour l'avenue Laietana encombrée, où tout lui semble circulation d'ennui, trafic d'ennui et embouteillage d'ennui. Puis elle respire, comme soulagée, en voyant un groupe d'Africains courir, avec leurs grands draps contenant de la marchandise interdite, fuyant sans doute une volée de policiers qui n'ont rien de mieux à faire que de pourchasser la contrefaçon. Soulagement de voir ces grands Africains, incroyablement jeunes, qui vivent avec la pauvreté et le risque. Comme si ce matin plus rien ne lui était supportable que le malheur. Puis elle entre au *Diari*. Dans l'ascenseur, elle est avec un homme qu'elle ne connaît pas et qui ne l'intéresse pas, et le miroir lui renvoie son reflet à elle, trop grande, trop bête. Puis bonjour, bonjour, les gens du journal, en bras de chemise, bonjour, salut, humeur exécrable. Décidément, journée vraiment pas normale. Cet imbécile de Joaquín, service des sports, qui la drague par e-mail. « Tu veux un café au lait ? » « *Vols un café amb llet ?* »

Répondre, en majuscules : « *NO* ». Et pas de « *gràcies* ».

Elle a une carafe d'eau à côté de son ordinateur. Tout est calme. Tous les gens un tant soit peu importants sont à la conférence de rédaction. Rien ne bouge dans la pièce. Veronica a posé ses deux mains sur ses jambes. Elle ne touche pas sa table. Et pourtant la surface de l'eau dans la carafe, qu'un rai de lumière distingue, tremble, vibre, sensible, elle seule, à des mouvements imperceptibles.

Silence, Veronica. Silence et patience.

11

Les nausées de Begonya ne s'arrêtent pas là.

Au contrôle des passeports, longue queue d'attente, puis le géant Black dans la cabine dont le regard la traverse comme si elle n'existait pas, et qui la glace. Elle a des frissons, en suivant son père dans l'aérogare. Dans le taxi, peut-être la suspension tellement molle des américaines, elle a de nouveau le ventre à l'envers.

— Ça ne va toujours pas mieux ? C'est peut-être le décalage horaire, aussi.

À l'hôtel, elle passe une demi-heure dans les toilettes, pour rien. Par en bas, c'est fermé. Il n'y a sans doute plus grand-chose à expulser, mais en tout cas la seule porte ouverte semble être celle du haut. L'odeur parfumée et le grand miroir avec son reflet, assise, n'arrangent rien.

Au restaurant, le clignotement des néons, bleu et rose, bleu turquoise et rose bonbon, ajoute une migraine. Pourtant, le resto est sympa. Son père n'est pas le même, en vacances, et surtout aux États-Unis. Il adore les States. On dirait qu'il perd vingt ans. Il savoure un hamburger qu'à Barcelone il ne voudrait pas avaler. Il dit qu'ici le mythe est toujours vivant, que tout est possible. Même l'élection d'Obama à la Maison-Blanche. Begonya verra. Elle sera aux premières loges. Bien que lui, à tout prendre, il préférerait McCain :

— Les intérêts économiques internationaux sont plus proches des grands groupes américains et des conservateurs que d'un Obama. Lui, on peut supposer, il fera surtout du bien aux classes moyennes de son pays. Tant mieux pour eux, mais ça ne fera pas nos affaires. Ceux qui seront contents si Obama passe, c'est les Chinois. Parce que Obama gérera la crise en empruntant un maximum, et c'est qui le bailleur de fonds des States ? Ouh ouh ?

— Quoi ?

Puis il lui conseille de se forcer à boire son Coca-Cola, c'est bon pour la digestion.

— C'est du Pepsi.

— Raison de plus. Tu sais ce que ça veut dire, *pepsi* ? Ça veut dire : digérer. En grec.

Le lendemain matin, direct aux affaires. Rendez-vous avec un agent immobilier qui est un employé d'un ami de son père. Déférent, enthousiaste, chaleureux, à l'américaine. Beau de voir comme son papa est respecté, jusqu'à New York. Et il a un bel accent, son père.

On visite trois studios. Begonya dit que sa copine Blanca lui a conseillé, pour éviter la solitude, de prendre une location partagée avec d'autres étudiants. Mais papa est contre. Elle sera ici pour bosser, et il faut un peu d'isolement pour bien étudier.

— Ne t'en fais pas, ce ne sera pas les distractions qui manqueront.

Le troisième studio est merveilleux, une rue en dessous de Harlem, tout en haut à l'est de Central Park. Dix-huitième étage, vue pas tout à fait dégagée mais une vue tout de même. Et pour la sécurité, c'est impeccable.

— Le bas de Harlem, c'est très sûr, désormais. L'Upper West Side, c'est idéal et vous êtes à un jet de pierre de l'université.

L'agent immobilier s'efforce de parler en espagnol ; papa répond en anglais et Begonya ne parle pas beaucoup. Elle ne se sent toujours pas bien. Son père prend une option sur le studio. À charge pour Begonya de la confirmer, avec six mois de loyer d'avance, quand elle arrivera.

Shake hands avec l'agent, qui s'en va, et *cheesecake* avec papa au *diner* du coin, tu verras comme tu seras bien ici.

Et le *cheesecake*, par en haut, dans les waters.

— On va passer dans une pharmacie. Si ça ne va pas mieux demain, on verra un médecin.

— Eh, papa, ne va pas croire que je sois enceinte, hein. C'est matériellement impossible, je te rassure.

— Tu fais bien de me rassurer. Mais, tout de même, t'as une petite mine.

L'efficacité de papa est impressionnante. On n'est pas là depuis vingt-quatre heures, et le studio est trouvé. On mange. Puis on est de l'autre côté du parc, à la Frick Collection. Begonya l'a visitée, la dernière fois, mais c'était déjà il y a dix ans. Et à vrai dire elle ne s'y connaît pas plus aujourd'hui. Papa, lui, rentre là-dedans comme si c'était sa maison.

— Le seul musée au monde, que je connaisse, qui soit interdit aux enfants.

Papa lui fait une véritable visite guidée. Il l'arrête devant la toile des trois forgerons, de Goya.

— Tu sens l'énergie ? Tu vois la puissance ? Mon ami Jacher, tu t'en souviens, le vieux collectionneur ?

Elle en a entendu parler souvent, ne l'a jamais vu.

— Jacher m'a dit que c'était la toile préférée de *Mr.* Frick. Frick, il avait sa fortune dans le charbon et dans l'acier. Des immenses usines en Pennsylvanie. On construisait le chemin de fer, aux States et partout dans le monde. Il fournissait. Un quasi-monopole. Il a généré une immense fortune. Puis, fortune faite, il s'est consacré à la philanthropie. C'est-à-dire qu'il a utilisé son argent pour se cultiver lui-même, parce que c'était un travailleur acharné, mais pas très érudit, au départ ; et puis pour soutenir des tas de bonnes causes, sociales surtout. C'est toute la morale américaine, enfin toute la morale du capitalisme. Faire de l'argent puis le dépenser pour le bien commun. Alors, cette toile, tu vois, le foyer rouge où le métal fond, et puis ces trois ouvriers, on pourrait dire ces trois athlètes, qui frappent de leurs grands marteaux pour transformer l'informe en quelque chose d'utile, c'était le symbole de sa philosophie. Le travailleur, sombre ; le travail, ardent, rouge, lumineux. Et puis, un peu plus que sa philosophie, c'était sa théologie. Parce qu'ils sont trois, les forgerons. Comme la sainte Trinité. Tu comprends ? C'était sa Trinité de Roublev à lui. En version industrielle. Moderne. Et le grand malheur de Frick, c'était de n'avoir pas d'autre Goya important. Il adorait l'Espagne.

Après-midi à l'hôtel, grand miroir, parfum, toujours pas de bonheur.

Le soir au concert. Carnegie Hall.

— La salle de concert la plus prestigieuse du monde. Pas mal, non, pour un pays qui compte pour rien dans l'histoire de la musique classique ? Tout ça, grâce à l'argent et à l'intelligence de la philanthropie. Andrew Carnegie, c'était comme Frick. En plus éclairé encore. Il a plutôt investi dans la musique que dans la peinture. Et puis il écrivait. Fortune faite dans l'acier. Au fait, Frick, en français, tu sais ce que ça veut dire ?

— Même pas.

— Argent ! Fric, c'est un mot d'argot, mais ça veut dire argent ! Dingue, non ? Une prédestination !

La salle n'est pas comble.

— C'est parce qu'on est en août. La saison n'a pas vraiment commencé. C'est un peu des concerts pour les touristes, faut admettre. Mais à Carnegie Hall, c'est toujours de la première qualité. Quand tu seras ici, tu te prendras un abonnement. Soit à Carnegie, soit à la Philharmonic, ce sera plus près de chez toi.

Un peu, Begonya rêve.

— Tu verras, quand tu reviendras de ton année ici, à Barcelone, tu iras écouter les opéras au Liceu et les concerts à l'Auditori, tu auras changé, tu apprécieras toutes ces choses, c'est une chance extraordinaire que tu as, c'est même une responsabilité. C'est ça que les States vont t'apprendre, enfin, tu verras par toi-même, mais l'argent, c'est une chance et une responsabilité, cinquante-cinquante. Regarde, cette année que tu vas passer ici, c'est une chance, et c'est déjà aussi du mérite. Parce que tu as travaillé dur, que tu es sortie brillamment de l'ESADE. C'était d'abord une responsabilité, tes études, qui a produit une chance, ton année ici, qui, de chance, devient à son tour une responsabilité.

Begonya tousse. Elle prend une pastille mentholée.

— Où j'en étais ? Ah oui. Carnegie. Je te disais qu'il était plus éclairé que Frick. En un sens, en fait. Il a su écrire. Sur la fin de sa vie, un peu comme un nouveau Benjamin Franklin, il a consigné l'essentiel de sa pensée dans des livres. Il y en a un, remarquable, qu'on ne lit plus guère et je ne comprends pas pourquoi, parce qu'il serait bien utile pour comprendre le monde d'aujourd'hui. Ça s'appelle *L'Évangile de l'argent*, ou quelque chose comme ça. Parce que tous ces milliardaires, c'étaient des protestants très fervents, bien sûr.

C'est Dvořák, au programme du concert. La *Suite tchèque*, puis les *Valses pragoises*. Dirigées par un homme en frac, et jouées par soixante musiciens en frac.

— Il faudrait que je t'emmène à Vienne, aussi. Imagine. Avec Ernst Jacher, toi et moi, à Vienne, au Staatsoper, le Vatican de l'opéra ! Ce serait le rêve. C'est si bon de voyager ensemble, on devrait faire ça plus souvent. Enfin on se voit plus de dix minutes ! À Barcelone, tu étais toujours avec tes copines. Et depuis que tu as pris l'appartement…

— Oui, et toi tu n'es jamais à la maison.

— Mauvaise langue… Mais chuut, écoutons.

— Tu sais qu'au Staatstoper, à Vienne, ils jouent parfois un opéra différent tous les jours ? Ça fait, à l'arrière, un ballet de cinquante camions, pour charger et décharger les décors !

— Chuut, papa…

— Dvořák, encore un qui doit tout aux States. Tu te souviens que c'est lui qui a composé la *Symphonie du Nouveau Monde* ?

— Oui.

— Tu sais que c'est sur cette musique que tu as fait tes premiers pas, à même pas un an ? Tu étais précoce ! C'était chez tes grands-parents. Pam pam pam paamm papam !

— Je sais, papa, chuut…

À la sortie du concert, son père s'absente un instant.

— Le champagne, c'est diurétique !

Begonya l'attend dans le hall. Les gens descendent les escaliers, s'en vont, comme un ruissellement. Elle a encore de la musique dans les oreilles et des applaudissements dans les mains. Une vieille femme dans une fourrure blanche, en plein mois d'août. Quatre grands jeunes blonds, qui se ressemblent, élégants Vikings en blazer bleu. Elle a des larmes dans les yeux. Elle ne sait pas pourquoi, et ça la fait pleurer plus. Elle sort. Elle attend sur le trottoir.

Son père la retrouve.

— Ça va ?

— Oui, oui. C'était magnifique.

Les quatre Vikings fument une cigarette, à côté d'eux.

— On rentre à pied, ou j'appelle un taxi ?

— C'est égal, papa.

— Dis, Begonya. Peut-être que tu fumes, et que tu n'oses pas me le montrer, et que tu te prives et que c'est pour ça que tu es un peu bizarre. Si c'est le cas, ne t'en fais pas, hein. Ne te gêne pas pour moi. Je n'approuverais pas que tu fumes, mais tu es une grande fille. Alors si tu veux en griller une de temps en temps…

Elle regarde son père, qui est éclairé de travers par les lampes de la façade du Carnegie Hall. Elle le reconnaît à peine, comme ça.

— Je te remercie, c'est pas ça. C'est vrai que je fume, un peu, mais ça n'a rien à voir. Et puis là je ne me sens pas mal. Je vais bien.

— Bon. Allez, alors. On rentre à pinces. New York *by night.* Tu sais que tu es une très jolie fille ?

Il la prend sous son bras et ils remontent vers l'hôtel, par la 4e Avenue.

— Tu sais qu'à New York c'est interdit de fumer, partout. Sauf dehors. Alors il faudra que tu t'adaptes. Mais je te donne un tuyau, là, à gauche, un peu plus loin, je te dirai quand on passe devant, il y a un des seuls restos où on peut fumer. Ils ont payé une licence ultra spéciale. Mais c'est tous des vieux fumeurs de cigares, tu te croirais à la Plaza de Toros de Madrid.

— Comment tu sais tout ça, papa ?

— T'en fais pas, dans un an tu en sauras plus que moi, et beaucoup !

Une voiture de police passe, sirène hurlante.

— Le problème, pour nous, à New York, c'est que tout ferme très tôt. Pour eux, le soir, c'est à dix-huit heures trente. Faut s'habituer.

Le matin, tôt, papa prend sa douche dans la salle de bains qui sent encore mon vomi. Je ne comprends pas ces nausées. Il me demande s'il faut aller chez le médecin, mais quand il me le demande, je me sens bien. On verra à Barcelone, demain. Après-demain. Il est en forme. On met nos baskets. Son bonheur d'aller jogger dans Central Park. Des années qu'il n'a pas fait ça. Il dit qu'il préfère l'hiver, courir en crachant de la vapeur. Il court bien, mais je cours mieux. Je le dépasse dans la dernière ligne droite. Il me poursuit. Je ris. Il arrive en sprint. Il s'est fait mal au mollet. Rien de grave. Il me dit qu'il ne parvient pas à se souvenir qu'il n'a pas vingt ans, et que du coup il force et que des choses comme ça se passent. Heureusement qu'il ne s'est pas déchiré le muscle.

Puis rendez-vous avec son ami Jordi López García, encore un Catalan dans Big Apple. Fameux prof de la Columbia. Enfin, fameux dans les médias espagnols, pas sûr qu'il soit autant une vedette ici. C'est amusant de le voir en vrai. Il est connu pour porter un nœud papillon en toutes circonstances. On dit qu'il en possède près de mille. Aujourd'hui, c'est un jaune à pois noirs. Il nous fait faire un tour des locaux. Mais pas ceux où j'aurai cours, qui sont ailleurs. Puis on mange ensemble. Prof de finances. Parle du Nobel comme s'il l'espérait. Au fond, pourquoi pas, qu'est-ce que j'en sais ? Il dit qu'il pourrait devenir trésorier du Barça, dans la prochaine équipe de direction. Il demande l'avis de papa, qui y est favorable. J'ai commandé comme eux de l'*angus beef*, mais c'est horriblement gras comme viande. Il dit que je pourrai l'appeler quand je veux, dès que je veux, qu'il est à New York presque tout le temps, sauf deux week-ends par mois plus des voyages par-ci par-là. Il me regarde avec un sourire carnassier et des yeux un tantinet bizarres. Je crois qu'il louche, légèrement. Il nous conseille d'aller visiter les *Cloisters,* comme si papa ne connaissait pas au moins aussi bien que lui. Papa dit qu'il préfère aller à l'Hispanic Society, voir les Sorolla.

Quand il dit Sorolla, je me rends compte pour la première fois que papa a de vilaines dents. Ou bien c'est le vin qui les lui a noircies. Mais on dirait qu'elles pourrissent. Et ça m'empêche de finir mon assiette. Ils parlent de Sorolla et encore de Sorolla, vilaines dents, Sorolla que Jordi López méprise et que papa admire, petit débat où tous deux tiennent bon, sans la moindre animosité.

On se quitte.

Taxi pour la Hispanic Society, où les tableaux de Sorolla sont accrochés si haut dans une salle si sombre qu'on n'en voit rien. Papa me les montre et me les explique à partir des cartes postales. Mais il y avait un très beau Greco, mon peintre préféré. Si tant est que cela veuille dire quelque chose, mon peintre préféré.

Taxi encore. On descend à l'Apple Store, 5e Avenue, s'acheter des iPhone, pour nous, pour maman, pour Eulalia et pour son copain. Papa trouve que c'est un cadeau sympa. Et je me rends compte que ce qui me dégoûte, ce qui me fait vomir, c'est tout le fric qu'on dépense. On n'est même pas certains que des iPhone achetés aux States fonctionnent sur le réseau espagnol. Le vendeur l'affirme.

12

Dans la galerie Alcalay, rue du Conseil des Cent, propriété de Celestina Soriano Alcalay, on procède au décrochage d'une exposition. C'est toujours un moment nostalgique. Les cadres emballés, le papier bulle, le papier kraft, les étiquettes, le rangement méticuleux, procéder à l'envoi des lots aux acheteurs, les tenir à disposition de ceux qui viendront les récupérer *motu proprio.* Celestina veut que ça se fasse en musique. Ça met un peu de gaieté sur la tristesse et ce sont deux choses qui vont bien ensemble.

C'était une expo de photos du monde gitan. Pour la première fois on mettait au jour l'œuvre d'un photographe illustrissimement inconnu, Léonard Floran.

Celestina, la soixantaine rousse frisée, est assise sur un tabouret pivotant, elle a mal au dos, elle fume, elle n'a plus le corps pour manutentionner, son médecin lui dit qu'elle devrait travailler moins, se reposer, mais il ferait beau voir. On a son caractère. Elle aime que son médecin lui conseille de se ménager, et elle aime ne pas le faire. Si son médecin ne lui disait pas de lever le pied, sans doute elle n'aurait pas autant d'énergie. Elle s'est cassé un ongle, à l'annulaire, gros ongle verni de rouge, qu'elle suce en pivotant sur son tabouret, en crachant la fumée et en regardant par les vitrines le passage des piétons et des vélos et des autos et des bus et des petits camions dans la rue.

Elle a quatre jeunes personnes qui l'aident et qui lui demandent conseil constamment, non pas tant qu'ils en aient vraiment besoin, ils savent quoi faire, mais elle a une légère tendance tyrannique et il vaut mieux qu'elle ait eu son mot à dire sur tout.

C'était une magnifique exposition et un vrai succès. Partie d'un coup du hasard et d'un coup de cœur, exactement les ingrédients que Celestina préfère. Elle rendait visite à son ami David aux Archives photographiques de la ville, dans l'ancien couvent des Augustins, au-dessus du musée du Chocolat, justement quand on y apportait un legs nouveau, contenu dans une trentaine de cartons de chaussures. Elle avait, avec sa discrétion coutumière, ouvert un carton, inspecté deux diapos et deux négatifs à la lumière du jour, c'était du Cartier-Bresson.

— C'est du Cartier-Bresson, je te dis ! David ! Qui est ce type ? Qui est ce génie ?

— Léonard Floran, un reporter français qui s'est marié avec une Gitane, dans les années cinquante. Jusque-là, il avait bourlingué dans le cinématographe, il avait fait des reportages pour *La Vanguardia*, puis plus rien, il a coupé tous les ponts, il a vécu en immersion totale dans le clan de sa femme, dans les baraquements de Montjuïc. Il est mort en 86 ou 87, et là c'est son fils qui se débarrasse, entre guillemets, des milliers de négatifs, parce que le type en fait n'a pas arrêté de photographier, de photographier, de photographier. C'était un fou.

Et Celestina, avec un doigt pointé sur les cartons :

— Je veux.

Et de ce doigt pointé et de cette volonté était sortie l'expo. Quatre-vingt-dix tirages, noir et blanc. Dès le deuxième jour, le célèbre milliardaire et collectionneur d'origine autrichienne Ernst Jacher en avait acheté cinquante, par l'intermédiaire de son fondé de pouvoir en Espagne, Miquel Dalmau, lui-même absent et représenté par un certain Victor Vidal. Effet d'annonce sans doute, les gros collectionneurs donnant confiance aux plus maigres, tout partit comme des petits pains. C'étaient principalement des portraits et des scènes de genre, prises sur le vif dans ce qui paraissait être une perpétuelle vie de fête et de misère. Sous la bâche tendue, vingt personnages, souvent sortant du cadre, battaient des mains autour d'enfants danseuses, les gens avec des bouteilles à la main, une cigarette derrière l'oreille, le sol couvert de tapis. On aurait pu se croire en Perse. Vivacité, joie, tristesse, fatalité, Celestina adorait. On voyait les baraquements, les chemins poussiéreux, des enfants nus prenant l'eau à la fontaine publique, des jeunes gens extraordinairement beaux jouant de la guitare torse nu sur des carcasses de voitures, des regards de feu, des femmes énormes sous des empilements de jupons, des chiens, des chevaux, des hautes cheminées industrielles en arrière-fond et aujourd'hui disparues, des mères, des vieillards, l'incalculable diffraction personnelle de l'anonymat, la mémoire du vent, la liberté et la disparition. Celestina avait écrit en légende de l'expo que tout se passait comme si, dans le viseur de Léonard Floran, se trouvait, au même endroit exactement, la vie de son sujet et le cœur des spectateurs futurs de ses photographies. Sur une seule on voyait Léonard Floran, identifié par son fils, parmi d'autres, fumant une cigarette très mince, un petit Leica pendu au cou et de travers, les paupières baissées, souriant, d'une timidité ou d'une réserve très fortes, assis dans un pneu.

Tout ça s'en va.

Celestina écrase sa cigarette tachée de rouge à lèvres. Elle dit :

— Mettez la musique plus fort !

Dans la perspective, dix jours de congé, fermeture annuelle de la galerie, puis l'expo d'une peintre formidable, qui fait des feuilles et des feuillages. Maria del Mar Ballet.

Le jeune Ferran lui demande :

— Et qu'est-ce qu'on fait de ces trois-là ?

Les trois qui n'ont pas trouvé acheteur, et que Celestina a fait acquérir par la galerie.

— On va les accrocher toutes les trois côte à côte, ici, au-dessus du bureau. Mais que ce soit Francesc qui le fasse, il a le compas dans l'œil.

Ce sont trois photos que tout le monde n'a pas comprises, apparemment. Trois photos d'architecture, plutôt grises que noir et blanc, et qui représentent l'édification du quartier de la Mina, les dix-huit barres de HLM offertes aux Gitans en échange de l'anéantissement des plus grandes zones de baraquements de la ville, Montjuïc, le Carmel et Somorrostro. Le fils de Léonard Floran, en commentant l'expo, avait expliqué que c'était un drame, pas seulement parce que c'était comme un emprisonnement, mais parce que les clans vivaient jusqu'alors chacun dans leurs zones, et qu'en les mettant tous dans les mêmes immeubles, les mêmes escaliers, la même nuit, sur les mêmes trottoirs, on savait bien que la guerre allait éclater et que des familles s'entre-tueraient. Mais ça les arrangeait bien. Parce que, moins il y en aura, des Gitans, hein, c'est leur but.

Celestina n'avait pas voulu mettre ça dans le dossier de presse. Parce que bon. Et elle s'était promis d'aller voir la Mina. On lui avait dit que c'était un quartier dangereux, elle avait rétorqué qu'il n'existait plus de coupe-gorge dans l'Europe du XXIe siècle. Et puis, finalement, elle n'y était pas allée. On a tellement de choses à faire.

— Non, là, un peu plus haut, Francesc, oui, plus haut, te dis-je.

Elle se demande s'il est possible qu'une femme comme elle ait peur des Gitans. Évidemment, ce n'est pas de la peur, elle les adore, mais enfin. Elle n'y va pas.

13

L'une des trois photographies au-dessus du bureau dans la galerie Alcalay montre le premier HLM construit, entouré de terrains encore vagues, avec six personnes assises sur des chaises devant le rez-de-chaussée, au coin, où l'on distingue l'enseigne du « Centro cultural gitano del barrio de la Mina ».

Quarante ans ont passé. L'enseigne a disparu, remplacée par le même texte, mais à la peinture verte sur le mur et orné de deux roues à rayons également peintes, en rouge et en blanc. C'est là que Chucho attend. Il attend Yago.

Yago arrive, dans son petit trois tonnes et demie bleu à moitié rempli déjà de vieux papiers et cartons. Chucho monte dans la cabine, à côté de Yago. Derrière, dans les papiers, il y l'autre, Angel, qui met de l'ordre pendant qu'on roule. On écoute de la musique. Yago est un type plein de gaieté. Chucho, lui, ne desserre que rarement les dents et en quelques jours déjà on lui a donné un surnom. *El mudo.* Le muet. Ça fait trois nuits que Yago lui permet de dormir dans le camion. Et il commence à se sentir sale. Quand Yago lui a demandé son âge, Chucho a dit quinze ans, et c'était tellement faux que Yago a éclaté de rire et lui a envoyé une claque amicale dans la figure, qui faisait tout de même assez mal. Il lui a dit qu'il était assez petit de taille pour rentrer dans les conteneurs et que c'était bien.

Yago lui passe un sandwich emballé dans de l'alu. Chucho mange.

Puis commencent les arrêts. À chaque conteneur bleu, où les gens déposent leurs vieux papiers, un tous les trois carrefours approximativement, le camion s'arrête ; Angel, depuis la benne, avec une gaffe, soulève et cale le couvercle, Chucho saute à l'intérieur et passe tout le contenu à Angel, qui le dispose selon un ordre que Chucho ne comprend pas. Sans doute, quand il le comprendra, il pourra prendre le rôle d'Angel. Pendant ce temps Yago, avec ses mèches blondes (parce que Yago est un Gitan tout blond), au volant, patiente, regardant dans les rétros, sans rien dire, sauf s'il voit dans la rue un Chinois. Parce qu'il a une manie avec les Chinois. Et s'il en voit un, il se penche et il crie simplement : *¡Chino! ¡Chino!* Jusqu'à ce que le Chinois le regarde. Puis il se marre.

Le « prêtre » lui avait dit de filer à la Mina, et Chucho l'a fait. Avec la peur au ventre, mais il l'a fait. De toute façon, il a l'habitude de vivre avec la peur. Il s'était planté devant le seul bâtiment neuf du quartier, la bibliothèque publique, toute blanche, au milieu des barres décrépites, avec un grand auvent gris qui faisait un rectangle d'ombre. Il était rentré dans le bâtiment de la bibliothèque pour trouver des toilettes. Il s'était soulagé, puis, en cherchant du papier pour s'essuyer les fesses, il avait vu l'affichette : si vous voulez un rouleau, demandez-le au comptoir de la bibliothèque. Ce qu'il n'avait pas osé faire, et il était retourné sous l'auvent, dehors, reculotté, sale et honteux. Puis il avait assisté à une scène digne d'un rêve, annoncée d'abord invisiblement par la musique des sabots ferrés sur l'asphalte, clipiclipiclipa, jusqu'à ce que paraisse un homme très fort avec quasiment pas de front, à cause de sa chevelure qui commençait presque au niveau des sourcils. Il tenait par une corde tressée un cheval blanc avec des taches grises, rondes, la crinière peignée, qui marchait en soulevant les jambes très haut, puis en les ramenant si bien que le sabot touchait presque le ventre, puis la jambe repartait comme un coup de fouet. Sur le cheval, il y avait un garçon plus ou moins de son âge, que Chucho aurait bien aimé connaître, pour pouvoir l'appeler, lui dire quelque chose, lui demander de monter, de faire un tour. L'homme avait arrêté le cheval à l'ombre de l'auvent. Il était resté là dix minutes au moins. Des gens étaient venus voir. Personne ne parlait. On avait regardé Chucho. La corde tressée par laquelle l'homme tenait le cheval paraissait à Chucho la chose la plus belle du monde. Puis l'homme, le cheval et le garçon s'en étaient allés, en tournant le coin.

La lumière avait changé, des voitures étaient passées, il avait faim et soif, il avait mal aux fesses, les gens de la bibliothèque étaient partis, avaient fermé, baissé le volet de fer, et il attendait avec la seule décision de ne pas pleurer.

Et Yago était arrivé dans son camion, en roulant

très lentement. Chucho avait regardé le camion approcher. À sa hauteur, Yago, par la fenêtre de la portière, lui avait crié : « *¿Oye, tú, vago, qué haces?* Eh, toi, paresseux, qu'est-ce que tu fais ? *¡Ven pacá!* Approche ! *¡Súbete!* Monte ! » Yago était tout blond, avec un visage plat et large et des yeux bridés.

Puis Chucho a dit quinze ans, Yago s'est marré, lui a envoyé une tarte et a redémarré. Il lui a demandé qui était son père. Chucho a répondu qu'il n'en avait pas. Ou alors qu'il était mort.

— Et ta mère ?

— Ah, là, c'est sûr, j'en ai jamais eu.

Puis, quand le tour des conteneurs à papier est terminé, Angel monte en cabine avec eux, ils poussent jusqu'à la place d'Espagne, avec la musique, en fumant, en sifflant les filles par la fenêtre. Chucho fixe le joli crucifix en plastique collé sur la plage avant. C'est du plastique jaune un peu transparent. Chucho pense qu'il doit être fluorescent, la nuit. Mais il ne demande pas.

Puis ils remontent jusqu'à la gare de Sants, puis par l'avenue Tarradellas jusqu'à la Diagonal, sur la bande réservée au bus. Comme la veille, ils déposent Chucho *el mudo* au rond-point de Francesc Macià, sous la publicité Coca-Cola, à charge pour lui de se trouver un petit coin pour faire la manche, c'est la sortie des bureaux.

— À ce soir, *mudo* !

Chucho ne dit rien.

Hier, il a protesté que les mineurs qui mendient, la police n'aime pas, ne laisse pas faire, mais Yago lui a rétorqué : Et moi, tu crois peut-être que je suis majeur !

D'où Chucho a déduit que Yago doit avoir dix-sept ans.

Dans le camion parti, Angel dit à Yago que le *mudo,* petit comme ça, là, il serait parfait pour se glisser par les fenêtres. Et Yago :

— Tu crois que j'y ai pas pensé ?

Chucho s'assied en tailleur comme hier au coin des rues de l'Avenir et d'Amigó, à côté du restaurant à l'enseigne verte. Mais très attentif, et prêt à cavaler.

Hier une fille très jolie lui a donné son fond de poche, elle avait son casque de moto dans un sac qui lui battait les fesses. Il lui avait dit : « *Dios te bendiga* », et elle s'était retournée, toute rouge, pour lui renvoyer la bénédiction :

— *No, a tu, que Déu et beneeixi a tu.*

Puis elle était entrée, au numéro 44, en face.

De temps en temps, Chucho regarde le morceau de ciel que la rue laisse, pour voir passer les avions. C'est son secret, ça, les avions.

Ça y est. Nuria s'est envolée vers l'Angleterre et la deuxième partie de sa vie. On était émues à l'aéroport, mais ç'est parce qu'on est des filles. On s'est promis des tas de choses. Mais c'est parce que, maintenant, on sait que c'est fini, les études, la connivence. Quand elle reviendra, elle ne sera plus la même. Forcément.

Et Begonya n'a absolument pas osé dire que son voyage à New York l'avait dégoûtée, qu'elle avait peur et qu'elle n'avait plus aucune envie de partir. Qu'elle était paumée et qu'elle ne savait plus rien.

Tout est prêt pour le départ, il faudra bien y aller. Mais, pour Begonya, un mur s'est dressé entre elle et demain.

Blanca est venue avec son Marc.

Entre les lignes Begonya a compris que Blanca s'attend à ce que ses copines lui organisent une enterrement de vie de jeune fille. Ouh là. C'est vrai que ça se fait, en principe. Mais elle était à des années lumière d'y avoir songé. Merde. C'est vrai que c'est sympa. Mais pour tout dire elle n'en a vraiment rien à faire. Elle, normalement, à New York, Nuria à Londres, qu'est-ce qu'elle s'imagine, Blanca ? Et pourtant oui, elle a l'air de se l'être imaginé. De toute façon, ces choses, c'est surprise. Donc n'ayons l'air de rien. Et puis c'est triste, mais le plus probable, c'est qu'elle pourra toujours l'attendre, son enterrement de vie de jeune fille.

Smack, smack, on s'embrasse, ciao. Begonya met son casque, enfourche son scooter, démarre, sort du parking de l'aéroport et rentre vers Barcelone en se représentant son amie Blanca, plus décembre et la date du mariage approchent, rentrer chez elle tous les soirs avec l'idée que coucou ! on est là ! Enterrement de vie de jeune fille ! Wahooo ! Et puis, chaque soir, rien. En *crescendo* jusqu'à l'avant-veille, puis la veille. Et la pauvre Blanca de se dire qu'elle n'a pas d'amies. Et d'enfiler le lendemain, avec cette amertume, sa robe de mariée.

La route est longue et droite et parallèle à la mer, de l'aéroport à Barcelone, et il faut tenir le 80 max, à cause des flashes. Begonya se dit qu'un bon coup de guidon et hop, plus de questions. Et un autre type d'enterrement de jeune fille.

On la klaxonne. Peut-être qu'elle ne roule pas

droit. Elle décide de fermer les yeux cinq secondes. C'est complètement fou, enfin, Begonya. Mais, pourtant, elle le fait. Elle compte un, deux, trois, quatre, cinq. Pas de crash, mais le cœur qui bat à cent à l'heure.

Il se serait fait flasher, son cœur.

Qui lui a dit ça, dans sa tête ?

Elle sourit.

Elle a envie de pleurer.

Avions dans le ciel. Nuria quelque part, là-haut. Mais non, pas encore. Elle doit en être à passer la douane.

Un mur entre elle et demain. C'est exactement ça. Un mur qui avance à la même vitesse qu'elle, qui l'empêche de rien voir, mais dans lequel elle ne se crashe pas. Jusqu'à ce que le mur s'arrête… Oh bon Dieu, mais c'est quoi qui m'arrive ?

C'est peut-être comme un train, qui a suivi les voies, jusqu'à la frontière de l'âge, fin des études. Il faut descendre et remonter dans un autre, parce que, de l'autre côté de la frontière, c'est pas le même écart de rails. Alors Begonya est descendue du train. Une magnifique locomotive new-yorkaise l'attend de l'autre côté de la frontière de l'âge, et soudain les jambes lui pèsent, la locomotive est là, il faut monter, et les pieds de plomb l'empêchent aussi bien de monter que de prendre la fuite.

Attention, le bus. Ouf. De justesse. Décidément, fais gaffe.

Prendre la fuite ? Vers où ? Sous quel prétexte ?

C'est la paresse, c'est simplement de la paresse, Begonya. Prends ton mal en patience, les rails sont là, la locomotive attend, puissante. Laisse-toi pousser par le temps et monte.

Elle tourne le rond-point de Francesc Macià, grimpe dans Pau Casals. Tous les gestes automatiques fonctionnent. Elle se gare, ôte son casque, le glisse dans son sac en coton, le passe en bandoulière et marche vers chez elle, son petit studio. Rue de l'Avenir. Oh merde, le même petit mendiant qu'hier. Mais qu'est-ce que tu fais là à m'envoyer ta misère à la figure ! En plus, beau comme tu es !

Elle approche du mendiant. Elle rougit de nouveau. Quelque chose de tellement ridicule. Les riches, les pauvres, les jeunes, les vieux, New York. Faut que je lui donne quelque chose, il va me dire que *Deu em bendigui.* Oh le putain de mur entre moi et demain, entre moi et ce gamin !

Elle prend, vite, maladroite, le fond de sa poche, le met dans le gobelet, il sourit, il n'a rien dit, elle continue. Et pourquoi je m'apitoie sur un mendiant, moi ? Tous des voleurs, les grands comme les petits.

Elle traverse prestement, son casque dans le sac lui bat le flanc.

À la terrasse du restaurant, un homme chauve embrasse une jeune femme qui a de grosses lèvres. Begonya ne comprend plus rien. Les portes de son immeuble sont grandes ouvertes. La concierge fume une cigarette sur le pas en papotant avec la concierge voisine.

En face, Chucho est content d'avoir vu la même fille qu'hier. Mais, en jetant un coup d'œil dans son gobelet, il met un curieux instant à réaliser que ce n'est pas de la monnaie, mais un trousseau de clés.

Réaction brusque dans sa tête. Il renverse le gobelet dans sa main, met les clés dans sa poche.

Suivre cette fille.

Ah oui, au 44, en face, elle entre.

Alors il sait quoi faire.

La concierge dit bonjour à la fille du propriétaire de l'immeuble, qui n'a pas répondu, la salope, pour qui ça se prend. Avec son gros cul et ses jeans à trois cents euros.

Un mur entre elle et demain, un mur entre elle et le reste.

La concierge bavarde. Chucho se glisse. Par la cage grillagée, il regarde l'ascenseur monter. Jusqu'au dernier étage.

Et maintenant, filer.

À la terrasse du restaurant l'homme chauve, avec la main de la jeune femme dans sa main, et un sourire vague, voit sur le trottoir un gamin courir et tourner le coin.

Pas moyen de trouver ses clés. Begonya fouille son sac, la petite poche latérale où en principe elle les garde. Il faudrait qu'elle les mette toujours au même endroit. Elle se tâte partout, rien. Elle retourne son sac sur le paillasson, toutes ses choses et tous ses bibelots, tiens, l'échantillon de Calvin Klein Truth, j'avais oublié, et pas de clés. Mais où je les ai mises ? Je n'ai pas pu les perdre. Ah oui, j'ai dû les laisser à l'intérieur, en partant. Oui, je crois, je me souviens, je les avais déposées sur la boîte blanche, je me revois, et puis je suis sortie. Sans les prendre. Idiote.

Elle appelle sa mère, qui a un double. Ou plutôt l'original.

Pas de chance, sa mère est à Gérone, chez la

tante Berta, qui ouvre un deuxième restaurant. C'est vrai. Elle ne sera pas de retour avant onze heures, minuit, au mieux.

— T'as qu'à aller au cinéma. Tu m'appelles en sortant.

Ben oui.

Elle redescend. Tiens, le petit mendiant n'est plus là.

Quoi voir au cinéma ?

Ah oui, le film avec Benicio del Toro.

Où le joue-t-on ?

Elle consulte les affiches via son iPhone. Quand même pratique, ces petites machines-là. Et puis heureusement que ça marche en Espagne, finalement.

Voilà. *Che l'Argentin*, c'est ça. Au Ciné Verdi, dans une heure. Che Guevara. Ça va pas apaiser mes soudains problèmes de conscience de gosse de riche, ça.

Il y a du monde au guichet.

Pour tout dire, c'est peut-être la deuxième fois dans sa vie qu'elle va seule au cinéma.

Devant elle, dans la queue, il y a Veronica, mais elle ne connaît pas Veronica. Et, derrière Veronica, il y a une jeune femme qui lui a marché sur le talon, qui s'excuse, qui a le visage rond, le nez fin, des taches de rousseur et un écart entre les incisives. Mais Veronica ne connaît pas Begonya.

Veronica, à la petite dame du guichet, achète une entrée pour le film d'Aronofsky.

— *The Wrestler*. 8 euros. Salle 2.

Puis Begonya :

— Une place pour le film avec Benicio del Toro.

— *Che l'Argentin.* 8 euros. Salle 5.

Veronica descend quelques marches, vers les salles du bas, s'arrête au distributeur automatique de pop-corn. Begonya monte les marches, à gauche, vers les salles du haut.

Nuria récupère sa valise, aéroport de London Heathrow.

Et, pendant que le Che progresse avec ses hommes dans la forêt cubaine et que derrière Begonya une inévitable petite vieille froisse des papiers de bonbon, Chucho attend dans le camion silencieux, monte la garde, un téléphone portable en main, le soir est tombé, l'éclairage public crée des bulles orange, Angel et Yago ont ouvert avec les clés de Begonya le portillon dans la porte cochère du 44, sont montés au septième étage où, coup de pot, il n'y a qu'une porte. Angel tient l'ascenseur ouvert, Yago sonne, deux fois, trois fois. Mickey Rourke fait merveille dans son rôle de wrestler-catcheur sur le retour, Veronica mange des pop-corn, angoissée par le drame ; avec plein d'adrénaline dans le corps et un silence méthodique, Angel et Yago remplissent deux sacs à dos de toutes sortes de choses intéressantes, c'est comme un conteneur mais où tout est neuf et fonctionne, ordinateur portable, petits cadres, même les couverts, les vêtements. Pas encore trouvé d'argent liquide. C'est un studio à l'attique, avec le toit de l'immeuble pour terrasse, on voit jusqu'à la mer. Le Che explique à Begonya, les yeux dans les yeux – et des beaux yeux –, que la révolution commence à l'intérieur de toi. Que la révolution, ce n'est pas quelque chose, c'est quelqu'un. Coups de klaxon insistants, continus, la voiture, là, qui veut sortir, et le camion qui gêne. Klaxon, klaxon. Chucho, onze ans, se met au volant, Belito lui a appris. Heureusement que Yago a laissé les clés. Contact. Il recule. Il ne voit rien derrière. Il recule. N'a rien cogné. La voiture sort. Mickey Rourke catche contre une brute armée d'une agrafeuse. Veronica pleure. Mickey Rourke sacrifie tout. Il ne combat plus pour une prime, pour cette misérable petite somme d'argent qui lui permet à peine de survivre dans sa caravane paumée. Il a le cœur malade. Il le sait, maintenant, que s'il accepte de combattre vendredi prochain, s'il signe ce contrat, là, devant lui, son cœur ne tiendra pas, il mourra sur le ring. C'est tellement certain... Angel a pris les Kinder dans le frigo et deux bouteilles.

— Mais tu es fou, on n'a pas la place !

— Mais si.

Dommage qu'il n'y ait pas eu de télé et pas de cash.

La porte claque, ils montent dans l'ascenseur.

Quitter les rings, pour Mickey Rourke, ce serait sauver sa vie, mais ce serait en perdre le sens. Sauver sa vie et se perdre, ou perdre sa vie et se sauver ? Tout ce débat-là dans la tête de l'énorme catcheur misérable quand il va voir sa copine au strip-tease. Veronica sue. Et Begonya a le cœur qui bat, parce que le Che n'est pas bavard, mais, dans son silence et son peu de mots, il lui dit beaucoup de choses. Que demain n'est pas écrit, que demain n'existe pas. Que son but n'est pas de vivre longtemps mais de vivre libre, qu'il n'y a pas de liberté sans justice et qu'il n'y a pas de justice sans combat.

Yago et Angel grimpent dans le camion avec le butin. Yago démarre. Angel est déjà en train d'ouvrir la bouteille de *cava*.

— Mais… le camion a bougé !

Il regarde Chucho.

— Une voiture devait sortir, là.

— Tu l'as bougé tout seul ? Tu sais conduire, *mudo* ?

— Un petit peu.

Yago démarre avec un éclat de rire éléphantesque. Ils foncent. Il tape dans le dos de Chucho en le traitant de petit génie et toute la pression du moment se libère dans cette joie brutale, le bouchon de *cava* a sauté dans la cabine du camion, rebondi contre le pare-brise, la bouteille déborde, Angel boit et asperge, on dirait la victoire d'une course de formule 1.

Sur l'AP-7, l'autoroute de Gérone à Barcelone, Mireia, au volant d'une Saab qu'elle n'aurait pas dû choisir décapotable puisqu'elle ne la décapote jamais, trop d'air, la clim est beaucoup mieux, dépasse un peu les limitations de vitesse pour rapporter plus vite à sa fille le jeu de clés de l'attique du 44. Elle déteste rouler la nuit. Les phares l'éblouissent, elle n'a plus ses yeux d'avant.

L'horrible agrafeur est au tapis, essayant de se redresser ; Mickey Rourke, miracle, n'est pas mort, il est debout, mais il commence à voir trouble. La foule l'acclame et demande le coup de grâce.

Begonya frémit, parce qu'elle comprend que le

mur entre elle et demain, entre elle et l'avenir, c'est justement cela : que demain n'existe pas encore, et que, le mur opaque et fermé qui lui barre la route, c'est la première fois pour elle l'impossibilité d'aller vers demain sans faire un choix. Et que le mur est la première vision qu'elle a, tellement concrète, tellement massive, de sa liberté. Et qu'elle peut décider d'aller ou pas à New York et de devenir ou non ce que son père et ce que tout le monde et elle-même supposent qu'elle doit devenir. Non. Pas qu'elle peut, mais qu'elle doit. La liberté est obligatoire. C'est pour ça que c'est un mur, oh la chance de ressentir ça maintenant et de comprendre. Dans l'obscurité amniotique de la salle de cinéma. Et, avec le Che, elle descend de la forêt vers les rues bâties de La Havane, avec ses hommes qui ont peur de mourir et qui veulent se battre ; elle descend vers son avenir ; elle aussi a un fusil chargé ; elle aussi doit descendre, reconquérir sa ville intérieure et violemment révolutionner le cours de son histoire.

Mickey Rourke alors, bien que la tête lui tourne dangereusement, grimpe sur les cordes, se dresse, la foule l'acclame, l'agrafeur est à quatre pattes, sans forces, sur le tapis, Mickey lève les deux bras, se met en croix, se prépare au saut de l'ange, il est trop clair que ce crucifix de muscle et de sueur dressé sur les cordes, sous les hurlements du public, va à une mort certaine, et qu'il indique la voie. Alors il bondit, au ralenti. L'agrafeur tourne la tête vers cet ange qui lui tombe dessus. Et noir. Écran noir. Mort. Fin.

Mireia a quitté le boulevard périphérique, enfile la Gran Vía, croise, parmi beaucoup de phares qui l'éblouissent et lui donnent la migraine, le camion bleu de Yago, puis elle s'arrête pour téléphoner à sa fille, lui dire j'y suis, c'est quand tu veux.

Veronica, en descendant lentement la rue Verdi, pleure encore doucement en s'efforçant que ça ne se voie pas.

L'émotion du sacrifice de Mickey Rourke lui rend tout autour d'elle si fragile et si précieux, si extraordinairement beau et triste, oh, si les gens savaient à quel point leur simple vue est bouleversante. À quel point ils sont précieux.

Begonya attend sa mère, au carrefour de la rue Verdi et de la Travessera de Gràcia, en se rendant compte que le message du Che en elle est comme un mirage, et que déjà il se dissipe et qu'elle ne voit plus trop de quoi il s'agissait.

Ah, voilà Begonya.

Ah, voilà maman.

Begonya prend les clés que sa mère lui passe par la fenêtre de la voiture ; derrière, ça klaxonne déjà.

— On se voit demain, ma chérie !

— Oui, maman.

Nuria descend du taxi, les beaux taxis londoniens tout noirs avec la portière qui s'ouvre à l'envers. Sa valise et son sac. Et puis allez, comme dans les films :

— *Keep the change.*

L'air frisquet du soir anglais lui donne la chair de poule. Elle entre dans le petit hôtel.

Et Begonya sort de l'ascenseur, ouvre sa porte et découvre tout chez elle sens dessus dessous.

Nuria téléphone à ses parents, bien arrivée, je suis déjà à l'hôtel, aucun pépin.

— Parfait, ma grande, parfait ! Merci de nous avoir tenus au courant ! Appelle-nous souvent, ça nous fait plaisir !

Begonya, le téléphone en main, s'apprêtait à appeler sa mère, pour lui dire ça, le cambriolage. Puis elle renonce, parce qu'une pensée fulgurante la traverse : la boîte blanche. Elle cherche sa boîte blanche, là, non, là, non, pas là, pas là non plus, on l'a volée aussi. Et, dans la boîte blanche, il y avait son passeport et surtout son visa, son visa d'études. Impossible d'en refaire un si vite, impossible, il faudra reporter le départ, les délais pour un duplicata, impossible ! Le hasard a décidé pour elle.

Elle parcourt son appartement, quel travail de cochon, tout renversé et les tiroirs vidés par terre, et même sur la terrasse, il y a des pots de fleurs éclatés sur le sol.

Nuria se met au petit balcon de sa chambre, la rue est noire, l'air est grisant. Soit elle se couche bien gentiment, soit elle va faire un tour. La vie est belle.

Begonya, comme si elle descendait dans les rues de La Havane, renverse les meubles qui ne l'étaient pas encore, lance une chaise contre le mur, frappe du pied dans les coussins que les cambrioleurs ont éventrés, jette par terre les vêtements qui restent dans la penderie.

Elle retourne sur la terrasse, avec la colère anticipée de son père dans la tête, l'incompréhension de sa mère et la honte des copines. Alors elle brise les deux pots de fleurs qui avaient survécu et crie devant la ville qui s'est dressée là comme une personne muette avec des milliers d'yeux, qu'elle n'ira pas, qu'elle n'ira pas, qu'elle n'ira paaaaaaaaaaaaaas !

Nuria, agile du pouce sur son téléphone portable, envoie un message collectif aux amies : « J'y suis, les copines. *Life is beautiful…* » et une série de points d'exclamation.

Et ting-ting-til, arrivée du message sur le portable de Begonya. Et ting-ting-til, arrivée aussi sur six autres portables quelque part là tout autour enfouis dans la ville incandescente.

PARTIE II

ET LES AUTRES

14

On n'est pas obligé d'aimer. Ces grandes feuilles d'arbres peintes sur du papier. À partir d'un pigment dont la galeriste Celestina Alcalay a mis en valeur la composition, dans le catalogue de l'expo que les invités au vernissage tiennent en main : « … authentiques feuilles d'arbres, récoltées en toute saison, broyées puis mêlées à de l'œuf, à de la colle naturelle, puis à de l'eau, suivant la recette des artistes de l'âge roman telle que recueillie par le moine Théophile autour de l'an mil dans sa *Schedula diversarum artium.* »

Carme Ros, rédactrice au *Diari*, qui regarde les œuvres les mains croisées dans le dos, en se battant le derrière avec le catalogue, et qui discute avec son cher ami Irving, petit, mince, bouc et moustache blanchissants, pour savoir qui d'eux deux écrira sur l'expo dans ce journal, s'intéresse à ce symbole de résurrection : peindre des feuillages artistiquement durables à partir de la caducité mortelle des feuillages naturels. Irving, flûte de *cava* à la main :

— Écoute, ma chère Carme, à t'entendre, il me semble que tu es déjà en train de rédiger ton article, alors je vais te le laisser.

— Mmh. Crois-tu qu'il soit intéressant de mettre en relation cette thématique de la résurrection avec une obsession de la mort qui pourrait provenir de ceci, que j'ai appris incidemment en parlant avec ta Celestina, tout à l'heure, à savoir que l'artiste, Maria del Mar Ballet, est mariée à ce grand bonhomme, là, derrière la colonne, tu vois…

— Oui…

— Et qui a une profession tout de même assez particulière : il est médecin légiste.

— Ah ? Ah. Si tu veux mon avis, Carme, jeter ce pont biographique entre l'œuvre et les circonstances professionnelles du mari serait du plus parfait mauvais goût.

— Ah bon. Eh bien, puisque tu le dis. Mais enfin, jusqu'à quel point aussi le mauvais goût n'est-il pas souhaitable, justement, pour susciter l'intérêt du lecteur ?

— Oui, c'est une question.

Derrière la colonne, le médecin légiste, Bernat, haute personne coiffée de boucles abondantes, bavarde avec son ami Damián Pujades, qui a comme d'habitude dans ces expositions d'art fait le tour en s'arrêtant longuement sur les premières œuvres, puis un peu moins longuement sur les suivantes, tellement semblables aux premières, des feuilles, des grandes, des petites, toutes belles, somme toute, mais toutes semblables, et puis ayant bouclé la dernière salle au pas de course en se demandant comment ces artistes sont capables de se répéter tellement en se lassant, apparemment, si peu.

— Mais elle se lasse, mon bon, elle se lasse ! lui confirme le mari en murmurant. Elle dit que non, mais moi je crois bien. Enfin, je ne sais pas. Cependant, ça se vend très bien.

Maria del Mar, l'artiste, déambule, appuyée sur une canne de frêne dont elle, l'auteur de tant de feuillages, dit que c'est une vengeance de la nature.

— Ça me rattrape, vous comprenez. Bientôt je serai tout à fait un arbre. C'est un juste retour des choses !

Elle parle à des gens qui lui sourient, peut-être serviles, peut-être pas, dans la galerie, qui aiment à entendre l'artiste et qui trouvent plus éloquentes les œuvres quand leur auteur en parle.

— Car, voyez-vous, nous avons vécu dans les arbres, il y a bien longtemps. Non pas vous et moi, mais nos pères, et c'est comme si c'était nous. Il y a six cent mille ans. Je veux dire, hier. Arboricoles nous étions ! Mangeurs de feuilles, comme les actuels koalas, qui tant nous ressemblent ! Mais la conscience nous toucha, nous vint ! Et avec la conscience, la réflexion. Et avec la réflexion, la curiosité. Et avec la curiosité, le savoir. Et avec le savoir, la soif inextinguible. Et la paix des feuillages nous parut mince. Nous préférâmes les dangers du sol, parce que nous pouvions en apprendre davantage. Certains, comme moi, en descendant des arbres, se sont cassé la hanche. Et qui sait s'ils ne furent pas les premiers, en empoignant un bâton pour s'aider à marcher, à inventer l'outil !

Rires aimables.

L'intérêt du palabre de Maria del Mar tient essentiellement à ce qu'elle n'a pas coutume de s'étendre sur son œuvre, et que ce soir semble, à ce titre, exceptionnel. Et Carme et Irving, en dépit de leur habituel dédain, se sont approchés, pour goûter du fait rare. Celestina marche à côté de Maria del Mar, avec une mobilité dans l'expression du visage qui épouse chaque phrase. Maria del Mar :

— Alors la vaste terre, en dépit des dangers du terrain plat, en dépit des victimes que les fauves emportaient, malgré la mort qui décimait la gent humaine et qui lui apprit à courir mieux et plus vite, et qui la faisait à nouveau monter aux arbres, pour se protéger…

— Cassé la hanche ? demande Damián au mari Bernat, tous deux plus ou moins cachés derrière la colonne.

— C'est triste, mais c'est ce qu'on s'est résolu à donner comme version officielle. Tu vois, surtout ne dis rien. La sclérose en plaque, c'est si terrible. Maintenant, on est bien certain que c'est ça. Ça procède par crises. La première crise a été tellement virulente ! Elle ne pouvait plus marcher, et elle ne voyait presque plus rien, non plus. Maintenant, elle a récupéré, surtout la vue. Elle boite et c'est tout. Alors elle fait passer ça pour une fracture de hanche. On est d'accord là-dessus.

— Pourquoi ? Pourquoi ce mensonge, enfin, cette version ?

— Parce que, mon pauvre ami. Parce que !

— Mais encore ? Enfin, je ne veux pas…

— Non ! Oui ! Mais le jour où elle ne pourra plus tenir un pinceau n'est plus si loin. Du moins, elle le pense. Et elle préfère que ça ne se sache pas. Pas encore. Le plus tard possible.

Maria del Mar :

— La soif de connaissance donc arracha la gent humaine aux arbres, et les arbres devinrent seulement un outil et un décor. On en fit des arcs, mais surtout on en fit des bateaux, qui firent comprendre à la vaste terre que ses dangers n'étaient pas suffisants pour l'homme, parce que l'homme voulait encore braver les dangers de la mer, qui est la dernière chose visible avant l'inconnu, n'est-ce pas… le mystère à l'horizon, le gouffre où tombe toute chose. Et ce n'était pas encore assez dangereux pour nous effrayer. Combien en sont morts ? Pensez donc, des milliards. Depuis tant de générations…

Elle est rêveuse et triste et on se tait dans la galerie. La galeriste, Celestina, savoure le moment comme un moment de gloire. Maria del Mar, avec la main qui tient sa canne, écarte de son front une mèche grisonnante. Elle a le visage raviné et les petits yeux qui cillent peu, propres aux gens habitués à regarder ce que d'autres ne voient pas.

— Mais croyez bien que l'exil loin des arbres est un exil temporaire. Car nous y retournerons.

Des sourires.

— Je ne plaisante pas… je ne veux pas dire que nous régressions, non. Mais tout le savoir que nous avons acquis doit nous mener, peut-être bientôt, à quelque chose d'un peu plus loin que la science : la sagesse. Voyez-vous ? La sagesse, qui soudain n'a plus besoin d'étendue et de mouvement. Qui en a compris le message profond. Et qui nous ouvre, qui nous ouvrira, ce qu'aujourd'hui nous appelons encore naïvement l'invisible, comme sans doute, à l'époque où nous vivions dans les arbres, nous appelions naïvement la terre « l'ailleurs », l'ailleurs impossible, l'ailleurs inutile, l'ailleurs qui n'était pas pour nous.

Damián :

— Là, personnellement, je décroche.

Bernat :

— Moi aussi, mais c'est ma femme…

Maria del Mar :

— Mais cet « invisible » est aussi vaste au moins et aussi séduisant que furent vastes et mystérieuses et séduisantes la terre et la mer qui s'offraient à l'appétit de connaissance de nos lointains prédécesseurs. Et son exploration est inévitable. On n'éteint pas la vraie soif.

Elle cille tellement peu, on dirait le regard d'un aveugle.

— Et cette exploration exigera un tel effort, un tel mouvement cérébral, que le silence de toutes les autres activités deviendra nécessaire. On mangera peu, et l'on voyagera par la pensée seulement. On communiquera, même, par la pensée seulement. Peut-être, au début, en s'aidant de toute cette technologie moderne, n'est-ce pas. Mais après, on n'en aura même plus besoin. Et alors on reconstruira nos maisons dans les arbres, les plus simples possibles, et nous retrouverons le calme et la sécurité que les arbres nous offraient dans la nuit des temps. Et puis…

Un beau silence.

On dirait qu'elle hésite, mais elle n'ajoute rien. Encore un peu de beau silence. Puis quelqu'un a applaudi, impossible de savoir qui, et tout le monde a suivi, poliment, et même avec une certaine ferveur et, comme toujours quand on applaudit, avec un certain soulagement.

15

Maria del Mar sourit, puis avec la main qui tient la canne elle indique les mains de Celestina :

— Ça encore, applaudir, c'est un geste qui nous relie à nos ancêtres du paléolithique… Quelle invention, quelle habitude tellement ancienne et sauvage, n'est-ce pas ? Battre des mains ! Sans doute de l'époque où le langage en était à ses débuts…

Elle a l'air soudain si fatiguée. Elle demande un tabouret.

Bernat grimace. Damián sent bien que son ami souffre de voir sa femme ainsi. Et il se dit que tout de même, par comparaison, sa femme à lui était une emmerdeuse superficielle et névrosée. Qu'est-ce qui fait donc qu'il y ait des gens d'exception, comme ça ? Et quel drôle de couple, Bernat et Maria del Mar. Ses chers amis, qu'il voit trop peu.

Bernat se pousse de la colonne vers le bureau de la galerie transformé en comptoir, où l'on sert le *cava.* Damián le suit. Au-dessus d'eux, les trois photos de la Mina par Léonard Floran. Qu'ils ne regardent pas.

— Parlons d'autre chose, veux-tu, mon bon

Damián ? Ton cadavre, là, par exemple, Abel Encina, tu as avancé dans l'enquête ?

Irving prend aussi deux flûtes de *cava*, en donne une à Carme, qui lui demande ce qu'un professeur d'université comme lui pense du discours d'une artiste comme ça. Alors Irving, qui affiche toujours un sourire blasé quand on lui demande ce qu'il pense, commence en disant que le problème c'est…

Carme, voyant qu'on est tout près du mari légiste, craignant qu'Irving ne dise quelque chose de désobligeant pour l'artiste, emmène Irving plus loin, qui se laisse mener.

— Non, je disais, le problème c'est qu'aujourd'hui on ne connaît plus l'histoire des idées. Tu vois, l'ignorance impérieuse de notre époque fait passer pour neuves et épatantes des pensées vieilles comme le monde. D'où vient que je suis d'accord avec Maria del Mar sur tout sauf quand elle dit que nous ne régressons pas. Il suffit de relire Darwin, évidemment, mais aussi Wagner, Bergson et surtout le plus grand, Teilhard de Chardin.

Carme, qui, à cinquante-trois ans, adore rougir :

— Tu sais que tu es le seul homme que j'aie connu qui philosophait au lit ?

— Ça donne envie de recommencer, non ?

— Mais que dirait Celestina…

— Note, elle a les idées larges.

— Maria del Mar en tout cas dirait qu'au lit on est plus paléolithique que jamais.

— Il faudrait lui demander comment elle pense qu'on faisait ça, dans les arbres…

— Je l'ai quasiment classée, tu sais, l'affaire d'Abel Encina. Tu as entendu parler du type que les agents ont tabassé dans la rue ?

— Oui. L'homosexuel ?

— C'est les hommes de Joan qui ont fait ça.

— Les cons.

— C'était le type que je recherchais. On l'appelle le « prêtre ». Il serait venu me voir de lui-même, il n'y avait qu'à attendre. Il m'aurait fait sa déclaration sans bras cassé. Mais bon. C'est la vie, c'est le boulot. En un mot, voilà l'affaire. Abel Encina, dit Belito, avait une dizaine de putes à lui.

— Pas mal.

— Oui. Il avait aussi trois gamins. Pas ses enfants. Des gamins qui étaient domiciliés chez lui, qui étaient scolarisés, et qui lui rendaient quelques services. Pas de prostitution, apparemment, mais du genre rabattage de clients et vol à la tire. C'est là qu'intervient l'affaire de la Polaca, une des putes de Belito qu'on a retrouvée, il y a quelques mois, découpée en morceaux. C'était pas toi qui avais eu le cadavre, hélas. C'était l'autre enfoirée d'Irina. Bref.

— Oh, celle-là…

— Bref. Les deux affaires sont liées. Apparemment, un des gamins, appelons-le X, rabattait pour la Polaca, dans le dos de Belito, et se faisait rémunérer sa peine.

— Précoce.

— En nature : des baskets, des trucs du genre.

— Touchant.

— La Polaca meurt. Belito a des antécédents sadiques, j'ai toujours pensé qu'il avait fait le coup.

Il avait un mobile, puisque la Polaca le doublait, avec l'aide de X. Mais le prêtre avance un nouveau nom, un client, un Allemand gigantesque que X avait rabattu, et qui a peut-être commis le crime. Un certain Hans, mais je n'ai pas le nom de famille. Hans. Surnommé Braco. Le « prêtre » soupçonne Hans-Braco, à cause du fait suivant : il aurait promis d'emmener X avec lui aux États-Unis.

— Rien que ça. Mais il est allemand ou américain, ce Hans ?

— Le prêtre dit allemand, mais travaillant aux États-Unis. Un médecin, figure-toi.

— Légiste ?

— Non. Chirurgien. Enfin, selon le « prêtre ».

— Il est bien au courant.

— Parce qu'il était le confident de X. Apparemment son seul ami.

— De plus en plus touchant.

— Le « prêtre » dit que le dénommé Hans, ou Braco, a fait croire à X qu'il l'emmènerait loin de cette ville triste et inhospitalière, pour acheter son silence. Et ce fait, à ses yeux, l'accuse.

— Ça a sa logique.

— Il se peut aussi qu'il ait seulement eu peur. Ou pas envie de se trouver mêlé à une affaire de ce genre. Le pauvre touriste qui fait une passe avec une pute qu'on trouve le lendemain décortiquée…

— Ça se comprend aussi.

— Bref, Belito apprend la tentative de fuite de X.

— Fait soif.

— Les bouteilles sont vides.

— Pingre en *cava*, la galerie Alcalay.

— Va chercher une bouteille, tu es le mari de l'artiste, quand même, on ne te refusera pas ça.

Celestina prend le bras de Bernat tout en donnant l'instruction à un de ses jeunes de rapporter du *cava* pour Bernat Ballet, oh !

— Bernat, votre femme est un génie. Je n'ai glané que des échos enthousiastes. Il y a beaucoup de presse, ce soir, vous savez.

— Oui, oui.

— Regardez, là, c'est Carme Ros, du *Diari*. Là-bas, c'est *La Vanguardia*. *El País*. *El Mundo*. Lui c'est *El País cultural*. Et puis des revues spécialisées.

La main aux griffes vernies de Celestina ne le lâche pas. Déformation professionnelle de ces gens tellement *public relations*. Bernat se dit que, dans d'autres circonstances, Celestina serait une marieuse.

— Attendez que je vous présente. Irving ! Viens là. Bernat, le mari de Maria del Mar.

— Ravi.

— Enchanté.

Carme s'est approchée avec Irving. Celestina tient Irving par l'autre serre vernie rouge et regrette sans doute de n'avoir pas trois bras. Irving et Bernat n'ont rien à se dire, mais il en faut plus pour embarrasser Celestina, qui poursuit, avec sa voix grave de fumeuse ou de conspiratrice :

— Quel dommage, je n'ai pas repéré Victor García, un petit chauve avec un cheveu sur la langue, c'est le représentant de Miquel Tarràs, le député, qui est le fondé de pouvoir d'Ernst Jacher, un collectionneur richissime, qui m'a acheté la moitié de ma dernière expo, un photographe du monde gitan. Vous l'avez vue, cette expo ?

Bernat :

— Hélas.

Celestina :

— Hélas vous l'avez vue, ou hélas vous ne l'avez pas vue ?

Bernat sourit, gêné :

— Pas vue, pas vue.

Et Carme :

— Oh, vous savez quoi, parlant de Miquel Tarràs ? Un scoop extraordinaire ! Je reviens de Pékin, les J.O., on y voit des tas de gens, et la rumeur est sortie, s'est confirmée, Miquel Tarràs sera le candidat de CiU aux prochaines élections. Autant dire qu'il sera élu président de la Generalitat de Catalogne.

Celestina :

— Non. Miquel Tarràs !

— Oui ! Et il sera élu, parce que avec la crise, Montilla et les socialistes vont sauter, ce sera l'alternance, sans coup férir. Et il n'y a pas de concurrent sérieux pour CiU, son parti.

Celestina :

— Ça m'en bouche un coin. Miquel Tarràs !

Bernat tourne le regard et voit avec envie que les bouteilles, là-bas, sont revenues, et que Damián, seul, ne se prive pas.

— Oui, Miquel Tarràs, *el diputat absent*, le député absent.

— Ce sera demain dans la presse, en principe. Ce n'est pas encore officiel, mais c'est très officieux. Au parti, c'est un secret de polichinelle.

Irving, perfide :

— Oui, manifestement.

Celestina a distraitement lâché le bras de Bernat qui, aussitôt :

— Excusez-moi, je vois un ami, là, je…

— Sers-m'en une. Voilà. Merci. Et alors, Belito apprend la fuite de l'enfant X.

— C'est ça. La tentative de fuite. Il le récupère et, par mesure de rétorsion, il l'enferme dans la cave de son taudis. Et à poil, s'il te plaît.

— Misère.

— Après trois jours, selon le « prêtre », Belito rouvre la trappe pour visiter le séquestré. Il serait tombé au fond. Évidemment, on a dû le pousser. Mais c'était pour libérer le petit, si on l'a poussé. Ça ne crie pas justice.

— Si tu le dis.

— On n'est pas loin de la légitime défense. Après, comme tu l'as signalé, on a dû taper la tête de Belito au sol, jusqu'à l'achever. Qui s'est chargé de cette besogne-là ? Il faut supposer que tout a été vite. Or, celui qui pouvait réagir le plus vite, c'était le gamin, au fond. Impossible pour la Dumbre de descendre…

— La Dumbre ?

— La vieille folle obèse qui vit là.

— Ah oui.

— Impossible que ce soit elle, étant donné son état physique. Éventuellement, le « prêtre », qui est agile, aurait pu dévaler et achever l'affreux. On peut imaginer que le gamin devait être affaibli par la faim, prostré, peut-être, endormi même, et que ça le disculpe. Mais on peut aussi bien concevoir qu'il n'était pas assoupi et que, peut-être sous les injonctions du prêtre, du genre vite, vite, frappe-le, cogne sa tête par terre, ou bien par réflexe, tu sais, ces gamins ont l'habitude de la violence, bref, possible que l'assassin soit le gamin. Et ça ne me plaît pas du tout, cette hypothèse.

— Et il est où le gamin ?

— Pas de trace. Mais j'ai une envie très, très, très limitée de retourner et de secouer Barcelone pour le retrouver.

— Pourtant, tu devrais.

— Tu crois ?

— Oui.

— Oui. Mais non.

— Damián…

— Le gamin est bon, à l'école. J'ai les rapports. Souvent absent, mais doué. Moi, quand je pense à ce gamin, je pense à mon fils. Ça me rend sensible. S'il retourne en classe, à la rentrée, on aura vite fait de mettre la main dessus. Même s'il change d'école. Mais justement, s'il retourne à l'école, je ne voudrais plus le pêcher. Parce que, s'il retourne à l'école, tu comprends, ça veut dire qu'il se donne une chance, le gamin. Alors je ne vais pas la lui détruire.

— Attrape-le. Et puis ça passera comme légitime défense. Le gamin sera placé, arraché à son milieu délétère.

— Je sais, je sais, mais je n'y crois pas. On verra bien. Garde ça pour toi, hein.

— Tu penses. Et l'Allemand, au fait ? Tu as un signalement ?

— Peu de chose. Il paraît qu'il est extrêmement grand et carré. Un géant. Blond.

— C'est court, comme indice.

Ils se taisent, ils boivent. Les murs couverts des feuilles géantes, lumineuses, avec une présence, comme des portraits. Et le ramage des gens, leur va-et-vient, comme des oiseaux dans la ramure.

Quand Carme revient des toilettes, Irving :

— Dis, j'ai une faveur à te demander.

Carme rougit.

— C'est le fils d'un de mes amis, qui…

Carme dérougit.

— C'est un garçon très capable, je lui ai dit d'aller te voir, il a son diplôme de journalisme et une licence en lettres, je l'ai eu comme étudiant, excellent, mon meilleur, mais il ne trouve rien et, si tu peux lui donner un coup de main, ça me ferait plaisir. Il s'appelle Bruno. Bruno Vidalet. Vous n'engagez pas, au *Diari*, je suppose.

— Tu es mignon. Ça fait un an qu'on ne prend plus que des stagiaires.

— Enfin, déjà, un stage, ce serait quelque chose. C'est malheureux de voir ces talents sans emploi.

— À qui le dis-tu ? Mais qu'il vienne me voir, oui. Je parlerai aux ressources humaines. Ça m'étonnerait qu'avant fin novembre… Enfin, on verra.

— Merci. Tu es bonne, tu sais.

— Trop ! Mais le plaisir de te voir te tortiller les doigts en me demandant quelque chose… Et puis que tu attendes, que tu n'aies pas osé me le dire d'emblée, tout à l'heure.

— Que veux-tu, je suis un timide, au fond. Et puis il me fait de la peine.

— T'es un bon aussi.

— Tu veux venir souper avec nous, quand c'est fini ?

— Maria del Mar sera là ?

— Eh bien oui.

Bernat est venu près de sa femme, qui est assise sur son tabouret. On dirait qu'elle a cent ans. Elle lui demande, à l'oreille, de l'emmener. Elle dit qu'elle n'en peut plus.

— Et le souper, alors ?

— Je n'en peux plus. Explique quelque chose à Celestina, s'il te plaît.

Bernat a encore le souffle chaud de Maria del Mar dans son oreille. Il lui fait un baiser sur le front, et puis il soupire.

16

Gavilán, le libraire chauve avec des sourcils de grand duc, seul comme d'habitude, seul comme il aime être, observe sa cigarette en équilibre sur le cendrier, et qui commence à vaciller, à mesure que le bout se consume, seul, lentement, et diminue le poids d'un des deux côtés, en le transformant en cendre légère et grise. Le temps qu'elle tombe est le temps juste de la méditation sur la vanité des choses. Et il en a relativement besoin, de méditer la vanité de ce qui est sous le soleil. Parce que la vie avance comme la cigarette se consume, et que sa librairie, pareille aussi, à force de peu de rentrées, finira par tomber. Une chose qui le fascine, Gavilán, plus hélas qu'elle ne le console, c'est l'extrême beauté de ces minuscules preuves de l'échec et de la tristesse en général. Il possédait jadis une collection de sabliers, qu'il a revendue un beau jour, à cause du poids de tout ce sable sur son moral.

Autour de lui, sa librairie. Comme le vieux cadre autour d'un portrait. Petite bouquinerie, livres anciens et d'occasion, grimpant aux murs comme du lierre, formant sur les tables des piles irrégulières et obliques comme une architecture de Gaudí. Lui, chauve, avec le crâne bosselé, net comme une ampoule. Derrière lui, sur l'étagère, titre tourné vers l'absente clientèle, l'ouvrage du logicien français Jules Janet : *Tout chauve sourit.* Édition de 1956, un tantinet racornie.

Il n'y a qu'avec les objets et avec les morts, les sabliers et les livres, qu'on peut s'entendre. Dans l'aimable atmosphère de la pensée. Comme l'esprit est plus loquace en silence ! Dès qu'il faut fixer les mots matériellement, l'esprit bégaie. Mais dans la liberté du colloque pour soi, intime et silencieux, dans la tête, quelle volubilité ! Quelle toute-puissance ! Quelle volupté ! D'où le nom aussi de sa bouquinerie : *Voluptuositat, llibres antics.* Volupté, livres anciens. À deux pas des voûtes gothiques de Sainte-Marie-du-Pin. Merveilleuse adresse ; bâtiment ruineux.

Début décembre, quand le soleil est très bas, vers midi et par temps clair, comme aujourd'hui, la tour de Sainte-Marie-du-Pin se reflète, entière, dans la porte vitrée. Quand, du moins, elle est ouverte d'une quinzaine de centimètres. De sorte que, si un client entre, Gavilán peut, en un éclair, voir la tour de Sainte-Marie-du Pin lui apparaître, comme un clin d'œil secret à lui adressé par la déesse de l'observation et de la solitude. Qui est sa bonne amie.

Des guirlandes de passants défilent sans cesse dans la petite rue, mais il n'y a généralement que leurs ombres que le soleil fasse entrer dans le magasin, véloces et souples. Si les ombres lisent, son magasin est important. Si les ombres achetaient, il serait riche à millions.

Bruno Vidalet, son cher neveu, la seule bonne plante qui ait poussé dans la famille (et Gavilán trouve sincèrement surprenant qu'un tel garçon soit sorti de sa folle de sœur et de son imbécile de beau-frère), l'a initié à la vente en ligne, ordinateur, Internet.

— Une formidable plate-forme pour toucher des clients dans le monde entier, *tio*. Ton magasin ne sert plus à rien, *tio*, il faut que tu comprennes que c'est seulement un entrepôt, désormais, et tu vends par Internet et tu expédies dans le monde entier. C'est comme ça que ça marche, maintenant, dans ton secteur, regarde !

Mais, pour Gavilán, c'est surtout le spectacle effroyable d'une concurrence sans limites. Il était l'unique bouquiniste entre la place Sainte-Marie-du-Pin et les portiques du marché Saint-Antoine. Internet lui apprend qu'il est le millionième et l'un des plus petits. Merci, Bruno.

— Au moins, rends ta vitrine alléchante pour le touriste. Des livres sur Gaudí, sur Miró, des cartes postales, des souvenirs. Faut appâter ! Faut être malin !

— Tu me vois vendre des tasses illustrées et des aimants ? Sur Gaudí, il n'y a que Pujols et Cirlot qui aient écrit convenablement. Et Pujols et Cirlot ne sont pas réédités. Et pas traduits ! Ce sont de vieux livres pas du tout appétissants pour les touristes. Trop de textes, pas assez d'images.

— Il faut que tu fasses des concessions. Tu es commerçant !

— Ce n'est pas parce qu'on se fait de nos jours une idée vile du commerce que le commerçant que je suis doit s'avilir. Je n'attire pas par le piège.

J'attire par la qualité. Et la qualité rebute. Donc, je n'attire pas. As-tu lu Shakespeare ? La tragédie de *Coriolan* ?

— Non. *Hamlet*, et à peine.

— Honte sur toi, petit. Lis *Coriolan*. Et la tragédie d'un homme qui refuse de s'aligner si s'aligner veut dire s'abaisser.

— *Coriolan*, c'est marrant que tu en parles. Je n'en avais jamais entendu parler avant ce matin, et, depuis ce matin, deux fois. Toi, et puis dans le journal, l'interview de Miquel Tarràs.

— Miquel Tarràs cite *Coriolan* ?

— Oui.

— Il aura ma voix.

— Tu as vu son programme électoral ?

— Non. Mais s'il cite *Coriolan*, je vote pour lui. Une tête où Shakespeare s'est promené vaut beaucoup à mes yeux.

— Il a pourtant un programme à faire peur. Coupes franches dans tous les secteurs. Austérité à tout-va. Encore un suppôt d'Angela Merkel.

— Il a sûrement raison. Votre génération veut tout tout cuit. On a un diplôme de lettres et on a lu *Hamlet* à peine ! Tiens, regarde-le, le portrait de ta génération…

Il se lève, marche élastiquement dans le désordre de sa boutique et tire un gros livre, forcément racorni, le feuillette et puis appelle son neveu, avec un air de victoire et de rage : regarde, regarde !

C'est la reproduction d'un tableau de Breughel, où l'on voit un paysan ventru couché, les bras croisés sous la nuque, en oreiller, sous une table, bouche ouverte, attendant qu'une caille rôtie à point lui tombe entre les dents.

— Ah, et Breughel non plus, tu ne connais pas !

— *Tio…*

— Attends, je vais te trouver *Coriolan.* Tu me le rapporteras, hein ?

17

Parmi ses nombreux sponsors, le navigateur Pere Català compte *La Vanguardia*. Et, dans la convention de sponsoring, il est stipulé qu'il rendra régulièrement compte de la situation via des messages que le journal sera autorisé à publier tels quels, ou à relater. Après quatre mois de voyage, dont deux et demi de galère aux Açores, c'est son second message au journal. Et certainement aux antipodes de ce que le journal souhaiterait publier. Il a envoyé un poème. D'excellence douteuse et d'obscurité évidente, intitulé « Mélancolie et sagesse », qui commence par ces deux vers :

Ce que je veux savoir, je l'ignore ;
ce que je ne veux pas savoir, je l'apprends.

Et qui, après un tressage de métaphores sur le vent, souffle des dieux perdus, s'achève par cette clausule :

Digueu a la mare del mariner
que el mariner està bé.
I que li cuidi el gos.

(Dites à la mère du marin
que le marin va bien.
Et qu'elle prenne soin de son chien.)

Le journal, qui consacre une demi-page à ce quasi-haïku, a dû l'agrémenter d'une très grande photo, pour le coup séduisante et formidable, du marin à la barre, qui est bel homme, prise lors d'une régate l'année passée.

Gavilán a découpé religieusement la demi-page et l'a collée sur sa vitrine, telle une petite figure de proue.

Sainte-Marie-du-Pin fugacement réfléchie dans la porte qui s'ouvre : c'est Bruno Vidalet qui entre. Gavilán aime que Bruno ait, à vingt-cinq ans, le front dégarni. Un futur chauve, comme lui. Son neveu est un peu le fils qu'il n'a pas. Il aime sa dégaine maladroite dans ce manteau bleu trop grand. Il aime que Bruno vienne le voir. Ça lui met de la joie dans la tête.

— La porte ! Je ne chauffe pas la rue, moi.

Bruno referme en s'excusant.

— Bonjour, mon neveu. Et comment ça va au *Diari* ?

— Admirablement, *tio*, je me sens d'une utilité stupéfiante. On m'a confié la numérisation des archives. Magnifique. Mon ambition est assouvie. J'ai appris comment fonctionne un scanner.

— Et voilà, ça se plaint !

— Reconnais que c'est une mission plutôt modeste, pour un journaliste.

— Ne décrie pas la modestie !

Son oncle a levé les bras, théâtral.

— Ou alors décrie l'héroïsme.

Bruno a plus qu'un faible pour le côté shakespearien du frère de sa mère. Quel dommage qu'il se soit brouillé avec tout le monde et qu'on ne le voie (qu'on ne l'entende, surtout) jamais dans les réunions de famille.

Et Gavilán ajoute :

— Ou décrie ton oncle.

— *Tio,* tu as raison. D'ailleurs, je prends un plaisir fou à lire les actualités du passé. C'est un beau paradoxe, cela, non, les actualités du passé ?

— Oui, il est beau. Et tu es un privilégié de commencer ta carrière en te donnant cette leçon sur la relativité du temps.

— Oh, tu sais, commencer ma carrière... De nos jours, un stage, ce n'est pas le début d'une carrière bien linéaire avec une promotion toutes les X années. La vie professionnelle en ligne droite, c'est du passé. Hélas, sans doute. Je ne me fais pas d'illusions. Justement aujourd'hui il y a une fille qui est revenue au journal et qui...

— Dis, je t'arrête, il est deux heures moins cinq, on va manger, non ?

— Oui, bien sûr.

Bruno renfile son manteau, Gavilán enfile le sien. Ils sortent, Gavilán regarde le reflet inversé de Sainte-Marie-du-Pin en refermant la porte et Bruno avise la photo et le poème de Pere Català collés sur la vitrine.

— Ah ! Quel farceur, ce marin, non ? Il paraît qu'ils en font une, de tête, à *La Vanguardia,* le type qui leur envoie des nouvelles de son tour du monde sous forme de poèmes ridicules ! Au *Diari*, tout le monde se marre.

— Ne blasphème pas ! Pour une fois qu'il y a un poème dans un journal ! Et le meilleur de nous tous, c'est celui-là, qui est sur l'eau, tout seul. Attends, j'achète des cigarettes.

Bruno suit son oncle dans le tabac à côté de la librairie. La patronne est une toute petite femme souriante, borgne, avec un bandeau sur l'œil, que Gavilán appelle Anita et qui lui prépare sans qu'il la demande une cartouche de dix paquets de Ducados. Il lui recommande le poème de Pere Català, enfin on a des nouvelles de lui, il est en vie, note que je n'en doutais pas, pas de nouvelles, bonnes nouvelles. S'il était mort, on en publierait des éloges funèbres ; mais comme il est en vie, on se moque de son poème. Et il est très touchant, il demande à sa mère de soigner son chien. Si tu n'as pas *La Vanguardia*, j'ai affiché la page sur ma vitrine.

Quand ils sortent, Gavilán glisse la longue cartouche de cigarettes dans la poche apparemment extrêmement profonde de son manteau noir et dit à son neveu que cette petite femme-là, avec son bandeau sur l'œil, est la plus brave femme du monde et que, si jamais il devait penser à se marier, ce serait avec elle.

— Toi, te marier ? !

— Oui, bon. Mais qu'est-ce que tu disais avant qu'on ne sorte ?

— Eh bien, qu'une fille est revenue au journal aujourd'hui. C'était une stagiaire, comme moi, mais photographe. Et, comme moi, elle passait le plus clair de son temps à numériser les archives.

Mais, tu vois, son histoire est intéressante. Il y a deux mois, elle a mis fin à son stage, volontairement, parce qu'elle s'ennuyait, et elle est partie, toute seule, sur ses économies, sans carte de presse, rien, vingt jours en Russie, avec un visa touristique, pour faire un reportage en catimini. Elle est repassée au journal aujourd'hui pour en parler avec la rédaction, elle voudrait repartir là-bas pour le terminer et elle négocie avec le *Diari*, pour qu'ils le lui achètent.

— Ici, ça te va ? Menu à douze euros.

— Oui, oui, parfait. Elle voulait descendre jusqu'à la frontière géorgienne, mais pas moyen, à cause des événements. Elle a essayé de se glisser, mais non. Elle était descendue de Moscou en camion. Alors, pour ne pas perdre son temps, elle a rappelé son camionneur, en pensant qu'elle pourrait peut-être faire un reportage sur lui. Le camionneur lui trouve un...

— Alors moi, je vais prendre l'omelette aux champignons, s'il vous plaît, et puis les joues de porc. Avec du vin rouge.

— Et vous, monsieur ?

— Oh, pareil. Donc, il lui trouve un logement dans l'hôtellerie d'un monastère où sa fille va entrer comme débutante. Comment appelle-t-on ça...

— Novice.

— Voilà. Et hop, sur les jours qui lui restent, elle commence un reportage-portrait de cette fille-là. Sa vie, pourquoi une jeune fille au XXIe siècle veut entrer au monastère, tout ça.

— Et alors ?

— Et alors rien. Ça me pose des questions. Sur mon avenir à moi.

— Quoi, tu veux devenir moine ?

— Mais non. Ce qui est épatant, c'est la démarche de Veronica, oui, elle s'appelle Veronica. Tu vois, elle numérise des archives, elle était certainement aussi contente que moi d'avoir trouvé un stage au *Diari*, puis crac, elle a une idée, elle prend les choses en main. Elle part faire quelque chose, à la recherche de, enfin, parce que bon, ici, moi, quoi, on a la crise, le Barça de Guardiola, je numérise des archives, je ne sais pas, je serai journaliste politique et culturel, c'est mon projet, *a priori*. Mais elle. Qu'est-ce qu'on fait d'une vie ? Je ne sais pas. Elle va loin, elle décide, avec son appareil photo. Elle prend des risques. Elle veut être, comment dire, être témoin du monde.

— Du monde, du monde… Une ambitieuse et puis c'est tout. Mange, ça va refroidir.

— Non, elle est très simple, très sympa. Elle m'a montré des trucs pour scanner plus vite, forcément, elle a l'expérience.

— À ton âge ça arrive.

— Quoi ?

— De tomber amoureux.

— Tu te moques. Je l'ai vue trois quarts d'heure.

— Oui, je me moque, et encore, peut-être pas. Mais « témoin du monde », oh là, faut pas être ridicule. Le monde, le monde, et pourquoi pas avec une majuscule, tant qu'on y est. Ça n'existe pas, le monde. Le Barça, ça oui, ça existe. Barcelone, aussi. Et la crise. L'omelette et les champignons. Les témoins du monde, comme tu dis, c'est des fabricateurs d'une idée, d'une idée du monde, que les autres après sont priés d'avaler. Et souvent, ça étrangle. Le monde, c'est rien que ce qui t'entoure, ta petite expérience, et le reste, c'est la place pour les autres. Voilà. Et je suis content de ce que je viens de dire là.

18

Marc et Blanca se sont mariés hier. Blanca dort encore, là, tout là-haut, dix-septième étage de l'hôtel Arts, cinq étoiles, front de mer, la robe blanche couchée sur un fauteuil, et elle dans les draps blancs et la couette beige du lit king size. Marc, lui, s'est levé tôt, habitude du corps, même après une journée pareillement exténuante et une nuit si courte. Fameuse nuit de noces, à peine arrivés à l'hôtel, ils se sont juste endormis comme deux plombs coulent.

Il est descendu, dans la rue. Décembre déguise le soleil en lune, pastille pâle au-dessus de la mer. Le froid court partout à la recherche des rares passants, pour les étreindre.

Il est content. Tout s'est bien passé. Il est satisfait, aussi. Parce que c'est fait. Il est marié. Lui qui a la réputation d'être un indécis, et peut-être grâce à cette réputation, il est allé plutôt vite en besogne. Trente-trois ans, médecin diplômé, engagé dans la médecine publique, obstétricien, et maintenant marié. Et puis bientôt des enfants, portés par une mère toute jeune encore, vingt-trois ans, pas comme ces couples tardifs qu'il assiste et qui poussent des jumeaux dans des doubles poussettes, parmi des passants qui ne savent pas s'ils sont parents ou grands-parents. Tout à l'heure, l'avion, dix jours de lune de miel à Madagascar, Noël en été.

Et puis ce petit détail, important pour un type comme lui bien placé parmi les jeunes de CiU, le parti nationaliste conservateur : Miquel Tarràs est venu à la messe et à la réception. Coup de pot que Blanca soit copine avec Begonya, sa fille. Coup de pot monstre.

Une autre cigarette.

Marc s'est vu un instant faire une carrière politique fulgurante. Député. Conseiller. Numéro deux.

La Begonya, en revanche, n'avait pas l'air très en forme. Elle a fait un discours déprimant, au dîner. Où elle parlait de l'injustice sociale. Du jamais vu. Heureusement que son père n'était plus là. On aurait presque dit qu'elle virait à gauche. Elle n'a pas le sens du ridicule. Quand on est la fille de son père.

Fait vraiment froid. Faut quand même aimer fumer, pour se les geler comme ça. Alors que je pourrais être avec ma petite femme, oui, c'est marrant de dire ma petite femme, là-haut dans les draps, bien au chaud. Appeler le service d'étage pour un petit déjeuner de luxe. C'est compris dans le prix.

Dix-sept étages plus haut, Blanca est debout aussi. Le vide de son petit mari, c'est marrant de dire « son mari », à côté d'elle dans le lit, l'a réveillée. Elle voudrait ouvrir la fenêtre, parce qu'elle imagine bien qu'il est allé fumer sa cigarette du matin. Mais les fenêtres ne s'ouvrent pas, dans un gratte-ciel. Blanca a dû insister pour que Marc accepte de se marier religieusement. Elle a une certaine foi dans le sacrement. Et elle se sent autre, désormais. Changée. Elle pense que son être, en quelque sorte, a changé. La tête tourne encore un peu d'hier et de vin. Elle entre dans la salle de bains et, en prenant la poignée de porte, elle a entendu un son inhabituel et nouveau, celui de son alliance contre le métal de la poignée. Elle la regarde, si neuve qu'elle semble rendre neuve toute sa main. Elle voudrait qu'il soit impossible de la retirer. Qu'elle soit incorporée et définitive. En ce sens, grossir ne serait pas une mauvaise chose, se taquine-t-elle en s'étirant devant l'immense miroir au-dessus des lavabos. Avec le doigt elle passe sur toutes les lignes que les plis des draps ont imprimées dans sa peau, ce matin, des épaules jusqu'aux genoux. Et même sur la joue. Elle se dit qu'un mariage c'est comme un tatouage. Ça grandit avec la peau, et quoi qu'on fasse il en reste toujours quelque chose. Elle a du mal à penser à Dieu en se voyant toute nue dans le miroir, alors elle ferme les yeux, met le visage dans ses mains, fronce les sourcils pour demander en murmurant : « Seigneur, aide-moi dans ma vie. » Elle reste dans cette position, en silence, puis elle relève la tête. Elle ouvre le robinet. Elle va prendre un bain.

Elle pense que tout ce qui l'engage devant Dieu la dégage de tout le reste. Elle se sent libre et invincible. Et quand elle dit « Seigneur », c'est comme si Dieu lui faisait un clin d'œil et lui disait : on est d'accord, c'est moi le grand patron, alors fiche-toi de ce que pourront te dire et te faire les directeurs et sous-directeurs qui vont par là, tu sais bien qu'on a un accord toi et moi, et que le moment venu je taperai du poing sur la table et que tous ceux qui te veulent du mal feront dans leur culotte. C'est probablement une image imparfaite, mais néanmoins l'émotion qu'elle en ressent est exactement ce qu'elle appelle sa foi. Sa certitude que la vie est beaucoup plus que ce qu'on en voit, et qu'il y a un grand patron quelque part, extraordinairement confiant, qui parle en silence et qui émeut, et qui un jour se montrera plus qu'il ne se montre pour le moment.

Marc ne remonte toujours pas. Elle entre dans la baignoire. L'eau se calme. L'archipel Blanca se compose d'orteils, de deux genoux… Avec un petit effort – hop – le pubis et le bas du ventre… plouf, replongée. Et puis le bout des seins et la tête. Le robinet coule, le niveau, lentement, monte.

Un petit sentiment de solitude tout de même. Parce qu'elle est la seule, justement. Begonya, pas de mec ; Nuria, pas de mec ; Anastasia, pas de mec non plus. Elles étaient très gentilles, mais on voit bien que ça les intéresse modérément. Elles ne levaient pas les yeux au ciel, parce qu'elles sont polies. Mais mon plan de vie ne les intéresse pas du tout. Au moins pour l'instant. Elles y viendront peut-être. Nuria a tout de même utilisé le mot « précipitée » dans son discours. Ça ne me concernait pas directement, mais le mot a sonné bizarrement. Elles ne m'ont pas fait d'enterrement de vie de jeune fille, non plus. On s'en fiche, mais bon, à tout le moins c'est un signe qu'on n'est plus sur la même longueur d'ondes. Ça fait quand même un fameux vide, l'impression de perdre les amies, bêtement parce que les études sont finies. Nuria, avec ses nouvelles lunettes, tellement ravie de Londres ceci, Londres cela, Begonya qui n'est pas partie à New York mais qui a l'air d'être beaucoup plus loin encore, elle faisait bonne figure, mais fermée, dure, triste, paumée. Oh, et puis comme c'était pathétique, Nuria, qui prend Marc par le bras, devant moi, pour lui dire : « on te la confie, prends soin d'elle, désormais, elle est très précieuse », ça sonnait tellement tout préparé, sorti d'un mauvais film. Finalement, il n'y avait qu'Anastasia qui avait gardé sa fraîcheur. Toute contente d'avoir trouvé du boulot, dans une agence bancaire de la Caixa Catalunya, et puis les autres qui la félicitaient, sincèrement sans doute mais on sentait la pointe de condescendance, qu'elles n'en auraient pas voulu, elles, de ce boulot. Que PWC à Londres, évidemment, c'est une autre catégorie. Et Begonya avec son laïus, qu'il faut se remettre en question. Oh, et puis son père ! Mais quel manque de pot qu'il soit venu ! À la sortie de l'église, les journalistes qui le photographiaient, invraisemblable, la moitié des gens qui le regardaient et qui oubliaient de nous jeter le riz ! Et à la réception, le monde comme un nuage de mouches autour de lui. Franchement, lui qui est tellement pris, il aurait pu ne pas être libre ce jour-là ! Même mes parents tout contents de lui serrer la pince ! Et puis cette remarque idiote et désobligeante, que la messe était dite en castillan. Et alors ? Toute la famille de ma mère est de Salamanque !

— Blanca ?
— Ici ! Je prends un bain.

19

(2009)

— Bon. Alors. Pour bien comprendre la Sagrada Família de Gaudí, il faut commencer par dessiner le contexte historique, n'est-ce pas. Je m'excuse pour ceux qui étaient là la semaine passée, vous, madame, quand on a fait la visite de la Pedrera, ah oui, et là, vous, monsieur… Donc, évidemment, il y aura quelques redites. Bien. Vers le milieu du XIXe siècle, Barcelone, comme beaucoup de villes en Europe occidentale, a changé de statut. C'était encore une cité fortifiée, avec interdiction de bâtir dans un large périmètre autour des remparts, pour des raisons militaires. Ces raisons étant devenues obsolètes, on a autorisé la destruction des remparts, et la ville, qui était encore serrée à craquer dans ses petites ruelles médiévales, a pu d'un coup s'étendre. Du jour au lendemain, la taille de la ville a tout simplement décuplé. Plusieurs urbanistes ont proposé des plans pour organiser tout ce vaste territoire offert à la promotion immobilière, et le projet retenu fut celui d'un ingénieur, un certain Ildefons Cerdà. Imposé depuis Madrid, soit dit en passant. Bien. Son plan, qui est celui de la Barcelone actuelle, là, autour de nous, était inspiré par deux courants de pensée en vogue à l'époque, le rationalisme utilitaire et l'hygiénisme. Rationaliste, en effet, car il conçoit un tracé de rues rigoureusement quadrillé, à l'exemple de New York ou d'une partie de Londres, n'est-ce pas. Avec une petite touche d'originalité, aussi, puisqu'il décide de couper tous les angles droits que son quadrillage produit, de manière que chaque pâté de maisons ne forme pas un carré, mais un carré aux coins cassés, une sorte d'octogone. Ce qui a donné à notre ville cette image aérienne tout à fait particulière, souvent reproduite sur les cartes postales, et qu'un visiteur iranien m'a fait le plaisir un jour de comparer au motif d'un tapis Boukhara... N'est-ce pas ? Hein ? Oui, voilà. Bien. Tout ce plan quadrillé, donc, ah oui, et puis bien sûr il a prévu aussi trois grands axes de pénétration, l'un qui coupait tout le quadrillage en travers, qu'il a nommé très rationnellement l'avenue Diagonale, et puis un autre, au pied de Montjuïc, qui suit strictement le tracé est-ouest d'un parallèle, nommé tout aussi logiquement avenue Parallèle, et puis un dernier, suivant le tracé nord-sud, c'est-à-dire longeant un méridien, et baptisé avenue Méridienne. Sur cet espace dominé par la raison et la géométrie comme des jardins à la française, l'*Eixample*, c'est-à-dire l'« agrandissement », allait pouvoir se construire. Certains visiteurs s'étonnent parfois que Cerdà n'ait pas, comme à New York ou à Londres ou aussi à Paris, accordé plus d'importance aux parcs, dans son plan. D'abord, il y a tout de même le parc de la Citadelle, dont on parlera une prochaine fois. Mais, surtout, c'est là justement que sa pensée hygiéniste s'exprime : il ne voulait pas que les parcs soient des enclaves dans la ville, mais il voulait que ville et parc fusionnent totalement, que la ville soit en même temps un parc, et que le parc soit la ville elle-même. Et, pour ce faire, il a prévu que tous les îlots de maisons soient interdits de bâtir en leur centre. Je m'explique. Tous les pâtés de maisons ne sont chaque fois qu'un fin contour autour d'un parc intérieur. Chaque parc intérieur, planté d'arbres, avec des pelouses, des bancs, des allées, des fleurs et, déjà, des jeux pour enfants, était en priorité destiné à l'accès de tous les habitants des immeubles l'entourant. De nos jours, hélas, la pression immobilière a anéanti ce beau projet et la plupart des cœurs d'îlots ont été couverts et utilisés comme entrepôts, parkings et autres. Bien qu'une initiative soit aujourd'hui en marche, pour la récupération systématique, un par un, de ces intérieurs d'îlots par l'espace public. Voilà. Ah oui, j'oubliais : bien entendu, cet *eixample,* cet « élargissement » de la ville, comme dans beaucoup d'autres villes européennes, a de fait relié la ville et ses premiers faubourgs. Des villages, dans notre cas pour la plupart industriels, qui étaient à un ou deux kilomètres des remparts, se sont vus alors incorporer à la ville et sont progressivement devenus des quartiers. Le plus connu étant celui par là, Gràcia, qui a gardé son tracé particulier, ses rues plus étroites, ses maisons plus basses. C'était jusqu'à cette époque une modeste bourgade où les industriels barcelonais avaient délocalisé leurs fabriques et logeaient leurs ouvriers. C'est le chemin de promenade, tout droit, qui y menait, qui est devenu l'artère centrale du plan de Cerdà, et qui s'appelle donc encore le *passeig de Gràcia*, la promenade vers Gràcia. Bien. Tout le monde m'entend ? J'ai peur que le vent n'emporte mes paroles. Je vais essayer de parler plus fort. Approchez-vous, aussi. Voilà. Or donc, le plan Cerdà, c'est une chose. Mais sa construction, c'en fut une autre. Cela s'est fait progressivement. Il faut se rendre compte qu'ici, partout autour de nous, c'est resté bien longtemps des prairies vagues qui servaient de pâturages aux troupeaux de moutons. Au fur et à mesure, des immeubles s'élevaient, perdus dans la cambrousse, visions poétiques et un peu surréalistes d'immeubles à appartements érigés à des centaines de mètres les uns les autres, apparemment au hasard, et ne permettant pas encore de *voir* le tracé des rues. Vous avez par exemple, plus bas, dans la rue Bailèn, une copie de temple romain, qu'un artiste à la mode s'était fait construire, comme atelier, monumental, sur une parcelle de l'*eixample* à ce moment-là sans voisins à la ronde. Des photos anciennes montrent ce fier bâtiment, nouveau temple d'Auguste, majestueux, dominant un paysage dégagé. Maintenant, si vous descendez la rue Bailèn, vous le trouverez coincé, minable et triste, entre des immeubles accolés qui sont trois fois plus hauts que lui. Eh bien, la Sagrada Família que nous voyons là, en pleine ville, fut elle aussi, à ses débuts, un bâtiment surréaliste qui se dressait au milieu des moutons. Bon. Voilà pour le contexte. Vous m'entendez bien ? Oui ? Et à mes deux fidèles je demande s'il n'y a pas eu trop de redites, non ?

Albert regarde les deux personnes concernées, une femme française et, là, plus à gauche, un homme en blouson de cuir cannelle. Qui, chacun de leur côté, lui sourient, aucun problème. Comme ça on peut voir si on a retenu quelque chose, a dit l'homme ; et la femme française a souri, en disant oui, voilà. Albert :

— J'espère aussi que vous n'avez pas trop froid, il y a un peu de vent, février, évidemment, c'est février. Mais on va peut-être se mettre au soleil tout de même, là, venez.

Les huit personnes du groupe remontent leurs cols, croisent les bras, toussotent. Michèle, la femme française, a des mitaines et tient pincés entre les doigts, sous le menton, les revers de son manteau noir. L'homme au blouson de cuir cannelle, Joaquín, vient se mettre derrière elle. Il lui dit que la semaine passée, c'est vrai, il faisait plus doux. Et elle, ça l'énerve que, sous prétexte qu'on se soit croisés dans une visite guidée, on se suppose une sorte de camaraderie. Elle ne répond pas et range, hautaine, sa mèche de cheveux derrière son oreille. Oreille que Joaquín, derrière elle, voit en effet rougie par le froid, et toute menue.

Albert, devant, petit, chenu, touffu, grosse moustache, lève les mains, tousse, reprend.

20

Joaquín est dans une sale mauvaise période. Qui a pourtant commencé très bien, début décembre, avec la belle victoire du Barça sur Séville. C'est l'euphorie au service des sports. Mais le directeur du *Diari*, à la conférence de rédaction, lui tombe dessus à bras raccourcis, devant tout le monde, et pour une vieille affaire : l'article au vitriol qu'il avait écrit début septembre sur les défauts irrémédiables de la stratégie Guardiola et sur la saison calamiteuse qui attendait le Barça. Tous les journaux à l'époque allaient dans le même sens, pessimiste, mais Joaquín avait de loin été le plus virulent, réclamant avant qu'il soit trop tard la destitution du nouvel entraîneur. Bref. L'avenir lui avait donné tort, et le directeur, peut-être à cause d'une mauvaise nuit ou d'une rage de dents, le rend responsable presque en criant du plus grand ridicule que le journal ait eu à supporter depuis des lustres. Et le directeur l'achève en parlant de son orthographe et en demandant à la correctrice une vigilance redoublée pour les articles venant de lui. On peut se tromper et franchement Joaquín ne mérite pas une telle réprimande. Aucun collègue ne bronche, néanmoins. Et Joaquín n'entre plus au *Diari* sans se sentir une merde. Il rédige la peur au ventre.

La semaine suivante, son père meurt d'une crise cardiaque. Formalités, enterrement, la famille, sa mère égoïste même dans le chagrin, son frère, ce richard, qui le regarde de haut, des gens pas vus depuis des années et qui lui parlent, pour dire quelque chose, pour rire, de sa charge contre Guardiola. Et puis papa, mort. Joaquín avait des choses à lui dire, depuis le temps, il devait avoir avec lui une conversation d'homme à homme, des tas de choses pas avalées, des problèmes qui auraient pu trouver leur solution et qui ne l'auront jamais. Au fond, qu'il s'était senti mal aimé, et maintenant, trop tard pour que son père lui dise le contraire.

Quatre jours plus tard, vraiment c'est du coup sur coup, il apprend que Valentina, son ex, la mère de sa fille, sort avec David. Son plus vieux copain. Son égal. Son cœur jumeau. Peut-être justement trop jumeau.

Au journal, même le nouveau stagiaire, qu'on a mis à la numérisation des archives, lui fait peur, parce qu'il est le chouchou de tout le monde. Joaquín se sent tellement sur la pente descendante que toute chose qui monte le menace, même un petit stagiaire. Puis la stagiaire précédente, la petite prodige photographe, qui avait quitté le *Diari* pour se mettre à son compte et qui est revenue dire bonjour, d'où ça encore ?, de Russie ou d'Afghanistan, tout auréolée de prestige, Veronica, elle s'est promenée dans la rédaction, tout le monde lui a dit coucou, l'a cajolée, et elle lui demande, gentille, sans doute, pour dire quelque chose, s'il a visité le blog de son père, et il se sent tellement l'inférieur de tous qu'il n'ose pas dire non, comme si c'était l'aveu d'une faute grave, une de plus, et il ment, dit que oui, puis s'enfuit aux toilettes.

Et aux toilettes, depuis la mort de papa, il chie du sang. Enfin, un peu de sang avec les étrons. Même son corps lui dit qu'il en a assez de lui. Il ne tient plus bien l'alcool, mais peut-être qu'il boit plus, aussi. Il s'endort sur le comptoir du Greensleeves, le pub irlandais de ses habitudes du soir, et il se retrouve à trois heures du matin sur le trottoir froid avec personne pour le reconduire. La nuit, il fait de l'asthme, mais peut-être aussi qu'il fume plus qu'avant. Il s'éveille chaque nuit en sueur, ruisselant, le matelas trempé, il se relève, change de tee-shirt, tend un drap de bain sec sur le lit mouillé, se recouche et ne se rendort qu'une demi-heure avant la sonnerie jamais aussi cruelle du réveille-matin. Il n'a même plus le courage de se brancher sur Meetic ; sur Facebook, il a écrit trois fois un petit mot de déprime, reçoit quelques likes sur le premier, moins sur le second, rien au troisième. Les sites nus sur Internet ne le dressent même plus. Il retourne se coucher avec des injures en boucle dans le cerveau, s'endort puis, trente minutes, réveille-matin.

Son appartement devient dégoûtant. Il trouve des cafards – des cafards en plein hiver – dans le lave-vaisselle. Il asperge tout l'intérieur de la machine avec de l'insecticide. Le lave-vaisselle est inutilisable : les assiettes en sortent propres, mais enrobées d'une puanteur âcre. Plusieurs lavages n'y changent rien. Les bêtes prolifèrent. Il vaporise le coin poubelle, pose partout des pièges, répand de la poudre blanche, surtout devant la porte de la chambre d'Alexandra. Surtout ! Petite chambre impeccable, l'exception dans l'appartement. Qu'on ne trouve rien à redire à la chambre ! Cette connasse de Valentina est à l'affût de la moindre raison de lui retirer le peu qu'il voit sa fille.

Il y entre le moins possible, croyant que les bêtes y passeront moins facilement. Mais il a vérifié, et rien. Sous le lit, rien. Sous les coussins roses et bleus, rien. Même derrière l'armoire bleu et blanc, rien. Dans la vasque en plastique rose du lustre, il a craint, vu d'en bas, par transparence, une forme sombre, il a grimpé sur une chaise, et ce n'était qu'un cadavre de papillon de nuit. Soulagement. Vue d'en haut, depuis la chaise, la chambre d'Alexandra, rose et bleu et blanc, lui donne envie de grand propre, et il a de la joie et une bouffée de courage et d'énergie, il saute, éteint la lumière, referme la porte et entreprend le grand nettoyage. Il nettoie comme s'il n'y avait pas de bêtes et en les ignorant. Il range le salon, fait un immense baluchon de linge dans un drap sale et descend sans veste dans le froid de janvier jeter tout dans quatre machines à la laverie automatique. Pendant que le linge tourne et se lave, comme par miracle, il a des idées positives. Un euro dans la fente et vingt minutes d'Internet sur les ordinateurs que la laverie met à disposition de ceux qui patientent. Il va voir, enfin, depuis le temps qu'il se le jure, le blog du vieux de la jolie stagiaire partie, le blog où soi-disant on en apprend tant sur Barcelone, les lieux, l'histoire ; et lui, faut pas croire, ça l'intéresse. Tout l'intéresse énormément. Il n'est peut-être pas très cultivé, mais tout l'intéresse, c'est vrai. Par exemple, là, que les dalles du passeig de Gràcia « qui représentent des fossiles et des étoiles de mer ont été dessinées par Gaudí lui-même » – on habite Barcelone, et on ne sait rien de tout ça, c'est fou – pour que, *dixit* Gaudí, « la ville soit profonde comme la mer est profonde ». Un euro de plus, vingt minutes de connexion relancées, et au bas de la page il voit l'annonce d'un cycle de visites-conférences, commençant justement demain par la Casa Milà. Et, semaine suivante, Sagrada Família. Il remet des jetons dans les fentes pour lancer les sécheuses, et comme des jetons aussi des idées claires lui tombent dans la tête. Il faut qu'il assiste à cette visite, peut-être y reverrait-il Veronica, bien que ce soit peu probable, mais enfin il a besoin de femme, et douce, et calme, et intelligente, et cultivée, et puis surtout – jeton idée – demain matin je peux dire à cette connasse de Valentina qui est encore plus agressive depuis qu'elle se sent coupable d'être avec David, demain matin, quand elle amène Alexandra et qu'elle demande comme chaque fois le programme, je peux lui dire que j'emmène notre fille visiter la Casa Milà de Gaudí, voilà le bon père, voilà la bonne activité !

Il rentre avec son linge propre, referme dessus les portes de l'armoire, chasse un nuage de sa tête et achève le rangement de l'appartement. Alors la fatigue vient avec le découragement, mais les idées positives ne l'abandonnent pas tout à fait et lui conseillent de sortir tout de suite, pour ne rien gâcher.

Et, le lendemain, cette connasse de Valentina ne remarque rien, depuis le pas de la porte, pas de bestioles, rien, et la petite Alexandra a un joli bonnet de couleur sur la tête. Et les passants regardent Alexandra et son père sur le trottoir, puis dans le métro, puis dans la lumière du passeig de Gràcia, sur les fonds marins des dalles, que Joaquín explique à sa fille. Et la visite de la Casa Milà est très bien, ça faisait longtemps que Joaquín n'y était pas entré, Alexandra l'avait visitée avec l'école mais ne s'en souvenait quasiment plus. Veronica n'était pas là, logique, mais son père est un bonhomme sympathique qui a commencé en disant à tous ceux qui n'entrent pas pour la première fois dans ce chef-d'œuvre d'architecture que « *l'important no és veure, sinó tornar a veure* », que l'important ce n'est pas de voir, mais de revoir. Alexandra, parce que c'est un peu longuet pour une fille de neuf ans, termine la visite en jouant à Tetris sur le téléphone de son père, et Joaquín, presque ivre de bonheur sur les terrasses du toit, entre les cheminées de mosaïque, respire l'odeur d'une femme française qu'il suit dans le groupe et à qui il trouve une ressemblance incroyable avec Catherine Deneuve.

Le soir, il a dû boire pour tenir le coup nerveusement, et de coup en coup il s'est saoulé, mais Alexandra était au lit, elle n'a rien remarqué. Il n'a pas mal dormi, ensuite, et, le lendemain, il est debout avec elle, évitant ces matinées où il ronfle et qu'elle passe devant l'écran, et que la mère, qui en fait sûrement autant, connasse, lui reproche acidement.

La petite Alexandra s'en va, Joaquín est crevé, la semaine reprend, la vaisselle s'amoncelle, l'appartement retombe en décadence. La semaine suivante, il n'a pas sa fille, il est seul, il ne range pas, ne lave pas, mais le souvenir du bonheur, des cheminées de la Casa Milà, du soleil et de Catherine Deneuve l'ont conduit, fraîchement douché et rasé, sentant le Pétrole Hahn dans les cheveux et le Drakkar noir sur le corps, au pied de la Sagrada Família. Le groupe est moins nombreux, seulement huit personnes, toutes différentes, sauf (c'est pas du bol, c'est un signe) Catherine Deneuve. En manteau noir. Dont elle pince les revers entre ses doigts, sous le menton. Élégance et apparence de solitude. Jolie petite oreille rougie par le froid.

Albert explique que Gaudí avait une imagination qui fonctionnait directement en relief, et qu'il préférait aux plans plats à deux dimensions, froids et théoriques, des maquettes en trois dimensions, qu'il érigeait, retouchait, et qui étaient très parlantes pour ses maçons, comme on le verra tout à l'heure dans le petit musée…

Joaquín, les deux mains dans les poches de son jean, recomposant la totalité à partir de la petite oreille rougie, sent entre ses mains un relief renaissant, et son cœur qui bat, et dans sa tête la certitude que c'est sa femelle, c'est ma femelle, il ne faut pas que je la lâche, oh bon Dieu, c'est à en pleurer.

PARTIE III

À LA RECHERCHE D'EUX-MÊMES

21

Michèle :

— Ce serait sympa de l'inviter à dîner, non ? Il est passionnant. Et puis c'est un homme seul.

Nico, pas très chaud :

— Pourquoi pas ? En même temps, on ne le connaît pas beaucoup.

— Non, mais on ne connaît personne à Barcelone, donc forcément, si on veut se créer une vie sociale, il faut bien inviter des gens qu'on ne connaît pas beaucoup.

— Il a quel âge ?

— Dans les soixante-dix. Et il est très intéressant. J'ai parlé avec lui après la visite, de nouveau. Il est veuf, en fait. Sa femme et son fils sont morts dans un accident de voiture.

— Merde.

— Il lui reste une fille et, à ce que j'ai compris, elle est beaucoup à l'étranger.

— Pas de bol.

— Tiens, on n'a pas mis le beurre ?

— Ah, non. Martin, mange proprement, s'il te plaît. Utilise ta fourchette. Dis, Michèle, tant que tu es à la cuisine, ramène du Sopalin, Martin a les mains dégueulasses.

— Voilà, voilà. Oh dis, c'est vrai, Martin, fais un effort, quoi.

— Oui, ça va !

— Et n'oublie pas de boire ton eau. La prochaine fois, au fond, on pourrait y aller tous les trois, plutôt que moi toute seule.

— Bah, Martin, ça va l'ennuyer.

— La première fois, il y avait un père avec sa fille. Qui devait avoir huit ou dix ans.

— J'ai six ans, moi !

— Avoue que tu prends Martin comme excuse, mais qu'en fait tu n'as pas envie de venir. C'est un truc bon seulement pour les femmes, ces visites, c'est ça ?

— Pas du tout. Ça m'intéresse aussi. Complètement. Mais franchement, là, je viendrai plutôt en avril, en mai, quand il fera plus chaud.

— Ah, c'est bêtement une question de chaleur ?

— Exactement. Du coup, oui, c'est une très bonne idée de l'inviter, comme ça je pourrai l'écouter, ici, bien au chaud. Visites-conférences de Barcelone, mais à domicile. Le top. Ça me convient parfaitement. Martin, chéri, on demande avant de sortir de table.

— Je peux ?

— Oui.

22

Alors Albert, dans son grand appartement chargé de choses et vide de personnes, atteint sur l'étagère un exemplaire du petit livre sur *Barcelona desconeguda,* Barcelone inconnue, qu'il a publié à compte d'auteur voici deux ans, l'ouvre sur son bureau, pousse le clavier, le pot à crayons, fait de la place et, d'une belle écriture ronde, le dédicace : *A Michèle i…*

— Zut, je ne sais pas comment s'appelle son mari. Je vais laisser un blanc, je remplirai sur place.

… *amb afecte,* affectueusement, signé : *Albert Companys i Lluch, el 1 de març de 2009.* Puis il referme l'ouvrage, passe sa vieille main sèche sur la couverture, illustrée d'un des réverbères de la place Royale, conçu par Gaudí. Il retourne le livre, relit le résumé, rédigé par lui-même, à côté de la photo de lui sur le banc du parc Güell, prise par sa fille. Puis il pense que c'est peut-être peu de chose, comme cadeau, ou un peu vain.

Il vérifie le nœud de sa cravate dans le miroir du hall.

Il prend la rue de València, par la gauche, pleine de soir et de gens qui rentrent. Il vérifie dans son portefeuille qu'il n'a pas oublié son abonnement de métro. Il s'étonne que des expats français, probablement aisés, soient installés à Horta, un quartier du Nord-Est, sur les hauteurs, pas très connu pour sa bourgeoisie. Il glisse ses mains froides dans les poches de son manteau gris. Il traverse la rue de Girona, la rue du Bruc, sa silhouette régulièrement peinte puis effacée par les phares des autos. Être clignotant, comme beaucoup d'autres. Il s'arrête chez Navarro, le grand fleuriste, auquel – ils l'ignorent certainement – il a consacré une demi-page dans son livre, à cause de certaines particularités architecturales de l'immeuble. Et puis parce que, d'après ses informations, c'est le plus grand fleuriste du monde, et l'un des seuls aussi à ne fermer jamais, ni de jour, ni de nuit, ni aucun jour de l'année.

C'est un couple français, alors je vais...

— Ils sont à combien, les lys, mademoiselle ?

— Deux euros la tige.

La vendeuse n'est pas très souriante mais elle a une charmante petite tête ronde et un petit écart entre les dents tout ce qu'il y a de joli.

— Eh bien allons-y. Mettez-en sept. Et puis un peu de verdure.

— Naturellement. C'est pour offrir ?

Surtout, elle a l'air fatiguée. Évidemment, si ça ne ferme jamais, ils doivent travailler beaucoup. Comme à l'usine.

— Payez déjà à la caisse, je vous le prépare.

Begonya, derrière un comptoir où cinq autres employés s'affairent, coupe les tiges, ajoute de l'eucalyptus et des brins d'alstroemeria, attend que le collègue ait fini avec les ciseaux, puis taille les grands papiers, fait boucler les rubans, et :

— Voilà.

— Merci, mademoiselle.

Le vieux s'en va, Begonya s'approche d'une vieille dame :

— Madame, on peut vous aider ?

Parce que, évidemment, ça ne s'était pas passé sans crise, l'abandon de New York et le faux bond à la bourse d'études. Son père avait levé les mains au ciel, sa mère avait baissé les bras et sa sœur Eulalia, bien qu'elle n'eût pas voix au chapitre, avait fait les deux. Beaucoup d'incompréhension de leur part et, de sa part à elle, Begonya, une totale incapacité à s'expliquer. Nous sommes une famille libérale, ma fille, et donc, par définition, tu es libre. Même si je pense que, sur le long terme, tu rendrais un meilleur service à ta liberté en ne renonçant pas. La liberté, ce n'est pas le caprice. Mais, oui ! Oui ! Oui ! Laisse-moi parler. Oui ! Je sais, tu dis que ce n'est pas un caprice et je veux bien te croire. Une intuition, d'accord. Une force à l'intérieur, toujours d'accord. Nous en avons parlé beaucoup, maman et moi, et il faut que tu saches que, à partir du mois prochain, pour le studio du 44, il faudra que tu nous paies un loyer.

— Mais parfaitement !

Eh bien tant mieux si ça te paraît parfait. Parce que les intuitions et les forces intérieures, d'accord, mais qui fait tourner les usines pendant ce temps-là, hein ? ! Bon. On n'a rien sans rien. Si tu renonces à ta bourse d'études, très bien, mais tu travailles. Tu gagnes ton pain.

Sa mère avait voulu savoir si c'était à cause d'un garçon. Begonya avait levé les yeux jusqu'à les rendre blancs. Et Eulalia, qui avait toujours été la tache de la famille, devenait soudain la chérie, toujours fourrée à la maison, paradant, toujours avec maman ici et là, pour préparer la campagne électorale de papa. Et Begonya, devenue sinon la tache, du moins le mouton noir. Enfin, là, il y a peut-être un peu de mauvaise foi de sa part.

Begonya, sans aucun dépit, sans aucun défi, même, mais avec une joie de libération, avait pris la première offre d'emploi qu'elle avait trouvée, vendeuse chez Navarro, fleuriste, ouvert vingt-quatre heures sur vingt-quatre, trois tours de huit heures, travail de nuit une semaine par mois, salaires minimes. Elle n'avait avoué que la moitié du quart de son *curriculum vitae*, mais elle n'avait pas pu cacher son nom. Begonya Tarràs. On l'avait engagée. Comme n'importe qui. Bien qu'il lui restât le doute, insatisfaisant, d'un possible favoritisme encore, oui, dans ce travail modeste, tout de même un favoritisme, peut-être, et malgré le fait que M. Navarro ne fût pas présent à l'entretien d'embauche. Mais Navarro est un ami de son père. Et qui dans cette putain de ville n'est pas l'ami de mon père ? !

La vieille dame a demandé des lisianthus et des arums. Ça ne va pas ensemble, ça ne vieillit pas au même rythme, mais qu'est-ce qu'on va y faire ?

— Combien d'arums, madame ?

Quand Albert sort du métro, à Horta, Begonya se coupe avec le sécateur dans la pulpe du petit doigt. Albert s'étonne de ne pas s'orienter correctement, lui qui connaît si bien sa ville et même si, à Horta, il ne va pas tous les jours. Priscilla, la collègue de Begonya, lui dit de désinfecter tout de suite, parce que, crois-moi, l'eau des fleurs, infection, panaris, septicémie, et hop, au cimetière. Le doigt en bouche, elle rigole, Priscilla aussi, mais elle dit que tout de même.

Martin est déjà en pyjama mais pas encore au lit, parce qu'il veut voir le monsieur qui vient. On a dit d'accord, mais sage.

Begonya rend le flacon de désinfectant à Priscilla. Priscilla vient du Honduras. Son mari et ses deux enfants y sont encore. C'est comme la femme de peine chez les parents de Begonya, du Honduras aussi, mais Begonya n'a pas donné ce détail.

Michèle a mis sa robe noire à fleurs, qu'elle mettait souvent à Paris. Le bonhomme n'est pas encore arrivé. Il a dans les soixante-dix ans, et Nico est jaloux. Tout à fait bêtement. Mais il sait pourquoi il est jaloux, et même tout à fait bêtement. C'est parce que ses parents à lui, Nico, lui ont toujours dit, quand ils se souvenaient des années passées à Bujumbura, Burundi, quand Nico était tout petit, que la vie à l'étranger était mortelle pour les couples. Pas le leur, et les parents de Nico étaient et sont encore un modèle pour lui, mais justement. Mortel pour les couples : le Lion's Club de Bujumbura, où les expats se retrouvaient, c'était un nid à cancans, un nœud d'ennui et de rumeurs, une centrale d'adultères. Il se souvient de cela, Nico, que ses parents ont toujours dit ça. Et depuis qu'il a pris ce boulot à Barcelone, impromptu, contacté par une agence de chasseurs de têtes, une très belle occasion, une place de directeur, dans son secteur, hop, expat, il voit partout l'ennui pour sa femme et le danger pour son couple. Plus fort que lui. Parce que, à Paris, Michèle, elle travaillait. Et là, elle a sacrifié sa place. Bon, alors, que fait-elle ? Elle s'occupe ? Elle s'ennuie. Et même si elle trouvait enfin du boulot, ça ne le rassurerait pas.

Il regarde dans la rue, par la fenêtre. Il y a du Bach par les baffles dans le salon. La *Passion selon saint Matthieu.* Philippe Herreweghe. Comme c'est beau. Le vin est au frigo. Michèle a préparé une bouillabaisse et ça sent délicieusement bon. Martin lit ses *Tintin* sempiternels dans le divan.

Du bruit sur le palier, Michèle a ouvert, mais ce n'est pas encore Albert, c'est la voisine qui sort avec ses poubelles et qui a cogné la porte. Michèle ne l'aime pas beaucoup, cette voisine-là. Raquel, qu'elle s'appelle.

Raquel n'aime pas beaucoup cette voisine-là. Michèle, qu'elle s'appelle. Toujours propre sur elle, bourgeoise, française, et pleine de fric. Qu'est-ce qu'ils viennent prendre le pain des Catalans, ceux-là ? Faut reconnaître qu'elle est jolie.

Et Michèle doit reconnaître que Raquel est assez belle, comme femme. Racée. Les yeux effilés. Le front décidé. Mystérieuse, mais un petit air mauvais. Et aucune tendresse pour les enfants. Enfin, pour Martin, du moins. Quand elle était venue demander de faire moins de bruit, un samedi matin, parce que Martin cavalait à qui mieux mieux dans le corridor.

— Mettez-lui des pantoufles, au moins.

Qu'elle avait dit.

Raquel sort de l'immeuble, encombrée par son sac-poubelle, et un homme moustachu, blanc de cheveux, agréable à voir, lui tient la porte. Elle le remercie, se retourne un instant ; l'homme la regarde aussi, brièvement, puis rentre. Raquel se dit qu'elle l'a un tout petit peu séduit. Un instant. Et c'est plutôt bon signe. Parce qu'elle jette sa poubelle dans le conteneur, se dirige vers le métro et part, ce soir, au pourchas de l'homme. Les choses ne vont pas trop bien pour elle. Elle a pris quelque mauvaise habitude de piocher dans la caisse du restaurant où elle travaille, avec la discrétion nécessaire, mais une collègue s'en est aperçue. Une teigneuse. Et elle l'a menacée de tout dire au patron. Alors Raquel vit avec cette épée de Damoclès, sachant que d'un jour à l'autre elle peut être virée. Même si, évidemment, elle se défendra. Pas pour rien qu'on naît avec un bec et avec des ongles. N'empêche, à cinquante ans tout rond, perdre sa place une fois de plus, ça la préoccupe. Et elle n'a que de trop bons souvenirs d'il y a deux ans, quand au petit bar à côté de El Molino de l'avenue Parallèle elle avait rencontré Narciso et que Narciso l'avait, pendant treize mois qu'après coup elle trouve les plus doux de sa vie récente, généreusement entretenue. Pauvre petit Narciso, plein de sous et timide comme une tortue. Laid comme un pou, aussi, c'est vrai. Il lui payait son loyer, et des vêtements deux fois par semaine. Et le restaurant. Et même un week-end à Venise. Elle n'aurait jamais dû rompre, avec Narciso. Mais il était usant. Faut dire ce qui est. Et maintenant, elle regrette. Et elle part, avenue Parallèle, à la recherche d'un nouveau Narciso. Qui sait ? Ce soir ou un autre soir. Mais il faut se faire valoir. Une femme seule et sans défense. Et belle. Et toutes les commodités de la ménopause.

Albert a reconnu tout de suite, pendant que Michèle lui ôtait son manteau, la *Passion selon saint Matthieu.* Nico a trouvé ça plutôt bien. Albert a vanté la beauté de l'appartement, même s'il le trouve, silencieusement, confortable mais sans charme : ces constructions modernes… Nico, en lui servant le *cava,* lui a expliqué que l'immeuble appartient à la société où il travaille, et qu'on les loge là, comme dans un appartement de fonction, en quelque sorte.

— Si on avait eu le choix, on aurait plutôt vécu dans l'Eixample, qui a tout de même plus de cachet.

Le petit Martin n'a pas voulu saluer le monsieur et s'est caché dans le coin, derrière le piano. Mais, maintenant que son père parle, il se fait remarquer en portant un coussin du canapé sur sa tête et en tournant autour du monsieur.

— *Quin noi més guapo ! Tu també parles català ?* Quel joli garçon ! Toi aussi tu parles catalan ?

Ce qui a suffi à Martin, qui retourne de son côté, avec le *Tintin.*

— Non, lui, pas encore. On l'a mis à l'école française, sur la Gran Vía, l'institut Ferdinand-de-Lesseps. Ils ont des cours de catalan, mais il n'y est pas encore. Il faut le temps. Mais vous, vous parlez très bien français.

Et Albert :

— Oh, moi, le français, je l'ai appris quand j'étais petit. Mes parents étaient du parti communiste, vous voyez, et ils ont émigré en France, pendant la dictature. Malheureusement, j'ai perdu l'accent. Mais, comment vous dire combien je suis touché que votre femme suive mes visites-conférences en catalan ? Et que vous aussi, vous parliez le catalan. C'est merveilleux !

— Bof, on le parle, on le parle, on le parle mal. Mais c'était une des conditions, de suivre des cours, pour la place qu'on m'a offerte ici. Alors on s'y est mis.

— C'est magnifique, parce que vous savez, le castillan, c'est une très belle langue, mais ce n'est pas la nôtre, et ça nous fait beaucoup de tort, en Catalogne.

Nico n'avait pas forcément envie d'aborder le thème nationaliste, mais c'est un peu inévitable.

Michèle arrive avec les lys d'Albert dans un vase.

— Vous voyez, le catalan, c'est la langue que mes parents me parlaient. Le castillan, c'est, comment dire, comme l'anglais aux Pays-Bas ou en Norvège. Ils le parlent beaucoup, surtout au travail et pour les affaires, mais ce n'est pas leur langue maternelle, leur vraie langue, la langue de la maman, qu'on parle aux enfants, vous savez, pour les endormir, pour les cajoler, pour les consoler…

Nico a légèrement peur de ce à quoi va ressembler la soirée.

— Vos fleurs sont magnifiques, merci, Albert.

— Oui, et merci pour votre livre, aussi !

— Ah, il faut que j'ajoute votre nom dans la dédicace, parce que je ne le connaissais pas. Vous savez, c'est un livre en catalan, mais comme vous le comprenez…

Nico espère changer de sujet. Mais Michèle, vlan :

— Vous êtes nationaliste, Albert ?

Et Albert, franco :

— Oui, très, très nationaliste. Vous savez, être

nationaliste en Catalogne, c'est comme être écologiste au niveau mondial. C'est vouloir préserver un milieu de vie.

Nico :

— Vous avez une curieuse manière de présenter les choses.

— Oh, vous savez, mais je ne veux pas vous ennuyer avec ça, ça ne vous concerne pas, mais…

Michèle :

— Mais allez-y, ça ne nous ennuie pas du tout, au contraire.

— Je vais essayer de faire le résumé le plus concentré possible. Il faut remonter à l'Empire romain et particulièrement à la conversion de l'empereur Constantin…

Nico s'efforce de dissimuler un sourire, s'enfonce plus loin dans le canapé et croise les jambes. Albert est assis tout au bord du fauteuil, comme s'il n'était là que pour un instant, et qu'il allait repartir. Nico a envie de lui dire de se mettre à l'aise, mais il aime bien ce genre de caractère, très ouvert, très loquace, naïf aussi, et en même temps timide, toujours prêt à disparaître, de peur de déranger.

Alors Albert commence à expliquer que Constantin, dès lors qu'il a opté pour le christianisme, décide de déplacer la capitale de l'Empire, de Rome, trop marquée par le paganisme avec tous ses temples, à Byzance, sur le Bosphore, c'est-à-dire Constantinople. Que ce déplacement du centre de gravité de l'Empire a décidé du fait que, quand les Germains se mirent à menacer exagérément les frontières, on décida, en haut lieu, de préserver en priorité la partie orientale de l'Empire, et qu'on sacrifia en quelque sorte la partie occidentale. Du coup la Gaule, la Bretagne, l'Hispanie et même l'Italie passent sous le contrôle des Barbares.

— C'est ce qu'on appelle la chute de l'Empire romain. Mais ce n'est pas du tout la chute de l'Empire romain. C'est seulement l'abandon aux Barbares de la partie ouest de l'Empire romain, lequel persiste et continue, très solide, n'est-ce pas, mais là-bas à l'est, autour de Constantinople. Parce que la vraie chute de l'Empire romain, c'est quand Constantinople tombe, c'est-à-dire en 1453 ! Aux mains des Turcs musulmans. Voilà un fait intéressant !

Michèle, c'est typiquement la chose qui la vexe, de constater qu'Albert, bien que ce soit elle qui l'ait amené à parler, bien que ce soit elle qui ait posé la question, ait la tête tournée vers Nico. Les hommes parlent aux hommes. Nico, enfoncé dans le canapé, jambes croisées ; Albert, sur le bord du fauteuil, tourné vers lui. Et elle, quoi ? Bonne à aller baisser le feu sous la casserole ? À mettre Martin au lit ? Alors elle se lève et :

— Pardon de vous couper, Albert, mais c'est le moment de mettre Martin au lit. Nico ?

Nico, un peu surpris que Michèle lui demande de le faire, obtempère néanmoins.

— Martin, tu viens ?

L'enfant, qui a mangé toutes les chips et laissé les olives, se laisse emmener.

Et, puisque Nico est parti, Albert change de sujet. Et ça aussi, c'est le genre de choses qui la vexe, Michèle. Mais qu'y fera-t-on ?

— Vous êtes à Barcelone depuis longtemps ?

— Nico ! Éteins le feu sous la casserole, tu

veux ? Oui, non, on est arrivés en septembre. Le 11. Et ce n'était pas du tout prévu, en fait.

— Ah bon ?

Consciemment ou inconsciemment, elle s'assied à la place de Nico dans le divan. Et elle a croisé les jambes, en robe, jetant une brève image blanche impudique dans l'œil d'Albert.

— On y était venus pour la première fois l'été, en vacances, et on en était repartis avec une impression assez négative, en fait. Parce que, le dernier jour des vacances, on m'a volé mon sac, sur la plage.

— À la Barceloneta ?

— Oui.

— Ah, c'est une plaie, le vol, là-bas.

— Et puis on avait assisté à une scène pénible, un type qui avait poursuivi un enfant sur la plage et qui l'avait emmené, mis dans son coffre, vous savez, un coffre fermé, une sorte d'enlèvement, quoi. Nico avait appelé la police. C'était un sale moment. On était revenus à Paris avec une impression désagréable.

— Je comprends.

— Et puis finalement, les choses de la vie, une semaine après on propose à Nico une très bonne place, à Barcelone. Puis, quasiment du jour au lendemain, nous voilà.

— Et vous aviez un travail, vous, à Paris ?

Enfin, une question sur elle !

— Eh bien oui, je travaillais dans une agence de publicité. Mais, tout pesé et repesé, on a dit oui pour le boulot de Nico, et moi j'ai lâché le mien.

— Oui, oui.

— Encore un peu de *cava* ?

— Volontiers, il est excellent. Merci. Et il travaille dans quoi, votre mari ?

— C'est une grosse boîte, qui organise des congrès. Là, il prépare un congrès de médecins, une sorte de grand-messe des spécialistes de la sclérose en plaque, avec des groupes pharmaceutiques. Et puis, le suivant, c'est un truc encore plus énorme, le méga-congrès de la chirurgie esthétique. Ils font venir des gens du monde entier.

— Oui, Barcelone attire beaucoup de congrès.

— Je vous crois ! C'est carrément la première ville d'Europe, pour les congrès. Et la deuxième ou la troisième au monde. C'est pour ça que la boîte de Nico est basée ici.

Et hop, évidemment, on parle de Nico. Changer.

— Et vous, Albert. Vous me disiez que vous avez une fille, oui ? Que fait-elle ?

— Oh oui, j'ai une fille. Et même une fameuse. Elle s'est mis en tête de devenir une grande reporter.

— Et pourquoi pas !

— Pourquoi pas, oui. Mais je vais vous dire. J'ai perdu ma femme et mon fils…

— … je sais, oui, je suis désolée…

— … et alors, pour être reporter, elle veut voyager tout le temps, et puis se mettre en danger, quoi qu'elle en dise, oui, se mettre en danger… ne fût-ce que professionnellement… elle aurait pu avoir, sans doute, enfin probablement, un engagement dans un journal d'ici, vous voyez, le *Diari*…

— Oui, je vois, un très bon journal.

— Eh bien oui, mais elle préfère le *free-lance*… l'aventure…

Il vide sa coupe de *cava*.

— Boh, allez, remettez-en-moi…

Michèle sourit et le ressert.

— Je ne dis pas ça pour moi, mais tout de même, je suis tout seul… Alors, quand je vois des gens comme vous, ouverts, intelligents, bien installés, en couple, avec un enfant, un très bel enfant d'ailleurs… vous voyez, j'ai mes tristesses de petit vieux.

— Justement, vous voyez, nous, justement, nous vivons loin de nos parents… aussi. Et puis, tout de même, ce n'est pas facile d'être une femme, comme ça, comme votre fille, libre, indépendante, enfin à ce que je comprends, c'est plutôt admirable, et c'est sûrement grâce à vous qu'elle a pris ce goût de la liberté, non ?

— Oui, oui, sûrement… Mais enfin… Elle voulait partir en Géorgie, au moment de la guerre éclair, vous savez, entre la Géorgie et la Russie. Vous pensez que je dois me réjouir qu'elle veuille courir sous les missiles avec son appareil photo ? Moi, je ne comprends pas. Je la laisse faire, évidemment. Et puis, qu'est-ce que j'ai à dire ?…

Nico revient. Albert ne l'a pas remarqué. Nico s'assied sur la chaise où Michèle était assise avant, jambes croisées.

— … Son voyage en Géorgie, ça n'a pas marché, elle est restée à la frontière, et elle en a profité pour faire un reportage sur une fille qui arrête ses études et qui abandonne sa famille pour entrer dans un monastère, un monastère de là-bas, vous savez, orthodoxe, des voiles noirs, des églises pleines d'icônes et d'encens, des prêtres à longues barbes, enfin. Et elle est parvenue à vendre son reportage. Les photos sont magnifiques. Non, elle a du talent. Je ne peux pas dire que je ne sois pas fier. Mais bon. Puis elle a passé deux mois à la maison, puis elle est repartie. Une bonne idée, certainement : elle fait un reportage sur l'indépendance du Kosovo, vous savez, ça fait un an tout juste. Quelque chose l'attire vers l'est. Je ne sais pas. Elle m'a écrit hier, tout va bien, apparemment. Moi, l'indépendance du Kosovo, ça m'intéresse. Surtout comme précédent pour une indépendance de la Catalogne, qui sait ? Mais elle fait son reportage du point de vue des Serbes. Qui s'opposent à l'indépendance. Qui la nient, carrément. Enfin, je ne sais pas.

Nico :

— On parle de qui ?

Begonya a fini, elle quitte, elle est épuisée. Elle aime ce travail, parce qu'il la vide. Ça la racle, à fond. Les jambes lui rentrent dans le corps, à la longue.

Les autres n'ont pas l'air si crevés qu'elle.

Mais elle dort peu.

Elle promène ses questions, elle jouit de sa solitude, elle met à l'épreuve ses frayeurs de bourgeoise en hantant les rues, la nuit, dans le froid. Pas pour aller au cinéma, mais pour voir la ville, les gens. Les pauvres. Peut-être une fascination un peu morbide, une curiosité, une attirance.

La lune est haute dans le ciel, elle la regarde, et c'est nouveau cette familiarité avec l'astre blanc. Elle ne lui parle pas, mais elle se sent en communication tout de même. Comme une autre elle-même, là-haut, voyant tout de très loin, pendant qu'elle va dans les rues, le nez sur la ville et sur sa vie, sans recul, se prenant tout dans la face et ne comprenant rien. Elle, là-haut, comme un général avec sa longue-vue, et elle, ici, en première ligne, avec des idées sombres et des yeux qui veulent voir.

Et ça ne va pas tout seul, voir. Ce qu'elle appelle voir, ce qu'elle ressent quand elle dit voir. Il faut de la fatigue. Il faut si possible avoir faim. Jusqu'à ce petit goût âcre, qui est le moment où la faim rejoint le dégoût et n'a plus faim que d'elle-même, et se nourrit d'elle-même et se creuse le ventre et se serre la gorge avec un drôle de délice. Et qui ouvre les yeux, et qui permet de voir. Voir quoi ? Voir par en dessous.

Voir, avec le sentiment que voir, c'est disparaître.

Alors toute la ville, qu'elle connaît comme sa poche, comme sa chambre, comme sa maison, comme son berceau, s'efface, et la ville, la même, mais toute différente, sort du sol, s'élève, grise et sale, murs de poussière, odeur de cave. Les mendiants sortent du trottoir comme les morts du tombeau, leurs yeux s'allument et brillent comme braise. Alors elle sent, Begonya, ce renversement que tous les soirs elle cherche et qu'elle ne trouve pas toujours, cette impression que tout s'est inversé et que dans le fond de sa gorge ce goût crayeux est un goût de terre, de terre de son ventre, de sa terre sale. Alors elle est retournée vraiment comme un gant, le fantôme d'elle-même ; alors tout est inconnu et elle sent qu'elle voit. Et elle entretient son état, dans ses longues promenades, en fumant.

— Vous fumez, Albert ?

— Pour ne rien vous cacher, oui. C'est idiot, j'ai

repris. Depuis que Veronica part au loin, ça faisait pourtant quinze ans que je n'avais plus touché une cigarette. Mais je ne veux pas…

— Je vous en prie. Nico ne fume pas, mais moi oui, mais on se met au balcon, c'est tout.

— Bien sûr.

— Venez.

— Vous faites merveilleusement la bouillabaisse. Le *suquet*, c'est un peu pareil, mais c'est catalan. Vous savez le préparer ?

— Non, mais vous m'apprendrez.

— Ah oui, si vous voulez.

— Regardez la lune.

— Elle est haute !

— Vous croyez qu'elle est pleine ?

— Je dirais pas tout à fait. Encore un jour.

C'est le bonheur d'être malheureuse, mais l'intensité de la sensation donne l'impression à Begonya que toute sa vie est peu de chose à côté de ces moments noirs. Elle n'en tire pas des pensées claires, pas de projets, si ce n'est celui d'oser un soir, une nuit, se coucher sur un pas de porte et de dormir là. Elle ne s'y est pas encore risquée. Parce que c'est ridicule et que ça n'a pas de sens. Mais elle veut.

Chez elle, les pots de fleurs brisés lors du cambriolage, elle s'est retenue de les remplacer, et même de les ramasser. Elle les garde, comme un talisman, un pense-bête, pour se rappeler elle ne sait pas quoi exactement, mais se rappeler qu'il y a quelque chose qu'elle cherche, désormais.

La réalité, peut-être.

— Par ce balcon-ci, la vue est limitée, mais par l'autre, à l'autre bout de l'appartement, on ne peut pas y aller, parce que c'est à côté de la chambre de Martin, mais là on a une vue… toute la ville, enfin, toute la partie gauche, jusqu'à la mer. La partie droite est cachée par la colline.

— Ah oui, forcément, la colline du Guinardó. C'est un beau parc. Vous y allez ?

— Pas souvent, j'avoue. Mais quand il fera plus chaud, sûrement. Vous savez, Albert, j'ai adoré quand vous avez expliqué l'autre jour le coup des tours de Sagrada Família, qui sont construites non pas comme si elles montaient vers le ciel, mais comme si elles *tombaient dans* le ciel…

— Oui, oui… en postulant une gravité inversée…

— … C'est vraiment superbe, et je voulais vous demander si Gaudí avait vraiment dit ça, ou si c'est vous qui interprétiez.

— Non, c'est moi qui interprète, mais c'est évident. Gaudí, c'est comme El Greco, si vous voulez. Pour lui, la réalité spirituelle est plus réelle, beaucoup plus forte, que la réalité matérielle… L'aspiration du ciel, céleste, beaucoup plus puissante que la pesanteur terrestre, mondaine… C'est pour ça, n'est-ce pas, les maquettes souples que je vous ai montrées, qu'il construisait avec des chaînettes, des ficelles et des petits nœuds, pour pouvoir les retourner, tête en bas, et voir la forme que devaient avoir les tours si l'église était construite à l'envers. À la vérité, quand on approche de la Sagrada Família, en marchant, ce qui n'est pas normal, c'est qu'on ne tombe pas dans le ciel…

— Vous l'avez écrit dans votre livre, ça ?

— Non, malheureusement, c'est une idée que

j'ai eue après... Vous avez une expression dans ces cas-là, n'est-ce pas, les Français : l'esprit de l'échelle !

— De l'escalier, l'esprit de l'escalier...

Elle rit.

— C'est ça... Mais on va finir par prendre froid, non, sur le balcon ?

— Allez, encore une petite ?

— Si vous insistez.

— Il faudrait que vous expliquiez ça à Nico. Parce que je lui ai raconté, mais il ne comprend pas.

— Vous savez, c'est comme El Greco, beaucoup de gens ne comprennent pas.

Begonya entre au Burger King, en face du café Zurich. Pas pour manger. Elle ne veut pas. Mais parce que, la semaine passée, elle y a vu, parmi les couleurs écœurantes et les néons rouges, dans l'atmosphère trop chaude du graillon, du pain de mie et de la graisse sucrée, entre les mangeurs qui se sucent les doigts et qui rient, une clocharde qui lui avait paru d'abord ressembler étrangement à sa mère, avec une bonne tête, pas du tout de pauvresse, un gros chignon rassurant, des boucles d'oreilles rondes, comme des perles, des rides de soucis maternels, un collier assorti aux boucles d'oreilles et un gilet gris en tricot fin, col rond, comme d'une vieille Anglaise un peu prude. Mais, à partir de la taille, ça changeait, la robe était sale, les bas troués, cernés de crasse et des chaussettes par-dessus, les pieds glissés dans des souliers ravagés et trop petits qu'elle portait enfoncés en pantoufles, parce que les pieds n'y tenaient pas en entier. Elle avait demandé quelque chose au comptoir, qu'on lui avait refusé. Puis elle s'était éternisée sur une chaise, à côté de son grand bagage brunissant en toile de jute. Begonya l'avait regardée longuement, le temps passait, la fermeture approchait, on plaçait déjà des chaises sur les tables, et la femme avait dû quitter sa table et se déplacer et elle s'était poussée jusqu'à côté de Begonya, sans un regard, en traînant son grand sac.

Et alors Begonya avait perçu l'odeur, insupportable. Et, elle avait vu aussi que la femme avait un écart entre les incisives, comme sa mère, justement, mais surtout comme elle. Et Begonya s'était levée et elle était partie. Sauvée. Et, dehors, elle avait eu la nausée. Et surtout la nausée d'elle-même. De sentir confusément que cette vieille clodo lui ressemblait, confusément aussi qu'elle avait été incapable de rester à sa place, qu'elle n'avait pas eu la capacité, humaine, humaine, se répétait-elle, de demeurer à côté d'elle. Incapable de surmonter le dégoût d'une odeur. Et elle avait senti soudain que ce dégoût était, dans le fond, de la haine. Elle l'avait vu clairement. Une sorte de haine profonde, réflexe, instinctive. Cachée sous la forme acceptable du dégoût, mais, au vrai, de la haine, pure et dure et cristalline. Il n'y avait pas d'autre explication. En moi, il y a une haine profonde, que je n'avais jamais vue, et si elle est tout au fond, elle est donc partout, potentiellement, toujours dissimulée. Begonya s'était fait horreur, en même temps que ça l'avait soulagée. Elle avait marché dans la ville à pas précipités, en se disant : Begonya Tarràs est une gentille fille, tout le monde sait ça, et Begonya Tarràs sait qu'elle est faite d'une pâte de haine. Et elle avait l'impression heureuse et amère d'avoir élucidé quelque chose enfin de la réalité. De la vraie réalité. Le mal, la haine, en moi. C'était cela en elle qui cherchait à se faire connaître, cette infamie qui voulait remonter à la surface, comme un reflet enfin vrai. Elle voulait savoir finalement qu'elle était faite de merde, et le goût dans le fond de sa bouche, c'était aussi ce goût-là. Tout cela était bizarre et pourtant s'imposait. Un des pôles de sa révolte apparaissait.

Elle était rentrée chez elle, avait remonté une demi-ville, à pas précipités, elle avait ôté ses souliers sur le trottoir froid, parce que l'inconfort aussi, comme la fatigue et comme la faim, l'aidait à chercher, à ressentir qu'elle cherchait.

Elle avait ramassé les lettres que la concierge dépose devant sa porte, les avait mises sur le meuble du hall, avec les autres, sans les ouvrir, pour plus tard. Puis elle s'était couchée avec son livre, un pavé naguère conseillé par son père, d'un auteur américain vivant à Barcelone, la Seconde Guerre mondiale vue par un nazi, qui avait le goût terrible qu'elle recherchait.

C'est pour cela qu'elle entre, Begonya, maintenant, au Burger King, en face du café Zurich, en face de la fontaine de Canaletes, en haut des Ramblas. Mais la vieille clodo n'y est pas. Hélas. Parce qu'elle veut la revoir et s'asseoir avec elle et acheter deux menus Whopper et manger avec elle, face à face, tout près, en respirant son odeur répugnante. Et puis la serrer dans ses bras, et puis l'embrasser sur la bouche. Parce qu'elle veut y parvenir. Parce qu'elle veut passer de l'autre côté d'elle-même. Merveilleuse angoisse, toute serrée dans sa tête comme une pensée noire en forme de typhon, gribouillis de crayon noir, derrière son front. Se sentir humaine et dégueulasse, et de là faire un pas, le premier, finalement, pour commencer à exister. Mais la vieille au joli gilet et au sac bruni n'est pas là, et Begonya s'assied pour l'attendre.

Albert rentre à pied. Une longue trotte, comme il les aime. Bon pied, bon œil. Il a beau paraître plus vieux, il n'a que soixante-six ans, tout de même. Le lendemain de l'accident de sa femme et de son fils, il s'est réveillé avec les cheveux tout blancs, d'un coup, comme dans *Les Misérables.*

En traversant le parc du Guinardó, un grand chien noir comme la mort tourne autour de lui en aboyant. Et il se dit que ce serait une bonne idée, de prendre un chien, à la maison. Ils se tiendraient compagnie. Il s'accroupit, tend la main, le chien gronde et tourne autour de lui, la queue basse. Il a une jolie tête de bâtard féroce. Peut-être un chien abandonné. Albert lui parle. Mais le chien s'en va. Dommage. Ce sera pour une prochaine fois.

Au sommet de la belle rue du Télégraphe, en escaliers, raide, qui sort du Guinardó et qui dévale sur le tapis persan lumineux orangé de la ville, Albert s'étonne soudain de n'avoir pas songé à avoir peur du chien. Il fait demi-tour et remonte dans le parc, en faisant claquer sa langue et en l'appelant, eh ! Eh ! Reviens ! Où es-tu ?

Raquel a demandé du feu dix-sept fois dans la soirée. Dix-sept fois à des personnes différentes.

Et elle se les gèle, à cause de cette nouvelle loi à la con qui interdit de fumer à l'intérieur. Elle ne s'y fait pas. Elle ne s'y fera jamais. Soirée foireuse. Quelle idée aussi de ne pas avoir attendu le printemps.

Faut qu'elle rentre en taxi. Parce qu'elle est vexée de n'avoir rien pêché. Personne même qui l'ait invitée à prendre un verre. C'est invraisemblable.

Faut qu'elle prenne un taxi, parce qu'elle est une dame et parce que Horta, c'est perpète. Et parce que, même si elle refuse de l'avouer, elle a mal aux hanches. Saloperie d'ostéoporose.

Personne qui ait bu avec elle. Ça lui a fait trois verres de blanc et un gin tonic, pour finir, ou pour tenir. À l'économie. Treize euros tout rond.

Mais à bien y regarder, en dansant sur la jambe gauche parce que la hanche droite lui fait mal, dans le portefeuille, il n'y a plus de quoi prendre le taxi.

Elle est sous un feu de circulation, qui lui met tantôt une douche de rouge, de vert ou d'orange, elle crève d'envie de héler le taxi qui arrive, jaune et noir comme un abeille, avec la lumière verte sur le toit pour dire qu'il est libre et lui rappeler qu'elle, elle ne l'est pas. Pas libre de prendre le taxi. La course jusqu'à Horta fait dans les huit ou neuf euros. Il lui reste misérablement quatre euros dans le porte-monnaie. Et ça fait plus de six mois qu'on lui a retiré sa Visa. Oui, bien sûr, elle pourrait traverser, pousser jusqu'au distributeur de billets. Mais, sur son compte, elle ne sait même pas exactement combien elle a, les paperasses l'emmerdent, mais demain premier lundi du mois, c'est le loyer qui tombe, prélèvement automatique, sept cents euros, son loyer. Et sa ligne de crédit est à zéro. Puis viendront l'électricité, prélèvement automatique, l'eau et le gaz, prélèvement automatique. Non, elle n'y va pas, au distributeur.

Elle est toujours sous le feu. Des gens passent et la voient, d'autres passent et ne la voient pas. Si c'est pas grotesque d'être une dame de cinquante ans et de ne pas pouvoir prendre le taxi ! Nom de Dieu ! Quand on a un corps comme le mien ! Personne qui ait envie de poser un baiser sur mes pommettes, là ? Elles sont pourtant jolies, mes pommettes, et tous ces gens, ça crève les yeux qu'ils manquent de tendresse. Regardez-les !

Une heure du matin. Plus de métro. Et pas le bus de nuit, non, plutôt crever. Pas le bus, seule, l'éclairage blafard dans ce grand cercueil roulant, non. Mieux vaut à pied. Et sur des talons hauts, encore.

Elle marche, et il y a déjà des gens qui dorment dans la rue. Même une jeune fille, sur une margelle, devant le rideau d'acier d'un magasin, enrobée d'un carton. Qui l'a fixée du regard. Et des petits vieux, à cette heure, qui zieutent dans le fond des poubelles, moins discrètement qu'en plein jour.

Voudrais pas en arriver là. Non.

Elle arrive chez elle. L'immeuble est tout noir. Pas une seule fenêtre éclairée. Clé, grincement de la lourde porte. Elle a ses souliers dans la main. Elle a troué ses bas. Elle pourrait prendre l'ascenseur, mais non. Une sale et méchante habitude, qu'elle répète sans y penser, monter par l'escalier et appuyer sur les portes, des fois qu'il y en aurait une de pas fermée. Laissée ouverte, par inadvertance. Et alors, s'introduire et voir s'il n'y a pas quelque chose dans le hall, un sac à main, un portefeuille, un billet de banque. Son esprit s'absente quand elle fait ça. Quand elle pousse sur les portes, une par une. Et ce soir, aucune, jusqu'au cinquième étage. Même pas la porte des voisins français. Alors elle rentre chez elle. Où il fait froid, parce qu'elle ne met pas le chauffage.

Elle jette ses souliers, elle prend une douche brûlante. Puis nue comme un ver et belle pour personne elle va se coucher dans le lit. Seule. Je vous le demande, si ça a du sens. Se coucher seule, quand on sait qu'il y a six milliards de personnes sur ce caillou qui tourne.

Parviendrai pas à m'endormir.

Et elle s'endort, Raquel, avant la fin de sa pensée.

23

Un qui ne dort pas, c'est Marc. Il est au balcon de son appartement, sur l'avenue Parallèle, cinquième étage, il fume. Trafic dans l'avenue, bus de nuit, taxis ; en bas à gauche les néons de El Molino viennent de s'éteindre et laissent un instant leur marque persistante sur la rétine. Il revient d'une assemblée extraordinaire de la cellule jeunes du parti, il s'est porté volontaire pour la campagne électorale de Miquel Tarràs, et il sent, il pressent, qu'avec son profil, ses antécédents et le dossier de motivation qu'il a remis, il sera choisi pour y jouer un rôle important. D'autant que la sélection est faite sur les critères finalement subjectifs du chef de campagne et de Miquel Tarràs lui-même. Or Miquel est venu à son mariage, et tout le monde ne peut pas se vanter d'un tel geste de prédilection. Il jette son mégot, qui trace une jolie courbe jusqu'au trottoir.

La motivation se juge au sacrifice, et il est prêt, sans la moindre hésitation, à demander un congé sans solde à l'hôpital. D'un an. Et plus si… Mais du calme, ne mettons pas la charrue avant les bœufs.

C'est un des avantages de travailler dans la médecine publique. Cette disponibilité. Éventuellement, ça nuirait à son avancement dans la carrière médicale. Mais justement, c'est par là aussi qu'il montre ses priorités.

Toc, toc, derrière lui, des doigts à la fenêtre, c'est Blanca, en robe de nuit blanche. Il quitte le balcon, rentre. Elle demande si ça s'est bien passé. Elle, c'est la troisième fois qu'elle vomit. Elle lui fait un sourire las et résigné et ils disent à l'unisson ce qu'ils ont coutume de dire : « Allez, c'est bon signe… » Vomir heureuse, c'est parce qu'elle en est presque au troisième mois. Lui :

— Reste pas sur tes pieds nus. Va vite au chaud. Je me fais une tisane, je suis trop excité pour m'endormir maintenant. Tu en veux ?

— Merci, non. Je viens d'en renvoyer une.

Autre chose qui joue en sa faveur, à Marc, c'est que Miquel Tarràs aura certainement un gros souci avec la médecine publique, où il devra annoncer dans son programme des coupes budgétaires importantes. Il aura besoin de médecins de son côté, pour faire passer le message correctement dans le secteur. Parce que, si l'Espagne peut se vanter d'offrir à tous ses citoyens les frais médicaux sans exception, comme les Anglais, il faudra tout de même suivre le même chemin que les Anglais, et modérer cette folie. Les communautés autonomes ont la compétence de légiférer dans ce domaine, et Miquel a inscrit dans son dossier son total soutien à une série de mesures dont on parle déjà dans l'entourage du futur candidat : faire payer un euro pour chaque consultation, un euro aussi pour chaque ordonnance, envoyer au patient la facture de chaque intervention, sans qu'il doive la payer, mais pour déraciner l'idée que les soins ne coûtent rien, et enfin l'idée la plus difficile à faire avaler au secteur : congeler les primes de fin d'année et diminuer les salaires. Dans l'aile dure de CiU la volonté revient en force d'interdire désormais aux immigrants l'accès aux soins publics. Idée politiquement dangereuse, et l'on ne sait pas encore très bien si Tarràs la soutiendra ou pas. Mais Marc, dans un coup d'audace, s'y est dit favorable. Parce que enfin, en Catalogne, il suffit de s'être inscrit au registre du district et d'avoir donné une adresse pour obtenir la carte de santé. A-t-on vocation à soigner sans paiement tous les mal-portants de la planète ? Admettons-le, quand les choses vont bien ; mais quand elles vont mal, en pleine crise, non. La bouilloire électrique a fait clac, la tisane infuse. C'est sur ce point que Marc craint de s'être montré plus catholique que le pape. Tarràs voudra-t-il des radicaux ou des modérés ? Marc donnerait beaucoup pour se glisser dans le cerveau de Miquel Tarràs et connaître ses intentions. La politique qu'il aime est une politique de tact. Fallait-il ou non avancer ce pion ? Marc se sent vivre, la tisane est brûlante, il est content d'avoir pris un risque. Blanca tousse, dans la chambre. Oui. Ça, pour Blanca, c'est l'inconvénient qu'elle voit, que si tout se passe bien leur enfant naîtra en septembre et que la campagne absorbera Marc, qu'il ne sera pas question pour lui, forcément, de prendre un congé parental, et que ça les privera de vivre paisiblement les premiers mois du bébé. À quoi Marc répond généralement que le train ne passe pas deux fois, qu'il faut saisir l'occasion par les cheveux et que la politique, mon chou, il faut s'en rendre compte, c'est un combat. Il lui reste, à Marc, néanmoins, cette incertitude. Quelle importance réelle Blanca, pour le moment encore douce, mais tout est loin, accorde à ce sujet, et si cette importance ne pourrait pas croître, et finalement jusqu'où ? Y faire allusion dans son dossier de motivation aurait été non pas d'un modéré mais d'un tiède, et l'aurait mis sur la touche, immanquablement. Il a mis trop de sucre dans la tisane. Elle est écœurante. Il la verse dans l'évier et va se déshabiller. Ah, et encore un avantage pour lui, à trente-quatre ans, il est à la limite d'âge des jeunes CiU, c'est-à-dire le plus âgé des juniors, alors qu'un an plus tard il aurait été le plus jeune des seniors, et se serait confronté à une concurrence autrement plus difficile. Non, vraiment, c'est un coup de chance. Le rêve s'ouvre. Il aurait tort d'hésiter. Marc chantonne devant la glace. Il évite de presser le tube de dentifrice par le milieu. Il a entendu mille fois que la durée des mariages tient à ça.

PARTIE IV

TOUS EN UN SEUL CORPS

24

Sur une terrasse du port, dernier étage de l'ancien bâtiment des douanes, sous le soleil d'avril, Carme Ros, qui aime son métier en général, et aujourd'hui en particulier, pose son micro-enregistreur, « son cher Nagra » comme elle vient de dire, sur son genou, jambes croisées, remet une mèche derrière l'oreille et on y va :

— Miquel Tarràs, depuis quelque temps, dans un secteur de l'opinion, on parle de vous comme de l'homme providentiel…

— D'abord, il faut revenir à la modestie. Si vous dites, chère madame Ros, que je suis l'homme providentiel, c'est simplement parce que, dans la situation difficile que traverse le pays, il a fallu aller chercher quelqu'un qui accepterait de faire campagne avec un programme de mesures nécessairement difficiles et impopulaires. Si être l'homme providentiel, c'est être un homme qui accepte de mettre son intérêt de côté, d'offrir en sacrifice sa popularité pour le service du bien commun, autrement dit être un quasi-suicidaire, alors oui je suis un homme providentiel. Si être un homme providentiel, c'est être celui qui prend en main une situation quand l'opportunisme conseillerait de se cacher et d'attendre, alors oui, je suis l'homme providentiel. Mais vous voyez, c'est plutôt modeste et pénible, comme providentialité.

— C'est un message que vous envoyez aux membres de votre parti ? À certains en particulier ?

— Pas du tout. Le courage ne manque pas, à la CiU, et tous les hommes forts se sont proposés.

— C'est ce dont on doute, tout de même. Votre candidature est une surprise.

— Vous pouvez me croire, madame Ros.

— Bien. Vous vous êtes entourés de jeunes et aussi de nombreuses femmes. C'est pour vous aligner sur la stratégie des socialistes, ou pour refaire le retard de CiU dans ce domaine ? C'est un renouvellement de la classe politique que vous visez ?

— Du tout. J'ai choisi dans mon parti des gens qui me semblaient compétents et combatifs, il y a parmi eux beaucoup de jeunes gens et de femmes, parce que les jeunes et les femmes de CiU sont parmi les meilleurs, tout simplement. Si je dois gouverner la Catalogne, je veux le faire avec un bon équipage.

— Les barons ne grincent pas des dents ?

— Bien sûr que non.

— La *vox populi* tend à trouver paradoxal qu'un programme d'austérité soit défendu par un homme connu pour sa fortune, tout de même. Nous n'allons pas entrer dans le détail de votre patrimoine, mais qu'avez-vous à répondre à cela ?

— Tout d'abord, d'accord avec la loi électorale, mon patrimoine a été publié. Rien à cacher. Ensuite, madame Ros… dites-moi de quoi la Catalogne a besoin aujourd'hui ? D'argent. Récupérer sa capacité de crédit. Puisque, pendant la gestion socialiste de la crise, on nous a bazardé le triple A. Et assainir les comptes publics, les dépenses et les méthodes de recette. S'agissant donc de difficultés économiques et financières, il vaut mieux confier le timon à des gens qui savent ce que c'est, qui l'ont prouvé par leur carrière personnelle, c'est du pur bon sens. Quand on est pauvre, et la Catalogne est en voie d'appauvrissement, il vaut mieux demander conseil à un riche.

— C'est la droite décomplexée, alors. En plein.

— À nouveau : est-ce d'un homme complexé que la Catalogne a besoin maintenant ? Demandez ça aux citoyens. Les complexes empêchent d'agir, et la Catalogne a besoin d'action. Très vite. Voyez Zapatero, à l'État central, qui laisse aller le bateau à la dérive, au petit bonheur.

— Mais les analystes considèrent que, Zapatero ou un autre, cela reviendrait au même, la crise dépasse les capacités de l'État et les efforts de réaction ne peuvent pas porter de fruit immédiatement.

— Ce sont les analystes socialistes qui disent ça. Et ils ont bien du culot. Si un politique considère que la politique est impuissante, qu'il change de métier. La politique est impuissante quand elle se donne pour priorité absolue de faire plaisir aux électeurs. Mais quand elle combat pour les citoyens, pour la prospérité générale, quand elle accepte de rentrer dans la grande bagarre, alors elle peut rendre les coups qu'elle reçoit et redresser la situation. La politique a pour mission d'adapter la loi au bénéfice de la paix, de la liberté et de la prospérité du citoyen. Ces trois choses sont liées. Si l'une d'elles est atteinte, les deux autres en pâtissent. Et l'analyse est vite faite aujourd'hui : ce sont les coups portés à la prospérité qui mettent en péril la vie libre et paisible de la cité. C'est donc là qu'il faut riposter.

— Vous avez choisi un profil de communication plutôt boxeur.

— Ce n'est ni de la communication ni de la boxe. La Catalogne se finance sur les marchés internationaux de crédit, où commande la fameuse main invisible d'Adam Smith, vous savez. Et cette main, bien souvent, elle est dure. Pour l'instant nous encaissons. Nous ne sommes pas au tapis et aucun Catalan ne souhaite qu'on attende le KO, en prétextant que l'adversaire est méchant. L'adversaire n'est ni bon ni méchant, il est implacable, c'est tout. Il est surtout logique. Si la Catalogne sort de la récession, retrouve la croissance, on nous prêtera tout l'argent que nous voudrons, parce que ce sera rentable. Pour retrouver la croissance, les socialistes proposent d'attendre, c'est-à-dire attendre qu'on nous aide et puis apporter des mesures de relance basées sur on ne sait pas trop quoi, puisqu'on ne parvient plus à placer d'emprunts, et qu'on n'a pas la possibilité d'imprimer de l'argent. Le seul moyen durable d'attirer de l'argent en Catalogne, c'est d'en produire. D'en faire. Il faut que les entreprises augmentent leurs bénéfices. Or, comme elles n'ont guère de facilités d'emprunts, elles non plus, il faut, c'est de nouveau du bon sens, diminuer leurs coûts de production. Si elles produisent moins cher, elles seront plus compétitives. Tout le monde comprend cela.

— Et réduire les coûts, ça veut dire détruire la sécurité des travailleurs.

— Non pas la détruire, vous exagérez, mais la rendre plus flexible. Je parle clair : plus il sera facile de licencier, plus il sera facile d'engager. Ça va dans les deux sens.

— Mais c'est toujours au profit des patrons.

— Pas des patrons. Madame Ros. Il faut abandonner cette terminologie pseudo-marxiste. C'est au profit des créateurs de richesse. De cette richesse qui fait celle de la communauté et dont nous vivons tous, sans exception.

— Vous dites « communauté » ? Dans la bouche d'un homme de droite, ça m'étonne !

— Étonnez-vous donc ! Il y a beaucoup de préjugés. Si nous devons gouverner, nous gouvernerons comme n'importe quelle famille gérerait l'argent du ménage en temps de vaches maigres. Avec du bon sens, et en serrant les dents.

— Quelle différence y aurait-il alors entre votre politique et la politique également à droite du Partido Popular ?

— Nous sommes et nous restons le grand parti nationaliste catalan. Le PP voudra faire plus ou moins comme nous, mais en confiant tout et le plus possible à la décision de Madrid. Nous ferons le contraire, exiger de Madrid qu'en temps de crise il nous soit permis de participer aux décisions qui dilapident les impôts catalans dans tout le territoire espagnol. Des impôts catalans dont les Catalans ont maintenant besoin. Qu'il nous soit permis d'être solidaires avec nous-mêmes aussi, que diable ! Voilà la situation que le PP empirerait. Nous, nous voulons que la Catalogne se relève, avec ses propres moyens. Parce qu'elle les a. Et qu'elle se relève plus forte, économiquement et institutionnellement.

— Si vous espérez ramener des compétences de Madrid vers la Generalitat, pensez-vous aussi à l'indépendance ?

— Cette question n'est absolument pas à l'ordre du jour.

25

À cette phrase, que Carme Ros, en retranscrivant l'interview, a laissée telle quelle, Gavilán arrête la lecture de l'article, et replie le journal en deux, interrompu par l'entrée dans sa librairie d'un agent de police. L'agent s'approche et s'arrête devant le petit bureau en désordre de Gavilán. Il porte la vareuse noire avec les bandes jaunes fluorescentes, il a à la ceinture tous les instruments de la violence légale, matraque, menottes et revolver, qui dans la rue ne choquent pas, mais qui, dans un intérieur, et à hauteur du nez de Gavilán, font un effet différent. Le policier salue puis, indiquant la cigarette qui fume dans le cendrier :

— Vous devriez savoir que, depuis le 1er janvier, on ne peut plus, ça. Dans les commerces non plus.

Gavilán, qui ne s'est pas levé, arque les sourcils, puis les fronce, puis les arque et :

— Monsieur, je…

Oh ça l'agace, et prodigieusement, Gavilán, que les forces de l'ordre s'ingénient à s'adresser aux gens en castillan, oh les représentants du centralisme, oh les écrabouilleurs méprisants de la culture et chaque fois il a l'impression de revivre les temps de la dictature et de son enfance où on lui interdisait la langue de sa mère en lui pinçant le bras : « Parle en chrétien, petit ! » Et c'est tout juste, là, s'il ne renvoie pas au flic un « *parla'm en cristià, noi !* ». Mais ce poulet-là est trop jeune. Il ne comprendrait pas. Alors, en mâchouillant des vengeances qui ne sortent pas, il se contente, en forçant l'accent de Barcelone :

— Écoutez, d'abord je pourrais vous dire que ceci n'est pas une cigarette, mais une métaphore. Mais ce serait trop long à expliquer. Ensuite, si vous avez lu le journal, vous avez vu ce qu'en pense Miquel Tarràs, c'est votre prochain patron, ça, faudrait que vous y soyez attentif. Et que dit-il ? Qu'il faut laisser les entrepreneurs tranquilles ! Qu'il faut faciliter la vie aux créateurs de richesse. Aux commerçants ! Et vous venez m'empêcher de faire mon travail comme je l'entends ? Vous voulez ruiner la Catalogne, c'est ça !

— Non, je...

— Eh bien, faites attention.

— Je ne viens pas pour ça.

Le jeune policier est passé au catalan, et ça fait plaisir à Gavilán, mais finalement ça lui fait encore plus de peine. Qu'étant d'ici, il n'ait même pas commencé à parler en catalan.

— Je suis venu pour voir si vous avez des albums de *Capitán Trueno*.

Gavilán gronde :

— Des albums de *Capitán Trueno* ?

— Oui...

— Quoi, vous faites vos petites courses pendant le service ! Qui c'est qui vous paie le salaire, à votre avis ! Regardez mon tiroir-caisse, ça vient de là, votre salaire.

— Monsieur, s'il vous plaît…

— Ah, mon petit, je vais vous dire. De mon temps ! Eh bien, oui, de mon temps c'était pire, je l'admets. Mais tout de même, ce ne sont pas des raisons. Et puis non, je n'ai pas d'albums du *Capitán Trueno*, je suis désolé. Je connais mon fonds. Je n'ai presque pas de bandes dessinées.

— Bon, eh bien, merci, et excusez-moi.

Gavilán ne dit pas au revoir. Ah je vous jure, quel monde ! Bientôt ce sera ma faute !

Gavilán a chaud au cou. Il a eu peur. Il allume une nouvelle cigarette, pendant que l'autre continue de se consumer. Une irrépressible peur du flic. Il a des palpitations, mais ça se calme.

Le jeune agent est un peu impressionné par cet homme sec, ces énormes sourcils, cette voix tonnante. Il passe devant Sainte-Marie-du-Pin et monte dans la voiture de patrouille où son collègue :

— Alors ?

— Alors non, il avait pas. Il fait pas dans la bande dessinée.

— Bon, ben, tant pis.

— Fait chier aussi, le chef. Pourrait faire ses courses lui-même.

La voiture repart, à petite allure dans les rues piétonnières, à la manière d'un squale.

26

L'article a paru à la dernière page, celle qui est, selon les enquêtes statistiques, la plus lue après la une, et où Carme Ros a le privilège de publier deux interviews par semaine, accompagnées d'une grande photographie et d'une colonne où l'article est résumé par des citations. La photo de Tarràs que Carme Ros a choisie témoigne d'une certaine malveillance, puisque, tout bel homme qu'il soit plutôt, grand front, barbe courte et bien taillée, poivre et sel, les yeux très clairs, on l'y voit parlant, et surtout bouche ouverte, avec des dents franchement pas terribles. C'est ce que Blanca remarque surtout. Comment un type pareil ne s'est-il pas mieux soigné les dents, enfin, il pourrait se les faire refaire et blanchir, tu devrais le lui conseiller…

Mais Marc n'y voit pas grand-chose à redire. Ce qui l'impressionne, c'est plutôt l'agressivité des réponses. Ah, il n'y va pas avec le dos de la cuiller. C'est un fin stratège. Si tu veux mon avis, il commence très dur, pour pouvoir lentement s'adoucir et arriver à l'image qu'il veut. Il faut commencer par montrer les dents, pour qu'on te remarque. Puis, quand ta présence est assurée, de plus en plus de gens font attention à toi, et tu peux t'adoucir et tenir le discours qu'ils attendent. Il est fort.

Begonya, de son côté, a trouvé l'article dégradant, tant les questions, molles, que les réponses, dures, elle s'est dit que son père était entré dans l'arène, elle a même eu l'idée, soudain, saugrenue, de se présenter aux élections contre lui. Ah, ça ferait joli. Père et fille. Évidemment, elle n'aurait aucune chance, il faut être politisé, obtenir elle ne sait pas combien de signatures, et puis toutes sortes de choses, pour se présenter. En même temps, elle bénéficierait indirectement de la popularité de son père, et la chose ne serait pas forcément impossible.

Surtout, elle a eu honte, en arrivant chez Navarro, de ce que les collègues vendeurs allaient en penser. Mais surprise, ou peut-être déception, on ne lui en a dit que du bien, ton père est dans le journal. Où ? Où ? Et on se passait le *Diari* dans la bonne humeur.

Comme l'article est à la dernière page, on le voit même sans prendre le journal en main, même sans vouloir le lire. Et c'est comme ça que, déformé par un pli dans le papier, la photo de Miquel Tarràs bouche ouverte, à faire peur, regardait Albert, ce matin, sur la table basse, dans la salle d'attente de l'hôpital du Vall d'Hebrón. Alors il a pris le journal, en tendant le bras, de sa main aux doigts courts, il a sorti ses lunettes de lecture, les a posées sur le bout de son nez. Les habitudes étant ce qu'elles sont, il n'a pas commencé par la dernière page, mais au milieu du journal, en l'ouvrant grand devant lui. Et peut-être aussi parce qu'il voulait se cacher la vue et ne pas voir la vieille femme assise en face, maigre, ses béquilles, la tête de côté, qui ressemblait tellement à ce qui va mourir dans le mois. Alors Albert a lu un article, au hasard, qui traite des courses illégales de voiture, un phénomène apparemment en augmentation récente, la nuit, dans les faubourgs reculés et les zones industrielles. Puis on l'a appelé, c'était son tour. Albert, souriant, paternel avec l'infirmière, a un peu peur. Il s'agit des intestins.

27

L'inspecteur Damián Pujades est content.

Ça parle français, catalan et castillan dans l'appartement. Les mômes courent de-ci de-là. Il n'a pas de Wii, de Nintendo ou autre jeu vidéo, il interdit ça à son fils, bien que son fils ait tout ça chez sa mère. Mais du moins, quand il est chez son père, c'est repos pour les yeux, pas d'écrans, que des bons vieux jeux, des livres et des BD. Et quel bonheur alors d'entendre toute cette joyeuse bande, Mauro son fils et les huit camarades invités pour son anniversaire, débouler dans le couloir, déguisés en pirates, se poursuivre avec des épées en plastique, jouer aux fléchettes, de temps en temps, faire dans la cuisine une irruption bruyante, où Damián et six parents d'enfants bavardent et tuent le temps, pour chaparder des éclairs au chocolat – faits maison, s'il vous plaît – et des caramels mous.

Et puis des mômes, non seulement capables de jouer comme dans le bon vieux temps, mais en plus trilingues, ça fait plaisir. Ça donne espoir dans l'avenir. Il a dû pas mal insister pour que la mère de son fils accepte qu'on l'inscrive à l'école française. Ce n'est finalement pas plus cher qu'une autre école privée, mais c'est lui tout de même qui a dû en supporter les frais. Aujourd'hui, en tout cas, il jouit de la preuve d'avoir bien fait. Le lycée français, elle ne voulait pas, elle en avait entendu dire pis que pendre, allez savoir où et comment, mais cette école-là, plus petite, ne fait que les maternelles et les primaires, c'est familial, et en plus c'est près de chez elle, alors pourquoi pas, à la rigueur, d'accord, si tu paies.

Mauro est le seul des neuf gamins à porter des lunettes. Damián en accuse évidemment les écrans qui sont chez sa mère. Et la mère, qui n'a de sport que de contredire, et elle s'y médaille quotidiennement, accuse plutôt les petites lettres à moitié effacées des vieilles BD qu'il fait lire à Mauro. Et certainement sans veiller à un éclairage adéquat, tel que je te connais. Damián est plus que sensible à tout ce qui arrive à son fils, à la limite de la paranoïa ; mais là, aujourd'hui, il est heureux. Et les parents des petits copains, qu'il rencontre pour la première fois, sont charmants. Là, dans la cuisine, tout simplement, picorant dans le goûter des enfants, sifflant un bon *cava* bien frais et félicitant Damián pour ses éclairs. Il explique la pâte à chou, le chocolat fondu, la crème pâtissière. Personne ne lui a posé la question, emmerdante et forcément suspicieuse, de son boulot. Flic. Sans doute, ils sont tous au courant, et tous ont eu le bon goût de ne pas parler d'un métier qui l'enferme dans un préjugé. Bien content. Franchement, c'est des gens bien agréables.

Un seul regret, n'avoir pas dégotté la collection ancienne des *Capitán Trueno*, la BD qu'il lisait étant petit, et qu'il voulait offrir à son fils. Il s'y est pris trop tard, aussi. Il a demandé à ses agents, mais c'était pas la peine.

— Et alors il paraît que tu es dans la police ? Dans la police judiciaire.

Bon, ben voilà. Il a pensé trop vite.

— Oui, oui, en effet.

Alors en parler ou non, développer ou esquiver ? Les deux solutions sont chacune la pire. C'est trop tard. Je suis attaché à l'idée de la mort et c'est fini. J'ai l'expérience, je sais comment ça marche. La tête des gens fonctionne comme ça. Alors bon, pourquoi pas, et puis, *cava* aidant, jouer mon va-tout. Je n'aime pas en parler, mais allez.

— Mais ce n'est pas très amusant, vous savez. En revanche, je m'essaie à l'écriture, aussi. Oui, j'ai un roman, là, en cours…

— Un polar ?

— Non, même pas, enfin justement, la police c'est un métier, mais ça n'absorbe pas tout l'homme, vous comprenez, j'adore écrire, et bon, c'est… pour le dire en un mot, enfin, en deux, c'est à la fois du roman historique et sentimental. Enfin, sentimental, je veux dire, c'est aussi l'histoire d'un père et de son fils, quoi…

— Ah ! Ça a l'air très bien. Tu as déjà publié des choses ?

— Non, pas encore. À vrai dire. Enfin si, j'ai remporté un jour un concours de nouvelles, et ç'a été publié. Je vais vous passer un exemplaire, si vous voulez. Enfin, vous êtes six…

— Passes-en un et puis on le fera tourner.

Dommage quand même que tu ne fasses pas du polar, parce que tu as l'inspiration sous la main, je veux dire.

— Oui, oui, enfin, justement.

Et puis là, se refermer. Regarder l'heure à l'horloge en plastique de la cuisine, bientôt dix-neuf heures. La mère du petit Martin vient à dix-neuf heures. En principe, ça finit à vingt heures trente, mais les Français ne sont pas faits aux horaires d'ici. C'est le meilleur copain de Mauro, le petit Martin. Un chouette gamin. Qui fait de la musique, en plus. Ça, c'est l'éducation à la française. Un bon copain pour Mauro. De la chance.

Quand Michèle sonne, elle a la nausée jusqu'à la glotte. Quand Damián ouvre, elle dit bonjour, mais elle sent que ça vient. Elle a à peine le temps de se présenter, qu'elle demande les waters. Elle n'aurait pas dû monter par l'escalier. Et hop, tout dans les toilettes. Proprement, encore heureux. Pour Martin, elle n'avait pas été aussi malade, loin de là. Elle est persuadée d'être la seule femme enceinte à vomir autant et elle pense qu'elle devrait voir le médecin, qu'on lui donne un régime spécial, c'est pas possible.

Après, rouge de honte, elle récupère Martin, qui est tout grimé en pirate et qui ne veut pas partir. Elle doit faire preuve de son manque d'autorité. Les autres parents la regardent gentiment, elle est sûre que c'est avec condescendance. Mais quand même, elle ne va pas crier. Alors elle attend, elle attend, que Martin, s'il te plaît, Martin, on doit y aller, Martin. Je suis garée en double file, Martin.

Et puis, inévitable, un des parents :

— Bah, pas de problème, Damián est dans la police, il te fera sauter la contravention.

Ha, ha.

28

Il y a des jours comme ça, où tout va bien. Du plus petit détail jusqu'au grand tout, des jours où le monde est un chef-d'œuvre. Déjà le café du matin, qui avait le goût du café qu'on boit à Turin, et dont le parfum reste, au voile du palais, comme un point d'encens dans les voies respiratoires et qui rend tout léger, la marche, la valise à roulettes, et l'attente au guichet. Puis la femme au guichet, anormalement aimable et souriante, bon voyage, monsieur, le train à l'heure, puis le soleil qui s'est fait Vélasquez pour colorer le paysage qui défile à trois cents kilomètres heure et sans secousses aux fenêtres du wagon, grandiose et serein, le siège libre à côté de Joaquín pour être plus à son aise, le passager à sa diagonale qui lit calmement dans le *Diari* la double page football que Joaquín a écrite, l'arrêt en gare de Saragosse qui ressemble à une scène de film, avec un couple qui s'embrasse, un enfant qui fait signe, des valises, des mouchoirs, puis l'arrivée à l'heure pile, gare d'Atocha, Madrid, puis le conducteur de taxi qui est une femme blonde avec une queue-de-cheval et qui demande où cela vous *plairait*-il de vous rendre ?

Puis l'hôtel quatre étoiles à deux pas du stade, la fleur sur le lit et le mot de bienvenue, conventionnel, et pourtant, puis dans le bar de l'hôtel la musique d'un film dont il cherche le nom sans se le rappeler et qui lui verse par les oreilles, pendant qu'il boit son café au lait, dans tout le corps le plaisir, doux comme un baiser de mère, de la mémoire involontaire. Le printemps, le calme inattendu dans la salle de presse du stade, l'accréditation trouvée tout de suite par une hôtesse qui le reconnaît, le journaliste danois, trois ans qu'ils ne se sont pas vus, on passe l'après-midi ensemble ? Et comment, volontiers. La bonne idée du Danois d'aller au Prado, le réconfort rare pour Joaquín de se sentir faire quelque chose de culturellement élevant, l'esprit vif, se souvenir comme par miracle et sans effort du nom du Tintoret devant *Le Lavement des pieds*, se rappeler le chiffre, IV, du Felipe qu'on voit dans le miroir au fond des *Ménines*, guider le Danois et s'entendre dire que c'est un plaisir de visiter le Prado avec quelqu'un qui s'y connaît, puis descendre deux, trois bières avec lui sur le paseo de la Castellana et voir les tapas arriver toutes seules, gratuitement, comme elles ne le font plus à Barcelone depuis le tourisme et les Jeux olympiques de 92. On ne fait qu'à Madrid des *croquetas de bacalao* comme ça. Et le Danois de dire qu'à Portosera elles sont aussi bonnes, et l'envie de Joaquín, qui n'y est jamais allé, à Portosera, de voyager. « La prochaine fois que tu viens pour un match au Camp Nou, mon cher Olaf, préviens-moi, je te ferai visiter la Casa Milà, la Sagrada Família, je connais bien, tout ça. » Puis le serveur qui leur court après pour lui rendre son accréditation, tombée de sa poche, et qui leur demande s'ils vont au *clásico* ce soir, qui est de Gérone et qui leur lance *Visca el Barça !* Puis au tout dernier étage du Santiago Bernabéu, quand le soir tombe, que les gradins se remplissent et que les pipistrelles fusent au-dessus du stade comme des étincelles au-dessus de la gueule d'un volcan qui s'apprête, trouver que sa place assignée, où non seulement toutes les connexions fonctionnent, où le répétiteur télé est prêt, est au surplus à côté de celle de mais tiens mais quelle surprise !

— Philippe !

Philippe, le journaliste belge de *Canal* +, grand maigre amical et discret, le gourou des ligues européennes, le devin du *mercato*, le virtuose de l'analyse footballistique et qui lui file chaque fois des tuyaux en cours de match, qui lit dans la pensée des entraîneurs et qui prévoit les changements. Et qui profite des vingt minutes qui restent à attendre pour lui créer un compte Twitter, directement sur son ordi, tu vas voir, c'est indispensable aujourd'hui, dans tes commentaires du match tu donnes ton nom-twitter, les gens vont s'abonner, un soir comme ce soir tu engrangeras déjà mille suiveurs au moins, et d'ici la fin de l'année tu auras un gros bouquet d'abonnés, et ce sera toujours un argument pour te faire valoir au journal, pour revendiquer une promotion, pour prouver ta capacité d'impact.

— Philippe, après le match, on fait la noce, hein. Tu es à quel hôtel ?

Puis les joueurs montent sur le terrain, Philippe a mis son casque et se met à parler pour les Belges, là-bas dans leur pays, et Joaquín, les doigts courant sur son clavier, commence la retransmission écrite en direct pour le site du *Diari.* En indiquant que : « Suivez-moi sur Twitter à @joaquínportal. »

Le professeur Irving a refermé l'épais volume de *L'Homme sans qualités* de Musil, l'a posé sur la table du salon, est sorti de chez lui, a descendu la rue de Bailèn, est entré au pub des Greensleeves, où il y a quatre écrans, qui est bondé, où il se fraie un chemin et où, privilège de la fidélité, on lui a gardé sa place, avec un whisky Jameson qui arrive juste après lui, sans glace. Le match va commencer.

Les rues sont calmes. Peu de trafic. Pour le *clásico,* la ville se met au ralenti. Les chauffeurs de bus ont des écouteurs dans les oreilles, les chauffeurs de taxis ne coupent pas la radio si on le leur demande. Begonya, qui est sortie de chez Navarro il y a cinq minutes, qui n'aime plus le foot ni même le *clásico,* fait des zigzags en scooter pour le plaisir sur les cinq, six bandes de circulation généralement meurtrières et maintenant désertes de la rue d'Aragó.

Il faut savoir que, si le Barça gagne à Madrid ce soir, le championnat est mathématiquement dans la poche ; s'il perd, en revanche, le Real Madrid revient à un point seulement. C'est ce que Nuria explique, à Londres, à ses collègues juniors de PWC qu'elle a invités chez elle pour l'occasion et qui boivent des bières au goulot, en bras de chemise, assis en tailleur dans le petit salon, devant le grand écran plat, la cravate pendouillant sous le menton jusque par terre. Nuria, elle, a mis son tee-shirt du Barça. Dans lequel, qui plus est, elle se trouve à croquer. Robben cavale sur son flanc droit, Abidal est dépassé, faute et carton jaune. Joaquín écrit : « Le Madrid est sorti pour mordre, pression énorme de Lass et Gago sur Xavi et sur Iniesta, qui ne trouvent pas d'espace pour mener le jeu. » Puis, touche *return*, il envoie. Nico, qui fait des heures sup au bureau parce qu'il est en connexion avec les States, qui ont sept heures de moins, pour coordonner des invitations de chirurgiens new-yorkais au grand congrès que sa boîte organise, lit les *posts* de Joaquín dans une fenêtre en haut à gauche de son écran d'ordinateur et se dit que ça commence mal. Quatorzième minute, Robben glisse un ballon à Sergio Ramos, qui monte, qui déborde Abidal sur ce maudit flanc gauche, place à l'arraché un centre admirable, que le Pipita Higuaín, isolé au point de penalty, s'élevant dans les airs, les bras en hélico, reprend de la tête, trompant la défense, prenant Valdés à contre-pied, but. Délire au Santiago Bernabéu. Des mains au front et sur les occiputs, au Greensleeves de la rue de Bailèn, mais Irving, après une gorgée :

— Patience.

Albert lève les sourcils ; Veronica, assise par terre, au pied du fauteuil, sourit d'un air interrogatif, et Nero, le gros chien noir que son père a recueilli, tandis qu'à l'écran la joie des blancs fait un amoncellement d'hommes sur le buteur, aboie sèchement. Elle dit : chut. Son père :

— Laisse-le. Il comprend.

Quatre minutes plus tard, passe de Xavi, Sergio Ramos jette son pied à deux mètres de hauteur pour l'intercepter, sans succès, retombe sur la nuque en risquant sa colonne vertébrale, Titi Henry a reçu le ballon, Casillas sort, Henry l'attire vers la gauche, tire à droite : 1-1. Énorme pétard dans la rue, le petit Martin que sa mère Michèle venait d'endormir se réveille. Pétard que Raquel, la voisine de Michèle, n'a pas entendu, parce qu'elle aime la foule et qu'elle est descendue voir le match dans le centre, avec son tee-shirt bleu et rouge marqué dans le dos numéro 10, Messi.

Deux minutes plus tard, coup de sifflet de l'arbitre Undiano, faute de Cannavaro près du rectangle madrilène, sourire de Xavi capté par les caméras, et Michèle dans la petite chambre, accroupie près du lit, qui jure, parce que re-pétard. Le cœur de Joaquín battant à toute allure, il écrit *gol* avec dix-huit o, Puyol a marqué de la tête et il court sur le gazon du Bernabéu, s'ôte le brassard de capitaine, rouge et jaune, le drapeau catalan, et le baise frénétiquement, poursuivi par Eto'o, Abidal, Iniesta et Xavi, qui lui sautent sur le dos et l'embrassent comme deux jeunes s'embrassent, le poing levé, devant Gavilán, qui n'aime pas la foule mais qui adore le peuple et qui regarde le match dans le centre, ou qui tente de le regarder entre les têtes amassées qui bouchent la vue de l'écran. 2-1. Tout est à refaire pour le Madrid, pour les blancs, pour les meringues, comme dit le commentateur.

Carme Ros, dans les bureaux du *Diari*, avenue Laietana, fait des heures sup, elle aussi, et plus ou moins inutiles, mais exprès. Pour tester une dernière fois Bruno, le stagiaire en fin de stage, qu'on pense engager, et dont elle veut, moitié par conscience professionnelle, moitié par goût de l'autorité, tester le zèle. Il s'agit de faire urgemment une chose nullement urgente, mettre à jour le marbre du pape Benoît XVI, un dossier qui doit toujours être prêt à sortir, en cas de décès. Les papes pas plus que les autres ne préviennent du jour de leur mort, mon petit Bruno, ce soir on va faire ça. Bruno, qui voit tous les *clásicos* avec son frère Oriol depuis toujours, n'a rien dit, pas émis la moindre réserve, et c'est un coup de chance énorme dont sa carrière aurait bien pu dépendre. Ce n'est que maintenant qu'il suggère, comme s'il s'en souvenait par hasard, d'ouvrir la page des sports sur le site du journal, pour suivre la retransmission écrite de Joaquín. Carme Ros dit pourquoi pas. Bruno ne le fait pas d'emblée, termine d'abord sa collecte de photos puis allume un écran au fond de la salle.

— Tiens, c'est 1-3. Messi vient de marquer.

— Quelle minute ?

— Trente-cinquième. C'est bientôt la mi-temps.

— Tu aimes le foot ?

— Comme le reste, ça m'intéresse.

Froideur feinte en rien semblable à la colère de Michèle, qui se met au balcon pour voir qui est le sagouin qui fait éclater des pétards aussi violemment puissants dans cette putain de rue normalement calme. Mais elle ne voit rien ni personne, la rue est plus vide que jamais. Même pas une voiture qui passe.

Mi-temps. Joaquín fait la queue aux toilettes du dernier étage du Bernabéu. Veronica, dans la cuisine, propose une bière à son père, qui la refuse, embarrassé, parce que sur le petit bureau, soigneusement cachés sous des paperasses, il y a les rapports médicaux sur le mauvais état de ses organes et puis, non écrite, mais claire, la recommandation de ne boire que de l'eau. Du thé ? Le médecin avait dit qu'à la rigueur, mais faites-le avec de l'eau de source.

— Plutôt un verre d'eau, ma chérie, de la bouteille. J'ai soif.

Gavilán, avec la masse qui était dans le café, est sorti, et ça fume et ça commente. Une jolie femme lui demande du feu.

Philippe, le journaliste belge, pendant que sur sa chaîne on passe les pubs, dit à Joaquín qu'à son avis le marquoir n'en restera pas là, que d'abord le Madrid reviendra dans la course, mais que le jeu de passes étourdissant et virtuose du Barça, comme il leur permet de se fatiguer moins, rend très dangereuses les vingt dernières minutes du match, que le Madrid s'épuise à courir après la balle sans la toucher, et qu'avec un peu de chance le Barça lui mettra cinq buts, comme il y a trente ans, à l'époque de Johan Cruyff. Et que le Barça de Guardiola, depuis le début de la saison, faut le voir pour le croire. Joaquín :

— C'est bien ce que je dis, depuis le début. On va leur mettre la pâtée, aux meringues. En revanche, je ne sais pas ce que tu en penses, mais j'ai bien vu Thierry Henry, après le choc contre Lass, il a mal au genou, il ne fera pas la deuxième mi-temps, c'est sûr, il est cuit.

— Tu crois ?

— Sûr.

Les quinze minutes de repos sont bientôt écoulées, la place de Gavilán n'est plus libre, il essaie de retrouver la belle femme qui lui a demandé du feu, trouve à s'asseoir deux tables derrière elle, et il la regarde, sa nuque et ses jolis cheveux, pendant que les joueurs remontent sur le terrain, Thierry Henry en tête.

Nico rentre chez lui. Il met la clé dans la serrure avec cette peur idiote et maladive que sa femme l'ait trompé, ou s'ennuie, ou songe à le faire. Il embrasse Michèle. Il lui dit :

— Tu n'as pas allumé la télé ? C'est Barça-Madrid, ce soir.

— Ah, c'est ça ! Putain merde, les pétards, ça réveillait Martin tout le temps.

Il allume la télé et, pour faire comme des Espagnols du bureau le lui ont conseillé, il coupe le son et met la radio, les commentateurs y sont beaucoup plus excités.

— Michèle, tu viens regarder avec moi ?

Elle s'assied à côté de lui dans le canapé, il pose sa main sur son ventre, qui n'est pas encore vraiment rond, mais qui est déjà dur.

— Pourvu qu'ils ne marquent plus, ou ça réveillera Martin.

— Tu as déjà dîné ?

Tête de Sergio Ramos, 2-3, le Madrid revient dans la course. Fureur du joueur, qui prend le ballon dans les filets, court vers le rond central pour que le jeu reprenne plus vite, il fait un signe cabalistique avec les doigts, sans doute pour dédier son but à quelqu'un. Cinquante-huitième minute. Et Chucho n'a jamais vu Yago aussi sombre et inquiet, qui a parié cent quatre-vingts euros sur une victoire du Barça. Philippe fait un clin d'œil à Joaquín qui signifie : qu'est-ce que je t'avais dit, et Irving, au Greensleeves, boit un troisième Jameson sans glace en se demandant avec une certaine inquiétude si le jeu de passes délicat du Barça peut vaincre la verticalité directe du Madrid et cette hargne de lutteur qu'on a vue à Sergio Ramos quand il ramassait le ballon dans les filets. Gavilán, à huit cents mètres à vol d'oiseau, et bien que distrait par une jolie nuque et des cheveux ondulés, se pose une question analogue, voyant le match comme le conflit shakespearien de la beauté contre la force, de l'esprit contre la matière, où le problème est de savoir si la… Mais attention, passe de Xavi, une passe de trente mètres, sprint de Henry, pas de hors-jeu, sortie précipitée du gardien Casillas, Henry n'a pas le temps de contrôler le ballon, mais de le toucher seulement, avant d'entrer en collision avec Casillas et, tombé par terre, à plat ventre, il lève la tête pour vérifier, à la manière d'un joueur de billard, si la balle qui roule sur trente nouveaux mètres et touchée seulement du bout du pied prend ou non la millimétrique trajectoire des buts. On dit non, on dit oui, on se tient les cheveux, et la population du bar, debout, bondit d'un coup. Pétard. Michèle dit nom de Dieu. Yago fait un grand doigt d'honneur, soulagé. Eto'o s'accroche au cou d'Henry qui court en marche arrière pour montrer son dossard. Et pour Gavilán, comme pour Irving ailleurs, c'est la Grèce qui bat Rome, c'est la force de la beauté qui s'impose à la beauté de la force. Un quatrième Jameson, Irving, c'est exagéré, mais il faut marquer le coup. Et la nuque si jolie s'est retournée vers Gavilán ou du moins vers le fond du bar. Bruno, d'un air dégagé, dit le nouveau score à Carme, 2-4, qui lui demande en retour de vérifier la date de la visite papale à Saint-Jacques-de-Compostelle. « Le match est plié », écrit Joaquín.

Sous deux cadres d'ancêtres, la mère du navigateur Pere Català se dit que son fils aurait aimé voir ça. Elle fume un cigarillo dont le bout est tout taché de son rouge à lèvres. Laïka, la vieille chienne, dort sur son petit tapis. La myopie de Mme Català l'empêche de bien voir ce qui se passe sur le petit écran, mais la radio, volume à fond, l'informe. Elle fait tourner le vermouth rouge dans son verre, où les glaçons tintent, et Xavi récupère un ballon en terrain contraire, le pousse devant lui, Messi dribble et tangue, ondule, couche le gardien et marque. 2-5. Ça hurle dans la radio. Et Pere sur son bateau, qui sait ce qu'il lui arrive ? Il est peut-être en pleine tempête ? Hein, Laïka, hein ? Mais, tant que la chienne n'aboie pas, la mère est rassurée, parce qu'elle est sûre et certaine que ces deux-là sont reliés télépathiquement. Ce qui la panique, quand la chienne aboie, parfois, peut-être juste comme ça, peut-être juste pour rien, la nuit. Dégoûté, le public du Bernabéu commence à quitter les gradins, Joaquín est ému aux larmes et à côté de lui Philippe, plus sobre, moins concerné sans doute, explique aux Belges que l'homme du match est assurément le jeune défenseur catalan Gerard Piqué, qu'il compare là au mythe allemand Beckenbauer, et Joaquín écrit, vite : « L'homme du match, c'est Piqué, le nouveau Beckenbauer, le Maréchal, immense en défense. » Il glisse à Philippe qu'il ne manquerait plus que ça, un but de Piqué, 2-6, un score de tennis, et Philippe, qui ne peut pas parler, lève les sourcils pour dire que tout de même il ne faut pas dire n'importe quoi. Les gens dans le bar déjà chantent l'hymne de victoire, « *Tot el camp és un clam, som la gent blaugrana* », et Gavilán, le toujours bourru, qui n'est pas du genre à montrer ses émotions, sourit. Mais ne va pas jusqu'à chanter, non, quand même. « *Tant se val d'on venim, ara estem d'acord, ara estem d'acord…* », « d'où que nous venions, nous sommes d'accord, désormais, nous sommes d'accord… », et inlassablement le Barça continue d'attaquer, avec la victoire pourtant en poche depuis longtemps, comme si la beauté avait ceci de plus que la force, qu'elle serait infatigable, inépuisable, pense Irving, éméché au Jameson. Et le ballon va, de l'un à l'autre, en un temps, miracle de précision et de rapidité, le Madrid n'en touche plus une, le Barça comme un seul homme, une seule pensée à vingt-deux pieds, tisse sa toile de passes, s'approchant irrésistiblement du but adverse, et Gerard Piqué depuis sa défense remonte le terrain à grandes enjambées, pousse le ballon sur Messi, Messi sur Eto'o, qui cavale loin devant à droite, qui centre, et Piqué a accompagné l'action, il est déjà là, il reprend, mais le gardien a fait obstacle, le ballon retombe, tout près du poteau, dans le dos de Piqué, le gardien bondit, Piqué comme une toupie fait volte-face et tire à l'aveugle, sans angle, et par les trente centimètres que la main du gardien et le poteau laissaient libres le ballon rentre, et personne n'en croit ses yeux, ça ne s'était jamais passé : 2-6, les caméras affichent sur des milliers d'écrans le gigantesque sourire de Piqué et son visage presque enfantin, on dirait la joie de la fin du monde, Gavilán voit un soutien-gorge vert pomme voler dans le bar et il est presque certain que c'est la jolie nuque qui l'a envoyé, cris, exultations, pétards, seuls les immeubles partout en ville restent cois, les arbres eux-mêmes agitent leurs feuillages, 2-6, oui, et coup de sifflet final. Yago dit à Chucho de prendre le drapeau et avec trois autres ils montent dans le camion bleu et ils foncent vers le centre, klaxonnant à tout-va, l'étendard du Barça claquant au vent, tenu à deux mains par Chucho, penché mi-corps par la fenêtre et qui a beaucoup grandi. Nero aboie, Gavilán propose carrément une cigarette à la jolie femme, Irving dit qu'il le savait bien d'avance, Begonya lit dans son lit, Bruno dit tiens le match est fini, 2-6 tout de même, et Carme que bon, laissons tout ça, on continuera une autre fois.

— Pas trop de regrets d'avoir raté le match ? C'est parfois dur les obligations de journaliste, hein…

— Non, non.

Nuria regrette de ne pas être à Barcelone, un soir pareil ; les copains londoniens se relèvent, fument au balcon de son petit appartement, vont aux toilettes ou piocher des nouvelles bières dans les bacs du frigo, et elle, assise d'une fesse sur le plan de travail de la cuisine, penchée sur son téléphone, repoussant d'un doigt ses lunettes, tic qu'elle n'avait pas avant, envoie un message aux copines de là-bas : « 2-6 !!!! », auquel Blanca répond aussitôt : « *Clar, clar ! I jo de 5 mesos !* » « Et comment ! Et moi, de cinq mois ! ». Et tandis que Nuria pense, quoi ? Enceinte de cinq mois ? C'est génial mais comment elle ne m'a encore rien dit, Anastasia répond : « En route pour Canaletes… », du nom de la fontaine au sommet des Ramblas où les victoires du Barça traditionnellement se fêtent. Begonya assise sur son lit regarde son téléphone, ne sait pas trop quoi répondre ; et Nuria, en prenant la bouteille qu'on lui propose et en buvant une gorgée fraîche directement au goulot, sait que Begonya de toute façon ne répondra pas, comme d'hab. Le copain londonien fait tchinn en disant que contre le Real, c'est bien, mais qu'on verra ce qu'il fera samedi, le Barça, à Chelsea, Stamford Bridge, le football anglais, c'est autre chose. Oh yes, Tommy, yes.

« Comment ça de cinq mois et tu ne me dis rien !! Aaaah je te déteste, je t'adore, plein de bises, félicitations, waw ! Garçon ? Fille ? »

Nero aboie, Albert embrasse sa fille, la joie de la victoire était belle mais Veronica repart demain, à Tel-Aviv, l'avion décolle à l'aurore, elle va déjà se coucher. Veronica le rassure. Une si bonne chose, ce reportage. Une commande, pour une fois ! Il ne dit rien mais il craint que ce ne soit à cause de lui, d'une manière ou d'une autre, qu'elle veut toujours aller au loin, et fuir – et puis non, c'est idiot, il n'en pense rien, elle est libre, tout de même ; elle ne dit rien, mais elle est jalouse du chien, parce qu'elle a l'impression que le chien l'a remplacée dans la maison et petit à petit mange sa part dans le cœur de son père – et puis non, c'est idiot, elle n'en pense rien, il fait ce qu'il veut, tout de même. Mais l'embrassade est un peu crispée.

Le concert de klaxons dans les rues gagne en continuité ; la périphérie automobile converge vers le centre et vers Canaletes.

La ville, qui était jusque-là vide de piétons, dégorge. La main de la victoire presse les immeubles comme des éponges trempées, et la foule coule et s'accumule et mousse dans les rues, marchant entre les voitures et les forçant à aller au pas. Est-ce que la joie est trop grande pour un seul corps, que tous ces corps joyeux se coudoient, se touchent, se parlent, s'emmêlent en un ersatz d'individu collectif gigantesque et serpentant, où plus personne n'est inconnu, où presque n'importe quelle main peut être prise par n'importe quelle autre, même celle-là, de Gavilán, peu habituée à en tenir, prise par celle-ci, menue, fine, belle et jeune de cinquante ans. Il n'a pas dit son nom, elle n'a pas dit le sien, mais on se croirait en Mai 68, parbleu, et la jolie épaule jeune de cinquante ans est contre lui, et il y passe le bras, Gavilán, avec quelques palpitations de cœur plus qu'inaccoutumées, poussés l'un contre l'autre par la foule et plus encore par le camion bleu, là, qui se fraie un passage, avec un ado à la fenêtre faisant ondoyer la bannière bleue et rouge. Crac, c'est maintenant la tête et la chevelure jeunes de cinquante ans qui sont sous son menton, à Gavilán, avec un million de caresses de cheveux fins, sur son visage rugueux, et puis la chose inévitable et chaude et mouillée comme un petit poisson qui s'est glissé par les mailles pourtant resserrées de son filet de solitude protectrice, un baiser, invraisemblable, puis un deuxième, la tête qui tourne, puis quelques pas de côté, à deux, se réfugier contre le mur, laisser passer la foule et s'embrasser.

Joaquín bavarde dans la salle à l'atmosphère électrique où l'on attend que comparaissent les entraîneurs pour la conférence de presse.

Raquel n'a jamais vu de sourcils aussi broussailleux et elle est contente de voir qu'il lève le bras et appelle un taxi. Gavilán lui demande si elle a déjà… si on va manger quelque part ? Et Raquel, qui est tellement pressée :

— Chez moi.

Raquel rougissant tout de même. Et Gavilán pris de peur et d'ébullition. Elle dit que c'est à Horta, au coin de Pedrell et de Font d'en Fargas. Et Gavilán répercute l'adresse au chauffeur, qui démarre et qui va essayer de se frayer un chemin.

La nuit sur Madrid est triste, à cause de la défaite, mais quelques braises de joie y brillent, de-ci de-là, dont une autour de Joaquín, avec Philippe, Olaf et trois compères.

— Je n'ai jamais vécu une journée aussi parfaite, dit-il.

Et on demande au garçon d'en remettre cinq autres. Et le temps, jamais mieux dit, coule. Du fût au verre et du verre au gosier. Coule, énorme et bon.

Tandis que Michèle, au lit avec Nico, dans le noir, immobile, mais les yeux ouverts, fixe la clarté vague sur la cloison, oyant depuis vingt minutes sa sorcière de voisine et une espèce de yéti.

— Mais ils ne peuvent rien faire en silence, dans ce pays ? Merde ! Je vais dormir dans le salon.

Elle se lève et sort de la chambre, en tenant du bout des doigts son oreiller.

29

« Les événements sportifs que nous avons vécus ces derniers jours, non seulement l'historique 2-6 contre l'éternel rival mais peut-être surtout la qualification remportée par le Barça trois jours plus tard à Stamford Bridge contre le Chelsea, qui conduit le Barça à la finale de la Ligue des champions à Rome (avec ce but à l'ultime minute d'Iniesta, tir angélique et puissant en pleine lucarne, que mon collègue Pàmies de *La Vanguardia* a qualifié justement d'orgasme footballistique), n'ont pas seulement une signification sportive. J'y décèle les signes avant-coureurs d'un événement qui aura des conséquences politiques majeures. De mémoire de Catalan (et mes lecteurs savent que catalan je suis, même si d'adoption, depuis trente-deux ans déjà, quand je vins habiter la glorieuse cité des comtes de Barcelone), on n'avait pas vu de célébrations aussi massives, non seulement autour de Canaletes, mais partout, tant la joie attira de personnes, de toute la Catalogne. Et c'est là le fait important, qu'on soit venu de toute la Catalogne pour fêter la victoire d'une équipe qui, comme jamais auparavant, eut l'aura d'une équipe nationale. Ce n'étaient pas des supporters qu'on a comptés au nombre de trois cent mille dans nos rues, mais des citoyens catalans, faisant ondoyer autant sinon plus le drapeau de leur nation que l'étendard du club. Comme Puyol, marquant le deuxième but, traversait le terrain madrilène en embrassant frénétiquement le brassard aux couleurs catalanes, les manifestations de joie de cette dernière semaine avaient un caractère de manifestation nationaliste émouvante pour certains, inquiétante pour d'autres. Et pour moi : intéressante. Le Barça a toujours été plus qu'un club, et le foot, ici, plus qu'un sport. La mentalité traditionnellement défaitiste du Barça s'est, cette semaine, et de la main de Guardiola, transformée. Si les succès devaient accompagner encore cette équipe, à Rome à la fin du mois, et puis la saison prochaine, je pense que la concomitance de la puissance inouïe du Barça et de la frustration tellement ancienne des Catalans dans une Espagne qui ne leur fait pas justice produira des fruits politiques qu'à tout le moins on peut qualifier d'imprévisibles, et que sans exagérer j'augurerais de réveil national. Si le dynamisme industriel et commercial de la Catalogne du premier XXe siècle engendra la *renaixença* et l'éphémère proclamation d'indépendance de Francesc Macià sur la place Sant Jaume, le Barça de Guardiola, dans le contexte actuel et pathétique de la crise, pourrait bien réveiller des fantômes pour certains, de vieux rêves pour d'autres. »

C'est ce qu'on peut lire dans la colonne hebdomadaire d'Irving O'Donnell, ce jour, dans le *Diari.* Et qu'ayant récemment découvert la fonction *lecture* sur son ordinateur, Irving O'Donnell se fait réciter par la voix automatique de son Mac, en pelant et découpant consciencieusement des patates de Gérone à peau rouge. Trois doigts d'huile chauffent dans une poêle. Il y plonge les rondelles de pommes de terre. Qui fristouillent quatre minutes, parfois remuées avec une spatule en bois. Cinq tours de moulin à sel. Non, six. Puis quatre de poivre. Puis casser six œufs dans un grand bol et les battre à la fourchette. Puis se frotter les mains sur le tablier d'horrible mauvais goût, reproduisant le corps du *David* de Michel-Ange et reçu de Celestina lors de leur dernier séjour à Florence, avec des éclats de rire. Irving porte un pantalon jaune, une chemise verte et un pull rouge. C'est peut-être trop de couleurs. Mais, à soixante et un ans, il faut de la joie de vivre. Et, devant son miroir, parfois il dit aussi : on fait ce qu'on peut. Mais tout de première qualité, tant le pantalon, cher, que la chemise, chère, que le pull, cher, et que les patates, chères. Et des œufs bio. Puis retirer les patates de la poêle, réserver l'huile dans un récipient, parce qu'elle resservira. Enfin, éponger les patates avec du papier cuisine, les mêler à l'œuf dans un grand plat puis, dans la même poêle, verser le tout. Feu vif d'abord, mélanger, répartir, baisser le feu, couvrir et décrocher le téléphone.

C'est Federico García García, journaliste à l'*ABC* de Madrid. Une vieille connaissance, bien que Federico n'ait pas quarante ans.

— Va droit au but, j'ai quelque chose sur le feu.

Raccrocher.

Et là, un petit problème de conscience. Parce que Federico lui a demandé d'écrire un mot en sa faveur au directeur du *Diari.* Rien de grave, jusqu'ici : Federico s'apprête à quitter l'*ABC,* où il est une pointure, pour le *Diari.* La chose est presque faite, un petit mot d'Irving, et d'autres aussi, sans doute, mettrait de l'huile dans les rouages. Certes, c'est le saut du tigre, de l'*ABC* au *Diari,* d'un journal madrilène de droite et royaliste à un quotidien catalan de gauche et républicain, mais comme l'a dit Federico, qui est un opportuniste notoire, ce n'est pas l'idéologie des personnes qui est en jeu, mais leur qualité. Oui, bien sûr, oui. Et Irving n'a pas voulu – il ne sait pas – dire non.

Mais Irving sait aussi, et n'a pas abordé le sujet, que Carme Ros n'aime pas Federico, et que sa venue au *Diari* ne lui fera pas plaisir.

Irving abhorre les conflits. Même les moindres.

Alors il est amer. Il regarde par la fenêtre. Le soir doux, le soleil bas. Une mouette, parce qu'on est samedi et que les oiseaux de mer, dans cette ville, ne quittent que le week-end les immédiatetés du rivage. C'est un fait curieux mais avéré, depuis trente-deux ans qu'il vit à Barcelone, il n'a jamais vu que le week-end, quand les rues sont plus calmes, des oiseaux de mer voler jusqu'à son quartier de l'Eixample. Si seulement Carme ne venait pas ce soir justement, si du temps était là pour délayer le problème et le faire passer un jour, entre deux phrases, par un : « Ah, si j'avais su, désolé, je n'aurais pas écrit cette lettre. » Un peu hypocrite, mais il préfère encore l'hypocrisie au conflit, comme un moindre mal.

De sa fenêtre, il voit une personne âgée regarder à droite et à gauche, prudemment, avant de plonger les yeux dans une poubelle et d'en tirer un sachet de papier, de faire quelques pas, et de prendre dans le sachet une chose qui ressemble à un bout de sandwich.

— Merde ! La tortilla !

Évidemment, avec tout ça, il a oublié, et ça a attaché.

PARTIE V

SUR LE CHEMIN PERDU

30

« Voilà près d'une année que j'ai mis les voiles. Je pensais avoir fini et je n'en suis qu'au tiers de mon tour du monde. La navigation est une constante leçon d'humilité. D'abord, au large des Açores, j'ai démâté. La réparation a pris un temps considérable. Elle a coûté cher. J'ai repris la mer, en changeant de route. Je me suis lancé sur un audacieux nord-sud en Atlantique, chose que je n'avais jamais faite. À cause d'une mauvaise manœuvre, j'ai perdu l'usage de mon foc, ce qui m'a contraint, quand le temps était bon, à une allure d'escargot. Arrivé au Cap-Vert, j'ai attendu longtemps une nouvelle voile. Puis je suis parti droit sur l'îlot britannique d'Ascension, au centre exact de l'océan. Où je suis arrivé avec un gouvernail faussé et ma pile à combustible hors service. Réparations. J'ai mis alors le cap sur Sainte-Hélène, l'île où Napoléon mourut, et j'ai fait la route avec une voie d'eau à l'arrière, heureusement faible, mais s'aggravant chaque jour. J'y suis arrivé. Réparations encore. Le pire était à venir puisque, ayant repris la mer en direction de Tristan da Cunha, je me suis cassé le bras gauche. Je me suis obstiné et je suis arrivé, non sans douleurs, en vue de cette île que depuis longtemps je rêvais de connaître, un rocher plus inhospitalier encore que Sainte-Hélène, presque aussi haut que large, un pic volcanique de deux mille mètres surgissant du grand désert d'eau. On a pu m'y plâtrer, m'y accueillir, j'y suis resté longtemps. Des tempêtes m'ont généreusement bercé encore et à la mi-juin je touchais Buenos Aires. Où je suis à présent. La morale de ces mésaventures est que mes ressources de sponsoring et leurs délais sont épuisés, et que j'ai décidé de poursuivre le voyage, tant bien que mal, en me finançant à la petite semaine. Ce qui n'est pas pour me déplaire, au fond.

« Une telle succession d'accidents tient presque de l'impossible. Au point que j'ai pensé à une forme de fatalité, comme si les événements cherchaient à m'imposer des épreuves, ou du moins une lenteur inédite. Comme si, aussi, le sort existait et agissait à la manière d'une personne. J'ai revécu comme les marins antiques, et j'ai cru avec eux en un Poséidon, qui décide de la mer, en un Éole, qui décide avec lui du vent, en un Hermès, qui freine ou favorise à sa guise les déplacements des individus sur le globe. J'ai refait, petit à petit, toute la démarche des anciens quand, de siècle en siècle et d'expérience en expérience, là-bas dans la nuit des temps, ils ont découvert les dieux un par un, ont appris à les connaître, leur ont donné un nom, ont catalogué leurs attitudes, leurs préférences et les règles de leur comportement. Ce n'était pas seulement une démarche intellectuelle, c'était aussi profondément intuitif, car je me suis souvenu de noms de dieux qu'on ne m'avait jamais appris. Ma culture classique étant celle d'un autodidacte, c'est-à-dire qu'elle est incomplète. Ainsi, quand Éole m'empêchait à toute force de tenir mon cap, une Néréide se tenait tout près de moi et tenait mon bras cassé comme une attelle et me disait dans une langue composée seulement de voyelles, à l'oreille, que je pouvais tenir bon, qu'Éole était en colère contre moi, mais que Poséidon, qui décide en définitive, lui avait interdit de me détruire. La Néréide s'appelait Aoa, elle dormait dans mes voiles, elle buvait même à mon eau et mangeait mes conserves, d'une manière toute divine, puisqu'en me rendant la gourde, la gourde se trouvait un peu plus remplie, et qu'en me rendant mes conserves, elles étaient à nouveau pleines. Je ne nie pas qu'il devait y avoir une dose d'hallucination dans tout cela, mais j'en garde l'idée que ces hallucinations sont valables et que l'imagination, dans l'intensité de la solitude et du danger, ou de la détresse, est capable de créer des êtres immatériels dont la réalité, impossible à démontrer, est pourtant vécue et ressentie. Aoa m'a donné la preuve que nous sommes capables, non pas seulement de nous inventer des dieux, des génies, des anges, mais de les créer réellement. Et que ce pouvoir, l'homme sauvage devait l'exercer sans réserve, comme encore aussi les petits enfants, et que l'homme d'aujourd'hui n'en a rien perdu, quand il est au désert de l'océan, tout environné de beauté indicible et de danger de mort. J'avais toujours su, comme tous les navigateurs, que la voile en solitaire était une aventure spirituelle, mais jusqu'ici mes voyages ne m'avaient révélé, en fait de découvertes spirituelles, que l'ampleur et la profondeur de mes espaces intérieurs. J'avais appris que la solitude était en fait un lieu où l'on n'est plus séparé de sa propre existence, un lieu où le temps n'existe plus comme séquence mais comme un tout, où j'étais moi-même à tous les âges de ma vie en même temps, et que la solitude était en fait le corps de ma vie. Et c'est pourquoi je la recherchais, en mer ; et c'est pourquoi, à terre, je la recherchais aussi dans le silence des livres et dans les récits de navigateurs. Désormais, il me semble que dans la solitude on ne doit pas se contenter d'être et de jouir de soi tout entier hors des prisons du temps, mais qu'on a aussi une possibilité et donc un devoir de créer des dieux, comme Aoa, qui, dès qu'on les a créés, nous semblent être venus à nous de leur propre initiative et depuis leur sphère propre. La navigation a toujours été une conquête. Maintenant que le globe est connu, qu'on ne cherche plus de continent nouveau, c'est une transcendance que je peux rechercher et conquérir. Qui sait si, en créant des dieux comme Aoa, tellement concrètement ressentis, qui sait si, en suscitant des anges, le solitaire n'accomplit pas une tâche importante ? J'ai toujours senti que la navigation en solitaire était utile, et pas seulement pour le navigateur. Peut-être que, toute gratuite qu'elle paraisse, elle est ce travail spirituel qui crée ou réveille des puissances aussi douces qu'Aoa. Et peut-être, mais j'en suis presque certain, qu'Aoa et ses semblables n'agissent pas seulement pour le marin qui les a suscitées, mais qu'elles ont une efficacité, certes impondérable, ailleurs, pour d'autres, pour tout le monde, dans le passé, dans le présent et dans le futur.

« Je veux terminer en disant que j'ai été pris

dans un grain terrible, début juin, et que, en arrivant à Buenos Aires, j'ai appris que cette nuit-là un long-courrier parti de Rio s'était abîmé avec ses passagers dans l'océan. Peut-être près de moi. Pendant la tempête, j'étais épouvanté. Non pas pour moi mais parce qu'il me semblait que c'était la fin du monde. Et c'était donc, en effet, ce jour-là, pas loin de moi, la fin du monde, pour des dizaines de personnes. Et cette nuit-là, dans la tempête, j'ai vu des éclairs anormaux, gigantesques, qui m'ont rappelé les peintures du Greco, que j'ai tant aimées, et où le ciel s'ouvre dans des déchirures jaunes et blanches, comme des accouchements d'éternité. De sorte que, sauf le respect que j'ai pour les familles des victimes, je voudrais leur dire qu'il m'a semblé que, cette nuit-là, à l'horreur de la mort a répondu la grâce des dieux, et qu'il devait se trouver dans l'avion au moins une personne tellement aimée d'eux que toutes auront été avec elle sauvées dans l'éternité immense où notre pauvre temps tourne comme une planète dans l'espace.

« Celle-ci est la dernière lettre que j'adresse, par contrat, à *La Vanguardia.* Je m'excuse de n'avoir pas donné de nouvelles plus régulières, le profond sentiment de malheur et de fatalité me donnait surtout l'envie de me taire et je remercie les lecteurs pour leur compréhension. »

31

Cent pour cent, cent dix pour cent d'accord, Gavilán, avec la lettre de Pere Català. Il l'a découpée soigneusement, l'a collée sur sa vitrine, à côté de la précédente, qui est toute racornie. Et comme c'est le lendemain de la mort de Michael Jackson, il y a, au verso de la lettre de Pere Català, l'image, mais coupée en deux par les ciseaux de Gavilán, des jambes ouvertes en triangle du roi de la pop.

— J'y étais, moi, à son départ, au port. Ah, c'était beau, c'était émouvant.

Raquel n'y était pas. Elle n'était même pas au courant de son existence, à Pere Català. Et Gavilán trouve ça infiniment dommage, mais en même temps infiniment sans importance puisqu'il a le droit, lui, de mettre sa main sur cette joue douce et maquillée, de poser un baiser derrière cette oreille menue et parfumée où pend un anneau d'or, et de dire doucement :

— Je te passerai un petit livre qu'il a publié il y a dix ans et qui est une merveille.

Et elle :

— Oh, moi, les livres, tu sais…

— Je sais, je sais, mais je te le passerai tout de même et tu verras bien.

Puis il ferme sa librairie, plus tôt, pour la conduire à son restaurant, service du soir, et il l'attend pendant qu'elle travaille, il fait des tours, il lit sur un banc, il prend des notes dans un carnet, puis il la retrouve, il l'emmène au cinéma si elle n'est pas fatiguée, il la ramène chez elle si elle l'est, à Horta, charmant quartier, et bien souvent il monte avec elle, et alors, hormis la fermeture des rideaux, ce ne sont plus que des ouvertures, de portes, de frigo, de zips, de draps, de choses vert pomme et d'autres couleurs, de chevelures et de toutes les bouches rondes, ovales ou en amande, comme les yeux, par où l'on se mange. Puis la télé aussi, et le paquet de cigarettes, la bouteille de vin qu'il apporte, et toutes choses qu'on boit ou suce au goulot, toutes coupes et calices ronds qui enivrent les lèvres et remplissent jusqu'à la gorge.

Elle lui dit qu'il a une de ces santés ! Et en riant, qu'elle le dit. Et un de ces appétits, aussi.

Chez lui, c'est moins bien. Elle dit qu'il y a autant de livres que dans son magasin, et tout aussi mal rangés, que ça manque de lumière et que les vitres sont sales. Elle a proposé de les laver, ça prend cinq minutes tu verras, mais, outre le fait qu'il n'a pas de produit, il a refusé, parce qu'il ferait beau voir qu'on puisse dire qu'il a pris une femme pour qu'elle lui fasse son ménage ! Qu'il y aurait quoi que ce soit d'intéressé dans sa relation ! De vénal ou de profiteur !

— Raquel, encore un livre que tu n'auras pas envie de lire, mais tout de même, pour que tu comprennes nos sentiments, *Antoine et Cléopâtre*, de Shakespeare, je te l'apporterai demain au restaurant.

Et, pour la même raison, c'est toujours non de sa part, quand elle propose de payer l'addition ou de partager, ou d'inviter au cinéma, non mais et quoi encore. C'est une relation noble. Et depuis qu'Anita, la marchande de tabac à côté de sa librairie, a levé son unique œil au ciel quand Gavilán la lui a présentée, il achète ses cigarettes ailleurs. C'est triste, les gens. Incapables de comprendre que l'amour n'a pas d'âge, comme disait Pere Català de la solitude, et que la courtoisie existe encore. Que le plaisir irradie et éclaire et éblouit et transfigure. Et que l'amour est liberté, comme quand ils vont se baigner plus haut que le port olympique, du côté de Poblenou, où il y a des brise-lames et des rochers où l'on n'est pas obligé de porter de maillots. Si Anita et si n'importe qui savaient comme Raquel le traite ! Mais le bonheur est égoïste et les gens ne peuvent pas l'imaginer simple et beau chez les autres.

C'est comme la climatisation, elle insiste tellement pour qu'il l'installe, pour qu'il transpire moins dans sa librairie, juillet cuisant fort. Elle-même regrette depuis si longtemps de ne pas l'avoir chez elle, alors lui, dans sa petite boutique, s'il en a les moyens, il faut qu'il se décide. Alors c'est ce qu'il fait. Mais, griserie de faire un cadeau, une surprise, c'est chez elle qu'il commande qu'on l'installe. Elle, ravie, étonnée, contente comme un enfant. Lui, chez elle, dirigeant les travaux, surveillant les deux ouvriers tout le jour. Et elle insistant alors pour qu'il reste plus souvent dormir, et lui ne voulant pas abuser.

Savoir s'il se ruine ? Le bonheur ne le pousse pas à la paperasse et aux calculs. Il sera bien temps de regarder à ça plus tard. Il y a l'emprunt sur vingt-cinq ans pour la boutique, contracté en 2000, quand tout allait bien, cette jolie boutique à lui tout seul, tout près de Sainte-Marie-du-Pin, dans ces ruelles de Barcelone où ses ancêtres inconnus et non répertoriés mais assurément barcelonais déambulèrent sans doute aux siècles gothiques, dont les fantômes frôleraient sa boutique. Certaines choses n'ont pas de prix. Puis l'emprunt sur vingt-cinq ans aussi pour son petit appartement, pris à la même date dans une autre banque et sans difficulté. Les revenus de la librairie ont baissé, évidemment, mais ce n'est certainement pas à cause de Raquel et cela fait déjà deux ans qu'il vit davantage sur son épargne que sur son bénéfice. L'argent de l'héritage, qui fond, mais qui est là pour fondre, et le portefeuille boursier consolidé, fluctuant sans doute mais sûr, actions Caja Madrid et Telefónica, le placement le plus conservateur possible. Sur la banquise de son patrimoine Raquel fait peut-être un peu l'effet d'un réchauffement climatique ; mais ce n'est pas Raquel, c'est l'amour, les délices, la vie, la joie d'être généreux. Et si l'un des deux est plus dans le besoin que l'autre, ce n'est pas lui, assurément. Deux ans de crise, c'est beaucoup, la situation ne peut désormais que se redresser. Son business n'est pas lourd, mais il est solide, il peut voir venir. Elle, en revanche, à servir dans son restaurant, c'est un mystère qu'elle parvienne à s'en sortir. Et puis, toujours à la merci d'un coup de tête du patron. Elle a peut-être de l'épargne aussi. Mais elle ne doit pas être bien importante.

Une femme comme elle, qui n'a jamais connu le confort, parce qu'elle a voulu être indépendante et libre et que notre société machiste ne laisse aucune chance à une femme seule. Tirer le diable par la queue. Râler chaque fin de mois. Se faire un ulcère à cause du loyer de son petit appartement. Voisinant des tas de femmes qui ont eu la commode lâcheté de se marier. Elle est Cléopâtre, mais elle n'a pas le royaume d'Égypte. Alors Gavilán, sur le trottoir, devant la vitrine du restaurant, la voyant à travers les reflets travailler, allant et venant entre les tables, avec d'autres serveuses, toutes des jeunettes qui ne penseraient pas à cinquante ans rester dans cet emploi, Gavilán, passant la main sur son crâne chauve et désormais aimé, décide d'ouvrir les robinets. Elle ne voudra pas, mais il insistera ou bien trouvera un subterfuge, et il lui paiera son loyer. Certainement pas, d'ailleurs, pour acquérir le droit d'aller s'installer chez elle. Hors de question. On ne change pas une formule qui fonctionne.

Et, le lendemain, à son neveu Bruno venu le voir à la librairie, il demande, toi qui connais bien Internet, de trouver un voyage, des billets d'avion, un hôtel, tout ça, à un bon prix, pour une semaine à Venise. Comme c'est pour deux personnes, Bruno rigole, charrie son oncle.

— Eh bien oui, c'est avec une femme. Et alors ?

Bruno se cache un œil avec la main, à la pirate.

— Mais non, pas Anita, pas celle-là ! Je ne peux plus la voir. Elle m'a beaucoup déçu. Une autre personne, que tu aurais déjà rencontrée si tu n'espaçais pas tant tes visites à la librairie, espèce de parvenu. Depuis que tu as ton contrat au *Diari*, tu te prends pour un type important et tu ne connais plus ton vieil oncle. As-tu lu *Antoine et Cléopâtre* ?

— Eh bien oui, *tio*, c'était dans le même volume que *Coriolan*, et tu ne vas quand même pas croire que je sois paresseux à ce point.

32

Le chagrin d'une mère peut se cacher dans un garage.

Le seul endroit où elle ait le calme, Mireia, à l'intérieur de la voiture, à l'intérieur du garage, dans le noir. Elle a toujours été nerveuse et surexcitée, elle le sait bien, et l'unique façon de garder ses mains tranquilles est de les serrer très fort, là, sur le volant. Essayer de faire le vide. Ou bien d'y voir plus clair. Mais elle a trop de bruit dans la tête. Alors retenir sa respiration, expirer, inspirer, la retenir encore, mais elle entend son cœur, boumbam, qui la distrait et ça ne marche pas non plus. Et déjà de la lumière en haut à droite, la petite porte qui s'ouvre et la silhouette de la bonne, Hondurienne rondouillette, qui descend le petit escalier en disant qu'elle a entendu Madame rentrer et en demandant s'il faut prendre des choses dans le coffre.

— Oui, oui, Clara, et puis montez-les dans ma chambre.

Le calme est impossible. Et la bonne l'agace, toujours occupée quand on a besoin d'elle et toujours sur votre dos quand on veut être tranquille. Mireia monte les petits escaliers, avec le tintement de ses bracelets, et aboutit dans le hall. Elle dépose ses clés sous le grand miroir, où son visage passe, joli, osseux, aquilin, ridé, mais moins qu'avant l'opération, et dépourvu désormais du petit coussin graisseux sous les yeux, qu'on nomme valise, que l'âge impitoyable construit et que l'habile bistouri d'un docteur a retiré le mois passé, août, en pleine chaleur, quel calvaire. Et puis cet écart entre les incisives, qu'elle a transmis à Begonya, et qui lui a valu, l'an dernier, dans un restaurant à Bordeaux, que le sommelier la prenne pour Maria Pacôme.

Le hall est carré. Il y a la porte d'entrée principale, par où elle n'est pas entrée ; sur le mur en retour, la petite porte d'un cabinet de toilettes, la petite porte d'un vestiaire, le grand miroir et la petite porte qui va à la cuisine et qui, par un escalier, à droite, descend au garage, par où elle est montée. Sur le troisième mur, face à l'entrée, c'est la double porte qui mène au living, sous les portraits ovales de son père et de sa mère, parce que, si le grand homme, dans cette maison, c'est son mari, les grands aïeux, faut pas se tromper, ce sont les siens. Et sans leur fortune, hein, quoi, il n'aurait pas été loin, le brave Miquel. Ce sont des choses qu'on ne dit pas, mais tout de même, les portraits sont là pour le rappeler. Puis sur le quatrième mur, en face du grand miroir, il y a la porte qui mène à une pièce qu'on ne sait pas comment appeler, qu'elle nomme le bureau et que Miquel nomme l'antichambre, à côté du grand escalier un peu tape-à-l'œil, départ de rampe et premières marches en marbre, avec au mur le fameux Rubens que Miquel a acheté en 2005, Hercule enfant sur la mamelle blanchâtre de Junon, devant lequel Ernst Jacher, l'étrange milliardaire tout-puissant, collectionneur et ami de Miquel, s'est écrié, en entrant l'année passée pour la première fois dans cette maison, hilare, et en s'excusant, qu'il le connaissait et que c'était un faux. À quoi Miquel, plein d'amour-propre et de sang-froid, avait répondu : « Eh bien, tant pis pour moi, félicitations au faussaire, son tableau est magnifique, je ne le décroche pas de là. » Puis il avait parlé tout de même d'une action en justice, qu'Ernst Jacher avait catégoriquement déconseillée. Et Miquel, qui donne pourtant l'impression de n'obéir jamais qu'à lui-même, avait obtempéré.

Mireia est entrée dans le bureau, où sa fille Eulalia et six ou sept autres personnes regardent sur l'écran de l'ordinateur le *streaming* en direct de l'intervention de Miquel à la chambre de commerce. Ils sont là comme devant un match de football et on ne la remarque même pas. C'est encore ce qu'il y a de plus sympa, dans cette campagne électorale, l'atmosphère domestique comme de complot ou de conjuration, les jeunes adulateurs de Miquel se donnant corps et âme et hantant la maison jour et nuit. Sa jeune garde rapprochée. Elle demande :

— Alors ?

— Bonjour, Mireia…

Parce que les instructions de Miquel veulent que tout le monde l'appelle Mireia et qu'on se tutoie.

— Bonjour, Marc.

— Tout va bien, hein. Il les a mis dans sa poche.

Marc. Gentil, ce garçon. Toujours fourré à la maison. S'il pouvait tourner un peu autour d'Eulalia, ce ne serait pas plus mal. Mireia a l'impression que c'est ce qu'il fait, mais la chose n'est pas sûre et Miquel dit que Mireia s'illusionne.

Mireia regarde une minute son mari sur l'ordinateur, une main sur l'épaule de Marc, une main sur l'épaule d'Eulalia, puis elle passe par la porte qui mène au salon-TV où comme par hasard l'infâme Gustavo se tient dans un fauteuil. Elle n'était pas certaine d'avoir vu sa voiture sur le parking, parmi les autres, elle avait espéré qu'il n'y soit pas. Mais il s'est levé :

— Bonjour, belle-maman !

— Bonjour, Gustavo, oui, oui, là, voilà, c'est ça, j'ai beaucoup de choses à faire, vous ne regardez pas Miquel avec les autres ? À tout à l'heure.

Elle passe par une porte qui mène au grand salon, tout vitré et qui donne dans le jardin, où elle prend une bouffée d'air, poings serrés. Elle avance sur la terrasse, fait quelques pas dans le gazon, d'où elle voit le parking. On ne dirait pas que le scooter de Begonya y soit. C'est le contraire qui eût été étonnant. Par acquit de conscience, elle rentre tout de même dans le salon, le traverse, passe une porte qui mène au grand bureau de Miquel, le traverse et pousse la porte de la bibliothèque, pièce rectangulaire couverte d'étagères marron sombre à décors néogothiques récupérés d'une pharmacie fin de siècle qu'on allait démolir. Le joyau de la maison, selon Miquel, la pièce aussi la plus sombre, et la seule, quand elle vient, où Begonya passe du temps. Mais la bibliothèque est vide. Mireia sent qu'elle cligne des yeux, les deux en même temps, un tic qu'elle a ou, plus précisément, un toc, contre lequel elle lutte depuis longtemps et qui revient en force depuis un an. Alors elle ferme les yeux, inspire, retient sa respiration, expire, et sort de la bibliothèque en claquant la porte, retraverse le grand bureau, rejoint le hall, monte les escaliers rapidement.

— Ah, madame, les jardiniers sont venus, pour la mousse dans le gazon. Il paraît qu'il faut tailler les arbres, ils reviendront la semaine prochaine.

— Oui, oui, Clara. Oui, oui.

Elle arrive à l'étage, qui est par le couloir de gauche un étage et, par le couloir de droite, à cause du dénivelé du terrain, un autre rez-de-chaussée. Dans la salle de bains elle se déshabille, ôte ses bijoux. Elle enfile son maillot de bain en entendant qu'en bas on applaudit, on siffle, on crie, sans doute Miquel a fait mouche ou bien il a terminé son allocution.

Alors, à pieds nus – oh que ça fait du bien d'avoir retiré ses souliers ! – elle reprend le couloir et pousse la porte de la salle de piscine, couverte d'une véranda où les arbres du jardin, dehors, posent leur ombre encore verte, devant le grand mur qui préserve du regard des voisins. Elle s'accroupit, se mouille la nuque, se redresse, lève les bras en flèche, s'apprête à plonger et bondit en pensant à ses aisselles qu'elle vient de voir du coin de l'œil et où prospère cette double touffe de poils marron frisés qu'elle a dû se laisser pousser depuis six mois pour gagner à son mari l'électorat d'un collectif féministe étonnamment important dont le slogan est « je m'épile, si je veux », et dont les affiches ont couvert la ville, montrant toutes des femmes célèbres ou plus ou moins célèbres, bras levés, aisselles velues. Dont elle, Mireia.

Plouf. Brasse. Brasse. Collier de bulles d'air sortant des narines. Émerger. Respirer. Brasse, brasse.

Et l'« infâme » Gustavo est « infâme » parce qu'il fut un moment une sorte de prix de consolation, quand Eulalia allait mal, petite kiné gauche, parce que c'est ma fille mais il faut dire ce qui est, petite kinésithérapeute mal dans sa peau à l'hôpital du Vall d'Hebrón, complexée, godiche, et entichée on ne peut plus sottement d'un peintre qui ne fréquentait la maison que dans l'espoir d'un avantage qu'il pourrait tirer de Miquel, lequel peintre, pour ne pas déplaire, ne l'a pas repoussée, l'a fait lanterner, l'a fait poser – nue, le salaud, pour en tirer un tableau abstrait – puis – brasse, brasse, émerger, sortir, aisselles velues, replonger, souffler l'air par le nez – quand il a vu que de Miquel il n'obtiendrait pas ce qu'il voulait, l'a poussée au désespoir, abandonnée, avec des idées d'art, qui plus est, les plus désespérantes quand on n'a pas de talent, elle courait les expos, Eulalia, pour faire semblant ou pour s'y croire, et elle a fini par fréquenter le cousin du frère de l'ex du peintre, hantant bars et pubs où les vieux garçons, les divorcés, les célibataires ratés et les filles vulgaires se disent, tous vieux prématurément et pétris d'ennui, que la vie est jeune après minuit quand on est saoul, tous épatés qu'Eulalia ait le père qu'elle a, et Gustavo parmi eux, sans doute pas le pire mais certainement pas le meilleur, viré de six mois, chômeur, s'imaginant décrocher la timbale en lui faisant la cour, et y parvenant, l'imbécile ! Et m'appelant belle-maman dès la première fois qu'Eulalia lui fait franchir le seuil de la maison. Et Eulalia nous faisant des scènes, que nous sommes d'horribles bourgeois n'acceptant pas son copain parce qu'il est d'un milieu plus modeste, et taxant de préjugés les conseils d'une mère qui ne sait peut-être pas ce qui convient à sa fille mais qui sait certainement ce qui ne lui convient pas, évident comme le nez au milieu du visage, et les engueulades, et les vous avez toujours préféré Begonya, et toutes les misères.

Oh, le chagrin d'une mère. Les arbres taillés par les jardiniers ne dressent au-dessus de la véranda que des bras nus et des moignons. L'automne a avancé de deux mois. Haut les mains, aisselles velues, plongeon. Avant, Miquel se baignait, le matin, avec elle ; lui, une longueur devant ; elle, une longueur derrière ; et lui fier de la rattraper, et elle contente quand il ne la rattrapait pas. Mais, depuis la campagne, il a troqué la natation pour le jogging aux aurores, avec Eulalia, dans le quartier, pour se faire voir des électeurs. Et s'il ne tenait pas le coup, Miquel ? Il a toujours eu des horaires de fou, mais là, c'est le pompon. Et puis Begonya, Begonya… Mireia sent à son nez qui se retrousse qu'elle est en train de cligner des yeux compulsivement, mais rien à faire. Begonya… Mireia est sûre que c'est une maladie, que c'est un virus qui a dû provoquer ça, ce décrochage. C'est un coup des hormones ou de la thyroïde, un virus qui se met là-dessus. Miquel dit que ce n'est même pas de la dépression, que c'est seulement un peu de désorientation. Elle est intelligente comme lui, elle se pose plus de questions qu'une autre, ou bien les questions ont sur elle un effet plus marqué. Miquel dit qu'elle veut comprendre avant d'avancer, et que bientôt elle reviendra dans le droit chemin. Mais ses belles années, et puis toutes ces études qu'elle a faites finalement pour rien, pour aboutir vendeuse chez un fleuriste ! Si c'est à ça que ça sert d'avoir reçu l'intelligence de son père. D'accord, Mireia ne peut pas comprendre, mais on ne lui fera quand même pas croire que c'est bon pour sa fille, de tout renier. Ils ont vraiment raté leur éducation. Mais qu'est-ce qu'on a fait de mal ? Est-ce que Miquel était trop colérique, quand elles étaient petites ? Ou trop absent ? Est-ce que j'étais trop nerveuse ? Ou trop présente ? Des années de dévouement. Ne leur a-t-on pas donné une bonne enfance ? Des bonnes bases ? Et voilà le résultat. Deux filles sans avenir, sans rien. Eulalia se débrouille mieux, maintenant, c'est vrai, mais dès que Miquel quittera la politique, et il y a tellement d'ennemis, Eulalia ne sera plus rien, au parti, et elle retournera à cette perspective de vie merdique avec Gustavo – elle cligne des yeux, elle cligne des yeux – et nous devrons voir nos filles descendre alors que nos parents, eux, nous ont vus monter. Il y a quelque chose qui ne va pas dans ce monde.

L'hiver est bientôt là.

Mireia est tout de même contente de la voir, sa fille. Même si c'est sur ce scooter pas soigné, tout poussiéreux, qu'elle gare sur le gravier du parking, où les jardiniers avec leur machine accrochée au dos et leurs mains dans des gants de laine soufflent les feuilles mortes du catalpa. Même si elle passe par le jardin directement au lieu d'entrer par la porte, comme tout le monde. Et, justement, Mireia sait que c'est pour ne pas croiser tout ce monde, la maison est un moulin, pour ne pas devoir dire bonjour, pour ne pas voir sa sœur et le petit QG effervescent de la jeune garde rapprochée qui est devenue quasiment une cour autour d'Eulalia. Qui sait, elle est peut-être jalouse. Forcément. Mireia depuis le salon fait signe et Begonya, qui s'approche par la pelouse, répond.

— Clara, Clara, ma fille est là, allez vite sur le parking laver son scooter, s'il vous plaît. Et ne le lui dites pas.

Et Clara y va, bien que ça ne lui plaise pas d'aller se geler les mains avec de l'eau par ce froid de canard.

Mireia ouvre la porte-fenêtre du salon, Begonya entre, sur ses grosses bottines mouillées, la veste bordeaux avec le logo de Navarro imprimé sur le dos, et son casque dans un sac qui pendouille sur ses fesses et qui est tout taché.

— Coucou.

Elle sourit et Mireia a envie de lui dire de faire attention à sa manière de s'attifer, nom d'un chien, que si elle veut elles peuvent aller faire du shopping toutes les deux, parce que évidemment avec ce qu'elle gagne chez le fleuriste… Bon, mais elle ne le dit pas. Elle lui tâte les joues, un peu brusquement mais affectueusement, le ventre, les hanches, la poitrine.

— Je suis contente, tu regrossis un peu, tu te reremplis, c'est chouette, c'est bien. Tu as bonne mine.

Begonya, qui s'assied pour délacer ses chaussures :

— Maman, il faut que tu te mettes dans la tête

une fois pour toutes que je vais très bien et que je suis très contente. OK ?

— Oui, oui.

— Papa est déjà là ? Je n'ai pas vu sa voiture.

— Non, pas encore.

— Bon, ben, je suis dans la bibliothèque.

— Tu ne veux pas prendre une douche ?

— Mais, maman ! Je suis sale, ou quoi ?

Begonya retire ses bottines et les range près de la porte-fenêtre. L'éclairage du jardin vient de s'allumer, automatique. Le petit palmier ressemble à un bonhomme hirsute.

— Tu as rendez-vous avec papa ?

— Pour lui prendre des livres.

— Toujours un plaisir d'être au courant.

Begonya, ça lui fend le cœur de voir sa mère comme ça, continuellement défigurée par son tic, plus exagéré que jamais, grimaçante et ridicule. C'est si fort que c'en est contagieux et, en parlant à sa mère, elle ne peut pas se retenir de cligner des deux yeux aussi. C'est intolérable, et c'est pathétique parce qu'elle ne se rend pas compte, maman, que si tous les autres candidats font venir leur femme aux meetings et que papa s'en prive, ce n'est sans doute pas seulement pour lui fiche la paix. Mais ça donnerait quoi, comme image, une femme toujours de traviole, toujours à gigoter et qui grimace comme une folle.

— Tu ne vas pas dire bonjour à ta sœur ? Ils sont tous là, comme d'habitude. C'est joli, leur enthousiasme.

— Ils ont bien raison. J'ai vu les sondages. Ça marche.

— Tu n'y vas pas ?

— Mais non, ça va, ils sont occupés.

— Comme tu veux.

— Bon. Je suis dans la bibliothèque, d'accord ?

— Tu connais la bonne nouvelle ?

— Quoi ?

— Eh bien, Gustavo… il dégage. Ça fait trois semaines qu'on ne le voit plus.

— Et c'est une bonne nouvelle ?

— Pour lui sûrement pas, mais pour moi oui. Et évidemment pour Eulalia.

— Eh bien tant mieux, alors. Je suis dans la bibliothèque.

Begonya coupe court, avant de s'énerver. Ce qu'elle en a à foutre ! En même temps qu'on entend une clameur et des applaudissements dans le QG. C'est papa qui rentre. Bande de lèche-cul.

— Alors, ma petite Simone Weil !

C'est papa, qui dit ça en allant droit au radiateur, tourner la manette :

— Clara s'obstine à ne pas chauffer cette pièce. Elle doit croire que c'est une morgue. Enfin. Au moins, on a la paix.

— Pas trop fatigué ?

Il ne répond pas et prend Begonya dans ses bras en disant que c'est bon de la voir. Puis ils s'asseyent et il lui demande si elle a rapporté les livres. Mais non, elle préfère les garder encore.

— Mais il faudra que tu me les rendes. Plus tard peut-être, mais je veux les retrouver. Je t'ai dit : livre prêté, livre perdu. Et je ne veux pas que ce soit vrai cette fois.

— Oui mais bon…

— Oui mais tout de même.

Il dit ça avec son air de rigueur, qui fait un peu sourire sa fille. Et il sert deux généreuses doses de *fino* dans des verres sales, parce que Clara décidément n'entre jamais ici et ne les a pas remplacés.

— Bon, et sinon ?

— *Tristes Tropiques*, c'était fantastique. Je me demande comment je n'avais pas lu ça plus tôt. Tu as entendu qu'il était mort, justement, Lévi-Strauss.

— Ah bon ? Non. Quand ?

— Il y a un gros mois, fin octobre.

— J'ai une équipe qui me fait la revue de presse tous les jours, et ils ne m'ont pas dit ça.

— Ça n'intéresse pas les électeurs, faut dire. T'as pas l'impression de lâcher trop de conneries, parfois ? Ou alors c'est les journalistes qui déforment, mais…

— Bego, commence pas avec ça. On n'est pas là pour parler de ça. Et puis, tu sais, ou tu sauras, la politique est une chose très subtile et, parmi ces subtilités, il y en a une qui t'apprend que le discours politique en général et électoral en particulier doit ignorer la nuance. C'est une bataille à gagner. Le sujet est clos. Lévi-Strauss, donc.

— Oui, bon. Ce qu'il dit à la fin est extraordinaire.

— Rappelle-moi, parce que ça fait longtemps.

— Eh bien, quand il parle de l'Inde et de la capacité d'une civilisation à s'éteindre, à se laisser dépérir, mourir dans la rue gueule ouverte, sans pousser de cri, comme une vision prémonitoire de notre monde, qui obéit à une sorte de logique interne inconsciente, d'épuisement, d'anéantissement…

— Oui…

— …une sorte d'acceptation volontaire de la fin. Comme si le désespoir avait quelque chose de biologique, comme si l'humanité allait en fait, de civilisation en civilisation, vers sa phase d'extinction. C'est vraiment fort. Et il dit ça en 1955.

— Oui, 55. Moi, ce qui m'avait frappé, dans *Tristes Tropiques*, c'est quand il avoue qu'après tout son temps passé dans la brousse avec les primitifs, il a la nostalgie de l'Occident…

— Ah oui, Chopin ?

— C'est ça. Quand il a cette nostalgie et que cette nostalgie sonne en lui avec une mélodie de Chopin. Et il dit que c'est la mélodie de ce qu'il déteste le plus, sirupeuse et sentimentale, de l'Occident cruel et mou et voluptueux. Et moi je ne le crois pas une seule seconde à ce moment-là. Je sais qu'il ne veut pas l'admettre, parce que ça foutrait sa pensée en l'air, mais en fait ce Chopin dans sa mémoire c'est le contraire de ce qu'il déteste. C'est justement la beauté de la vie et, quoi qu'il en dise, de la civilisation, qui continue de s'obstiner en lui, et il dit non, il refuse cette chaleur, je dirais même cet amour, parce qu'il va contre tout ce que sa pensée échafaude. Et là, il est grand, Lévi-Strauss, parce qu'il aurait pu ne pas évoquer ce moment, ce sentiment, qui, au fond, et même s'il le nie très adroitement, fait s'effondrer toute sa pensée du désespoir.

— Tu en as d'autres, de lui ?

— Oui, peut-être bien, attends, je regarde. Mais, après *Tristes Tropiques*, ce n'est plus la même chose. Ce sont des livres beaucoup plus savants, plus ennuyeux aussi, il fait du structuralisme, c'est la pensée et le savoir comme consolation, c'est instructif, mais ça n'a pas le jus de vie, vraiment le suc d'expérience, de *Tristes Tropiques.* Tiens, là j'ai *La Pensée sauvage* si tu veux. Sinon, avant que j'arrive, t'as regardé un peu ?

— Pas eu le temps. Maman m'a retenue. Enfin, on a bavardé.

— Moi, de toute façon, je t'en ai préparé l'autre soir. Les Camus, tu les as lus, finalement ?

— Oui, mais bof.

— Bof ? ! Tu es sévère !

— Oui, bof. Je l'ai trouvé naïf.

— C'est parce qu'il était généreux, et sincère.

— Oui, peut-être, mais *La Peste,* j'ai trouvé ça téléphoné, attendu. *L'Étranger,* j'avais déjà lu.

— Et *Caligula* ?

— J'ai pas été au bout. Grandiloquent.

— Et *Sisyphe* ?

— J'ai décroché aussi.

— Pourtant, aux gens de ma génération, ça parlait énormément.

— Je ne les ai peut-être pas bien lus. Tu sais, parfois, je suis fatiguée. Je m'endors dessus. Non, quand même, dans Camus, j'ai admiré ça, quoi, qu'il cherche tellement à ce que la vie soit en accord avec la pensée. Que la pensée n'a pas de sens si elle n'est pas suivie d'une attitude. J'ai bien aimé comme il se fout de la gueule des philosophes du suicide qui ne se suicident pas, mais sinon, il me touche assez peu. Pour tout te dire, dans *La Peste,* j'ai surtout aimé quand il parle des paysages et des étoiles et du ciel... En fait, je trouve qu'il ne va pas assez loin. Ça m'a donné envie de lire du Sartre. Est-ce que Sartre ne va pas plus loin ?

— Oui et non, je ne sais pas. Moi c'est plutôt

Sartre qui n'est pas ma tasse de thé. Mais enfin j'en ai, attends, viens, regarde, c'est là-bas. Là. *Qu'est-ce que la littérature, Les Mots, Situations.* Je ne me souviens même plus bien de ce qu'il y a dedans. Mais je ne les ai pas en traduction, il faudrait que tu les lises en français.

— Oh là, ça non, ou alors je vais mettre des jours. Je vais les acheter.

Alors Miquel sort son portefeuille et, au moment où il donne deux billets de cent à sa fille, on entre sans frapper, c'est Marc. Begonya prend les sous, les met en poche, gênée. Miquel, qui a sursauté :

— On frappe, avant d'entrer. Merde !

Marc, d'un coup décomposé, se confond en excuses. C'est juste qu'on vient d'apprendre que demain matin, à la rencontre avec les étudiants de la fac de médecine, il y a un sujet qui s'est invité, la question de la tauromachie, il faut savoir s'il est pour ou contre la prohibition. Faudrait pas se retrouver le bec dans l'eau, et puis surtout qu'on parle d'une seule voix.

— Oh, ils m'emmerdent avec leur tauromachie.

— Mais il faut qu'on sache ce que tu vas dire… Désolé…

Alors Miquel, qui s'était placé instinctivement entre Marc et Begonya, comme une barrière, se retourne vers sa fille en soupirant :

— Bego, je suis pour ou contre les corridas ?

Elle lève les épaules :

— Contre.

Il se retourne vers Marc, qui tient le bouton de porte :

— Eh bien voilà. Contre. À fond contre. Pour la prohibition.

— On a concocté un petit dossier, vite fait, avec les arguments, les collectifs, les chiffres, les conséquences… Si tu veux venir voir…

— J'ai dit que j'étais contre. On verra ça demain.

Marc sort.

— Il pissait dans son froc. N'empêche, tu vas voir qu'il va raconter que tu me passes du blé.

— Je t'ai donné deux cents euros pour que tu achètes des livres. Sois pas parano.

Ils se rassoient.

— Ils te sont utiles, ceux-là ? Ou bien c'est juste un fan-club ?

— Non, non. Ils travaillent dur. Et puis ils sont sympas et ils ont des idées. C'est Marc qui a pondu mon slogan.

— Non…

— Si. On a payé cher un publicitaire à la noix qui nous a vendu un *Més que un president* (Plus qu'un président) de merde, avec deux heures de présentation pour expliquer que c'était simple mais percutant, et puis finalement on a pris l'idée de Marc. *Ara, un lider.* (Maintenant, un leader.) C'est de lui. Et puis ils sont très motivés. Eulalia travaille vraiment bien. Elle m'a très heureusement surpris. Mais on n'est pas là pour ça. Donc. Sartre. Oui. Pourquoi pas. Tu me feras un *breefing*, parce que je ne me rappelle pas trop la substance. Mais je crois que j'ai fait un blocage sur lui, parce que tu sais, il a dit, c'est fameux : « Celui qui n'est pas communiste est un chien, je ne sors plus de là. » Pas trop mon genre, comme élégance.

— Moi, ça me plaît plutôt bien. C'est radical, au moins.

— Sinon, ce que je t'avais préparé, ma petite fleuriste, c'est Teilhard de Chardin. Encore un Français. Extraordinaire. Tu n'as pas lu ?

— Non. Ça ne me dit même rien.

— Justement, c'est 1955, comme *Tristes Tropiques*, et c'est grandiose. *Le Phénomène humain.* Ça a marqué ma génération, ça.

Puis là il s'arrête, il soupire, il met la main sur le genou de sa fille et il dit que nom de Dieu ce que ça fait du bien. Sous-entendu parler de livres, ou bien sous-entendu parler avec Begonya.

— Lis ça, lis Teilhard. Tu me diras.

Mais elle consulte sa montre, faut qu'elle y aille, elle commence à dix heures.

— Tu es en travail de nuit ?

— Cette semaine, oui.

— Je me demande quand ça te passera, quand même.

— Mais ça ne me passera pas, papa. Ça ne me passera pas. Je suis très contente comme ça.

— Oui, oui. Bon. Prends le Teilhard. Et puis tu ne veux rien d'autre ?

— Je m'achèterai les Sartre.

Il met la main sur le radiateur.

— Il commençait juste à faire bon.

Dans le salon, il y a maman, jambes croisées dans le canapé, lunettes sur le nez, qui fait quelque chose avec son téléphone.

— Tu t'en vas ? Tu ne veux pas dîner ?

— Elle commence à dix heures, il faut qu'elle y aille.

— Ah, je lui ai dit, hein, qu'Eulalia et Gustavo, c'était fini.

Begonya :

— Eh bien oui, il paraît que c'est une bonne nouvelle.

Maman :

— Et comment ! Marc, ça vaut quand même mieux.

Begonya :

— Comment ça, Marc ?

— Il est médecin, il est travailleur, il est engagé, c'est pas le même profil que l'autre.

— Non mais, Marc… Marc ?

— Oui. Enfin, ce n'est pas officiel, mais il lui tourne bien autour et je crois que c'est bon, que c'est fait.

— Maman, tu te rends compte de ce que tu dis ?

— Quoi ?

— Marc, il est marié.

Mireia cligne, cligne.

— Il est marié ?

— Mais tu es folle ou quoi ? Tu es allée à son mariage !

— Ma fille, sois polie ! Miquel, tu entends comme elle me parle !

— Mais, maman ! Il est marié, il a un enfant ! Avec Blanca ! Un petit garçon ! Je suis allée les voir, il y a pas deux semaines !

— Écoute, je ne sais pas, il s'est peut-être mal marié.

— Papa ! Enfin, tu ne dis rien ? Ça te paraît normal ? Ça te paraît bien ? Mais… Ah, la salope !

— Bego !

Mais Begonya file, sur ses chaussettes, vers l'antichambre, où ils sont à sept ou huit autour de la grande table, avec leurs ordis et leurs tablettes et leurs téléphones et les cendriers pleins, des affiches de papa collées au mur. Elle va droit sur Marc, qui se tourne vers elle sans se lever et elle le gifle d'un grand mouvement, sans rien dire, offusquée, rouge, la gorge barrée, et Eulalia la grande sœur se lève d'un bond en hurlant « Bego ! », va vers elle. La main qui a giflé Marc est encore au bout de son geste, et le bras revient, en retour de gifle, dans la figure de la grande sœur, presque un coup de poing, qui ne déstabilise pas Eulalia. Et Begonya la frappe une seconde fois, étourdie, proche des larmes, et s'enfuit en leur disant qu'ils sont complètement fous, bande de parasites de merde, elle repasse derrière le canapé d'où sa mère s'est redressée, l'air de bondir mais ne bondissant pas, Begonya prend ses souliers au passage, ouvre la porte-fenêtre, court, sans l'avoir refermée, sur ses chaussettes, dans le jardin mouillé et froid, grimpe sur son scooter sans prendre le temps de mettre ni son casque ni ses chaussures, et démarre et descend la rue très vite, longeant le mur interminable du monastère de Pedralbes, qui sonne les trois quarts d'heure, et elle se dit que merde, que merde et que putain de merde, et elle parvient à se durcir assez pour ne pas pleurer.

Miquel, à sa femme qui cligne et qui semble ne plus respirer :

— Écoute. Elle a fait une adolescence paisible. Fallait bien que ça pète un jour ou l'autre.

Il entre dans l'antichambre :

— Allez, tout le monde assis. Du calme, ici. Silence. C'est quoi cette histoire de tauromachie ? Montrez voir le dossier, faites-moi un topo. Marc, le topo.

PARTIE VI

DE L'INNOCENCE

33
(2010)

Mme Teresa Català, la mère du navigateur, a un fameux caractère. D'ailleurs, elle considère que Laïka, la vieille chienne de son fils, est plus vieille qu'elle, et que c'est surtout pour elle qu'il faut aller prendre l'air tous les jours et faire un peu d'exercice. Autrement, cette chienne va s'encroûter et elle mourra. Quand son fils sera revenu, elle pourra mourir tant qu'elle veut, mais pas avant. Teresa a donné sa parole de veiller dessus.

Avant de sortir, elle se met, sur les lèvres parcheminées, en se regardant dans le miroir, un trait de rouge que la myopie dévie beaucoup. Puis elle enfile son manteau, elle passe la boucle de la laisse à son poignet, elle enfile ses moufles, parce que janvier sévit, elle prend ses deux cannes, tire un coup sur la laisse, sort sur le palier, laisse claquer la porte, attend l'ascenseur, tire la chienne dedans, descend deux étages, sort de l'ascenseur, franchit une marche idiote que l'architecte aurait bien pu construire plus basse. Puis, dans le grand hall de l'immeuble, elle range ses deux cannes dans le panier arrière de sa voiturette électrique, qui ressemble à une tondeuse à gazon. Elle ôte ses moufles, attache la laisse à l'accoudoir de la voiturette, fouille son sac, sort les clés, ouvre péniblement et en boitillant la lourde double porte cochère, va prendre place dans la voiturette, en prend les clés dans le sac, démarre, franchit le seuil, s'arrête déjà sur le trottoir, descend de la voiturette, referme la double porte, range les clés dans son sac, renfile ses moufles, se rassoit, prend le guidon, son sac à main calé entre ses cuisses, et dit à la chienne : allez, du nerf, en avant.

Du rouge à lèvres jusqu'au trottoir, ce sont presque vingt-cinq minutes qui s'écoulent.

En plus, c'est le malheur d'habiter dans le vieux centre, les trottoirs sont toujours encombrés de gens, de touristes et de présentoirs à cartes postales. Elle regarde droit devant elle, son petit klaxon fait bouït bouït, elle en use et abuse, elle n'aime pas freiner parce que le redémarrage est toujours brusque et lui fait souffrir les hanches. Et elle se fiche, mais alors là éperdument, de ce qu'on peut penser. Bouït.

À la première rangée de chaises de la terrasse, juste devant les vitrines du café de l'opéra, et assis là pour pouvoir fumer tranquillement, sous le bon rayonnement d'un radiateur de rue au gaz en forme de petit parasol, Raquel regarde ses bottillons en mouton retourné, dit qu'il faut faire gaffe à pas les tacher, que c'est très difficile à ravoir, elle aurait dû prendre un cuir plus foncé, peut-être. Mais Gavilán ne trouve pas, il les aime bien comme ça. Il a sa cigarette à la main droite ; elle l'a à la main gauche ; et les deux autres mains sont sur le genou de Gavilán. Il porte une chapka pour protéger sa calvitie et le chocolat mauve dans les deux tasses fait des volutes de vapeur. Bouït, bouït. Cela aurait sans doute amusé Gavilán de reconnaître la mère du navigateur, bouït, mais il ne l'a vue finalement qu'une seule fois, et il y a déjà longtemps, dans la foule du départ. Bouït, elle est passée.

Raquel trouve qu'elle est effrayante, la petite vieille sur sa voiturette avec le clébard derrière ; Gavilán la trouve plutôt rigolote. Il baise la main de Raquel, qui pose sa tête sur son épaule.

Et juste derrière eux, de l'autre côté de la vitrine du café, au chaud parce que ne fumant pas, Blanca voit avec une certaine nostalgie ce couple de vieux amoureux, scène tendre de film muet, peut-être des touristes russes, des Moscovites en vacances, pas très beaux mais qui ont l'air de s'aimer.

Puis elle passe le petit Andreu à Begonya, le temps qu'elle se penche pour ranger dans le filet sous la grande poussette, qui gêne les gens à la table voisine, un paquet de lingettes ultradouces et non parfumées. Begonya sourit jusqu'aux oreilles parce que le bébé rit aux anges et elle dit que c'est fou, que c'est vraiment le roi du sourire.

— La seule chose, c'est qu'il a l'arrière du crâne un peu aplati, le pédiatre dit que c'est parce qu'il dort sur le dos, mais je ne sais pas quoi faire.

Begonya lui caresse l'arrière du crâne :

— En même temps, on s'en fiche, il peut avoir le crâne qu'il veut, non ? Et puis c'est très fréquent, je pense. Bon, si c'était une fille, à la rigueur, plus tard, elle aurait pas une nuque à chignon, mais là franchement, pour un garçon, te fais pas de bile.

Le serveur apporte la deuxième bière que Begonya a commandée il y a dix minutes – le service est lent, il y a du monde – et la pose sur la table à côté du *Diari* replié où l'on voit la photo de Port-au-Prince en ruine et celle d'un enfant en haillons, les yeux grands ouverts et médusés. Avec encore la grande tache de café au lait que Blanca avait renversé en indiquant la photo, sa tasse à la main, un peu véhémente, en lui disant, à Bego, que ça, le tremblement de terre à Haïti, ça, c'est un vrai malheur, une horreur totale, il faut imaginer, et qu'elle, Blanca, avec ses petits malheurs domestiques et conjugaux, elle ne peut pas se plaindre, à côté de ça.

Même si ça fait trois semaines que c'est rudement triste, chez elle. Marc absent le plus possible, rentrant pourtant dormir, le soir, parlant peu, de choses pratiques. Et puis tous deux se couchant dans le lit, le même, le seul, et ne se touchant pas. Blanca attendant qu'il lui dise que ce fut un écart, un accident, que c'est fini, qu'on peut mettre à nouveau toute son énergie à faire renaître l'amour et la confiance. Ou bien attendant qu'il se décide à lui dire que c'est fini, qu'il s'en va. En attendant, grisaille, mensonge, honteux tous les deux, lui de tromper, elle de l'être. Après un an de mariage, seulement. Il y a pourtant peu de chances que ça s'arrange. Puisque Tarràs a gagné ses putains d'élections, et puisque c'est certainement par ambition que Marc s'est fourré avec sa fille. Il ne voudra pas se détacher du clan.

Au moins, ce qu'il y a de bien, c'est que ça l'a rapprochée de Begonya et que ça a l'air de lui faire plutôt du bien, à Bego. Parce que Bego a beau dire que tout va bien, Blanca sait pertinemment que l'isolement ne lui vaut rien. Maigrichonne, avec ses ongles noirs à cause des fleurs.

Blanca regarde sa montre puis soulève son pull, ouvre son chemisier, sort son sein gauche, où il y a trois grains de beauté alignés comme des points de suspension ; Begonya lui rend Andreu, qui s'accroche au téton et boit les yeux fermés. Begonya, réflexe, regarde alentour s'il n'y a pas des impudiques qui volent la scène. Et, de l'autre côté de la vitre, le couple de Russes attendris fait des gazous avec des grands sourires muets effrayants et lèvent le pouce pour dire que le petit est mignon comme tout.

Blanca dit à Begonya de lui passer une gorgée de bière. Il paraît que c'est bon pour stimuler le lait.

— D'ailleurs, un truc épatant, c'est que, j'ai beau avoir des seins pas énormes, ça ne change rien, on produit le lait qu'il faut, peu importe la taille, la nature est vachement bien faite.

— Bon, ben, c'est une bonne nouvelle pour moi aussi. Le jour où. Et tu l'alimentes cent pour cent au sein ?

— Cent pour cent. Je pourrais passer à une alimentation mixte, moitié sein, moitié biberon, c'est surtout pratique si tu veux laisser le bébé à une baby-sitter ou s'il va à la crèche. Mais comme je suis à la maison, je fais du sein, cent pour cent. Note, si avec Marc ça ne s'arrange pas, faudra que je prenne un boulot, et alors, pour l'allaitement…

— Oui, mais il te versera une pension.

— Une pension, ce n'est jamais qu'un complément.

Un jeune homme très grand, la tête inclinée vers le sol, traverse le café et sort, suivi d'une jeune fille qui fait la moitié de sa taille et qui regarde également le sol. Un serveur leur ouvre la porte.

— Tu as vu ? C'est Piqué ! Gerard Piqué !

— Non… Oui ? Ah oui ! C'est fou ça.

— Trop fort.

— Tu vois, c'est avec lui que tu aurais dû te marier. Parce que, divorcer d'un type riche, c'est le pactole.

34

Michèle, elle, est passée à l'alimentation mixte. Dans la cuisine, elle prépare les doses de lait en poudre, les deux biberons stérilisés, les trois pages recto-verso de son écriture avec les instructions au cas où, bien que ce ne soit pas la première fois qu'Albert vienne garder les petits. Ils le prennent presque pour un grand-père de substitution, et ça la gêne d'ailleurs un peu, rapport à ses parents à elle. Mais quoi, ses parents sont à Paris, difficile de leur dire de prendre le train de nuit pour garder les enfants à Barcelone une soirée de temps en temps. Et puis elle préfère Albert plutôt qu'une jeune baby-sitter inconnue. Lequel Albert se débrouille très bien.

Pour lui aussi, Albert, ça doit être des petits-enfants de substitution. Il ne se cache pas pour regretter que sa fille coure les pays lointains et ne lui fasse pas de petits albertins.

La petite Marion est dans la cuisine avec sa mère, couchée dans un relax dont Michèle de temps en temps, en allongeant la jambe, relance le mouvement de ressort. La petite semble hypnotisée par un poisson vert à queue en tire-bouchon qui pend au-dessus d'elle, mais elle tourne la tête, croise les yeux de sa mère et se met à pleurer.

— Oui, oui, ma puce, je sais, tu as faim, j'arrive.

Mais ding-dong. Ça doit être Albert. On entend Martin cavaler pour décrocher le premier le parlophone et appuyer sur le bouton.

— C'est Albert !

Nico achève de s'habiller dans la salle de bains.

Martin a ouvert la porte, Albert paraît, sort de la poche de son manteau gris le sachet de bonbons auquel Martin s'attendait, comme la dernière fois, et Martin file avec dans sa chambre, avant que sa mère ait le temps d'intervenir et de dire, comme d'habitude avec les bonbons, après les avoir rangés dans l'armoire haute : « Martin, les bonbons, un par un. »

— Alors voilà, Albert, j'ai tout préparé comme la fois passée. Les deux biberons, enfin, vous savez, dans la pharmacie il y a tout ce qu'il faut, je garderai mon portable allumé tout le temps, et puis vers neuf heures ils livreront une pizza, j'ai pris une quatre-saisons.

— Fallait pas se donner cette peine.

Albert a posé son manteau sur une chaise. Michèle s'accroupit devant le relax et prend le bébé dans ses bras.

— Nico a ouvert une bouteille de priorat, sachant que, s'il ne l'ouvrait pas, vous n'en prendriez pas…

— Pas sûr, pas sûr…

— Je vais l'allaiter maintenant, de sorte que tout à l'heure vous lui donniez encore un biberon au moment de la mettre au lit. Les couches sont dans la salle de bains et…

— Je sais, je sais…

Elle prend place dans le canapé et Marion commence à boire.

— Martin peut regarder une vidéo, mais pas plus tard que huit heures et demie, s'il vous plaît. On n'est pas faits aux horaires espagnols. Asseyez-vous, asseyez-vous, Nico ne va pas tarder, il finit de s'habiller.

— Et comment elle va, la petite Marion ?

— Toujours aussi gourmande, ce ne sera pas une brindille.

— Oh, ça ne veut rien dire, à trois mois.

— Sinon, toujours son crâne plat, à l'arrière. On essaie de la coucher sur le côté, mais elle revient toujours sur le dos.

— Oh, ça n'a pas d'importance. Et puis c'est très fréquent, il me semble.

— Oui, mais pour plus tard, si elle veut se faire des queues-de-cheval. Ou des chignons.

— Eh bien, elle s'en fera, des queues-de-cheval. Moi aussi j'ai ça, le crâne plat derrière, sentez.

Et Nico entre dans le salon quand Albert est accroupi et incliné devant Michèle qui allaite et qui lui touche l'arrière du crâne. Un bref instant, Nico se demande ce qui se passe et la scène ne lui plaît pas du tout. Mais enfin, il est ridicule aussi, d'être jaloux de tout et même des vieillards.

— Nico, Albert a le crâne plat aussi, derrière, c'est marrant.

— Bonsoir, Albert.

— Bonsoir, Nico.

— J'ai préparé une bouteille de…

— Je lui ai déjà dit.

— Mais il ne fallait pas, vous savez.

— Et sinon, j'ai laissé l'ordinateur allumé dans le bureau, si vous voulez bavarder avec votre fille par Skype, comme la fois passée.

— Ah merci, c'est une bonne idée, si justement elle est disponible. Elle est en Haïti, pour le moment, vous imaginez un peu. Deuxième fois qu'elle y va.

— Et ils ont Internet, en Haïti ?

— Depuis un mois, ils ont pu rétablir déjà pas mal de choses. Ce qu'ils craignent maintenant, ce sont les épidémies, le choléra.

— Mais elle est dans l'humanitaire, maintenant ?

— Non, non. Photographe. Toujours ses reportages. Elle y est pour le compte du *Diari*, maintenant. Non, professionnellement, elle se débrouille. Ça démarre.

— Il faudrait un jour que vous nous la présentiez, tout de même.

— Oui, oui.

Nico presse sa femme, l'heure avance.

Quand elle a terminé, elle donne la petite à son mari et range ses seins. Et, même si Albert regarde ailleurs, ça fait souffrir Nico.

Albert leur dit d'y aller, il s'occupe de tout.

Ils enfilent leurs manteaux. Albert tient Marion couchée sur son avant-bras, accrochée comme une petite panthère.

— Ah oui, Albert, le dîner de Martin est déjà dans le micro-ondes, il suffit de le réchauffer deux minutes.

Ils embrassent Martin et, dès que la porte est fermée, Martin, affirmatif, à Albert :

— Je peux regarder une vidéo.

Michèle, dans l'ascenseur :

— Tu ne trouves pas qu'il ressemble un peu à une vieille femme, Albert ?

— Avec une fameuse moustache, quand même.

Dans la rue, ils attrapent un taxi. C'est un des charmes de cette ville, l'aisance avec laquelle on trouve un taxi.

Pas souvent, qu'ils se retrouvent à deux, hors de la maison. Ils se prennent la main. Mais Nico a le stress de la soirée, parce que c'est tout de même un peu du boulot, ce soir, l'inauguration du congrès international de chirurgie esthétique et plastique, mais c'est chouette aussi que Michèle pour une fois puisse l'accompagner, toucher d'un peu plus près sa vie professionnelle, rencontrer des gens qu'il voit tous les jours, et puis la désennuyer un peu, parce qu'il a tellement peur qu'elle s'ennuie et qu'elle lui en veuille de cela et qu'elle cherche ailleurs une vie plus trépidante. Le bébé, il pensait que ce serait une solution, mais ce n'en est pas une du tout. Elle veut travailler, Michèle. Elle envoie des CV à droite et à gauche et Marion n'a que trois mois et quelques. Et puis va-t'en trouver un job intéressant en pleine Espagne en crise. Ils n'auraient jamais dû quitter Paris. En même temps, si, évidemment. Tout irait mieux s'ils faisaient l'amour comme avant, mais quelque chose a changé, et il ne sait pas quoi. C'est peut-être lui, d'ailleurs. Ou simplement l'âge et le temps qui passe. C'est désarmant, d'être incapable de savoir, incapable de comprendre. En même temps, si, il y a eu des signes. Ce connard aux visites guidées d'Albert qui lui collait au cul, à Michèle, et qui l'appelait Catherine Deneuve. Et quand je l'ai accompagnée, Michèle, à la visite du Park Güell, cet enfoiré ne se rendait pas compte que j'étais le mari et la draguait comme un paysan. Catherine Deneuve ! Quel enculé. Ça devait durer depuis plusieurs visites et elle ne m'en avait rien dit et elle n'avait rien fait pour que ça cesse. Et elle me le présente, tout benoîtement, c'est Joaquín, puis, à voix basse : fais gaffe, il est un peu collant. Un peu collant, je te crois ! Qu'est-ce qui me prouve qu'ils n'allaient pas prendre un petit verre après ? Et puis qu'elle aurait eu un moment de faiblesse, hop, dans les toilettes ou dans une chambre d'hôtel, quand je suis au boulot et que Martin est à l'école. Encore heureux que Marion me ressemble, que tout le monde le dit. Et en même temps, si tout le monde le dit, c'est peut-être justement pour me ménager, pour m'éviter la honte. J'ai peut-être des cornes à ne pas passer les portes. Non. Non.

Michèle :

— Ça va ? Tu ne dis rien.

— Oui, oui. Je suis soucieux, j'espère que tout va bien se passer ce soir.

— Attends, un congrès, qu'est-ce qui pourrait mal se passer ? C'est pas une pièce de théâtre. Et puis tu ne dois rien faire, c'est le grand boss qui fait le discours.

— Oui, mais c'est moi qui l'ai écrit.

— Je t'en prie, sois relax, que ce soit au moins une bonne soirée. Pour une fois qu'on sort.

— Oui, oui, tu as raison.

— Tu sais, dans *Zone*, de Mathias Énard, j'ai lu que l'endroit du palais des congrès, en fait, c'est l'ancien Camp de la Bota, le Champ de la

Botte, où à la fin de la guerre civile les franquistes ont passé par les armes une fameuse quantité de républicains. Puis ç'a été construit, tous ces beaux immeubles, le centre de congrès, le musée de sciences naturelles, tout ça.

— Ah bon ? Je savais pas. Il faudrait que je le lise. En même temps, j'ai jamais le temps. C'est un pavé, en plus.

— Il habite Barcelone, Énard. Sa fille est dans l'école de Martin. Mais pas la même année. Je le vois parfois, à la sortie.

— Il est sympa ?

— Je sais pas. Il a l'air. Il a des petits cheveux frisés.

— On devrait l'inviter. Il est marié, hein ?

— Oui, oui, enfin je suppose. Pourquoi ?

— Non, pour rien. Curiosité.

Martin regarde la vidéo en mangeant ses bonbons. Marion a pleuré dès qu'on a essayé de l'allonger dans son relax, et Albert l'a gardée sur le bras, avec lui, dans le bureau, devant l'ordinateur. Mais dès qu'il s'assied, comme si elle sentait la différence, elle se plaint. Alors il est debout, cherchant à la bercer avec des flexions de genou tout en manipulant du mieux qu'il peut la souris pour appeler sa fille par Skype. Mais ça ne répond pas.

Quand sa fille est en Haïti, si Skype ne répond pas, cela peut signifier qu'elle n'est pas devant son ordinateur, ou qu'il y a une coupure d'Internet en Haïti, ou qu'elle est morte ou qu'elle a le choléra. Son premier reportage fut sur le drame. Maintenant, c'est sur les pilleurs de ruines. Tout ce qu'il faut pour recevoir un mauvais coup.

Son dernier e-mail date de quatre jours.

Albert va y répondre pour la deuxième fois. D'une main. Si Marion le laisse.

C'est-à-dire qu'il va donner des nouvelles de la santé du chien, Nero. Parce que, bizarrement, mais comment sortir d'une erreur, il a commencé, voilà trois mois, à la tenir au courant de ses problèmes de santé de la manière la plus bizarre et la moins honnête, n'osant pas, cette fois-là, devant son visage sur l'écran, via Skype, avouer le dysfonctionnement de son foie, de ses reins, de ses intestins, et mettant tout sur le dos de Nero. Substituant au mot médecin le mot vétérinaire. Et Veronica semblait trouver exagérés les examens qu'on faisait à ce pauvre chien.

C'est pathétique, mais c'est ainsi. Et, en fin de compte, il peut écrire plus à son aise s'il s'agit du chien que de lui-même. De sorte qu'il tape sur le clavier, péniblement, que les résultats pour Nero ne sont pas bons. Les vétérinaires n'ont pas encore identifié le mal, mais il s'agit sans doute d'un virus. Ou bien carrément d'un cancer quelque part. Reste à faire une résonance magnétique.

Veronica trouvera certainement que c'est trop de soins pour un animal. Mais bon.

« Donne-moi de tes nouvelles, dès que tu peux. Tu sais que je suis fier de toi, mais que je suis inquiet aussi. Parfois.

« Papa. »

Et ça l'émeut, chaque fois plus, de signer : Papa.

Parce qu'un jour, papa, il ne sera plus.

Envoyer.

Un petit bébé sur le bras, c'est poignant. Pas le sien, pas celui de Veronica. Un petit bébé qui pourrait être à n'importe qui et qui lui fait risette, à lui.

Que des gens bien habillés. On dirait le festival de Cannes. Smokings, nœuds papillons, chemises blanches. Moins de femmes qu'à Cannes, tout de même. Et des tenues moins tapageuses. Nico a mis un costume normal, avec une fine cravate noire ; Michèle regrette de n'avoir pas mis une robe plus luxueuse.

— La plupart sont venus sans leur conjoint, c'est un congrès, malgré tout. Les femmes que tu vois sont pour la plupart des chirurgiennes. Faut dire, la chirurgie esthétique, c'est ce qu'il y a de plus chic, dans la médecine. Il y a des fortunes. Ah tiens, là, le grand boss, viens, je vais te présenter.

35

On boit un coup et on picore des petits-fours sur les plateaux qui se promènent sur la main des serveurs dans le vaste hall du palais des congrès. Ça lui rappelle un peu, Michèle, le bon temps où, à Paris, elle travaillait dans la pub. On se faisait inviter à des cocktails. Derrière, il y a les six doubles portes percées de hublots qui mènent à la grande salle, où elle est allée jeter un coup d'œil tantôt en revenant des waters et où sont dressées des dizaines de tables rondes à nappes claires.

Le big boss est en fait un petit gros avec une moustache qui donne à tout le monde des tapes dans le dos, et manifestement aussi jovial en soirée qu'il est bougon au bureau, à ce que Nico lui raconte.

Beaucoup de gens sont venus des States. Il y a des Japonais, des Chinois, des Indiens, des Brésiliens, des Argentins, et même un Belge, qui est le président d'une association internationale quelque chose et qui fera un des discours d'introduction, tout à l'heure. Grand maigre, ressemble à Van Rompuy, très vieille France, un comble, qui salue Nico d'un air militaire et qui lui fait le baisemain, à elle. Ce qui la fait rire, mais elle sait ne pas le montrer.

Dans le programme, on lit, en vis-à-vis, le menu et l'ordre des intervenants. Riz crémeux de homard et mot d'introduction de Pau Berenguer, le big boss. Asperges de Navarre type *cojonudos*, vinaigrette de *maracuja*, le mot de bienvenue de son excellence le président de la Generalitat de Catalogne M. Miquel Tarràs, ah tiens, ce sera marrant de le voir en vrai.

Un tantinet la tête qui tourne, un verre dans le nez, devrait pas boire, puisqu'elle allaite, oah bof, c'est pas pour une fois, non plus. Mais pas moyen d'avoir du champagne, dans ce pays. Toujours leur *cava*. Très bon, très bon, mais putain, mon royaume pour un Mumm ou du Moët & Chandon.

Tiens, Nico bavarde avec un bonhomme, plus loin, ils se sont éloignés sans s'en apercevoir. Elle attrape le bras en smoking d'un grand serveur qui passe à côté d'elle, immense, un vrai joueur de basket, et dans son meilleur catalan elle lui demande, allez, quoi, mon vieux, soyez chic, s'il n'y a pas du champagne, du vrai, sûrement une bouteille ou l'autre dans la réserve, apportez-en-moi discrètement. Avec un clin d'œil et un sourire fondant. Mais l'autre ne réagit pas, quel empoté, et puis, oh zut, c'est pas du tout un serveur. Évidemment, tous en smoking, comment faire la différence, aussi. Elle s'excuse en riant, avec une légère flexion de genoux qui lui fait perdre dix centimètres, toujours la main sur le bras du géant blond qui, pas très rigolo, salue, elle a l'impression qu'il a fait claquer les talons. Il s'éloigne et elle, hilare, rejoint Nico. Bon. Suite du programme : cassolette chaude mer et montagne, cumulus d'agrumes et chutney de concombre jeune. Pas de discours pendant le plat principal. Mais chutney de concombre jeune, je vous jure, chutney de concombre jeune, oaf, je veux voir ça. Ah que c'est bon d'être au bord du fou rire. Chutney de... Nico, regarde, chutney de conco... ouah ah... Elle fléchit de nouveau les genoux, se tient à lui, empêche le rire de sortir mais pas la bouche de s'ouvrir. Et Nico lui dit de faire attention à ne pas trop boire, tout de même.

— Non mais écoute, chutney de conco...

Parvient toujours pas à finir sa phrase. Oaah, iiiih. Bon allez, un peu de sérieux. La suite, plateau de fromages, d'accord. Et, pendant le dessert, assortiment de mi-cuits, allocution du Dr Hans Reiter de la clinique Bloomberg, New York, « *Re-shaping the man's face* ». Nico, regardant le programme avec elle :

— Justement, Hans Reiter, on sera à sa table. Enfin, si tu tiens jusque-là. Il fait partie de l'équipe qui a réalisé la toute première greffe de visage. Un truc incroyable. Le patient s'était crashé en voiture, il avait brûlé dans l'habitacle, mais il n'était pas mort. Ils lui ont reconstruit le visage en entier, en utilisant le visage d'un donneur, un mort, évidemment. Le type n'avait plus que sa langue et ses yeux. Tout le reste, ils l'ont prélevé sur le donneur et rebâti, les muscles de tout le visage, le nez, la peau, même les paupières et le système lacrymal, tu imagines ? Et en une seule opération, qui a dû durer des heures et des heures.

— Ah oui, c'est dingue. Mais alors, le type, il s'est réveillé avec la tête d'un autre !

— Oui.

— Je ne te dis pas le choc psychologique. Tu te crashes, et quand tu te réveilles, tu as changé de visage complètement ? C'est pas humain.

— En même temps, ils l'ont sauvé, tout de même. C'était ça ou *Elephant Man*.

— C'est moins rigolo que le chutney de concombre jeune. Enfin, avec un peu de chance, le type était amnésique aussi. Oups, avec tout ça j'oublie de regarder si Albert n'a pas essayé d'appeler.

Puis on se place à table. D'après les petits cartons posés entre les verres, elle sera entre Nico et le Dr Hans Reiter. Elle est la première, elle tient le dossier de sa chaise en regardant la salle se remplir. Nico est aux waters. Trois personnes prennent place à sa table, un vieux, une très obèse et un moustachu, elle salue, on reste debout, on attend. À celle d'en face arrive Miquel Tarràs, qui est, d'après Nico, un type très capable, et ami personnel de Pau, le big boss, qui en effet l'accompagne, familier. Elle ne l'imaginait pas si grand, si élégant. Elle l'avait vu à la télé et en photo, mais il est mieux en vrai. Les caricatures des journaux le représentent avec de longues dents noires horribles et pointues. Malheureusement, il lui tourne le dos, elle ne peut pas vérifier. Nico arrive à son tour, la table est complète, sauf Hans Reiter. Tarràs s'assied, et du coup tout le monde. Nico :

— Tu as vu Miquel Tarràs ?

— Oui, oui. Et à côté, c'est sa femme ?

— Je présume.

On met sa serviette sur ses genoux, on chipote sa fourchette, on échange deux mots polis, tout en anglais un peu basique, on relit le menu avec une feinte concentration, puis le géant blond en smoking que Michèle avait pris pour un serveur, tout à l'heure, s'approche et s'assoit à côté d'elle, en saluant.

Elle : gloups.

Il se présente, Hans Reiter.

— Michèle Gomar, et mon mari, Nicolas Bullon.

Nico :

— On s'est parlé par e-mail, n'est-ce pas ? Tout s'est bien passé ? L'avion ? Et pour votre prolongation de séjour, vous avez trouvé un hôtel ? Votre confrère n'est pas venu, finalement.

Hans, grave et raide :

— Non, il n'a pas pu se libérer. Mais sinon, oui, le vol, l'hôtel, tout est en ordre. Bravo pour l'organisation, et merci.

Hans regarde déjà le menu. Michèle, avec un sourire à demi complice :

— Excusez-moi pour tout à l'heure…

— *Never mind.*

Nico se demande bien de quel tout à l'heure il s'agit et de quoi elle s'excuse. De nouveau, la jalousie qui prend toute la place dans sa tête et qui y tourne comme un manège sans début et sans fin. Hans s'adresse à son voisin de droite. Et le voisin de gauche de Nico, un très vieil homme :

— Ah, c'est vous, Nicolas Bullon ? Enchanté. Dr Chandeblez, de Paris. Président d'honneur de l'ordre des médecins.

— Oui, bien sûr.

— Alors comme ça vous êtes français ? J'ai regardé le programme, pour demain et après-demain, ça a l'air très intéressant. Vous avez bien fait ça.

Mais quelqu'un, à la table voisine, fait tinter son

verre et Pau Berenguer, monté à la petite tribune, prononce son *speech* écrit par Nico, tandis que des bruits d'assiettes accompagnent le service des entrées, *arrós caldoso de bogavante*, riz crémeux de homard. Arrosé d'un vin blanc du Penedès, dont Hans boit le premier verre d'un trait. Hop.

Michèle a bien envie de faire pareil, mais elle va un peu se contrôler.

Puis c'est au tour de Miquel Tarràs, qui serre la main du patron de Nico et tousse dans le micro.

Le vieux Chandeblez, qui manifestement s'intéresse peu à la bafouille des officiels, pose la main sur l'avant-bras de Nico :

— Je dois vous avouer un mensonge. J'avais dit que je venais accompagné de mon épouse. Mais je suis veuf.

— J'en suis bien désolé.

— Non, depuis longtemps.

Chandeblez fait un geste pour montrer sa voisine, une très grosse jeune femme.

— C'est ma fille. Enfin, ma fille adoptive. Annabelle Pitard. Elle n'avait jamais vu Barcelone, et j'ai eu cette faiblesse. Vous me pardonnerez ?

— Mademoiselle… Enchanté. Vous savez, docteur, sur les cinq cent cinquante participants, ça passera inaperçu.

— Voilà bien ce que j'espérais.

Chandeblez, trop heureux d'être tombé sur quelqu'un qui parle français, et avec un toupet que n'ont que les vieillards chauves, tient la jambe tout le repas à son voisin, que Barcelone semble avoir beaucoup changé depuis les années soixante, quand il la visita, que c'était une ville grise et presque sans arbres, qui tournait encore le dos à la mer, et qu'est-ce que c'est que cet indépendantisme dont on reparle, vous qui habitez ici, quelle vues ont-ils sur notre Catalogne française, ils ne vont tout de même pas nous reprendre notre beau Roussillon ! Et notre Vallespir ! Il est excellent, ce petit blanc. Ah, les vins espagnols ! Ces grands inconnus ! On cultive quoi comme cépages, par ici ?

Annabelle, qui ne pipe pas un mot d'anglais, ne peut pas parler avec son voisin moustachu dont elle n'a même pas très bien su s'il disait qu'il s'appelait Georges ou bien qu'il venait de Géorgie. Vu le teint, peut-être plutôt la Géorgie. Quoique. Les autres, à table, semblent avoir quelque chose à se dire. La bouffe est bonne, mais c'est deux bouchées, ces trucs. Et le grand type blond, diamétralement en face d'elle, qui a quelque chose d'étrange.

Hans a demandé à Michèle si elle avait des enfants. Et Michèle a pensé, en répondant oui, deux, que c'est toujours ce monde machiste de merde où l'on demande aux hommes ce qu'ils font comme travail et aux femmes si elles ont des enfants. Alors, aussitôt :

— J'ai longtemps travaillé dans la publicité. Dans une grosse boîte de production, à Paris.

— Tiens donc, ma compagne, à New York, travaillait dans la pub, elle aussi.

— Elle a arrêté ?

— Non, elle continue, mais ce n'est plus ma compagne.

— Ah, pardon.

C'est certainement le quatrième verre qu'il vide, il boit le vin comme de l'eau.

Annabelle a trouvé ce qu'il avait de bizarre, le

géant blond. Il louche. C'est léger, mais il louche. Incroyable comme on peut être sensible à ce genre d'infime détail. Puis elle se replonge sur son téléphone, où elle fait des sudokus.

— Annabelle, coupe le son, s'il te plaît, c'est agaçant ces tic-tic-tic.

— Mais c'est très difficile, avec la crise. J'envoie des CV partout où ça a l'air d'en valoir la peine, mais…

— Vous avez un bel anglais. Sans cet accent typique des Français.

— Pourtant je ne pratique guère, ici.

— Si vous voulez, je pourrais vous passer le numéro de téléphone de Samantha. On est restés en bons termes. Du vin ?

— Volontiers. Elle travaille pour quelle boîte ?

Michèle mange le chutney de concombre en n'y songeant pas.

— La TBWA.

— Waw.

— Elle dirige les ressources humaines.

— Waw.

— Mais bon, c'est à New York.

— Eh quoi ? Je ne suis pas féministe, mais je suis anti-machiste. Alors, vous voyez, si j'ai suivi mon mari parce qu'il avait une bonne place à Barcelone, je considère qu'il pourrait me suivre si j'avais une bonne opportunité à New York.

— Vous vous entendriez bien avec elle. Je veux dire, avec Samantha.

— Je n'ai pas de carte de visite, malheureusement, enfin, je n'en ai plus, mais je…

— Je vais vous donner la mienne, et puis, attendez…

Il sort de sa poche un vieux petit portable Nokia, alors elle sort de son petit sac son iPhone tout neuf, cadeau de Nico, ils échangent leurs coordonnées. Et celles de Samantha McCain. Rien à voir avec le sénateur. Elle :

— Attendez, pour mon numéro, je vous fais un appel en absence, c'est plus facile.

Et Nico, du coin de l'œil, suit le manège, dont il n'entend rien, à cause du brouhaha et de la conversation du vieux Dr Chandeblez, très intéressé par cette histoire de Camp de la Bota où l'on fusillait les républicains.

— Comment dites-vous qu'il s'appelle, ce romancier ?

Michèle touche l'écran, parce qu'il y a un message d'Albert : « Tout OK, les enfants dorment. Amusez-vous bien. »

Michèle regarde sa montre. Puis elle se tourne vers Nico qui, révulsé de jalousie, se détourne, s'appuie sur ses coudes, à table, et se penche à gauche vers la grosse Annabelle :

— Vous faites des sukokus ?

— Des su*do*kus. Do. Oui. J'aime bien ça.

36

Le lendemain, Hans se lève dans cet hôtel quatre étoiles tellement quatre étoiles qu'il faut faire un effort pour savoir dans quelle ville du monde on a ouvert les yeux.

Il fait ses exercices – des abdominaux où, à défaut de sa paire d'haltères cinq kilos et puisque cet hôtel n'a pas de gymnase, il soulève, à bout de bras, la chaise, en même temps qu'il redresse le torse, en rythme. Puis il se douche, fait sa valise, salue des gens au petit déjeuner, rejoint le palais des congrès dans un des minibus affrétés, prononce à onze heures sa deuxième intervention, dans une salle secondaire, ayant excusé l'absence de son confrère de la Bloomberg et répondant le plus brièvement possible au tour de questions. À midi, il a rendez-vous avec la journaliste Carme Ros, du *Diari*, à la cafétéria, pour une interview et, à treize heures, il en a fini. Il s'en va, saute dans un taxi, rejoint l'hôtel, prend ses affaires, *check out*, et sort.

Barcelone lui saute au visage.

Il descend le passeig de Gràcia, tout à pied, et s'arrête, au croisement de la rue Diputació, devant l'hôtel où il était descendu, il y a deux ans, cette façade pompeuse, rotonde en coin de rue, surmontée au toit d'un petit temple à dôme et d'une sculpture monumentale où un aigle emporte un enfant nu. Il se présente à la réception, une chambre réservée au nom de Hans Reiter. Ce n'est pas la même qu'il y a deux ans, et peut-être que tant mieux. Il y dépose son bagage, ressort aussi vite, et part à la recherche de Chucho.

Autant chercher une aiguille dans une botte de foin, évidemment. Et c'est pourquoi il a pris sept jours de congé. Mais le remords est une cause tenace.

D'abord retrouver la rue où il l'a rencontré pour la première fois. Où était-elle, cette ruelle ? Descendre place de Catalogne. Passer devant le café Zurich. Puis s'enfoncer à gauche dans la vieille ville. Ses pieds le conduisent. Et un certain sentiment de la fatalité, qui commande au cerveau et dispose de la mémoire. Voilà, ce carrefour de deux ruelles, rue Tallers, avec ce palmier haut et gracile qui surgit du pavé et s'élance, improbable, entre les façades rapprochées. C'est plus bas. Il continue. Puis c'est la jolie placette à arcades avec le café où il allait le matin, le Kasparo. C'est ça. Plus bas encore. La statue du peintre Fortuny, ses jolies moustaches. Encore plus bas. La rue de l'Hôpital. Les clochards sur le parvis de Saint-Augustin. Il se souvient de tout, avec cette précision maladive dont parlent les rescapés du goulag, qui se récitaient en entier des romans lus plusieurs années avant leur incarcération. À droite. Le long mur aveugle de l'hôpital médiéval. Et là. Là, à gauche, la rue du Robador, qui ne s'est pas améliorée. La prendre.

Les putes, toujours aussi lourdes et obscènes, les pires du monde, débordantes de misère et de gras, c'est là que le petit être l'avait abordé. Hans était incapable de dire si c'était un garçon ou une fille. Un enfant trouble, avec une incisive cassée en pointe. Qui lui disait : vous voulez mieux que ça ? Une Russe, blonde, en bonne santé, toute nouvelle. C'est moi son protégé. Tu veux ? Tu veux ? Et amusé, ricanant, repoussé par la misère des autres, il avait dit : combien ? En pensant : pourquoi pas ? Le petit le conduisait, et Hans lui parlait, lui demandait comment il s'appelait.

— Chucho. Et toi ?

Comment ?

— Chucho. Et toi ?

— Moi ?

Et il avait improvisé : Braco. Du nom du chien qu'ils avaient à la maison quand il était petit.

Après, il n'avait pas menti, le Chucho. C'était une fameuse bimbo, que Chucho disait russe et que l'espèce de concierge nommait la Polaca, c'est-à-dire la Polonaise. Mais on a le droit, dans le domaine, à un certain vague sur les origines. Ou à une certaine ignorance de la géographie.

Le souvenir est encore précis de la manière dont, là-haut, elle s'était débrouillée, la jeune femme, experte, patiente et qui, étonnamment, ne répugnait à rien, même pas à embrasser sur la bouche. Et qui avait la facétie, plaisante pour Hans, de faire tout ça en chaussettes blanches. Même la chambre était propre et coquette. Après quoi, Hans voulait la revoir. Il était en vacances. Elle les agrémentait. Mais elle ne voulait pas, ou elle ne voulait pas dire où. Elle n'était pas libre et pas certaine. Il fallait prendre rendez-vous avec son petit chasseur, le Chucho, garçon ou fille.

— Mais évidemment, que c'est un garçon ! qu'elle avait dit.

Rendez-vous pris avec lui, en bas, près de la concierge. Dans deux jours au Burger King des Ramblas, et je vous conduirai. Très bien. Et lui laisser dix euros, au gamin. Ça les valait.

Le jour dit, à l'heure dite, entrer au Burger King des Ramblas, en plein esclandre. Le gamin, à l'intérieur, pourchassé par les deux gardiens de sécurité, et qui marchait, pour leur échapper, en équilibre sur la rampe de l'étage qui court comme une galerie au-dessus de la salle principale du restaurant. Et le gamin le voyant, criant : Braco ! Tellement désemparé. Et sautant ! Et Hans – Braco – de l'attraper. Forcément. Il avait sauté juste. Et les gardiens de sécurité le cernent et puis, allez savoir comment, la moutarde montée au nez, la rixe, des coups, le goût de la boxe, et l'instinct aussi de secourir ce gamin. Ce gamin qui voulait dire aussi la promesse de la Polaca. Bagarre brève mais épique, et Hans-Braco quittant le Burger King, le gamin dans les bras puis sur les épaules et cavalant.

Ils avaient cavalé comme ça jusqu'à la mer.

Alors Hans, qui a fait le chemin de la rue du Robador jusqu'au Burger King, qui est entré, qui a vu que ça n'avait pas beaucoup changé, hormis les gardiens de sécurité, qu'il ne reconnaît pas, ressort et descend par le quartier gothique et par celui de la Ribera, jusqu'à la mer.

Ils s'étaient jetés dans le sable, tout haletants.

Hans s'assied dans le sable.

C'était juillet. C'est février.

Et alors cette foutue nouvelle était sortie de la bouche du petit, qu'on avait retrouvé la Polaca découpée en morceaux. L'autre soir. Et, d'un coup, la grande peur. Parce que le gamin peut aller l'accuser. Dernier client et chirurgien, il est bon pour la garde à vue, la mise en examen. Dans de beaux draps. Et sa carrière qui démarre à la Bloomberg, chez ces puritains d'Américains… C'est la terre qui s'ouvre sous ses pieds. Qu'il soit innocent du meurtre ne change rien à l'affaire. La suspicion, l'idée de la police, et surtout la peur, partout, d'un coup, plus forte que le danger.

Alors il avait marché, pour réfléchir, sans lâcher le gamin, qui pouvait aller le donner. Mais le petit lui-même avait peur. Si ce n'était pas Hans qui l'avait tuée, ça devait être le souteneur, puisqu'on le doublait. Et comme c'était lui qui rabattait pour la Polaca, il n'osait pas rentrer. Il voulait rester avec Hans. Il voulait que Hans l'emmène avec lui. Et à New York, mais oui, pourquoi pas.

Ils parlaient de ça dans un café très sale que Hans retrouve, maintenant. Qui était tenu par un tenancier désagréable et pittoresque avec un tee-shirt marin à rayures.

Hans entre. Ce sont des Chinois qui tiennent le bar.

Mais à part ça, et une grande télévision écran plat, qui diffuse MTV sans le son et qui n'y était pas alors, ça n'a pas changé. Les mêmes tables avec les mêmes dessins de singe.

Et tandis que l'enfant faisait devant lui, en y croyant dur comme fer, son rêve new-yorkais, Hans voyait le parti qu'il pouvait en tirer. Dire oui pour

New York, pendant ce temps-là le gamin se tairait, puis avancer son départ et ficher le camp. Tourner la page. Travailler à la Bloomberg.

Ce qui fut fait.

Mais quelque chose comme un vent obstiné a constamment empêché la page de se poser tout à fait. La preuve : il est là. Et il commande une bière.

Quand il a reçu cette proposition de congrès, au nom de Barcelone, Chucho s'est dressé devant lui. Son visage, que sa mémoire avait enregistré avec une précision surnaturelle. Sur un corps frêle, haut comme un gratte-ciel. Et ce nom : Chucho.

Quatre jours de congrès, c'était bien, mais pas assez pour retrouver Chucho. Or il s'était mis ça en tête. Il fallait revenir là-dessus. Alors, pour rester plus longtemps à Barcelone, il prend les jours de congé qui lui restent et qu'il avait promis à Samantha, et déjà prévus. Ça battait de l'aile, avec Samantha.

— Une autre bière.

Depuis longtemps et sans doute depuis le début. La goutte d'eau. Samantha lui demande s'il ne change pas d'avis, il dit que non, et *bye-bye*, tous les deux d'accord. Tous les deux soulagés, peut-être.

Alors voilà, Chucho. Je suis là. Je vais te chercher, je vais te trouver. Je ne sais pas ce que je te dirai, mais je te verrai, et tu me verras.

Hans allume une cigarette, aspire trois ou quatre grandes bouffées profondes et cherche un cendrier sur le comptoir. Le patron chinois lui fait comprendre avec ses doigts qu'on ne peut pas fumer, à l'intérieur.

— Quoi, en Espagne non plus, maintenant ?

37

Il a troqué le costard du congrès pour le jean et le sweater.

Et il n'y va pas avec le dos de la cuiller, Hans. Il faut se donner les moyens de ses ambitions. Alors, méthodique, il demande à chaque pute de la rue du Robador, une par une, si elle ne connaît pas un garçon du nom de Chucho. Puis il s'occupe des commerces de la rue de l'Hôpital, l'un après l'autre, la boucherie islamique, le *call center* bangladais, l'épicerie pakistanaise, le tabac avec des pipes à eau en vitrine, le restaurant indien fermé – il repassera, si besoin –, la boutique de tissus et foulards, toujours la même question avec une brève description, l'incisive cassée, le teint olivâtre. Bien sûr, il doit avoir grandi, le petit. Ce qui peut brouiller les pistes.

La boulangerie. Le revendeur de téléphones portables. Encore une boucherie islamique. Tout le monde lui dit non. Peut-être que certains lui mentent, il ne peut pas le savoir. Le brocanteur. Le magasin de fournitures artistiques, pinceaux, peintures, ici, peu de chance. Le quincaillier. La boutique de tatouages et piercing. Le coiffeur. Le bar, et les gens au comptoir. Non. Quoi ? Qui ? Chucho ? Non. C'est un nom de petit chien, ça. Puis encore une boulangerie, où on lui dit oui, que c'est un euro cinquante, et la vendeuse se penche sur l'étalage et lui prend un beignet à la crème. Puisqu'un *chucho,* c'est aussi un beignet à la crème.

— Ah, non, non, merci, ce n'est pas ça. Oh et puis, mettez-le-moi quand même.

Une bijouterie qui vend les colliers de fausses perles au mètre. Une boutique de philatélie où il faut sonner avant d'entrer. Encore un magasin de tissu. Un bar. Puis le parvis de Saint-Augustin, et demander aux clochards aussi, sans résultat, mais leur passer le beignet.

La longue queue d'hommes et de femmes, surtout d'hommes, qui regardent leurs pieds, au flanc de l'église, et qui entrent par une porte où une religieuse vêtue du voile blanc et bleu des sœurs de Mère Teresa de Calcutta salue modestement. Soupe populaire. Hans renonce à les interroger. Et passe à la bodega, puis au petit bar, puis à une épicerie encore où un enfant fait ses devoirs assis sur deux énormes sacs de semoule de blé dur. Hans dévisage l'enfant. Puis une boutique de souvenirs, un kiosque de la loterie tenu par une aveugle, un magasin de vêtements pour femmes avec une musique hurlante, un magasin de disques, encore un magasin de souvenirs et tee-shirts, et c'est déjà la Rambla. Chou blanc jusque-là. Du monde. Des passants, des passants, des passants. Le monde entier sur la Rambla. Comment retrouver une personne là-dedans ? Le monde, c'est six milliards de cachettes. Merde. Quel flux. Les gens coulent comme l'eau d'un fleuve. Bouït bouït. Pardon, madame. Bouït bouït. Mais enfin, il ne va pas se décourager, il a à peine commencé. Et puis une théorie dit que, n'importe où dans le monde, on n'est jamais qu'à six poignées de main d'une personne connue. Alors, continuer patiemment d'interroger. Et demain revenir dans la rue, et peut-être quelqu'un l'appellera, eh, oh, monsieur, vous savez, hier, vous demandiez… eh bien…

Alors il traverse la Rambla et persévère. Mais ce quartier est beaucoup plus chic, plus touristique, enfin, pas le même genre. Boutique touristique, boutique touristique, boutique touristique, fleuriste, restaurant, agence immobilière, boutique d'artisanat, caviste, tabac, coutellerie, et la place Sainte-Marie-du-Pin. Galerie d'art, café, café, restaurant, tabac avec une petite buraliste borgne, librairie de vieux livres avec un libraire bourru aux énormes sourcils, restaurant, bureau d'architecture, boutique officielle du Barça.

Toujours buisson creux.

Ce quartier-ci ne vaut rien. Faut retourner de l'autre côté de la Rambla.

Le comble. Il se met à pleuvoir.

38

Le lendemain paraît à la dernière page du *Diari* l'interview régulière que Carme Ros fait de personnalités, avec l'habituelle petite photo de Carme, qui n'y paraît pas ses cinquante-deux ans, le gros titre, le résumé de l'interview dans un encart jaune-orange et la grande image de l'invité. Hans Reiter, chirurgien plastique. « Vous avez fait partie de l'équipe qui a réalisé la première greffe intégrale de visage », etc.

Albert la lit en se disant qu'il s'agit plus que probablement de l'un des médecins du congrès de Nico. Michèle se plaît à lire l'interview de ce type vachement sympa, en fin de compte, et elle reconnaît sur l'image la cafétéria et, à l'arrière-plan, les portes à hublots du palais des congrès. Gavilán se gratte le crâne et croit bien remettre le bonhomme qui est venu hier dans sa librairie et qui cherchait un certain Tuco ou Buco. Curieux, ça, tout de même.

Carme Ros vérifie régulièrement le nombre de lectures de son article dans l'édition en ligne, parce que, depuis que Federico García García est arrivé au *Diari*, il fait régner autour d'elle une atmosphère de discrédit et elle est sûre qu'il cherche à l'évincer.

L'évincer de la dernière page, d'abord ; et puis carrément l'évincer du journal, il en est bien capable. C'est le genre d'animal qui ne supporte pas qu'une femme ait plus d'importance que lui. Elle s'en est plainte au directeur, qui considère quant à lui que la concurrence est une bonne chose et que ça la poussera à se dépasser. Autant dire : il la menace. Même Irving semble contre elle, puisqu'il paraît que García García ne serait pas arrivé au *Diari* sans son soutien explicite. Quelle vacherie.

L'inspecteur Damián Pujades, avec un flair dont il se passerait bien, parce qu'il a classé l'affaire, regarde la photo et ne peut s'empêcher de voir un rapport possible entre ce Hans Reiter chirurgien et ce Hans dont le prêtre, hier soir, un peu affolé, est venu lui dire qu'il était revenu. Qu'il zonait dans le quartier du Robador et dans le Raval. Mais il préfère faire la sourde oreille.

Et le seul à ne pas être au courant, finalement, c'est Hans, qui, ce midi encore pluvieux, refait un peu plus discrètement le tour des commerces de la rue de l'Hôpital, comme il se l'était promis la veille, au cas où les gens réagiraient à retardement, après avoir, comme de chapelle en chapelle, avec la force de la méthode et de l'idée fixe, descendu et remonté les rues Joaquín Costa, de la Lune, du Tigre, les perpendiculaires et la Rambla del Raval. Et, dans le bar en face de la boutique de tatoos et piercings, le patron, qui lui a déjà servi deux expressos chargés au whisky, nommés *cafés carajillos*, lui dit : c'est vous, dans le journal ?

Il lui passe le *Diari*, Hans se voit. Il acquiesce. Et, pendant qu'il se lit, le patron le regarde et puis l'interrompt :

— Votre gamin, c'est pas un Gitan ?

— Ah, peut-être, oui, je ne sais pas, je n'y avais pas pensé, mais oui, c'est pas impossible.

— Parce que, si vous cherchez un Gitan, c'est pas ici que vous le trouverez. Il faut aller chez eux. À la Mina.

— La Mina ?

— La journée, ils sont partout, mais là où ils habitent, c'est généralement à la Mina. C'est le ghetto, si vous voulez.

— Ah. Et où ça se trouve ?

— À Sant Adrià. Et puis, je ne veux pas me mêler de ce qui ne me regarde pas, mais, si j'étais vous, je ne reviendrais pas trop souvent dans ce coin-ci.

— Ah.

— De vous à moi, je me demande, ça fait quoi de découper des gens ?

— Découper des gens ?

— Ben oui, vous êtes chirurgien, non ?

— Ah oui. Oui. Oh, vous savez, c'est technique. C'est très technique. Je vous dois ?

— Cinq euros vingt.

Et Hans, en sortant, avec ses plus de deux mètres, se cogne la tête au linteau de la porte.

PARTIE VII

LE VISAGE EN PLEURS

39

Chucho a poussé comme un épi. Long et maigre. Un mètre soixante-neuf, et chaque jour un peu plus. Mais encore avec une voix d'alouette. Parfois brisée par la mue. Raison pour laquelle Pepe, le pasteur, lui a conseillé d'arrêter de s'esquinter à chanter et de passer avec les autres, sur le côté, à gratter la guitare, pendant le culte. Mais il lui reste beaucoup à apprendre, à la guitare.

Pepe l'aime bien. Tout le monde l'aime bien. Mais on ne sait pas d'où il vient et on ne sait pas où il ira. Il habite généralement chez le vieux Rodrigo, qui a perdu sa femme et qui a de la place dans l'appartement. Il va à l'école. Mais, dès que c'est fini, il est sous la coupe de Yago. Et Yago, on ne l'aime pas beaucoup. Trop violent, et il se drogue. Et il ne vient pas au culte.

Pepe a de la patience. Parce que Dieu a de la patience. Et si Dieu a élu le peuple gitan, il faut que le peuple gitan ait de la patience. Patience avec Chucho ; patience avec Yago ; avec tout le monde. Et les morts veillent, et les morts aident. Qu'est-ce que la vie ici-bas, sinon une lutte amère, avec la seule lumière de Dieu ? Les élus doivent souffrir, comme Jésus-Christ a souffert, et le peuple gitan est le peuple de Dieu. Et si ce n'était pas vrai, rien n'aurait pu le faire survivre à tout ce qu'il a souffert. Nous, Gitans, nous sommes la preuve de Dieu. De Dieu souffrant. De Dieu exclu. De Dieu rejeté. De Dieu injurié. De Dieu bafoué. De Dieu crucifié. De Dieu ressuscité.

Il y a parfois des clameurs et des exultations, pour Pepe le pasteur, dans le temple, quand le prêche est inspiré. Alors on sent que tous les morts sont présents et que ce sont eux qui poussent à crier et à applaudir. Et il y en a qui pleurent. Parce que les Gitans, comme Dieu sur le mont des Oliviers, savent encore pleurer.

Le temple de l'Esprit-Saint et de Philadelphie, tel qu'indiqué sur l'enseigne, à côté du fruitier, occupe quatre fois l'espace du fruitier, au rez-de-chaussée de l'immeuble. C'est sale et ça ressemble à une blague, un temple aussi pouilleux. Hans hésite à entrer, mais c'est pourtant, si c'est comme une église, le seul espace apparemment public ou, du moins, ouvert, dans ce ghetto.

Et puis non, ce n'est pas ouvert, c'est fermé, et il a beau pousser la porte.

Même dans le Bronx, il ne s'était jamais senti à ce point le seul Blanc. Et regardé de travers.

— Ils sont donc évangélistes, chez les Gitans. Je ne savais pas.

Pepe, le pasteur, est respecté et aimé. Tellement respecté qu'on ne lui dit pas tout. Dieu sait, Dieu garde, Dieu pardonne, Dieu sauve. Et ça suffit. Et plusieurs vont aux courses. Rodrigo sait, n'y va pas, laisse faire et ne dit rien. Les courses sur la route du Tibidabo. Dieu sait, mais Pepe ne sait pas. Plusieurs y vont et parient. Mais ils parient toujours sur le Gitan. Et depuis que Chucho en est, ça gagne. Rodrigo n'y va pas, mais il parie et il touche. Courses de voitures, sur la route en épingles à cheveux qui grimpe au Tibidabo. La nuit. À dates exceptionnelles, dont on prévient un jour avant. Parfois le jour même. Courses folles, trois kilomètres de virages en montant, demi-tour à pneus hurlants avant le carrefour de la route de Sant Cugat, et retour. Le QG est au départ du parcours, dans les ruines d'un ancien hôtel casino, dit de l'Arrebassada. C'est plein de Chinois et de Sud-Américains. Et quelques Gitans. Le secret est bien gardé. On y a beaucoup d'intérêt. Ça trafique et les billets circulent. Yago a été pilote, pendant plus d'un an. Mais à présent il est courtier. D'une nouvelle catégorie, avec Chucho comme pilote et des concurrents de moins de quinze ans. Chucho n'en a cure, il gagne. Il est le plus rapide. Son bolide est pourtant bien pourri. Une Citroën C3 bleu ciel avec des ailes refaites, encore en peinture rouge antirouille. La voiture de Rodrigo. Mais sans la plaque, pour l'occasion, évidemment. Mais des bons phares. Et un bonus à chaque course, pour Rodrigo. Les Chinois parient comme des fous et perdent tout le temps. Normal, c'est interdit dans leur pays, de parier. Alors ils s'excitent et ils se font bouffer. Les Sud-Américains sont malhonnêtes, dangereux et ils ne s'entendent pas entre eux. Ils se font des coups de pute. Il n'y a que les Gitans qui soient purs.

Et puis pas une femme, jamais, ça, c'est la règle.

— Vous désirez ?

Pepe, qui entendait qu'on poussait la porte, est

sorti du temple et il a demandé à Hans ce qu'il désirait.

— Euh… Je peux vous parler, une minute ?

Pepe a commencé par excuser la pauvreté du temple. On en construit un tout nouveau, le chantier au bout de la rue, vous avez peut-être remarqué ? Ce sera le plus beau bâtiment, le plus neuf, plus beau que cette bibliothèque qu'ils nous ont construite, là, avec de l'argent qu'on demandait pour autre chose. Mais, que voulez-vous, c'est ainsi.

Hans n'est pas mécontent de trouver quelqu'un qui daigne lui adresser la parole. On a beau être qui on est, chez les Gitans, on ne se sent plus être grand-chose. Et puis Chucho semble si près.

Au nom de Chucho, le pasteur s'est refermé comme un volet. À quoi Hans comprend qu'il touche au but.

— Dites-lui que Hans, Hans ou Braco, est là. C'est moi. Et que je voudrais le revoir. Simplement pour m'excuser. Simplement ça. Je reviens de New York. Je suis certain qu'il se souvient.

Le pasteur lui dit qu'il ne connaît personne de ce nom-là, que ce n'est d'ailleurs pas un nom gitan, et qu'il ferait mieux de retourner en ville, parce qu'il va se remettre à pleuvoir.

Alors le pasteur rentre dans le temple et Hans reste là. Il s'assied par terre, adossé au mur. Il fume et, à la vérité, il a peur et il se dit que c'est cela qu'il est venu chercher. Une sorte de punition.

Il n'y a même pas d'auvent et les premières gouttes tombent, obéissant à la prophétie du pasteur, qui ne le font pas bouger de là.

Après la pluie, trois types s'approchent. Et il s'en va avec eux.

On lui a tout simplement donné rendez-vous dimanche. Il a dit dimanche, non, parce qu'il a son avion. Mais samedi. Et on a dit, samedi, encore mieux, mais alors la nuit, parce qu'il y a la course. Tu verras Chucho gagner. Amène du cash, pour parier. C'est le meilleur pilote dans sa catégorie. Les types l'ont lâché. Et Hans a tué trois jours, en attendant samedi, la course bizarre, et en se demandant s'il ne s'agissait pas d'un pénible malentendu, puisque Chucho n'a, logiquement, pas l'âge de conduire. Mais enfin, il n'avait pas l'âge non plus de soutenir une pute.

Beaucoup de peur, ces trois jours. Parce que c'est peut-être un rendez-vous pour lui couper la gorge et lui voler le cash demandé. Et, pour Chucho, l'occasion de se venger. Une trahison en vaut une autre. La trahison de Hans fut celle d'un bourgeois, qui fuit et se lave les mains ; la trahison de Chucho sera peut-être plus franche et plus sanglante. Mais Hans est venu pour ça. Pour revoir Chucho, et s'il n'y a pas de malentendu, c'est le même Chucho qu'il verra samedi pendant la nuit. Et si Chucho veut la bagarre, ce sera d'accord et mérité. Les comptes doivent se régler.

Hans avait peur et il a boxé, le samedi après-midi, les placards de sa chambre, avec un coup-de-poing américain acheté le matin à une jeune fille dans une boutique de la Rambla spécialisée dans les articles Harley Davidson. Les sirènes d'ambulance ou de police, comment faire la différence, l'ont inquiété plus que de coutume. Puis, les doigts endoloris par le coup-de-poing américain, invention de merde, il l'a jeté sur le lit avant de sortir en se disant que c'était le moment de voir s'il avait des couilles. Et il s'est dit encore, en prenant le taxi, qu'avoir des couilles, ce n'était pas ne pas avoir peur, mais c'était y aller. Rendez-vous dans une station-service, carrefour des rues Provença et Diagonal.

Il est le premier. On lui laisse le temps d'attendre. Encore. Et de voir les immeubles assurément remplis de gens paisibles qui ne mourront pas cette nuit et qui n'en ont rien à foutre de lui. Forcément. Comment leur en vouloir ? Le garçon qui remplit de diesel la voiture ne sait pas la chance qu'il a. Puis des mecs, pas les mêmes, l'appellent depuis une Nissan rouge. Il monte. Et la voiture aussi, monte, de rues en rues, la montagne si proche de Barcelone. La route commence à faire des épingles à cheveux. On ne parle guère. Par la vitre il voit, dans les virages, le tapis orange de la ville, en bas, et le gros horizon noir où des bateaux paressent, petites boules de lumière jaunâtre sur la Méditerranée, qui n'est pas une mer bleue, mais une mer noire. Finalement, des voitures au milieu de nulle part, garées le long de la route, et on s'arrête. Cette histoire de course est donc bien réelle. Un type avec un gilet fluorescent et un talkie-walkie, qui s'affaire, le prouve. Puis on grimpe dans les fourrés. Il suit. Puis, dans une sorte de cave voûtée, qui n'est sans doute pas un bunker, mais peut-être le reste d'un hôtel, parce qu'il y a des carreaux de céramique avec des décors de type Art nouveau, et des tags, autour d'une table éclairée par des ampoules qu'explique le petit groupe électrogène qui gronde et qui fume à l'entrée, des tas de gens. Peut-être une quarantaine de personnes. On se croirait dans un bar. Mais tout le monde est couvert, parce qu'il fait froid et mouillé. Le blond qui lui a donné le rendez-vous est là et lui demande son argent.

— Tu es là pour Chucho, tu mises sur Chucho.

Et Hans, qui a eu la prudence de laisser à l'hôtel son passeport et ses cartes de crédit, sort son portefeuille et, ostensiblement, le vide de tous les billets qu'il a préparés. Histoire qu'on sache qu'il n'a plus rien après ça.

— Et d'où je peux voir la course ?

— Du bord de la route, si tu veux. Mais il pleut, tu seras mieux ici.

— J'y vais.

Un autre type lui dit, étonné :

— Tu laisses ton argent ?

Il y a des Asiatiques, sans doute des Chinois. Et puis des types qui ressemblent à des Portoricains, avec la casquette à penne raide.

— Moi, ce que je veux, c'est voir Chucho. Il est où ?

— Il roule, là. Descends, si tu veux le voir à l'arrivée.

Et Hans, qui n'a rien à cirer des quatre cents euros qu'il a donnés au blond, sort, étonné d'être libre, et court vers la route. Il fait noir, on n'entend rien. Seulement le type en gilet fluorescent qui parle parfois dans son talkie-walkie. Puis un bruit d'auto. Des phares. Et l'auto qui s'approche, qui ralentit et qui passe. Un simple conducteur. Parce que évidemment la route n'est pas coupée. Les gens continuent de circuler. Hans est là pour Chucho, mais en même temps il y a quelque chose d'extraordinaire dans cette course, sur la voie publique. Les gens ne se rendent absolument pas compte. Ça lui plaît. Et il se dit que Chucho, si c'est bien lui, à quoi, treize, quatorze, quinze ans, comment savoir, c'est autre chose que lui au même âge. Puis le type en gilet fluo se met sur le côté, s'excite au talkie-walkie, des gens descendent du bunker, ça doit être l'arrivée, et deux voitures complètement folles déboulent, se cognent, continuent, et l'une passe, première, et l'autre passe, en tonneaux. Aussitôt, des gens, mais d'où sortent-ils donc, remettent l'auto sur ses roues, et l'auto se range sur le côté. Il n'y a pas d'applaudissements, pas de joie. Une troisième voiture arrive et se range. Hans a du mal à suivre. Il rejoint, en suivant le mouvement, les voitures arrêtées. Sort de la petite Citroën, qui est arrivée troisième, un pilote, avec un casque de moto. Le pilote ôte son casque, et Hans croit bien le reconnaître.

Mais c'est presque un autre. Tellement grandi.

Chucho donne un coup de pied dans l'aile de sa voiture puis, le casque à la main, s'approche du géant blond.

— Qu'est-ce que tu fais là, fils de pute ?

Le géant blond ne dit rien.

— Tu vois, tu me portes chance. Je suis arrivé dernier.

Le géant ne dit toujours rien, mais il a une drôle de grimace sur la figure.

— Il paraît que tu voulais me voir, eh bien voilà, tu me vois. T'as rien à dire ? J'ai plus rien à voir avec les putes, si c'est ça que tu cherches.

Le géant a dit : « Chucho… », puis plus rien. Chucho tient son casque à la main et y donne un coup de poing.

— Après que tu es parti, il y a eu du grabuge. Et j'ai beaucoup regardé les avions, dans le ciel. En pensant à toi.

Chucho lève les yeux vers la nuit, Hans fait comme lui et reçoit un coup de genou dans l'entrejambe.

— On n'en voit pas, *maricón* (pédé), il a plu, ça doit être plein de nuages. *Lárgate,* casse-toi, casse-toi.

Le coup était fort et Hans s'est accroupi.

— Et dégage, tu vas te faire écraser.

Une voiture passe, en effet, tout près de Hans.

Puis Chucho parle avec l'homme en gilet fluorescent. Des gens redescendent du bunker, certains avec le faisceau devant eux d'une petite torche électrique. Pendant un moment, il y a du monde sur la route, ça parle, quelques haussements de voix, les gens remontent dans leurs voitures, la réunion se dissipe déjà, des phares découpent des silhouettes qui marchent, les voitures s'en vont.

— Tu es encore là, toi ?

Hans ne parle pas. Yago :

— Pas de chance, on a perdu. Tu ne dis rien de tout ça, hein ? À personne ! C'est une belle petite affaire qu'on a montée. Ça marche bien. Bon, viens m'aider, il faut descendre le générateur.

Hans le suit vers le bunker, et deux autres types les accompagnent. Avant d'entrer dans le bunker, où les lumières sont éteintes et où le petit groupe électrogène se tait, à trois, ils se mettent à le tabasser. Puis, quand il est immobilisé, ils lui enfoncent bien la tête dans la terre et les épines de pin, Yago lui dit, si Hans comprend bien, qu'à cause de lui, Chucho a dû tuer un homme, et ils lui retirent sa veste, déchirent son sweater et, à travers la chemise, avec un couteau, Yago trace une grande croix, un trait de l'épaule gauche à la hanche droite, Hans a poussé un hurlement, puis un deuxième trait de l'autre épaule à l'autre hanche, et le deuxième cri était moins fort. Après une dernière série de coups de pied dans les côtes, ils le laissent et s'en vont, emportant le petit groupe électrogène. Puis, en voiture, il redescendent vers la ville.

Ça fait longtemps que Yago avait envie de faire ça à quelqu'un, la grande croix. C'est un truc des bandes latinos, quand quelqu'un a trahi. En plus, si on doit soupçonner quelqu'un, ce sera un Latino. C'est bien pensé. Et ça laisse de superbes cicatrices.

La griserie de faire la grande croix à quelqu'un, merde, c'est quelque chose. Dommage qu'on avait déjà éteint les lumières, on ne voyait pas bien.

Avec les quatre cents euros du grand blond qu'il n'a évidemment pas mis en jeu mais gardé dans sa poche, Yago dit qu'on va aux putes.

— Où ?

— À Castelldefels. *¡A Castelldefels, de putas, de putas!*

Leur musique à fond, aux feux rouges, réveille peut-être quelques bons citoyens endormis derrière leurs fenêtres. Et l'art difficile de faire crisser les pneus au démarrage.

Parce que la ville dort. Sauf quelques passants, sauf quelques bars éclairés, sauf quelques flics et leurs patrouilles vaguement pas utiles, sauf quelques insomniaques, sauf des jeunes mères, comme Blanca, qui doivent encore donner le sein pendant la nuit, sauf des jeunes pères, quand on est passé à l'alimentation biberon, qui peuvent remplacer les mères et prendre leur tour de veille, comme Nico, la petite Marion dans les bras, dans le canapé du salon, avec pour seul bruit la succion de la tétine et la déglutition, avec pour seule lumière les voyants verts du modem, qui clignotent, et puis un vibreur de téléphone, comme c'est étrange, l'iPhone de Michèle, sur l'étagère. Alors il se lève, voit sur l'écran qui s'éclaire le nom du Dr Hans Reiter. Il se dit, c'est pas possible, le salaud. Son sang ne fait qu'un tour. Il décroche et il entend la voix de l'autre.

Il a l'air mort bourré, en plus.

— Ma femme est au lit, monsieur, et elle dort !

Il raccroche aussi sec, tout tremblant.

C'est incroyable. Ah, il a dû être bien étonné que ce soit moi qui réponde ! Devait pas s'attendre à ça, le connard. Ah non mais ! Il ferait beau voir. Salaud, enculé, deux heures du matin. Ha, ha !

Il éteint tout à fait le téléphone, pour être sûr que le salaud ne puisse pas rappeler. Puis, en disant chuut chuut à Marion, en se rasseyant dans le canapé pour la fin du biberon, il se dit c'est quoi cette histoire et qu'il devrait tout de même avoir avec Michèle une bonne conversation.

Alors Hans se relève. S'il a pu marcher jusqu'ici, il pourra marcher encore. Inutile de déranger les gens.

Ce qu'il espère, c'est pouvoir se bander le dos lui-même, à l'hôtel, pour n'attirer d'ennuis à personne, cette fois. Il faudra tenir le voyage, demain, puis, à New York, il pourra se faire recoudre par un collègue, en toute discrétion. Allez, tenir bon. La douleur, trop vive, il ne la sent plus. Ce qu'il faut, c'est juste ne pas s'évanouir. Et, bizarrement, il est un peu heureux.

40

Il y a quelque chose de désespérant dans la recherche de la vérité. D'aussi désespérant que l'océan Pacifique couvert de vide bleu et de dieux inutiles, invisibles, présents et vains. Aussi perdus que ceux qui les découvrent. Et Pere Català se demande si finalement William Blake n'avait pas raison, si le monde n'a pas été créé par un Dieu architecte, et si ce Dieu lui-même n'est pas en fait le tout dernier d'une hiérarchie de Dieux transcendants les uns aux autres, créateurs les uns des autres, chaque Dieu créant un Dieu inférieur comme une sorte d'instrument pour lui faire retrouver le Dieu supérieur qui l'a créé. Et si l'homme n'est pas la créature du plus inférieur des Dieux, lequel fut incapable même de lui donner l'immortalité et l'a plongé du coup dans le temps, le temps et l'espace, et c'est d'ailleurs pourquoi Blake représente ce Dieu comme un architecte, avec un grand compas.

Alors, dans l'océan sans bords et dans l'indétermination d'un temps sans plus de dates, sans plus de programme, où nul ne l'attend nulle part, il vit, Pere Català, dans ce lieu que peut-être le Dieu architecte espère de l'homme qu'il le découvre, au péril de sa vie mortelle, dans le lieu et dans les circonstances où le temps et l'espace sont le plus fondus possible, les plus mous, sans autres marques et sans autres repères que les étoiles resplendissantes et déjà mortes, et puis l'éternelle indifférente rotation des jours et des nuits. Et si c'est là que le plus fort du destin humain peut mener l'individu, alors la conclusion finale est claire et l'homme est la créature misérable d'un Dieu misérable.

Car le meilleur de lui-même il ne le trouve qu'au milieu des souffrances et des dangers extrêmes, et le meilleur de sa pensée il ne peut le trouver qu'au risque de la folie, sous forme de visions fugaces, enivrantes, mais insaisissables et s'évanouissant dans un sourire cosmique et moqueur, ne laissant en rémunération qu'une sombre incandescente mélancolie.

Le sens de la mort et du temps et de l'espace, qui sont une même chose, est de pousser l'homme à se mettre tout entier en jeu pour en chercher le défaut et, par là, de le conduire à rencontrer son créateur. Mais la rencontre est triste, parce que c'est un Dieu triste et mélancolique. L'éternité est une vision merveilleuse parce que c'est entrevoir ce que notre Dieu a dans ses rêves. Mais rien n'est plus impossible à conserver pour un homme que le rêve que fait son Dieu, et l'homme après, comme un outil qui a servi, est rejeté sur son bateau, au milieu de l'océan, avec la seule certitude acquise qu'il porte en lui l'image de son Dieu, et que cette image est la mélancolie. Destin et nature d'esclave, exploité jusqu'aux limites de l'éreintement, pour permettre à son Dieu de rêver. Et pour activer Sa mélancolie, où le Dieu esclave immortel d'un Dieu plus élevé retrouve la mémoire de Son Dieu à lui, encore plus éternellement mélancolique.

L'homme, esclave mortel d'un esclave immortel, créature perdue dans le cul-de-basse-fosse temporel d'un tressage absurde d'éternités. Sagesse profonde flottant sur tout ce qu'il faut pour devenir fou.

Parce qu'il en a eu, des visions, Pere Català. Quand parfois il ne savait plus s'il était mort ou vivant, comme si la chose n'avait pas de différence, et que des créatures aimables, sautant dans l'eau à point nommé, étaient les seules à lui rappeler la vie et la réalité.

Il a vu la nuit rassembler sa matière obscure et prendre la forme d'un personnage cornu, il a vu la lune se répandre en une forme de femme, visions tirées de l'Apocalypse et involontairement recréées dans la plus palpable des expériences, il a vu les étoiles pleuvoir dans la mer, il a vu l'océan primitif où la vie naissait à plusieurs endroits en même temps, concurrente d'elle-même. Et il voyait la tentative de devenir ce que l'homme est devenu, supportée par toutes les formes de vie en même temps, comme les milliards de spermatozoïdes courant à un seul ovule et ne faisant qu'un enfant, et il a eu pitié des dauphins sauteurs et des poissons volants qui se prenaient dans ses voiles, et des méduses gigantesques qui se croient toutes encore en chemin, alors que l'homme est arrivé et que leur histoire est finie.

Il a vu le grand et le petit s'inverser, se retourner comme un gant, et le cosmos entier tenir dans un millimètre de son cerveau, dans une toute minuscule de ses pensées ; et il s'est vu, en proportion, grand, grand à en pleurer, incommensurable ; et il a vu son bateau comme si son bateau naviguait sur une infime parcelle de son corps, sur une goutte à peine de son sang ou de sa lymphe. Et il a vu ou senti des tas de gens pensant la même chose que lui ou lui inspirant ses visions, l'entourant, flottant dans sa pensée comme des anges dans l'atmosphère, clairs, légers, faits de matière spirituelle. Et il a vu tous les hommes, depuis toutes les générations, n'en étant qu'un seul, très grand, et il a eu une période sans vent, immobilisé sur la plaine bleue, où, mangeant très peu et la faim aidant, il a vu passer des nuées d'esquifs où des hommes primitifs s'élançaient à la recherche d'îles, vu passer des drakkars normands et les caravelles inquiètes de Christophe Colomb, qui était tout petit et qui avait les cheveux noirs.

Il a vu mille autres choses encore, mais rien n'acquérait le goût suave de la vérité sans provoquer ensuite la chute dans un précipice de mélancolie. Avec le sentiment, plus fort que toutes les pensées, et comme s'il était leur résultat, du désespoir.

Mais ce sont des choses qu'on ne dit pas. Et pour la même raison qu'il ne s'est pas jeté, bien qu'il en ait été proche, à l'eau, pour flotter d'abord et sombrer ensuite, voluptueusement mélancolique, comme son bateau aussi, pour cette même raison que l'homme, qui a d'abord douté de Dieu et qui l'a tué, doit maintenant douter du néant, pour cette même raison, c'est-à-dire pour ce même doute infime, il ne dira rien à personne de ses visions et de son désespoir et de sa pensée, parce qu'il y a un doute et que ce doute, aussi frêle et mystérieux et apparemment sans cause que ces bulles d'air qui parfois viennent éclore à la surface de l'océan les jours de plat, parce que ce doute éclôt aussi à la surface de son désespoir, et parce que ce doute, bulle d'air, semble être la chose la plus solide et indestructible pour l'homme et ce sur quoi repose tout pour lui, et encore parce que ce doute a pris dans une de ses rêveries la forme du silence qui se plaçait entre sa bouche et l'oreille d'un enfant au moment où il décidait de ne pas lui dire son désespoir et tout le néant de la vie, pour tout cela il ne dira rien à personne et il respectera le doute comme la chose la plus précieuse et la trouvaille définitive de son voyage, et l'oreiller désormais de son repos et l'alibi de l'amour et de la joie et de ce sentiment irraisonné de la beauté – oh, la beauté, oh, la beauté ! – de l'océan.

Puis, ce matin, le vent est revenu. Et sculpte des vaguelettes partout sur la plaine bleue. Après dix-sept jours de ce même calme plat ahurissant – c'est une coïncidence qui le touche – qui enveloppa Magellan à l'époque et qui lui inspira l'idée de baptiser *Pacífico* cet océan inconnu. Alors il avance, Pere, toujours le cap sur l'île Pitcairn.

Il sent bien qu'il a besoin de terre ferme. Oh, le moins possible, mais il est à sa limite mentale. Ou plutôt, cela fait plusieurs fois qu'il sent cette limite, et qu'il la repousse. Sans doute le vent continue-t-il de décider pour lui, et sans doute cette fois quelque repos lui sera-t-il accordé, un mouillage, un lit, et du temps pour se déshabituer du tangage, peut-être même pour réapprendre à dormir.

Le vent le pousse nord-ouest, comme c'est gentil.

L'absurdité de l'existence, sauvée par le doute. Ah, s'il s'attendait à cette conclusion ! Provisoire, provisoire, sans doute, mais tout de même ! Et, rien que de savoir qu'il s'approche de Pitcairn et d'un petit bout de terre ferme, sa pensée déjà retrouve du calme, s'incarne dans des formules possibles à noter dans son carnet. Des pensées qui marchent sur deux jambes, qui se tiennent debout, qu'on peut avoir devant soi et avec qui l'on peut parler. Un peu civilisées.

Et Pitcairn, là, devant lui, caillou bizarre, l'île habitée la plus isolée de la planète. Une vingtaine d'habitants, à sa connaissance, et qu'un petit paquebot mensuel ravitaille. C'est le crépuscule. Il appelle l'île par VHF, il est tard pour lui envoyer le canot, l'employé est rentré chez lui. On lui demande s'il est en urgence ou s'il peut passer la nuit à bord. Pour sa part, si la météo ne dit rien de mauvais pour la nuit, il peut attendre demain matin sans difficulté. On lui indique deux zones sûres de mouillage, parce que Pitcairn est cernée de récifs faiblement immergés. Et Pere regarde le soir fondre doucement sur le rocher et le napper de nuit.

On n'aborde pas Pitcairn. C'est impossible sans se fracasser sur les rochers. On mouille l'ancre à un petit mille et on attend le canot taxi. Trop sauvage, battue par les vents, hérissée de pièges, avec un vague chenal naturel en serpentin. Pas une bouée. C'est l'îlot où les mutinés du *Bounty*, en mille sept cent quelque chose, après avoir zigouillé leur capitaine et le reste de l'équipage, se sont réfugiés, avec quelques femmes prises sur Tahiti et quelques hommes pour servir d'esclaves. Fletcher Christian, chef des mutins, naviguait depuis des jours sur le bateau sanglant, avec pour seul objectif de s'éloigner le plus possible de toute terre connue et de trouver un refuge écarté de toute route par où un navire de Sa Majesté le Roi d'Angleterre pourrait passer, aborder, les trouver et, eux-mêmes ou leur descendance, les attacher au gibet. Car il s'agissait bien d'avoir une descendance, et les femmes tahitiennes avaient été prises pour ça. Pitcairn se dressa à l'horizon des jours et des nuits, le *Bounty* s'y brisa la coque, on mit pied à terre, on brûla le navire, pour que tout lien à jamais soit rompu avec le monde qu'ils avaient rejeté. On fonda une ville de six maisons, Adamstown, le lieu d'Adam, noyau d'une humanité recommencée, minuscule, qui devait ressembler à celle de Caïn. Les esclaves moururent, peut-être de mauvais traitements, peut-être parce qu'ils voulaient les femmes. Les femmes eurent des enfants, et la communauté de traîtres survécut et survit encore, là, devant, sur le rocher, sous la demi-lune, à un petit mille du bateau de Pere Català. Réintégrés depuis à la couronne anglaise, amnistiés, les descendants, alimentés même par les impôts londoniens, mais fiers et farouches et, probablement, sur cette lugubre larme de pierre battue par les vents, le plus petit, le plus inutile et le plus mélancolique de tous les peuples de la terre.

Pere voulait connaître ça un jour dans sa vie. Et certainement maintenant.

Tôt le matin, plus tôt qu'annoncé, le canot vient à sa rencontre. La mer s'est réveillée mauvaise et le canot disparaît dans les creux, reparaît sur les crêtes. Cela fait si longtemps, une éternité, que Pere n'a plus vu un homme. Et en voilà un, qu'il distingue à peine, qui vient à lui. Et Pere sent et pense, c'est tout un, avec des battements de cœur plus forts que le roulis des lames sur la coque, qu'une chose a échappé au Dieu mauvais dans sa création : que les hommes pourraient tant s'aimer les uns les autres. Amour intense, fulgurant, véritable aimantation que rien ne peut vaincre, l'homme venant vers lui sur son canot, apparaissant, disparaissant, amour ahurissant. Même si tellement rapide et fragile, car Pere craint déjà, au milieu de son bonheur soudain, de perdre sa meilleure solitude. L'homme accoste habilement son canot au neuf-mètres de Pere, qui embarque d'un bond et voit, entre les jambes de l'homme, qui est énorme, mulâtre, crâne rasé, avec un bourrelet à la nuque et tatoué comme un motard, une jolie fillette qu'il n'avait pas aperçue. L'homme lève un doigt pour tout discours de bienvenue et lance ses cent cinquante chevaux hors-bord, le canot presque à la verticale sur une vague, vers *Bounty Bay*. Pere a envie de toucher la joue de la fillette et s'approche. Mais la fillette, farouche, s'esquive, et part s'asseoir à la proue. L'énorme motard va droit et indifférent comme si la mer était d'huile, trop habitué sans doute.

C'est maintenant l'île qui paraît et disparaît.

La fillette, devant, où ça tape le plus, s'accroche, habituée, elle aussi, sans doute, mais bondit et est secouée dangereusement tout de même. Pere jette un regard à l'énorme pilote, qui ne réagit pas et qui continue de pousser à fond le gros moteur noir dont il tient la barre tout droit. Puis il voit le visage du pilote s'ouvrir soudain et crier. Pere tourne la tête ; la proue du canot est vide. Pere se dresse, ne voit rien, manque de tomber, puis voit la tête de la fillette dans un creux et il saute à l'eau. Dans l'eau, il ne la voit plus, mais il nage dans la direction de son instinct, puis la revoit, qui semble plus loin déjà, puis la reperd de vue. Il tire de lui une énergie que des semaines sans voir un être humain ont dû bander comme un arc, il s'entend dire à l'intérieur de lui-même, en pleine nage sous l'eau, « *millor que mori jo* », « plutôt moi mourir », et il le répète et le répète en crawlant à la désespérée. Puis il la revoit, mais n'en est pas sûr ; puis il la heurte, la prend dans son bras et cherche le canot des yeux. La petite est serrée à son cou. Le canot est là, tout près mais, avec ces vagues, aussitôt très loin, puis à nouveau tout près, d'où le pilote lance la bouée qu'à nouveau les vagues cachent, montrent, éloignent, rapprochent et, nageant d'un bras, Pere l'atteint. Le pilote les hale, ils se cognent à la coque du canot, le pilote soulève la fillette comme si elle ne pesait rien et Pere, accroché, remonte. Le pilote, livide, a repris la barre, relance le canot tout droit, plus vite encore, tenant la fillette entre ses jambes et la baie s'approche et on arrive. Il y a cinq ou six personnes sur le bord bétonné qui sifflent et agitent les bras.

Pere débarque, on le félicite comme s'il avait gagné un combat de boxe, et on l'emmène dans un petit baraquement, qui est le bureau des douanes et de l'immigration, où on lui passe une couverture. Le pilote et la fillette ont disparu. Pere est étourdi, il a perdu l'équilibre sur le court chemin vers le baraquement et on l'a soutenu.

On lui donne une tasse de café, un stylo, on l'aide à remplir les dix-huit feuillets abscons du formulaire administratif de séjour, il remercie, il se lève et tombe, évanoui.

Quand il s'éveille, il est dans un lit, sous un toit de plancher peint en blanc, il y a des posters de chanteurs au mur, une grande image d'Éric Cantona portant le maillot du Manchester United et une tête de requin naturalisée sortant du mur. Et il a le nez qui le chatouille et un sifflement dans les oreilles.

41

— Pere Català ! Merde alors, je l'avais complètement oublié, celui-là !

— Et pourtant tu disais que tu étais amoureuse de lui, à l'époque !

— C'est vrai. Ça me paraît si loin. Une des sociétés de mon père le sponsorisait. Qu'est-ce qu'il devient ? Il est revenu ?

— Aucune idée.

— C'est marrant. Ça doit être un passionné : coller ses articles à sa vitrine et sa photo. On entre ? Il doit être au courant, le mec. On lui demandera de ses nouvelles.

— Oui, enfin, on n'a pas trop le temps, on est déjà en retard.

— Tu as les entrées, au fait ?

Blanca tâte sa poche arrière.

— Oui, oui.

Alors, raisonnablement, Begonya et Blanca s'éloignent de la boutique de Gavilán, Begonya regardant sa montre, Blanca sortant son téléphone portable, chemin du petit théâtre où un copain de Blanca tient un rôle dans *La Nuit des rois.*

— Qu'est-ce que tu fais ?

— J'appelle la baby-sitter. Voir si tout va bien.

— Encore !

42

Épuisé, hors de force, Pere garde le lit longtemps.

Il était presque incapable de marcher, il avait des vertiges, tous les bruits aigus lui faisaient mal aux tympans et il était devenu douloureusement sensible à des sons qu'en théorie il ne devait pas entendre, comme, et même de loin, le sifflement suraigu du four à micro-ondes. La fatigue lui était tombée dessus comme un rapace longtemps tenu éloigné et qui, dès que de la terre ferme s'est trouvée sous les pieds de Pere, dès qu'un lit s'est trouvé sous son dos, a piqué du grand ciel où il planait et l'a dévoré partout et à plaisir. On lui a donné la chambre et le lit de la petite Mary, celle qu'il a tirée des eaux. La nuit, la fillette dort à côté de lui, sur un matelas par terre.

Une douleur en particulier, lancinante, à la jointure du cou et de la mâchoire, énormément ganglionnée, qui ressemblait aux souffrances conjointes d'un torticolis, d'une angine et d'une rage de dent, lui avait fait imaginer un cancer de la langue en phase terminale et il avait pensé que, finalement, si le sort l'avait mené à Pitcairn, c'était pour y mourir, comme une fleur coupée finit de se faner. Sa faiblesse était telle, dans les bras et les mains, qu'il ne pouvait tenir une tasse de café par l'anse. Et quand on fêta les huit ans de Mary, au moment d'allumer les bougies du gâteau, il s'était aperçu qu'il ne pouvait plus faire marcher un briquet avec une seule main.

Le père de Mary, cet énorme mulâtre au look de motard, lui avait dit qu'il était désormais le deuxième père de Mary. Et Pere, en méditant ces longues heures dans le lit, avait compris que ce genre de déclaration était impossible ailleurs, même sous forme d'exagération, et que la petite communauté humaine de Pitcairn avait développé des coutumes et des fondements de vie sociale vraiment différents des structures occidentales. Surtout que Mary, en effet, l'appelait *Daddy* (papa), comme elle appelait aussi son père Daddy, de la même façon et sans aucune nuance de différence. En dépit des signaux modernes d'appartenance au monde britannique, l'affiche d'Éric Cantona sous le maillot du Manchester United, et le poster de Sting, Pere sentait qu'il avait atterri dans une civilisation inconnue, néo-primitive, comme s'il était chez les Pygmées, chez les Esquimaux, chez les Tupi d'Amazonie ou les aborigènes australiens. Certaines évidences de base étaient modifiées, discrètement mais radicalement, et il faudrait ici faire un travail d'anthropologue et d'ethnographe.

Ce changement de réalité l'avait progressivement grisé. Pitcairn était une planète dans la planète, un autre monde dans le monde. Et peut-être, pour lui, l'occasion d'une autre vie.

Il avait fait sa première longue promenade avec

Mary et Christian, c'est-à-dire avec son autre père, le vrai, et Christian lui avait dit qu'on était *friday*. Et pour Pere cela n'avait eu soudain absolument aucun sens que l'on soit *friday*, *friday* ou lundi ou jeudi ; sur cette planète, on pourrait appeler les jours autrement et même ne pas leur donner de nom.

La maison de Christian, de sa femme Sarah et de Mary, et donc un peu celle de Pere, était la plus en hauteur d'Adamstown. Ils étaient descendus par le chemin ; dans le village ils avaient croisé deux personnes, qui saluaient Pere avec ce même nom de Daddy, car on l'avait si brusquement adopté dans la communauté qu'il n'avait plus d'autre nom. Il y avait du vent, comme chaque jour. À la bifurcation du chemin, après le village, il voyait en contrebas Bounty Bay et les deux grands hangars à bateaux qui ressemblaient tout à fait par la forme aux *Drassanes* de Barcelone, ces fameux hangars du Moyen Âge où l'on bâtissait et réparait les navires de la glorieuse flotte catalane et d'où étaient jadis sorties nombre des galères qui assurèrent la victoire de Lépante, don Juan d'Autriche à leur tête et Cervantès à leur bord. Pere, contemplant cela, avait autant de sensibilité et pas plus de résistance qu'une feuille de papier. Il vibrait et tremblait. Le *Llull*, son cher neuf-mètres, y avait été ramené, fait exceptionnel, par les habitants, depuis son mouillage jusqu'au radoub. Il était là, en cale sèche, bien à l'abri. Christian lui avait demandé s'il voulait descendre à la baie ou monter dans les hauteurs, mais Pere, qui avait pourtant envie des deux, avait voulu rentrer à la maison, parce qu'il n'avait pas la force de marcher plus loin.

Alors que sur son bateau Pere atteignait à une indifférence totale pour les événements du reste du monde, sur la terre ferme, et même sur cette parenthèse de terre ferme qu'est Pitcairn, l'ordinateur et les promesses d'Internet, sur la table du petit bureau de Christian, agissaient sur lui comme la tentation la plus bizarre, la tentation qu'exercent, invinciblement, les choses qu'on ne veut surtout pas. Et c'est peut-être justement, a-t-il pensé, parce qu'on ne les veut pas et qu'on se révolte contre elles, qu'elles se vengent par cette attirance obsédante. Toujours l'écran, là-bas au fond du petit bureau, l'appelait de son grand œil mort, et il a fini par ne plus y résister. Il a passé douze heures sans interruption à se gorger d'informations, comme s'il s'était agi de pornographie. Les pages Internet s'ouvraient, s'ouvraient, s'ouvraient, poupées russes infinies et infernales, obscènes et absorbantes, ses yeux lisaient comme le sable d'une plage boit une averse. En mars, il y avait eu une tempête de neige historique en Catalogne et un tremblement de terre au Chili ; en avril, les dirigeants polonais étaient tous morts d'un coup dans un accident d'avion, le frère jumeau du président l'avait remplacé à la tête du pays ; un chef-d'œuvre inconnu de Pierre Breughel l'Ancien de grandes dimensions, représentant la pêche miraculeuse, avait fait surface dans une collection privée, à Barcelone, acheté par un milliardaire autrichien ; un volcan islandais remplissait les espaces aériens de fumée opaque et bloquait la circulation des avions ; Juan Antonio Samaranch, qui avait été l'un des hommes les plus secrètement influents et les plus louches du monde, était mort à quatre-vingt-neuf ans, Barcelone lui faisait des funérailles nationales controversées ; le gouvernement belge tombait pour la énième fois ; Messi avait marqué quatre buts en un match contre l'Arsenal d'Arsène Wenger – mais ça, Christian le lui avait déjà dit ; David Cameron, une sorte de Miquel Tarràs britannique, volait haut dans les sondages pour succéder à Gordon Brown ; le parlement catalan s'apprêtait à voter la prohibition des corridas ; Shanghai recevait l'Exposition universelle. Il avait même eu l'idée de googler son propre nom et avait remâché des vieilleries, même son haïku envoyé à *La Vanguardia*, et des informations surannées dans des blogs de voile. Mais rien sur lui dans les actualités, aucune page récente, comme si on l'avait oublié.

À dix-sept heures, Christian l'avait sauvé de là ; revenant du port, il avait besoin de l'ordinateur et Pere lui cédait la place.

Pere se disait qu'il fallait définitivement couper avec tout ça.

Il avait dit :

— Christian…

Christian avait répondu :

— Quoi, Daddy ?

Parce que même Christian l'appelait ainsi.

— Mes papiers d'immigration… ma durée de séjour sur Pitcairn…

C'était un sujet tabou, Pere n'avait pas encore osé l'aborder. Mais le silence ne lui avait pas nui, et Christian répondait avec une lueur dans le regard, une joie craintive de pirate qui a voulu faire plaisir au chef par un délit et qui ne sait pas encore s'il a bien fait.

— Tes papiers, Daddy, personne ne les a envoyés. On les a gardés. Sinon, après trois semaines, tu étais illégal.

— C'est-à-dire…

— On a oublié de les enregistrer. Exprès. Comme tu n'en parlais pas, et que tu avais l'air d'avoir besoin de rester un peu…

— Alors, personne ne sait que je suis ici ?

— Personne, Daddy. Personne dans le putain de monde. Sauf nous.

Alors Pere a fait volte-face, et Christian ne savait pas s'il était content ou s'il était furieux. Parce que, en fait, Pitcairn avait son bateau dans le hangar et Pitcairn avait ses papiers dans un tiroir ; il était comme un otage, Daddy.

Et Pere était allé chercher Mary dans le jardin, qui donnait du biberon au bébé chèvre né trois jours auparavant. Il lui avait dit :

— Donne-moi la main, on part en promenade.

Mary lui avait donné la main, l'avait suivi. Il allait beaucoup mieux. Et ils avaient grimpé le plus haut possible.

Et là, avec la vue s'étendant sur près de trois cents degrés, sur le grand bleu qui ceint Pitcairn et ses îlots déserts comme une flotte pétrifiée, il est assis sur un gros caillou. La petite Mary à côté de lui, qui parle peu et qui joue une musique stridente et monotone en soufflant sur la tranche d'une grande feuille d'arbre miro serrée entre ses paumes. Et Pere, conscient qu'il s'agit à la fois d'une folie et d'une occasion unique, se dit qu'il a la chance de pouvoir mourir sans mourir, mourir à tout le monde, disparaître administrativement, être radié de la liste des vivants et demeurer définitivement, avec le beau nom de Daddy, sur le seul endroit au monde où l'on peut être sans exister. Devenir une ombre, un nom, un être réel et non catalogué comme Aoa et les elfes qu'il a connus sur l'eau et dans les vents. Vivre avec la liberté d'un mort. Vivre invisible sans devoir se cacher. Ignorer définitivement le reste du monde, et être ignoré de lui. D'ailleurs, si on l'appelle Daddy, c'est parce qu'il a donné la vie, rendu la vie, parce qu'il est arrivé comme un miracle, parce qu'il a été appelé et créé finalement par la détresse de Christian sur le canot quand la petite est tombée à l'eau, tout comme Aoa avait été appelée et créée par sa détresse à lui dans l'Atlantique. Et comme Aoa vivait, présente et sans rien peser, dans les voiles de son bateau, il vivra, présent et sans peser, dans la voile aussi de Pitcairn. Moitié ombre, moitié personne, désincarné de la boue du monde et de son bruit. Au service, discrètement, de Pitcairn et de sa petite humanité différente.

Alors il voit sa mère, et il voit le cercueil de sa mère, et il voit le monde sans sa mère, qui continue. Il sait depuis le départ que, s'il avait voulu revenir avant la mort de sa mère, il ne serait pas parti, et que, si elle l'avait voulu, elle ne l'aurait pas encouragé à partir. Mais il sait surtout qu'il voit sa mère, là, dans son cœur, avec l'océan tout autour, et que cette présence-là est infinie. Il entend Laïka, qui aboie gaiement. Sa mère vit à l'intérieur de lui, et sa mère lui demande de rester là, avec elle.

La petite Mary lui demande pourquoi il pleure. Et lui :

— Donne-moi la main. On redescend à la maison. J'ai quelque chose à dire à Daddy.

— Quoi ?

— Que Gauguin et Jacques Brel ont eu moins de chance que moi.

Il l'embrasse.

Oh, mourir à tous les soucis du monde, et vivre néanmoins !

— C'est qui, Gauguin et Jacques Brel ?

— *I'll tell you that, some day.* Je te raconterai.

En redescendant, ils voient, sur le chemin de la baie, les deux motos quatre-roues faisant la navette en tractant leurs petites remorques, qui apportent les caisses pleines et les caisses vides qu'on mettra en canot demain pour rejoindre, à un demi-mille, le paquebot ravitailleur.

43

Teresa Català ne sait pas comment il faut agir dans ces cas-là. Alors elle téléphone à l'administration, où, après deux faux numéros et trois renvois à un service différent, on lui demande si l'animal pèse plus ou moins de trente kilos.

Teresa entend mal la personne à l'autre bout du fil et, après deux répétitions :

— Je dirais moins, mais je ne l'ai pas pesée, vous savez.

— S'il ne dépasse pas trente kilos, le service de ramassage coûte 28,35 euros, plus le déplacement de la voiture de la clinique vétérinaire, c'est forfaitaire, 56,72 euros. Plus le sac.

— Pardon ?

— Plus le sac, je dis.

— Quel sac ?

— Ah, il y a un sac réglementaire pour emballer le cadavre, madame. C'est un chien, n'est-ce pas ?

— Oui. Une chienne.

— Ça revient au même. Pour un chien, moins de trente kilos, le sac, c'est 12,32 euros. Ça vous fera un total de… attendez…

— Pardon ?

— Je dis : attendez. Je calcule.
— Ah.
— Un total de 97,39 euros.
— Dites, ils montent dans mon appartement ? Parce que, moi, je ne peux pas descendre la chienne, vous savez.
— Oui, oui, ils montent chez vous, bien sûr, si le corps est accessible. Il n'est pas sur un toit ou dans un patio, ou au fond de la cage d'ascenseur ?
— Pardon ?
— Je dis, il est où, le corps ?
— La chienne ? Ben, elle est là, dans le hall, sur son tapis. Sous mes yeux.
— Alors pas de problème.
— Et ils viennent quand ?
— Ce n'est qu'en matinée. Demain, c'est possible pour vous ?
— Demain ? Oui. À quelle heure ?
— Je ne peux pas vous dire, mais dans la matinée.
— Oui, oui.
— Maintenant, je vais vous transférer au service des enregistrements des animaux domestiques, parce qu'il faut le radier, forcément, votre chien. Ils vous demanderont le numéro de la puce électronique. Ça se trouve sur le certificat.
— Pardon ?
— Le numéro.
— Quel numéro ?
— Bon, je vous passe le service.
— Quoi ?
— Tuuut, tuuut, tuut.
Et Teresa parle à Laïka morte, là, sur son tapis :
— Tu sais, j'y comprends rien à leur bazar.

44

Albert non plus n'y comprend rien, pourquoi Nero, son grand chien noir, aboie et tourne sur lui-même. Albert lui commande de se taire, mais ce n'est pas un animal obéissant.

Alors Albert se remet à écrire, dans son appartement trop grand et trop solitaire, sur son petit bureau, devant les portraits de deux morts, d'une absente et de deux petits-enfants qui ne sont pas à lui. Et il se dit que finalement, en écrivant, il ne fait peut-être pas mieux que Nero : faire du bruit et tourner en rond. Bien que, pour ce qui est de faire du bruit… c'est une façon de parler. Parce que ce sera de nouveau du compte d'auteur, *Barcelone inconnue*, numéro 2, trente ou quarante lecteurs au mieux, mais, mais… La postérité ! Il s'en parle à peine à lui-même, de la postérité, par peur du ridicule. Il n'empêche qu'un livre, même aussi confidentiel dans son tirage, est fait pour durer, et qu'il est lancé inévitablement dans un voyage imprévisible vers le futur, où il peut trouver le lecteur décisif, celui qui voit la qualité, celui qui prend l'œuf d'or déposé par l'esprit dans ces pages. Et c'est pour ce lecteur-là qu'il écrit. Celui, inconnu et peut-être même improbable, mais possible, pour qui les heures qu'Albert passe penché sur son bureau seront peut-être utiles, importantes – qui sait ? –, nécessaires. L'ami inconnu dans le futur !

— Oh, Nero, ferme-la ! Comment veux-tu que je me concentre !

Il est occupé à rédiger un chapitre, qui pourrait servir d'épilogue à son bouquin, où il réfléchit à ce qui fait la différence entre la belle architecture et l'architecture géniale. Entre le beau et le Beau, entre l'art et l'Art. Bien qu'il n'aime pas trop, comme il l'écrit là, les majuscules. Et même s'il lui manque, en tant qu'autodidacte dans la matière, toutes les références savantes des gens qui ont dû réfléchir au même sujet par le passé. Néanmoins, il a son idée : et son idée est qu'il existe un test, et que ce test est l'ouragan, et qu'on fait la différence entre une architecture qui est vraiment de la création et une architecture qui n'est qu'une répétition changeante, en faisant passer dessus, par l'imagination, un ouragan destructeur, qui la réduit en ruine : si, ruinée, dépouillée de tous ses atours, la construction reste étonnante, alors on est devant l'œuvre d'un vrai créateur. D'où il infère que l'architecture, comme art, est un art des structures, qui commence là, dès la source, et que la joliesse plus ou moins photogénique n'a rien à voir avec l'art. En faisant déferler des tempêtes sur toute la Barcelone qu'il connaît, il ne peut sauver que deux types de bâtiments : les églises gothiques et les œuvres de Gaudí. Ah, et un troisième : le temple romain d'Auguste, qui n'a déjà plus que trois colonnes et une architrave. Et puis la seule petite église romane de la ville, Saint-Paul-des-Champs. Tout le reste ne serait qu'une monotone répétition du même, indifférente succession de murs verticaux et de poutrelles horizontales. Mais dévastez tout ce qui orne la cathédrale gothique ou Sainte-Marie-du-Pin ou Sainte-Marie-de-la-Mer, ou dévastez aussi tout ce qui colore et décore les œuvres de Gaudí, vous gardez devant vous des formes qui parlent, qui émeuvent, voire qui stupéfient. L'art architectural a sa moelle dans la conception des structures. Et cela doit valoir pour tous les arts : la forme ! Seulement la forme ! Entendue comme modelage original des fondements, de l'ossature de l'œuvre, de sa structure. C'est là que l'art est, et tout le reste est caduque, comme le feuillage des arbres à l'automne, et bavardage, et bruit. Écrit-il.

Parlant de bruit :

— Nero, pour la dernière fois ! Ou bien je t'enferme dans la chambre ! Ou pire : je t'achète une muselière, mon vieux !

Puis la porte de l'appartement s'ouvre. C'est Veronica. Elle tire une valise et elle s'est coupé les cheveux tout courts. Nero bondit et tourne autour d'elle, joyeux, avec des cris aigus.

— Mais que fais-tu là !

— Tu n'as pas l'air content de me voir…

— Oh si, si, mais j'étais à fond dans mes pensées.

— J'aurais dû prévenir mais…

— Pas du tout, quelle bonne surprise !

La porte ouverte a provoqué un courant d'air, les feuilles sur le bureau s'envolent et Albert court les ramasser, précieusement, pose dessus un gros livre, en songeant que, si le bruit de Nero n'était pas inutile puisqu'il annonçait quelqu'un, son écriture à lui ne l'est peut-être pas non plus… Mystérieuse intuition des chiens, mystérieuse intuition des gratte-papier solitaires. Et ça le fait sourire.

Veronica :

— Mais il a l'air en pleine forme, ce chien ! Qu'est-ce que tu me racontes, toutes ces visites chez le vétérinaire !

Et Albert, revenant dans le hall :

— Oui, oui, finalement il a décidé de ne pas, enfin, j'ai décidé qu'il ne subirait pas de traitement, qu'on laisserait faire le temps et la nature, quoi. Les traitements, ça affaiblit, très fort, au physique et au moral. Alors je trouve que ça ne vaut pas la peine. Parce que, tout de même, on lui a trouvé une petite tumeur…

— Ah, zut.

C'est pour cela qu'Albert ne s'est montré qu'à demi heureux de voir sa fille par surprise, parce qu'il s'était juré, la prochaine fois qu'elle viendrait, de lui avouer cette tumeur qu'on lui a trouvée à l'intestin. Mais elle arrive si soudainement, il n'a pas eu le temps de préparer son discours, et il ne se sent pas la force d'improviser. Ce sera pour la prochaine fois. Que le mensonge continue.

— Par contre, toi, papa, tu as maigri. Tu vas bien ?

Elle n'ose pas dire qu'elle lui trouve carrément un cou de poulet.

— Oui, oui, je maigris, c'est vrai, mais c'est parce que je suis trop paresseux pour me faire à manger, ça m'ennuie. Et aller au restaurant tout seul, je n'aime pas. Alors, tu vois. Mais ça n'a aucune importance. Cela vaut beaucoup mieux pour la santé, d'être mince, que d'être tout graisseux et saturé de cholestérol, quoi. Non ? Mais quel bon vent t'amène ?

— Écoute, je fais un petit retour éclair, trois jours, pour une petite mission de rien du tout, mais intéressante. Le groupe Bilderberg se réunit à Barcelone, demain. Enfin, à Sitges, là-bas, sur la côte. Et Carme Ros, tu te souviens, la dame du *Diari*, celle qui avait fait acheter mon premier reportage, on s'entend bien, et elle m'a demandé de venir voler quelques images des participants, si possible. Je vais faire le paparazzo, quoi. C'est marrant.

— C'est quoi, ce groupe Bilmachin ? Tu t'es coupé les cheveux, dis donc ! Elles sont où, tes jolies ondulations ? Mais attends, installe-toi, tu veux une tasse de thé ?

— Fait trop chaud pour du thé !

— Oh, tu sais, les Touaregs dans le désert !

Finalement, ils ont opté pour une balade ; elle s'est lavé les mains, elle a changé de tee-shirt, ils vont sur les trottoirs, lui plus petit qu'elle, causant, marchant au hasard, Nero en laisse, *grosso modo* vers les bureaux du *Diari*, où elle doit aller chercher son matériel, un téléobjectif géant, que le service des sports doit lui prêter. Elle ne se rend pas compte à quel point son père est heureux. Et fier, avec elle. Il lui semble, à Albert, confusément, qu'il marche à la fois avec Veronica et avec Alicia, la mère de Veronica. Il a l'esprit en ébullition. Il lui raconte tout le contenu du livre qu'il prépare et elle trouve très ingénieuse la théorie de l'ouragan vérificateur d'esthétique architecturale. C'est la première fois qu'il partage avec elle sa passion avec tant de naturel, et il se dit que c'est bon, finalement, que les enfants grandissent et qu'on les perde, si c'est pour gagner d'un coup, comme ça, une amie. Maintenant, il pourrait lui parler de sa tumeur. La communication passe si bien. Mais ça détruirait le bonheur, alors ce sera pour plus tard. Il ne peut plus parler. Nœud dans la gorge. Alors il faut que ce soit elle qui parle. Albert :

— C'est quoi, alors, ton groupe de rock, là, Bildertruc ?

Elle rit. Oh le beau rire, le même que sa mère ! Un éclat de pure lumière. Nom de Dieu, c'est vrai qu'on se survit dans ses enfants.

— Mais c'est pas un groupe de rock ! Tu es marrant. Le Bilderberg, tu ne connais pas le Bilderberg ?

— Non…

— C'est le gouvernement du monde, le Bilderberg !

— Enfin…

— Mais oui ! C'est un groupe qui se réunit une fois par an, qui rassemble les cent cinquante personnes les plus puissantes dans le monde, enfin, dans le monde occidental, Europe, États-Unis, pendant trois jours, de la façon la plus strictement confidentielle, ils se concentrent dans un hôtel, où il n'y a qu'eux, plus deux mille flics et agents secrets qui font le périmètre, et là ils discutent, ils s'informent, ils se mettent d'accord sur la conduite à suivre pour l'année qui vient. Tu as là-dedans les présidents des principaux groupes financiers, enfin les banquiers, les grands investisseurs, les patrons de l'industrie, quelques têtes couronnées aussi, les patrons de la presse mondiale, tous les pouvoirs, quoi.

— Mais enfin, c'est délirant !

— Oui, ça a l'air délirant, mais c'est comme ça. Et strictement rien ne filtre des réunions, il y a un pacte absolu de silence. Et comme les magnats de la presse sont dans le coup, les journaux n'en parlent pas. Ou alors un entrefilet à la page 14, quoi.

— Ça ne paraît pas très démocratique, comme pratique.

— Bof, oui, c'est… enfin, d'ailleurs tous les passionnés de la théorie du complot sont à cran avec ces mecs-là. Moi, je m'en fous, personnellement. Je ne crois pas à l'efficacité d'une réunion de cent cinquante personnes. Les complots, c'est à trois ou quatre, et encore. Dans cent cinquante types, tu as forcément un tiers de traîtres, un tiers de menteurs et un autre tiers qui se méfie. Ça me fait marrer.

— Mais qui vient à ce truc ?

— Ils sont tellement secrets que c'est déjà très difficile d'obtenir la liste des participants. Mais bon, il y a des fidèles. Ça existe depuis les années cinquante ! La première a eu lieu aux Pays-Bas. Et puis, chaque fois dans un endroit différent. L'année passée, c'était en Grèce.

— En pleine crise grecque, quoi.

— Oui, ils avaient invité les grands banquiers grecs, je suppose qu'ils leur ont tiré les oreilles et puis donné des instructions. Et le pouvoir politique est représenté aussi. Pas trop les chefs d'État, parce qu'ils ne peuvent pas se réunir confidentiellement, comme ça. Mais des gens de confiance.

— J'en suis comme deux ronds de flan. Je te jure, tes grands-parents communistes avaient raison.

— Oui, en même temps, la transparence, sous Staline…

— Oui, bon. Et là, ils viennent en Espagne, de nouveau en pleine crise, quoi.

— Voilà. À Sitges, dans un cinq étoiles vidé pour l'occasion, et entouré d'un golf. Parce que ces messieurs, tu comprends…

— Dans quel monde on vit…

— Oh, ne fais pas le naïf, non plus. Tu vois, par exemple, on ne sait pas encore si Zapatero se pointera.

— Il va aller prendre ses ordres…

— À tout prendre, il vaut mieux qu'il soit au courant. Normalement, il y aura la reine.

— Sofía ?

— Oui. Et puis il y a toujours la reine de Hollande, Beatrix.

— Qu'est-ce qu'elle fait là ?

— Ben, la couronne de Hollande, c'est Shell, le groupe pétrolier. La Royal Dutch Shell.

— Ah ?

— Le président du groupe, c'est un Belge. Étienne Davignon, il s'appelle.

— Ça, ça ne m'étonne pas, que ce soit un Belge. J'ai toujours pensé que c'étaient les Belges, les maîtres du monde. Ils n'ont l'air de rien, un tout petit pays, ils rigolent, leur Manneken-Pis, les frites, tout ça, leur gouvernement qui tombe tout le temps, mais après, hop, où qu'elles sont, les institutions européennes ? À Bruxelles. Ils cachent bien leur jeu. Ils sont marrants. Tu sais ce qu'avait dit Jules César, des Belges ?

— Non.

— Tu manques de culture, ma petite Catalane.

Il a dit, même s'il se trompait, puisque, évidemment, c'est les Catalans, mais il a dit : *Fortissimi sunt Belgae.* Les Belges sont les plus terribles. Et le général de Gaulle, tu sais ?

— Non.

— Lui aussi, il savait. Il disait, et ça m'avait toujours paru bizarre, il disait que son seul rival international, c'était Tintin. Pourquoi Tintin ? Maintenant je comprends, évidemment. Parce que Tintin est belge. Tintin, c'est le Belge. Évidemment !

Elle rit, il rit. Elle surenchérit :

— Et encore ! Samaranch, qui est mort, là, le mois passé, je ne sais pas s'il a fait partie du Bilderberg, mais c'est le genre. Et à qui il a passé le relais, au Comité olympique international ?

— Mais c'est vrai ! Un Belge !

— Jacques Rogge.

— Ils sont partout ! *Fortissimi sunt Belgae*, je te dis, il faut faire gaffe. Charles Quint… Un Belge ! De Gand ! Et Charlemagne ! Tu te souviens, quand on est allés en Belgique, tu étais petite, avec encore maman et Gabriel. On avait visité Liège et puis les brasseries, là-bas, dans la région. C'est de là qu'ils venaient, les Pépin le Bref, Pépin de Herstal, les parents de Charlemagne. Sans parler de leur roi Léopold, qui possédait un tiers de l'Afrique à lui tout seul !

Elle s'est arrêtée, pour rire tout son soûl, en se tenant à l'avant-bras de son père, qui rajoute, plein de gaieté :

— Ils font rire, les Belges. C'est un bon camouflage.

— Comment tu dis, *fortissimi*, c'est ça ?

— Oui, *Fortissimi sunt Belgae.* C'est dans *La Guerre des Gaules.* En même temps, ils ne font pas que rire. Ils font pleurer aussi. Regarde Jacques Brel.

— Il était belge ?

— Bien évidemment. Il m'a fait plutôt pleurer, celui-là. C'était le chanteur préféré de ta mère. Avec Serrat, bien sûr.

Et Albert se met à chanter : *ne me qui... tte pas, il faut ou... blier tout... peut s'oublier... qui s'enfuit déjà...*

Alors, en se disant que le rire est décidément la même chose que les larmes, et en voyant Veronica qui est tellement comme sa mère, et qui rit, et c'est tellement le rire de sa mère, il a la gorge de nouveau et brusquement qui se noue, et il chante Brel en regardant Veronica et il est sûr de chanter devant sa chère femme qui est morte, *je ferai un royaume,* comme sa femme le chantait, *où l'amour sera roi...* Et puis, ne se souvenant plus de l'ordre des paroles, et tout raide soudain, avec en même temps l'idée de son cancer, *on a vu souvent... rejaillir le feu... de l'ancien volcan...* Veronica le regarde, avec un sourire. Mais ce n'est pas Veronica qu'il regarde. *Je creuserai la te... rrr, jusqu'après ma mo...rrrt... pour couvrir ton co...rrrps...*

Nero aboie.

Ne me quitte pas... ne me quitte pas... ne me quitte pas...

Veronica ne sourit plus.

Ne me quitte pas... je te raconterai l'histoire de ce roi mort de n'avoir pu te rencontrer...

Et, bon Dieu ! C'est tellement lui qui dit ça à sa femme qui n'est plus là et qui est là dans cette autre, Veronica, sa fille, oh bon Dieu, c'est tellement ça, n'avoir pu te rencontrer, oh ma chère Alicia, dans Veronica, là, devant moi, c'est toi et ce n'est pas toi, oh la rencontre étrange, *ne me quitte pas…* Qui c'est, qui meurt ? Qui c'est, qui vit ? *Moi… je t'offrirai… des perles de pluies… venues de pays… où il ne pleut pas…*

Veronica s'émeut de voir son papa tout raide et tout absent, là, sur le trottoir de la rue du Bruc, et des gens qui passent et les dépassent. Il la regarde, il sourit, un peu de connivence, de l'humour au coin de la lèvre, mais des larmes dans l'œil, et Veronica n'a jamais vu pleurer son père qu'une fois, évidemment, quand maman est morte, et Gabriel.

Les larmes roulent des yeux sur les joues creuses d'Albert, quand il dit *ne me quitte pas… je n'vais plus pleurer je n'vais… plus parler…*

Alors elle lui serre le bras.

Je me cacherai là… à te regarder…

— Papa…

Danser et… sourire et…

— Papa…

À t'écouter chanter…

— Papa, arrête…

… et puis rire…

— Arrête…

Laisse-moi…

Nero aboie.

… devenir l'ombre… de ton ombre…

Elle renonce à l'interrompre, elle le laisse, mais ça y est, elle pleure.

… l'ombre… de ta main l'ombre… de ton chien mais…

La rue du Bruc a fini par disparaître.

… ne me quitte pas… ne me quitte pas… ne me…

Alors il n'achève pas. Il renifle. Il dit :

— On est bête, parfois.

Elle se frotte les larmes.

La rue reparaît. Il lève le bras et touche ses cheveux tout courts.

— Tu vois, ces Belges, hein, faut se méfier.

— Tu l'as dit.

— Eh oui.

— Moi aussi, je pense souvent à eux.

Et eux, évidemment, c'est Gabriel et maman.

— Moi aussi. Tu ressembles à ta mère, tu sais, incroyablement.

— Bon, on y va ? On continue ?

— On continue.

Nero tire sur la laisse.

— Bon. Et il y a qui d'autre, par exemple, encore, à ce Bilderberg, et que tu dois photographier ?

— Eh bien, par exemple, Rockefeller. Par exemple, Bill Gates. Par exemple, Ernst Jacher. Ou Cebrián, le patron d'*El País,* tu sais. Ou César Alierta, le président de Telefónica. Ou Thomas Enders.

— C'est qui, ça ?

— Le président d'Airbus.

— Chérie… tu ne prends pas trop de risques, hein, quand tu fais tout ça. Je t'en prie.

— Papa…

PARTIE VIII

D'AMOUR ET DE RÉVOLTE

45

Miquel Tarràs regrette de n'être pas invité. C'était pourtant l'année ou jamais. À Sitges, sur son territoire ! Avec ses *Mossos d'Esquadra* mobilisés pour la sécurité ! Et puis son ami Ernst Jacher qui allait essayer de le faire convier. Et puis pas de chance.

Zapatero y va ; c'est certainement lui qui a fait blocage.

Jacher est son hôte pour la nuit et il a organisé un petit dîner autour de lui, entre intimes. Il avait voulu inviter David Rockefeller, qui n'arrive hélas que le lendemain, et Bill Gates aussi, mais il avait autre chose. Tout le monde sait bien que l'Espagne est un des rares pays où Gates n'a jamais investi un centime. Ç'aurait été bien de le convaincre, et que ça commence par la Catalogne. En plus, il y a un beau projet à lui soumettre. Le truc des phares. Il avait espéré. Jacher les connaît bien. C'était une occasion unique. Mais tant pis. On n'est pas grand-chose, quand on est président de la Generalitat. Un jour, qui sait ? Il aurait pu faire son mini-Bilderberg privé, là, ce soir, avec trois investisseurs de ce gabarit à sa table, ces fils spirituels de Frick et Carnegie, sous son toit, avec sa femme, ses filles, quel bon exemple pour elles. Au lieu de quoi Jacher est seul.

Pas tout à fait seul, cela dit, puisqu'il s'est fait accompagner, et sans prévenir, d'un de ses amis, un peintre belge, qui n'a quasiment pas ouvert la bouche depuis le début du repas, un expert, et qui est là pour examiner avec Jacher, après Bilderberg, les tableaux de cette collection qu'il a rachetée, dont le fameux Breughel.

— Pardon ? Oui, oui, encore un peu, et de la sauce aussi.

Jacher a dit à Miquel, tout à l'heure, en aparté, dans le hall, en montrant le Rubens, que c'était une œuvre de son ami peintre. Eh oui, il a eu une période faussaire. Mais brillante, comme vous le voyez. Et il a eu une période bagnard, aussi. Forcément. Mais, comme les meilleurs faussaires, c'est un expert hors de pair. Je lui fais confiance plus qu'à quiconque pour me dire si le Breughel est authentique.

Miquel regarde le peintre avec haine. Miquel sait que le peintre a vu le Rubens dans le hall, et donc il sait qu'il a dû rire en son intérieur, et qu'il doit encore rire, là, en creusant sa pince de homard, les yeux baissés. C'est assez vexant. Miquel :

— Dites-moi, vous, oui, Sylvain, c'est ça, dites-moi, à votre avis, il y a des chances qu'il soit authentique, le Breughel ?

Le peintre, Sylvain, qui a le regard fuyant et qui parle assez mal l'anglais :

— *I will see. But it is not impossible.*

À côté de Jacher, Miquel a placé Jordi López

García, qui est son ministre (au gouvernement catalan, on dit : conseiller) des affaires économiques, qui porte ce soir un nœud papillon en léopard et qui doit sonder le milliardaire sur son intérêt éventuel pour leur projet en théorie si alléchant : privatisation des phares de la côte catalane, lesquels, étant donné les technologies actuelles de navigation, ne servent plus à grand-chose, et que Jordi a l'intention de concéder à l'industrie hôtelière de grand luxe. C'est une idée juteuse, qui injecterait d'un coup une belle quantité d'argent à la Generalitat.

Miquel écoute toutes les conversations à la fois.

Jacher, avec son beau visage émacié de vieillard, un peu féminin, fait remarquer que ce genre de projet butera contre la contestation d'associations de tout poil. Jordi :

— Ça, c'est notre problème. La question est étudiée, la pilule devrait passer. On a une telle série de restrictions budgétaires douloureuses dans des domaines qui frappent les citoyens directement, santé, enseignement, petite enfance, j'en passe, que le parlement acceptera assez volontiers qu'on sacrifie les phares. Mais il faut qu'on ait des investisseurs intéressés.

— Oui, oui. Pourquoi pas. Mais vous savez, moi… C'est comme Gates, qui ne s'occupe plus que de philanthropie… Moi, c'est l'art… Je ne m'intéresse plus qu'à ça.

Marc, qui n'est pas conseiller, évidemment, mais qui a tout de même obtenu la fonction inespérée de porte-parole du gouvernement, scrute le vieillard et se penche sur la gauche pour laisser Yasmin, la bonne hondurienne, lui resservir du vin. Il a, trop jeune, trop naïf, trop zélé, allumé dans sa poche l'enregistreur vocal de son iPhone. Eulalia, à côté de lui, cherche depuis le début quelque chose de saillant à dire pour se mettre en valeur, et n'a pas encore trouvé. Sa mère, Mireia, à côté, ne maîtrise pas assez l'anglais et subit le dîner en clignant des yeux de temps en temps, trahissant des pensées qui ne s'expriment pas. Sylvain, à côté, se laisse servir du vin, avec l'air insupportable de n'en penser pas moins. Yasmin gronde doucement Begonya parce qu'elle ne mange pas la moitié de ce qu'on a servi dans son assiette. Et, fin du tour de table, Miquel dit entre les dents à la bonne de ne pas oublier de passer avec de l'eau, aussi.

Begonya a fait un gros effort pour accepter l'invitation de son père. Elle avait dit qu'il était hors de question de venir si ce salaud de Marc était là. Mais finalement, sur les instances de papa, et après s'être documentée sur le groupe Bilderberg, qu'elle ne connaissait pas, elle s'est dit : caramba, ce serait dommage de ne pas aller voir à quoi il ressemble, ce Jacher.

Roublard, le bonhomme, elle se dit. Et au courant de tout. La preuve, avec un petit sourire, il dit à Jordi López :

— Mais sont-ils si désuets que cela, les phares ? Il reste des puristes qui naviguent au sextant, comme il y a encore à peine vingt ans, et à la radio VHF, sans tout l'appareillage satellitaire. N'en avez-vous pas un, justement, vous, les Catalans, qui a fait récemment un tour du monde comme ça ?

Miquel :

— Ah tiens oui, Pere Català, au fait, qu'est-ce qu'il devient ? Il est revenu ?

Jordi :

— Pas que je sache.

Eulalia :

— Les journaux n'en parlent plus.

Mireia :

— Il avait eu plein d'ennuis, avec son bateau.

Jordi López :

— Évidemment, s'il s'était équipé un peu correctement.

Sylvain, à sa voisine Begonya :

— *Are you a pianist ?*

— Non, pas du tout, pourquoi ?

— Vous avez des mains comme ma fille.

— Elle est pianiste ?

— Oui.

Miquel :

— On reparlera des phares tout à l'heure, mais, s'agissant de bateaux, et avant que je n'oublie, Ernst, dimanche prochain je fête mon anniversaire comme chaque année sur le yacht d'un ami, ce serait un grand plaisir que tu puisses te joindre à nous.

— Ah ?

— Chaque année je fais ça.

Eulalia :

— Ah oui, c'est épatant, une virée en mer, très, très chouette.

Miquel :

— Et puis c'est privé, c'est tranquille, quelques amis, jamais de journalistes, strictement pas la moindre photo, cette année moins que jamais.

Jordi :

— Je confirme, c'est épatant. L'année passée, c'était avec Santamaria, le cuisinier.

Marc :

— Vous nous feriez un grand honneur.

Miquel trouve que Marc aurait mieux fait de se taire. D'autant qu'il sait combien Marc a supplié Eulalia de le faire convier.

Begonya, à Sylvain :

— Vous venez aussi pour la réunion Bilderberg ?

— Oh non, moi, pas du tout. Je viens pour expertiser des tableaux.

Jacher :

— Mon cher Miquel, merci, je verrai si je peux, et je confirme ça demain. Mais cette demoiselle, là, on ne l'a pas encore entendue.

Eulalia aurait bien aimé que ce soit à elle que cela s'adresse.

Begonya, franche :

— Oh moi, monsieur, vous savez, je suis la plus jeune, à cette table, et puis je travaille comme fleuriste, je ne suis pas dans la politique, encore moins au gouvernement, je suis venue parce que papa m'a dit que vous étiez là, et que ça m'intéresse. Parce que le Bilderberg, je ne connaissais pas, je me suis informée sur Internet et ça me pose des questions.

— Oh, Internet… on y lit surtout des bêtises.

— Mais tout de même, ça me tracasse. Si vous me permettez. Parce que, bon, ça ressemble surtout à une, comment dire, à une usine à fabriquer des délits d'initiés. Non ?

Un ange passe.

— Pour une fleuriste, vous allez assez vite au fait.

Miquel :

— Begonya, ma fille, travaille chez un fleuriste, mais elle a fait l'ESADE.

Mireia :

— Elle est sortie deuxième.

Miquel :

— Elle prend une sorte d'année sabbatique, pour réfléchir.

— Mais non, papa, enfin.

Jacher :

— L'ESADE ? Bravo.

Eulalia voudrait étrangler sa sœur. Marc la regarde avec horreur. Jordi López s'en fout.

Eulalia :

— Elle joue à la rebelle.

Sylvain la trouve sympathique.

Jacher :

— Mais je vais vous répondre, mademoiselle. Disons. Ne trouveriez-vous pas normal que des gens qui occupent des responsabilités importantes dans divers domaines, et qui souvent se connaissent, se téléphonent de temps en temps ? Oui, n'est-ce pas ? Ce ne serait pas scandaleux. Eh bien, au lieu de cinq cents coups de fil mélangés et mal synchronisés, on se retrouve une fois par an et on parle de vive voix. Du reste, il y a des tas d'autres forums analogues.

Begonya, tenace, et avec le même naturel que quand elle parle avec son père dans la bibliothèque :

— Oui, mais ce secret tout autour…

— À nouveau, mademoiselle… Les coups de téléphone dont je parlais, devraient-ils donner lieu à des communiqués de presse ? Évidemment non.

Ici, c'est pareil. Il ne s'agit pas à proprement parler de secret. Mais de confidentialité. Pour que chacun parle librement.

— D'accord, d'accord. Mais quelque chose tout de même ne va pas. Dans une démocratie, on élit des gens, pour qu'ils exercent le pouvoir. Bon. Mais là, il y a un mélange d'élus et de gens qui manient le pouvoir économique. Et ça, voyez-vous, ça me paraît malsain. Est-ce que, par exemple, les débats parlementaires ne doivent pas être publics, pour être démocratiques ? Oui ! Eh bien, avec ce Bilderberg, on a l'impression que les gens du pouvoir doublent le parlement et les organes démocratiques, comme si ça venait en second lieu, comme s'ils s'en moquaient éperdument, de la caution du peuple, de la sanction des parlements. Cuisine interne, réunions secrètes, enfin, confidentielles, comme vous dites, mais c'est gouverner sans le peuple, et puis des décisions graves sont prises, qui concernent tout le monde…

— Mademoiselle…

Jordi s'ennuie et manipule son téléphone portable. Marc et Eulalia sont au bord de l'étouffement. Et Miquel, qui ne dit rien. Marc attend que Jacher la démonte. Le peintre fait des ronds sur la nappe avec le dos de la cuiller à dessert. Dessert que, manifestement, il attend.

— Mademoiselle, vous dites les parlements. Très bien. Mais, dans les institutions démocratiques, il y a aussi le gouvernement. Et votre père en sait quelque chose. Or le gouvernement, il est là pour agir, n'est-ce pas ? Eh bien, nos réunions Bilderberg servent à ça, à s'informer, à échanger, pour mieux agir.

Begonya, comme un ressort :

— Mais le gouvernement rend compte devant le parlement. Il est contrôlé ! Et le Bilderberg ne rend compte devant rien du tout ! C'est international, c'est vague, c'est incontrôlé, c'est despotique !

Mireia :

— Calme-toi, allons, ma chérie.

Alors Jacher se lève, et Marc a le cœur qui bat, il sent que le vieux va la dégager, sûr. Begonya rougit, tremble un peu. Mais Jacher fait le tour de la table et pose la main sur l'épaule de Sylvain :

— Si ça ne te dérange pas qu'on échange nos places ?

Sylvain acquiesce, va s'asseoir à la place de Jacher, et Jacher, à côté de Begonya :

— Vous savez, je suis devenu un peu dur de la feuille, et je serai mieux près de vous pour bavarder. Vous m'intéressez. Ça ne vous dérange pas ?

Begonya, sans façons :

— Pas du tout.

Jacher parle plus bas.

— Écoutez. Vous avez certainement lu sur Internet qu'au Bilderberg se décident les guerres que l'Occident va mener, en s'accordant sur les profits industriels.

— Je n'osais pas le dire aussi clairement.

— Mais, croyez-moi, ce n'est pas vrai. D'ailleurs…

Il s'interrompt, sort de sa poche un mouchoir en tissu, qu'il déplie lentement. Pendant que le vieil homme se mouche, elle voit cet hypocrite de Marc qui lui fait un petit signe pouce levé. Elle lui répond, non moins discrètement, par un doigt d'honneur plein de mépris et elle détourne le regard. Jacher replie son mouchoir et le glisse en poche.

— Prendre des décisions à cent cinquante, parce qu'on est cent cinquante, en trois jours, c'est impossible. Les gens ont du mal à croire que cela puisse être tout simple. Des échanges de vues, connaître les positions et les analyses des autres, voilà tout. Si je le pouvais, je vous cacherais dans ma voiture, demain, et je vous emmènerais. En plus, vous êtes charmante.

Mireia se lève, pour aller voir en cuisine où en est le dessert.

Miquel regrette que sa fille perde son temps chez un fleuriste.

Jordi patiente. C'est après le dessert qu'on reviendra sur les sujets importants.

46

— Quand même, on a l'air con, dit Blanca à Begonya.

Elles sont venues à deux, plus le petit Andreu, dans la voiture de Blanca. Sitges est à trente kilomètres au sud de Barcelone. Les rues d'accès à l'hôtel étaient bloquées en effet par des *Mossos* et aussi par la Guardia Civil. Elles ont trouvé une petite poignée de manifestants, faisant le piquet, clamant : « *Bil-der-berg asesinos* », un type portait le masque des Anonymous, deux femmes faisaient tinter la sonnette de leur bicyclette, un gros tout pâle scandait le slogan dans un porte-voix nasillard.

Même pas de journalistes.

Puis les manifestants se mettent à tourner autour du rond-point, sans se lasser de leur slogan.

Les deux filles et le petit garçon sont assis sur le bord du trottoir. Au loin, par-dessus la plaine verte du golf, on voit le grand hôtel tout blanc, bâtiment circulaire.

— Tu vois, j'ai parlé avec Jacher, hier soir. Je devais avoir l'air con aussi, je ne trouvais pas mes mots. J'ai pas su parler correctement. Mais ces mecs, là, regarde comme ils sont ploucs, avec leurs pancartes, à tourner en rond, non mais franchement, ça ne va pas non plus.

— En même temps, on s'en fout.

— Non, on s'en fout pas. On peut pas s'en foutre. On n'a qu'une vie, et moi, j'ai la faiblesse de croire qu'une vie, c'est important. On ne peut pas se contenter, enfin moi en tout cas, d'une vie de travailleur-consommateur, riche ou pauvre ça revient au même, travailleur-consommateur, sans autre horizon que ta qualité de vie, bien égoïste, ton pouvoir d'achat, ta capacité plus ou moins grande de jouir de tout ce qui se paie dans une vie. C'est notre monde, ça. C'est tout le monde ! Et ce n'est pas vivre ; c'est survivre. Ce que Marx n'avait pas compris, c'est que ce n'est pas seulement les travailleurs qui sont esclavagisés par le capital. C'est tout le monde, les capitalistes aussi, tout le monde, riches ou pauvres, confortablement ou inconfortablement, qui est esclave de l'argent et d'une idée de la productivité qui n'apporte ni la paix, ni la liberté, ni le bonheur, ni la dignité, ni rien.

Blanca enduit la peau d'Andreu de crème solaire, parce que comme ça, à découvert, ça tape. Et le bitume de la route qui renvoie la chaleur.

— Riches ou pauvres, c'est le même esclavage. C'est ça qui est pervers. Les gens ne se rendent compte de rien, parce qu'ils croient que la différence, c'est d'être riche ou pauvre, alors que c'est d'être libre ou pas. Et il n'y a ab-so-lu-ment aucune liberté possible. Dans le système, je veux dire. La seule voie vers une liberté, c'est de percer le système, de le trouer, c'est d'être révolutionnaire.

Mais c'est facile à dire et à peu près impossible à faire. Et quand je vois ces ploucs, là, je les plains. Tourner en rond. Quelle image ! « *Stop new world order.* » « *Asesinos.* » « *Stop chemtrails.* » Je te jure. Au fait, tu avais vu *Che Guevara*, le film ?

— Euh, non.

Blanca aimerait dire, parce que ce serait une sorte de réponse à Begonya, qu'elle, elle a la foi, qu'elle croit en Dieu, qu'elle prie, parfois, mais elle ne le dit pas, parce qu'elle trouve ça trop bête à dire, et puis elle n'est absolument pas sûre d'elle. Et elle sent bien que ce genre de propos coupe la conversation. C'est d'ailleurs le reproche qu'elle fait à sa foi : de la gêner en public. Il doit y avoir quelque chose qui n'est pas juste. Si c'est vrai, on ne devrait pas être gêné. Et puis Bego l'enverrait paître.

Begonya est un peu rêveuse. Elle regarde.

— Tiens, passe-moi de la crème aussi.

— On irait bien à la plage, non ?

— Oui. Bon plan. Tu vois, riche ou pauvre, ça revient au même. Mais, tant qu'à faire, il vaut mieux être pauvre. Parce que, riche, tu as l'illusion de la liberté. Et la tentation de la domination. Tandis que, pauvre, tu as plutôt la tentation de la révolte. Et la révolte, c'est un chemin qui va droit dans le mur. Mais il n'y en a pas d'autre, pour aller vers la liberté. Tu sais, l'hiver passé, j'ai dormi plusieurs fois sur des pas de porte.

— Quoi ?

— Oui. Et c'était top. Tu as le froid, la peur aussi, qui te piquent la peau pour te rappeler qu'il y a quelque chose dans la vie. Tu sors du confort, et ça te fait comme une électrocution. Ça te réveille. Ça te maintient en vie, en vraie vie, en recherche.

— Bego, tu sais ce que c'est les « *chemtrails* », là, sur leur pancarte ?

— Tu connais pas ? C'est encore un truc de fou. Les *chemtrails* c'est, soi-disant, les agents chimiques qu'on ajoute dans le kérosène des avions pour que ça descende tout doucement sur les territoires qu'ils survolent. Pour empoisonner les gens.

— Quoi ?

— C'est de la parano. Ces gens s'imaginent qu'un grand méchant loup gouverne le monde et fait des trucs pareils.

— Mais pourquoi ?

— Ils disent que c'est des agents chimiques spécifiques qui stérilisent, qui agissent sur le sperme. Pour diminuer la population mondiale. C'est du délire absolu. C'est ça qui est terrible : tu vois, là, dans leur hôtel, les cent cinquante puissants à la con, ils ont tort de faire ce qu'ils font, de gouverner en secret, de mépriser le peuple, de court-circuiter la démocratie ; et de l'autre côté, la contestation, tu vois, elle est pathétique, elle est lamentable, paranoïaque, elle est tout sauf crédible. À la limite, c'est encore pire. Puissants et contestataires, c'est deux façons d'être con. C'est à devenir dément. Il n'y a pas d'issue. Tu me passes Andreu ?

Begonya tient le bébé sous les aisselles, et il tend ses petites jambes, encore incapables de se porter, mais déjà balayant le sol pour marcher.

— Il est précoce, non ?

— Non, normal.

— Tu vois, le monde vit comme s'il n'y avait plus rien à découvrir. À découvrir vraiment. Quelque chose qui change.

Begonya, debout, inclinée, continue de faire

marchoter le petit, qui fait une moue d'extrême détermination, grands yeux ouverts.

— Parfois, je me dis que je devrais faire comme toi. Des enfants.

— Choisis mieux le père, hein. Conseil.

— Il était là hier soir, tiens, justement.

— Il est partout, de toute façon. On ne voit que lui. Encore heureux qu'il soit content, ça nous permet de divorcer à l'amiable. Parce que si en plus il était frustré…

— Les enfants, ça, c'est la liberté. Quand tu les regardes. Ils sont dans un autre monde. C'est dans ce monde-là qu'il faut vivre. Il faut retrouver ça.

— C'est marrant, il y a une nana qui nous prend en photo.

— Où ça ?

Veronica, puisqu'on l'a remarquée, hésite un instant, puis s'approche.

Elle a pris tout à l'heure toutes les photos qu'elle a pu, avec l'immense téléobjectif, quelle merveille cette machine. Elle n'était pas sûre de l'identité des gens qu'elle captait, mais ça, Carme Ros se débrouillera. Puis, curiosité professionnelle, elle a fait un tour des environs pour photographier le dispositif policier et elle est tombée sur la petite concentration de manifestants. Elle a garé la voiture prêtée par le *Diari*, elle a rangé ses grands appareils dans le coffre et est sortie avec son boîtier à elle. Les manifestants tournaient autour du rond-point. Et là, sur le côté, il y avait deux filles avec un petit bébé, qui avaient l'air de ne pas savoir ce qu'elles faisaient là. Avec l'hôtel au loin, les flics et les manifestants d'un côté et, de l'autre, deux jeunes filles et un bambin regardant ailleurs, c'était un bon cliché. Une des deux filles faisait marcher le bébé, en le tenant sous les bras. Encore un bon cliché. Beau contraste.

Puis bon, pas très discrète, les filles la remarquent.

— Salut.

— Salut.

— Excusez-moi, je vous prenais en photo, mais…

— Vous êtes journaliste ?

— Oui.

Begonya a vaguement l'impression d'avoir déjà vu ce visage quelque part. Veronica aussi.

— Vous faites une enquête sur le Bilderberg ?

— Non, pas du tout. J'ai été engagée pour prendre des images des participants au téléobjectif. J'ai fini. Non, ça ne m'intéresse pas du tout, ce machin.

— Pourquoi vous nous avez photographiées ?

— Oh, comme ça, déformation professionnelle, c'était une belle image, vous deux, le bébé… Mais si ça vous ennuie…

— Oui, un petit peu, à cause de…

— Vous justifiez pas, il n'y a pas de problèmes, j'ai pris assez de photos interdites ce matin… Celles-ci, je ne les enverrai pas. Promis.

— Merci.

— Pas de quoi. C'est pas une image importante, de toute façon. Je sais qu'une photo peut faire beaucoup de tort, parfois. Quand il faut, je n'hésite pas. Mais là, bon… Dites, je suis curieuse : pourquoi vous êtes ici ?

— Nous ? Bof. Je savais qu'il y avait une manifestation, mais je ne pensais pas que c'était aussi petit. Et vous, ça ne vous intéresse pas, le Bilderberg, tout ça ?

— Oh, si, si, bien sûr. Mais, en même temps, pas trop. Je fais surtout des reportages à l'étranger. Et puis, à la longue, il y a beaucoup de choses qui me paraissent du vent. Cigarette ?

— Non merci.

— Vous faites quoi, dans la vie ?

47

Le surlendemain, Veronica est déjà repartie.

À Barcelone, elle ne peut pas rester très longtemps. Elle ne respire bien qu'à l'étranger. Elle est toujours contente de revenir, revoir papa, mais, après vingt-quatre heures, il y a quelque chose. De l'ennui, une vague angoisse. Sentiment d'être enfermée. Papa, comme un chat, pourrait vivre sept vies sans sortir de Barcelone ; elle, un quart de vie lui a suffi. Quand elle regarde le ciel, surtout si elle voit passer un avion, elle se dit : qu'est-ce que je fous ici ? Peut-être qu'avec l'âge elle s'apaisera. Elle a l'impression qu'à Barcelone, elle ne peut pas évoluer. Et quand elle y retourne, c'est comme si elle régressait.

Cette petite escapade paparazzi est bien tombée. Il fallait qu'elle quitte le Kosovo, où on ne peut pas rester plus de quatre-vingt-dix jours. Et là, c'est bon, c'est reparti pour trois mois.

À l'escale, à Zurich, en patientant au milieu des magasins, elle a revu, dans la boutique électro, le petit micro-émetteur et les casques récepteurs dont elle se dit chaque fois qu'elle devrait les offrir à son père, pour qu'il n'ait pas à s'époumoner pendant ses visites guidées. Mais chaque fois elle y pense quand elle s'en va, et jamais quand elle revient vers Barcelone. Prochaine fois.

Et à Pristina, paf, le tampon vert sur son passeport. Quatre-vingt-dix nouveaux jours.

Miroslav, un pharmacien de Prizren, qui était venu la conduire à l'aéroport, est là pour la ramener. Un petit homme chauve avec des yeux perçants et une voix fluette, qui lui porte sa valise. Hop, dans le coffre de la Subaru, en voiture et vers l'autoroute. Au bout d'une heure et demie, à hauteur de Prizren, ils prennent la route de montagne, vers Pousko. Il y a une botte de père Noël en feutre tout élimée qui balance au rétroviseur et une icône médaillon de la Mère de Dieu collée à côté du tableau de bord. L'auto traverse Pousko, sa jolie mosquée blanche avec un minaret comme un crayon sur la feuille bleue du ciel, et des jeunes autour d'une Audi tunée, des vieux qui ne font rien, assis sur un banc et jouant de la canne.

Après le village, à l'entrée du chemin qui mène au monastère, stationne une jeep, plus exactement un Mercedes, de la KFOR, et un petit blindé.

Manifestement, les moniales ont de nouveau été menacées. Miroslav, à propos des militaires :

— C'est des Allemands, cette fois. Ils sont très serviables, ils ont réparé le tracteur.

— Ah, tiens, justement des Allemands.

Veronica est heureuse de retrouver le paysage, le cadre, l'atmosphère. Le chemin est à flanc de colline et, au virage, le petit monastère se dévoile, un peu au-dessus du creux de la vallée, comme s'il avait, en mille ans, glissé progressivement des sommets et n'avait pas encore touché le fond. La petite église byzantine en pierre ocre ressemble tellement, sauf le dôme, aux églises romanes des Pyrénées catalanes.

Le Kosovo, pour le moment, c'est sa mine, sa veine, son filon. Elle y a déjà fait – et vendu – un reportage sur un groupe de femmes musulmanes qui avait troqué le ramassage des légumes pour le ramassage des mines anti-personnel et des munitions non explosées, encadrées par une ONG norvégienne, des femmes formidables et résolues qui prétendaient que l'avantage des femmes était qu'elles travaillaient mieux que les hommes, et que les populations kosovares regardaient en fronçant les sourcils ; puis un autre reportage sur les troupes allemandes de la KFOR et sur les sentiments de ces soldats d'une armée allemande toute nouvelle, après les décennies d'interdiction, après guerre, héritiers involontaires de la *Wehrmacht,* de cauchemars qu'ils n'avaient pas faits, et pleins de scrupules, de hantises et néanmoins d'allant ; puis un troisième reportage encore, sur le dynamitage, depuis 1999 et l'indépendance, de quatre-vingts églises orthodoxes serbes par les extrémistes albanais. À l'occasion duquel troisième reportage elle avait rencontré les moniales orthodoxes de ce petit monastère de la Mère de Dieu et de Saint-Jean-Baptiste à Pousko, où elle avait logé, dans l'hôtellerie, où elle s'était plu, où la vie ne coûtait presque rien. Et dont elle a fait son port d'attache.

Elle donne à Miroslav les quatre-vingts euros pour le déplacement. Elle les lui donne dans la voiture, parce qu'elle a bien compris que les moniales croient qu'il fait cela gratuitement.

Elle n'a pas de reportage en cours, pas même d'idée ou de commande, mais elle revient là parce qu'elle s'y sent bien. Elle s'est mis dans l'idée, prétexte, qu'elle devait coucher par écrit les impressions que lui ont laissées ses deux voyages en Haïti, après le tremblement de terre, les scènes de pillage, les soupçons de la population sur l'importation volontaire du choléra. Elle ne manque pas d'horreurs dans la tête.

Mère Mariam est venue à sa rencontre.

— *How is Mister your father* ? Comment va votre père ?

Mère Mariam est une Française, de Grenoble, ancien médecin ophtalmologue, qui est là, moniale, depuis vingt ans. Veronica s'est inclinée, selon l'usage. Puis elle s'est relevée.

— *Pretty well, mother Mariam. Anyway… every time a bit older.* Pas trop mal, mère Mariam. Mais chaque fois un peu plus vieux.

Au début, ça lui faisait bizarre, à Veronica, de dire *mère.* Mais elle s'y est faite assez vite.

— Il paraît qu'on a réparé le tracteur de mère Silouana ?

— Oui. Elle est heureuse, elle est heureuse.

Il y a beaucoup de silence entre les phrases, avec les moniales. Elles ne parlent pas beaucoup. Elles regardent en plein visage et elles sourient. Au début, ça l'embarrassait aussi, mais elle a appris à apprivoiser ce silence.

— À tout à l'heure ?

— À tout à l'heure, mère Mariam.

Puis mère Mariam dit quelque chose à Miroslav, mais Veronica ne comprend rien encore au serbo-croate. Miroslav suit la mère.

Il y a les belles vaches noires qui paissent. C'est rare de les voir près du chemin. D'habitude, elles sont plus haut, derrière le bois. Il y a Pouchok, l'énorme chien russe tout en poil et myope, qui grogne méchamment et qui ne cesse, brusquement, que quand Veronica est à deux pas. Et l'embrasse et le frotte en tous sens. C'est un berger des steppes, de ceux qui protègent les troupeaux, non pas des loups, mais carrément des ours.

Le temps est tout différent, au monastère. Rythmé par les offices, par les coups qui se donnent avec un maillet sur une planche de bois suspendue à deux chaînettes, et qui remplacent les cloches, qui ne sonnent que pour la grande liturgie. Veronica aide au potager. Parfois, elle fait la cuisine avec mère Pelagia, qui a une longue moustache fine, qui ne parle aucune des langues qu'elle connaît et qui fait des merveilles de gros légumes. Le dimanche, pour la liturgie, des Kosovares d'origine serbe viennent en famille et apportent des cadeaux étranges, une chèvre, dont les moniales ne savent pas quoi faire, ou un demi-sanglier, qu'on met au congélateur et qu'on mange petit à petit, quand ce n'est pas carême.

Pour Veronica, tout ça a le goût de l'étrange et de l'interdit. Son père avait beaucoup souffert de ses parents à lui, communistes clandestins puis exilés, qui mettaient le parti avant la famille, et il n'avait pas voulu imposer à ses enfants une vie à ce point politisée. Et puis, c'était la transition et la démocratie, l'engagement politique ne l'intéressait pas. Mais, tout de même, c'était une éducation totalement athée. Certes, pas militante, mais avec l'évidence sous-entendue que la religion était une chose ancienne, médiévale, heureusement dépassée chez beaucoup, et malheureusement – incroyablement – persistante chez d'autres. Un obscurantisme d'avant la raison, un conglomérat de superstitions qui n'avait pour excuse que la tradition, le respect des temps lointains et l'intuition de certains grands artistes.

De sorte que Veronica n'a touché mot de son repère kosovar et du plaisir qu'elle a à y séjourner. Plaisir exotique, bizarre, inavouable. La chaleureuse esthétique de l'église, les fresques de personnages, partout, et les icônes, l'encens, la tonalité orientale des chants des moniales, la barbe biblique du prêtre, le dimanche, les poignées de cierges en cire jaune que les fidèles baisent avant de les allumer et qui font un buisson de lumière dans l'obscurité parfumée. Les courbettes, les signes de croix, la ferveur.

Et puis la simplicité et le dénuement. Dans sa chambre, comme dans les sept chambres de l'hôtellerie, il y a un poêle, une niche dans le mur avec les bûchettes, une grande icône, un lit, une table, une étagère, un lavabo, une petite penderie boiteuse et une fenêtre sur la vallée verdoyante. Ou sur la nuit tout à fait noire. Parfois sur la lune, très basse, cambrée en croissant, comme un bras pour bercer.

Aucun bruit, sauf les pétarades parfois du tracteur de mère Silouana, et la cocasserie de cette nonne tout en voiles noirs qui manipule en tressautant le large volant. Le prêtre qui vient le dimanche est un Serbe de Belgrade, qui vit à Pristina et qui a fait ses études à Chicago. De politique, il refuse de parler. Mais il a une affection particulière pour

Veronica et, après la liturgie, il donne ses petites bénédictions sur la tête des vieilles femmes comme s'il chassait les mouches, puis il lève les bras au ciel en disant :

— Ma fille !

Et Veronica dit :

— *Father Zoran...*

Il ne la bénit pas, parce qu'elle ne le demande pas, ils s'embrassent trois fois et il dit *the Father, the Son and the Holy Spirit.*

Ce qui est curieux, c'est que, en dépit d'une barbe de patriarche et déjà grisonnante, il n'a pas quarante ans.

Les moniales ont l'Internet dans le bureau de réception et, depuis que Veronica a changé le modem, il y a le wi-fi, sans doute à son usage seulement, jusque dans l'hôtellerie. Elle ne manque de rien. Surtout qu'il y a une moto à sa disposition, que les mères n'emploient pas. Cadeau d'une famille de Prizren. C'était la moto de leur fils, qui s'est tué. Pas à moto. Sur une mine.

Mère Mariam, qui a un humour décapant, appelle cet engin, qui est une sorte d'ex-voto, l'ex-moto.

Et c'est sur l'ex-moto que Veronica a parcouru le Kosovo pour photographier les monastères dynamités.

Juin passe, et juillet. Les notes sur Haïti n'avancent pas. Une chose est d'être photographe, autre chose est d'écrire. Se dit-elle.

Financièrement, elle a de la ressource. La vie à Pousko ne lui coûte à peu près rien ; à Barcelone, elle est toujours domiciliée chez son père, qui prend en charge les frais de l'appartement.

Elle subit presque la tentation des rentiers : ne rien faire.

À l'intérieur des bûchettes qu'elle jette dans le poêle, il y a parfois des éclats d'acier, parce qu'elle ont été faites dans les centaines d'arbres de la montagne abattus par un bombardement absurde en 1999, qui dut tuer beaucoup de mulots et d'écureuils pro-Serbes.

Ce qui l'a un peu inquiétée, c'est quand, dans sa chambre, elle a eu l'impression que la grande icône la regardait. Pas un peu. Beaucoup. Ou, plutôt, fort. C'était la nuit, elle était à la table, elle avait ouvert son ordinateur, elle venait de lire un e-mail lui apprenant qu'elle était nommée pour le prix du grand reporter, organisé annuellement par le journal *ABC* de Madrid. Et elle avait eu l'impression très nette que l'icône, sur le mur derrière elle, avait réagi. Comme quelqu'un qui aurait souri à cette bonne nouvelle.

À cause de cette brève hallucination, elle avait pris en affection l'icône de sa chambre. Très modeste. Même pas peinte. Une photo papier passablement décolorée, collée sur un grand bois. À l'abri des regards, elle faisait en entrant dans sa chambre comme font les fidèles dans l'église : elle baisait l'icône. En disant soit bonjour, soit bonsoir.

Elle demanda l'autorisation de photographier les icônes de l'église et les fresques. Mère Mariam la lui donna volontiers. Veronica alla chercher des éclairages à Prizren, installa son tripode et passa de longs moments, de préférence la nuit, quand ça ne gêne personne, à capturer ces images. Les fresques étaient du XVIIIe siècle, mère Mariam disait qu'elles n'étaient pas de très bonne qualité.

Trop expressives, trop sentimentales. Mais enfin, c'était le XVIIIe siècle. Un siècle pauvre pour l'art de l'icône.

Un soir, il fait chaud, il n'y a pas de lune, elle est dans l'église. Elle a installé son attirail derrière l'iconostase, le fond du sanctuaire, où les femmes ne sont pas autorisées à pénétrer pendant les offices. C'est exigu et tout encombré, mais elle s'est débrouillée. Elle photographie le baptême du Christ à la voûte, quand elle entend du bruit. Quelque moniale sans doute prise d'un accès mystique ou d'un irrépressible besoin de passer le torchon à poussières.

Et puis, pas du tout. Veronica a entendu une voix d'homme. Ce qui n'est pas normal. Elle entrouvre une porte de l'iconostase et elle aperçoit, dans la demi-lumière, deux types qui décrochent des icônes et les mettent dans un sac. Alors elle ouvre la porte brusquement et dit d'une voix forte, qui lui sort en catalan :

— *Hòstia, es pot saber què collons hi foteu aquí ?* Qu'est-ce que vous foutez ici !

Les deux types, surpris, s'immobilisent. Il y a un moment d'hésitation. Veronica est au-dessus des trois marches, dominante, avec la lumière derrière elle. Un instant, elle a peur, mais elle descend les marches. Et les deux types prennent la fuite. Elle les poursuit. Ils l'attendaient au sortir de l'église et, quand elle passe la porte, elle reçoit un coup qui la fait tomber. Ils filent dans la nuit noire. Elle se relève et elle crie : *Stop thief ! Stop thief !* Au voleur ! Elle regarde autour d'elle les bâtiments monastiques, toutes les fenêtres sont noires, aucune ne s'allume. Elle crie encore une fois, sans plus de conviction : *Help ! Two guies are stealing icons in the church !* Deux types volent des icônes dans l'église !

Seul le silence lui répond. Lourd et incompréhensible. Alors, sans retourner dans l'église, où ses lumières brûlent encore, elle monte dans sa chambre, en colère, y fume pour se calmer, malgré le fait qu'on demande de n'y pas fumer, et finit par s'endormir.

Le lendemain, elle fait son bagage. Et elle demande un entretien avec mère Mariam. Elle est résolue à s'en aller. L'abandon qu'elle a ressenti, la nuit, quand elle appelait dans la cour du monastère, lui a été insupportablement vexatoire.

Mère Mariam ne s'excuse même pas. Elle dit seulement que la nuit est faite pour le repos et le silence. Veronica lui donnerait bien deux claques. Parce que, enfin, ce sont des objets sacrés, quand même, pour vous, les icônes ! Vous vous en foutez qu'on vous les pille ?

— Sacrés, oui. Oui et non.

— Comment, oui et non ?

La mère sourit.

— Sacrées, pour nous. Parce que nous les vénérons, et parce que le peintre qui les a peintes a dû le faire avec vénération. C'est un grand mystère, les icônes, pour nous, parce qu'elles nous rappellent que le divin s'est rendu visible. Mais, pour ces voleurs, ce ne sont que des morceaux de bois qui valent de l'argent. On connaît ça. Après, ça file à Tirana, puis on les retrouve en Europe, dans les salles de vente. On a même eu le cas, un jour, d'une icône de saint Basile volée au monastère de Saint-Sava, qu'un Serbe à Paris a reconnue, achetée et renvoyée par la poste au monastère…

— Mais vous ne pouvez pas vous laisser faire…

— Les militaires sont repartis il y a quinze jours et de toute façon ce n'était pas pour nous protéger du vol qu'ils étaient là.

Avant de dire qu'elle s'en va, Veronica veut demander à la mère qu'elle lui dise quelque chose de la religion.

— Vous ne m'en avez jamais parlé, de votre religion.

— C'est vrai.

La mère caresse un chat sorti de nulle part et qui lui a sauté sur les genoux.

— Et qu'est-ce que vous voulez savoir, Veronica ?

— Je ne sais pas. Moi, je respecte les religions, simplement parce qu'elles ont une très ancienne tradition, mais à part ça…

— Ça me paraît une attitude très sage.

— Je suppose, oui.

— Mais encore ?

— Encore ? Eh bien, par exemple, j'aimerais que vous m'expliquiez comment une personne comme vous, d'origine française, le pays de la rationalité, qui a fait des études de médecine, enfin, peut chanter dans l'église une hymne à la *Vierge Mère* de Jésus. Comment peut-on faire l'impasse, tout de même, sur des choses aussi aberrantes ? Aujourd'hui.

La mère baisse les yeux, chante doucement : *Il est digne en vérité de te célébrer ô Vierge Mère de Dieu…* Et avec un sourire ironique :

— Aberrantes, oui… Mais dites à l'eau qu'elle peut devenir du gaz, et elle ne vous croira pas…

Veronica sourit. La mère :

— Et pourtant… vous la mettez dans une casserole, puis sur le feu et… hop.

La mère mime avec ses mains l'évaporation.

Veronica rit. Il faut dire qu'elles s'entendent bien.

— Mais vous avez raison, l'athéisme rationaliste est sans doute une étape très importante pour la maturité religieuse. Cela dit, il y a des mystères partout, tout le temps, dans la vie. La plupart des choses sont mystérieuses. La virginité de la Mère de Dieu est un très grand mystère, un des plus grands. Ce sont des choses qui nous sont données par le résultat, dont on ne connaît pas le processus, et qu'on assume telles quelles. Et qu'on médite. Et qu'on vénère. Mais je ne vais pas vous faire un cours.

— Si, si.

— Vous devriez plutôt interroger le père Zoran. Il est plus qualifié.

— Mon tout premier reportage à l'étranger, figurez-vous, je l'ai fait sur une moniale, comme vous, complètement par hasard, une toute jeune, en Russie, près de Volgograd, une novice, et je lui demandais pourquoi elle entrait au monastère, pourquoi à vingt ans elle voulait s'enfermer, renoncer au monde, à la vie, à tout.

— Que vous avait-elle répondu ?

— En gros, elle me disait qu'elle ne renonçait pas du tout au monde, qu'au contraire, elle allait le conquérir…

La mère rit :

— Elle était peut-être un peu enthousiaste, mais elle n'avait pas tout à fait tort. Et puis les Russes, ils sont comme ça. Totalement passionnés. Mais c'est vrai que la prière, c'est puissant. C'est mieux qu'un avion à réaction !

— Justement, par exemple, qu'est-ce que vous faites, quand vous priez ?

— Eh bien, dans l'église, nous célébrons les grands mystères, ça, vous l'avez bien vu.

— Oui, mais quand vous priez, toute seule.

La mère rit de nouveau :

— Mais c'est très indiscret ce que vous me demandez là…

— Alors…

— Eh bien, quand je prie toute seule, je dis le nom du Seigneur.

— Tout le temps ?

— Oui. Le nom de Jésus, c'est comme son icône, mais en mots. Verbale. Enfin, il y a une formule. On dit : Seigneur Jésus-Christ fils de Dieu aie pitié de moi. Ou : aie pitié de nous et de ton monde.

— Vous dites ça tout le temps ?

— Oui. Pas moi seulement. Tous les moines. Tous les moines orthodoxes et même beaucoup de laïcs pieux, depuis deux mille ans. Sans discontinuer. C'est assez monumental, dit comme ça, cette phrase priée sans discontinuer par des milliers de personnes depuis deux mille ans.

Veronica soupire comme si on venait de lui mettre une chose lourde dans les bras. Cinq grosses bûches de chêne ou un moteur de moto.

La mère sourit un peu trop, comme une grimace :

— Mais moi, je n'ai pas cette grâce. C'est une prière qui peut chasser toutes les pensées vaines, et qui met le cœur dans un état de paix, de transparence et de disponibilité à l'amour, ça peut réchauffer les entrailles, très fort, et ça fait verser des larmes de joie, silencieuses, souvent. Mais moi, malheureusement, je n'ai pas cette grâce. Je prie mais je suis sèche. Frigide, si vous voulez. C'est mon épreuve à moi. C'est difficile, mais voilà tout. Je ne pleure pas. Que va-t-on y faire !

Veronica a envie de lui dire qu'au contraire, elle est rayonnante. Mais la mère :

— Voilà. Que vous dire de plus, Veronica ?

Le chat n'est plus sur les genoux de mère Mariam et Veronica ne l'a pas vu partir.

La mère se signe et reprend, avec une voix nettement plus aiguë que quand elle parle : *Il est digne en vérité de te célébrer ô Vierge Mère de Dieu…*

Veronica voudrait lui dire quelque chose de gentil, mais elle ne trouve pas et elles restent un peu en silence. Puis :

— Mère Mariam, je peux utiliser l'ex-moto, n'est-ce pas ?

— Oui, oui, bien sûr, elle est là pour vous.

— Parce que ça m'intéresse, finalement, cette histoire de vols d'icônes, de trafic, je vais me pencher un peu là-dessus, ça pourrait faire un bon sujet. Les ramifications du réseau, tout ça.

— Bien, bien…

— Je vais commencer par aller à la police, à Prizren.

Puis, se touchant le front :

— Ça me fait penser que j'ai oublié d'y aller pour payer ma taxe de séjour… Ils y tiennent, pourtant. Sinon, après, j'ai des ennuis à l'aéroport.

On entend les petits coups de maillet sur la planche de bois.

— Bien, bien, c'est l'office.

Dans la cour, Pouchok saute sur Veronica. Quand il est debout sur ses pattes arrière, il est presque aussi grand qu'elle. Et elle dit : mais oui, mais oui. En lui grattant les flancs vigoureusement. Mère Mariam est partie vers l'église. Veronica remonte vers sa chambre pour prendre un peu de cash. Parce que, si la vie au Kosovo est bon marché, les renseignements, eux, sont généralement très chers.

En entrant dans sa chambre, elle trouve son bagage bouclé, et s'aperçoit qu'elle avait tout à fait oublié qu'elle voulait s'en aller. Ça la fait sourire. Elle baise l'icône, dit à tout à l'heure, prend deux cents euros et ses papiers dans sa trousse de toilette où elle les cache et sort.

L'ex-moto est dans le hangar, à côté du petit tracteur bleu. Avec des poules partout.

48

Ce qu'il y a de bien, dans ce métier, c'est qu'on n'arrête jamais. Pour autant qu'on ait du talent et qu'on ne soit pas paresseux. C'est ce que Bruno se dit en montant dans l'AVE (le TGV espagnol), direction Madrid, en compagnie du duo de choc, Carme Ros et Federico García García, les deux ténors du *Diari*, qui se haïssent et se cherchent continuellement des crosses. Le directeur du *Diari* jusqu'à présent joue de leur rivalité, en tire parti, mais on sent bien que ces deux lions ne peuvent tenir dans la même cage et que l'un des deux chassera l'autre. Difficile de savoir qui des deux gagnera, mais, García García étant arrivé récemment, on peut supposer que le directeur mise plutôt sur lui pour l'avenir. Rien n'est moins sûr, néanmoins, et García García, qui est connu pour changer de chemise tous les matins, pourrait très bien réaliser un nouveau saut de tigre et bondir jusqu'au concurrent le plus direct, *La Vanguardia*, où la rumeur prétend qu'il gagnerait près du double. Carme Ros a beaucoup appuyé Bruno, en a presque fait son bras droit, ce qui a permis à Bruno de se consolider considérablement dans le journal. Et García García, dès son arrivée, a joué le même pion, cherchant à s'attirer Bruno, le faisant travailler beaucoup, lui gagnant des faveurs, de sorte que Bruno au journal passe pour le jeune loup nourri par deux fauves. Se retrouver à trois dans l'AVE ne manque donc pas de piquant, et Bruno, passé maître dans l'hypocrisie professionnelle, qu'il vit comme une stratégie quotidienne, jouit. Les deux fauves tirent les marrons du feu, et lui, derrière, rafle toujours la mise. S'il n'était pas aussi jeune, il penserait presque pouvoir les faire s'entretuer tous les deux et hériter seul.

Ils se rendent à la remise du prix annuel du reportage organisé par le journal *ABC* de Madrid, et Carme Ros a prévenu Bruno qu'on va rire, que García García sera reçu dans ces bureaux avec les honneurs d'un traître, parce que, passer comme il l'a fait de l'*ABC* au *Diari*, c'est comme pour un footballeur passer du Real au Barça, et elle s'attend à des sarcasmes.

Mais rien du tout. Que des embrassades et des accolades chaleureuses. La trahison semble très bien vue, dans le métier.

Les trois candidats nommés pour le prix sont assis sur trois chaises, au bord de l'estrade. Les votes sont rendus depuis plus d'une semaine, mais non divulgués, et Bruno trouve délicatement cruel de faire venir les deux perdants. Il sait que Carme Ros a voté pour Veronica Companys, nommée pour un reportage sur les femmes démineurs bénévoles du Kosovo ; et que Federico García García a donné sa voix à un vétéran de l'*ABC*, qui fut un jour son soutien, sept fois nommé, jamais primé, reporter sportif à la veille de la retraite, signalé cette fois pour un reportage sur l'entraîneur de football Del Bosque, que la victoire de l'équipe nationale espagnole au mondial en Afrique du Sud, cet été, a mis en lumière. Federico murmure dans l'oreille de Bruno que celui qui devrait gagner, si ce monde était moral, c'est le troisième, un frondeur qui s'attaque perpétuellement à la corruption dans les partis politiques, mais qu'on ne l'a nommé que pour faire bonne figure et qu'il n'a, matériellement, aucune chance. Il dérange trop. Bruno, lui, n'est pas encore parmi les votants. Un jour, sûrement.

Le nom qui sort de l'enveloppe est celui de Veronica. On applaudit et elle recueille le petit trophée avec un détachement que Bruno trouve à la fois superbe et vexant. Federico lui glisse qu'elle a gagné parce que c'est une femme. Discrimination positive. Que des hypocrites, dans ce métier.

Et Carme Ros, à son tour, dans son oreille :

— Tu vois, la femme a gagné. Il y a encore du courage, dans ce métier.

Le problème de l'ambition, c'est qu'elle marche main dans la main avec la jalousie. Même si Bruno préfère appeler ça de la rivalité saine. Mais alors il devrait admettre que c'est de la saine rivalité qui lui met dans l'estomac cette bile amère quand, flûte de *cava* en main, Carme Ros félicite Veronica, pendant la petite fête, et qu'il l'embrasse, la félicitant aussi, et retrouvant si changée, si forte en apparence, cette jeune femme à peu près de son âge qui était stagiaire quelques mois avant lui au *Diari* et qui lui avait encore expliqué comment scanner efficacement les archives. Veronica demande à Carme pourquoi les photos qu'elle avait prises des participants au Bilderberg n'ont jamais paru, et Bruno se sent plus que jamais un sans-grade quand Carme lui répond, tellement d'égale à égale, tellement plus qu'avec lui, que, tu sais, Veronica, j'ai cru que ce serait un scoop, et puis tout le contraire, on m'a fait une scène, en haut, on m'a traitée de fouille-merde et tes photos ont été classées, sans suite. Comme on se trompe, parfois. Veronica prend des nouvelles de Bruno, elle a le culot de lui demander s'il est encore aux archives, comme si elle ne lisait plus le *Diari*, comme si elle ne s'était pas aperçue que sa signature se multipliait. Et elle le félicite et elle l'encourage et lui souhaite bonne chance.

Bruno doit néanmoins reconnaître qu'elle a une douceur dans la voix, une absence d'excitation, même une capacité à laisser du silence entre les phrases, et une façon de regarder en plein visage, qui prouve cette autorité dont lui, il s'en aperçoit, soi-disant jeune loup, est encore dépourvu. Mais il se dit que c'est facile, aussi, d'aller au Kosovo sucer les tragédies des autres pour se faire valoir. Et il sent en lui la rancœur, comme chaque fois, s'accumuler sous forme de plus de dureté pour son caractère et d'un surcroît de motivation pour son boulot. C'est une étrange conviction, mais c'est la sienne, de se sentir encore inférieur et de se savoir supérieur. Un colonel dans un uniforme de sergent. Un jour. Un jour viendra. Rester à l'affût. Et, comme dit Federico, se lever chaque matin comme si le monde venait de naître, qu'on n'avait pas de passé, que la partie commençait, avec un jeu tout neuf.

La vie est un poker, il faut savoir faire merveille avec ce qu'on a. Ce ne sont pas les meilleures cartes qui gagnent, c'est le meilleur joueur. Avec une paire et de l'idée, ou du bluff, on peut battre un brelan d'as. Être sûr qu'on peut gagner, quelles que soient les cartes. Enthousiasme, toujours. Ne rien donner pour perdu, ne rien dénigrer.

Même pas, par exemple, ce soir, cet étron devant la porte de son immeuble, alors qu'il rentre, Bruno, fatigué, marchant à l'aveugle, les yeux penchés sur son smartphone, lisant son Twitter et fumant. En arrivant, il laisse tomber sa cigarette, comme chaque soir, jette un coup d'œil pour l'écraser justement de sa semelle et grâce à ce coup d'œil il remarque l'étron si stratégiquement placé, qui l'attendait, en quelque sorte, et il l'évite. Il ouvre la porte de l'immeuble, entre dans le hall où la lumière automatiquement s'allume, où il crache sa dernière bouffée et où la porte derrière lui claque et résonne, comme chaque soir. Dans l'ascenseur, il pense à cet étron, qui avait quelque chose de monumental dans la forme et dont une partie s'élevait comme une tour. Il entre chez lui, ôte ses souliers, met son téléphone à charger, pose une bouilloire sur le feu et, en se déshabillant, il songe qu'il suffit, le soir, qu'il n'y ait plus de passants pour que les gens cessent de poser ce petit geste civique de ramasser la crotte de leur clébard. Sous la douche, il pense que ce n'était certes pas à lui de retirer cette crotte de devant la porte de l'immeuble, mais que tout de même, si quelqu'un rentre après lui et n'a pas la chance de jeter sa cigarette au bon moment, il marchera dedans, et que la merde, transportée par la chaussure, étendra sa nuisance au vestibule, à l'escalier ou même, pis, à l'ascenseur.

Au sortir de la douche, il se regarde dans le miroir. Toujours moins de cheveux, et désormais du bide, c'est le passage du temps sur lui.

En pyjama dans la kitchenette, il verse l'eau chaude sur un sachet de tisane en réalisant qu'on est vendredi, que la concierge ne revient pas avant lundi et que la merde étalée dans les communs de l'immeuble y restera jusqu'alors, sans doute. Il boit son infusion de gingembre-camomille-citron à petites gorgées et il s'émerveille de la résonance et de la ramification de ce petit geste d'incivisme du passant et de son clébard, multipliée par sa paresse à lui, qui n'a pas ramassé la chose, et de la vanité de tous les habitants qui jugeront certainement, en se pinçant le nez, que ce n'est pas à eux de nettoyer l'escalier.

En se brossant les dents, il songe que, probablement, le passant incivique doit être au même moment chez lui en train de se brosser les dents aussi, parfaitement insouciant, et que c'est une jolie leçon de vie. Et en se couchant il se dit que, bien torché, avec une juste dose de fausse naïveté et d'ironie, il tient là un bon sujet de conte ou de nouvelle.

Alors, cherchant vainement le sommeil, il se relève pour aller l'écrire, sa nouvelle. Parce que demain peut-être les idées se seront évaporées ou appauvries. Il rallume dans le couloir, rallume dans la cuisine, sort du frigo une canette de bière bien froide pour se fouailler l'esprit, prend son ordinateur et note en épigraphe, avant même de commencer, une citation dont il faudra qu'il retrouve l'auteur : « Là où ça sent la merde, ça sent l'homme. »

À cinq heures moins le quart du matin, quatre canettes bues, il a fini son premier jet et se dit quel bonheur de pouvoir élever à la dignité littéraire un caca devant ma porte.

Il imprime son texte, le perfore et l'ajoute aux autres dans un classeur, qu'il feuillette avec contentement. Encore deux ou trois et il y aura de quoi faire un recueil.

Puis il s'endort comme une masse et se lève à neuf heures, avec les nouvelles sortant de son radio-réveil. Re-douche, se rhabiller, débrancher et empocher son téléphone, et il sort. Il appelle l'ascenseur, l'ouvre. Il y a de la merde frottée sur le tapis en caoutchouc de la cabine, et l'odeur correspondante. Il descend par l'escalier, constate les traces brunes dans le vestibule et il sort sur le trottoir en faisant un grand pas. Puis sous le ciel immense et céruléen il éclate de gaieté, salue le fruitier chinois du rez-de-chaussée, descend la rue, passe une carte magnétique devant un lecteur et décroche de la station un vélo public rouge, qu'il enfourche, la selle est juste à sa taille et hop, il se laisse dévaler de son quartier de Gràcia vers l'Eixample, suivi quelques mètres plus en altitude par un grand oiseau de mer en vol plané.

Il a rendez-vous avec son frère Oriol pour leur brunch du samedi, au Cuatro Vientos, un petit bar au coin des rues de Bailèn et de Mallorca. Ils le prennent en terrasse, malgré le frais : tous les deux sont fumeurs. Pain-tomate, jus d'orange. Une petite feuille d'arbre jaunie tombe dans le café au lait de Bruno. C'est l'automne.

Oriol travaille à l'administration publique, agence pour l'emploi, il a un collier de barbe, pour se vieillir, et un scoop fantastique pour son frère.

Bruno se méfie. Il n'y a que les journalistes qui savent vraiment ce que c'est qu'un scoop.

— Ne lève pas les yeux au ciel, mon vieux, c'est un scoop comme un bazooka.

— Allez, lâche.

Oriol regarde à gauche et à droite, puis se penche, menton en avant :

— La fille de Miquel Tarràs est au chômage.

— Quoi ?

— J'ai pris son inscription avant-hier. Elle s'appelle Begonya.

— Begonya ?

— Oui, monsieur.

Bruno lève les sourcils et tord les lèvres.

— C'est vrai que ça surprend.

— N'est-ce pas !

— Dis, tu n'en as parlé à personne ?

— Et le secret professionnel, qu'est-ce que tu en fais ?

Son frère sort de son portefeuille un petit papier et le lui tend :

— Son adresse et son numéro de portable. Plus le nom de son dernier employeur : Navarro.

— Le fleuriste ?

— Le fleuriste.

— Merveilleux. Elle s'appelle Begonya et elle travaille comme fleuriste.

— Alors, c'est une info, ça, non ? Qu'est-ce qu'on dit à son petit frère ?

— Faut la développer un peu, tout de même.

Bruno se dit que oui, ça, c'est un joli brelan de dames.

— Elle ressemble à quoi ? Dame de pique, dame de cœur ?

— Brune, petite, plutôt jolie, figure ronde, avec un écart entre les incisives. Disons, dame de trèfle.

— Faut que je sois prudent, tout de même. Parce que la vie privée des hommes politiques et de leur famille, dans un journal sérieux, ça ne le fait pas trop. Curieusement, d'ailleurs. En Angleterre, c'est différent. Tu te souviens de l'esclandre, quand avait paru la photo des filles de Zapatero habillées en gothiques, genre Marilyn Manson ? Non. Je te dis, faut que je travaille en finesse.

— Pour ça, on te fait confiance.

— Qu'est-ce qu'elle faisait, chez Navarro ?

— Vendeuse.

— Simple vendeuse ?

— Oui.

— Déjà ça, c'est dingue.

— Et pour quel motif elle est partie ?

— Rien de spécial. Navarro a réduit ses effectifs de dix pour cent. La crise, quoi.

— La fille du président qui perd son emploi de vendeuse, c'est quand même top.

— J'en ai eu trois autres de Navarro, à l'inscription chômage, le même jour.

Bruno tire une cigarette de son paquet. Oriol la lui allume. Bruno, glissant le petit papier avec les coordonnées de Begonya Tarràs dans la poche de sa chemise :

— Je n'ai pas perdu ma matinée. Et à part ça, petit, quoi de neuf ?

La voix qui répond à Bruno, au téléphone, est douce. Dès qu'il admet qu'il est journaliste, la voix se durcit. Polie, mais ferme. Vie privée, pas de politique, certainement pas d'interview, merci et au revoir.

Bruno s'y attendait un peu. Alors il se dit qu'il va la suivre, *incognito*, voir quelle est sa vie, s'il y a vraiment un bon sujet ou pas. Il se dit qu'il l'attendra, puisqu'il a son adresse, qu'il la reconnaîtra, avec le descriptif que lui en a donné son frère et cet indice de l'écart entre les incisives, et puis une image ou l'autre qu'il trouvera certainement sur Internet. En attendant, il pousse déjà jusque chez Navarro où, coup de pot, le patron est là mais où, manque de bol, il n'a rien à lui dire. C'était une employée comme les autres. Aucun fait saillant. Elle était bonne copine avec une autre vendeuse, une certaine Priscilla, mais elle n'est pas là aujourd'hui, pouvez revenir lundi, si ça vous chante. Mais vous savez que c'est la fille de… Alors je ne sais pas si vous faites bien de… Enfin, à vous de voir.

Puis, lundi, Bruno ne va pas chez Navarro. Un pion chasse l'autre, on n'a jamais le temps, il n'y a pas que cette affaire, les journées sont très remplies, ce n'est pas l'importance des sujets qui commande, mais leur urgence. Celui-ci n'a rien d'urgent. Il le garde sous le coude.

Surtout qu'il y a des événements, au *Diari*. La crise y frappe aussi. La rumeur d'un écrémage des personnels y flottait, on s'y attendait, ça n'arrivait pas. Et puis boum. D'une façon étonnamment brutale. En pleine journée de boulot, au goutte-à-goutte, un par un, des gens reçoivent leur avis de licenciement par e-mail, signé par le directeur. Indemnité de vingt jours par année d'ancienneté, plafonnée au montant correspondant à douze mensualités. En fin d'après-midi, on compte les morts. Trente-six membres administratifs, douze journalistes, dont six correspondants à l'étranger. La Twittosphère locale part en vrille. Le correspondant pour le Maghreb écrit : « Choses de la vie : mon dernier scoop en tant que journaliste du #*Diari*, c'est la nouvelle de mon licenciement. #Adieu #Merde. » Il y travaillait depuis vingt-cinq ans.

Mais le coup de tonnerre, c'est que Carme Ros est éjectée. La seule rédactrice de rang A à y passer. Elle twitte : « L'entreprise publie la liste des 48 licenciés. J'en suis. Mon profil digital et ma trajectoire sont insuffisants. #croyezleoupas #*Diari*. »

En se frottant nerveusement les mains sur la veste de son tailleur, elle dit à Bruno :

— Il a eu ma peau.

Pas besoin de traduire le « il ».

— En revanche, même si ce n'est pas encore officiel… ils ont la décence d'attendre qu'on dégage… il va passer directeur de l'information.

Bruno ne sait quelle tête faire. Il n'a pas reçu l'e-mail terrible, mais comme ça arrive au goutte-à-goutte, qui sait, ça peut encore venir, là, d'un moment à l'autre. Sera-t-il viré comme poulain de Carme ou sauvé comme dauphin de Federico ? Carme allume une cigarette interdite dans les bureaux, avec un sourire triste et un regard assassin. Il lève les yeux instinctivement vers le détecteur de fumée au plafond, comme s'il jetait un coup d'œil à son épée de Damoclès. Mais Carme :

— Ce n'est pas encore officiel non plus… mais toi… tu vas passer de rédac rang C à rang B.

— Moi ?…

— Le malheur des uns…

— Oh, Carme, je suis vraiment… vraiment désolé… navré… c'est trop injuste, quelqu'un comme toi…

— Te fatigue pas, va.

Puis elle écrase sa cigarette à demi fumée sur la moquette ignifuge :

— Je saurai me retourner.

Et elle se retourne, en effet, et s'en va. Bruno lui trouve les cheveux plus gris qu'auparavant. Et il pense à son frère Oriol.

Il se rassoit, le cœur battant. Rang B ! C'est soixante-six mille euros par an, ça. B, comme Bingo ! Et rang B, ça veut dire futur rang A !

La salle de rédaction est rarement calme, mais elle le devient, paradoxalement, plus que jamais. L'agitation se déplace vers les couloirs. Sans doute aussi vers la cafétéria. Bruno met son casque sur ses oreilles, comme d'habitude, pour trouver la concentration. Il monte le volume à fond. Son copain Vivaldi. Parce que, licenciements ou pas, il y a du pain sur la planche. Rang B ! Pim la la la la loum. Vivaldi.

Impossible d'avancer dans son article. Il ne trouve pas les mots. Rang B ! Il a pourtant la matière, et c'est un sujet plaisant. On vote la semaine prochaine au parlement le projet de désaffectation des phares côtiers, première étape avant leur concession au secteur privé. Transformer les phares en hôtels de luxe. La ligne du *Diari* est d'être contre. Résolument. Toujours cette ignoble tactique de la droite, qui profite de la crise pour faire passer le patrimoine public dans les mains du privé. Et chiche que Miquel Tarràs, Jordi López et leur clique en seront, indirectement. Un bon investissement bien juteux à offrir à des copains. Renvois d'ascenseurs. C'est ça, les vraies promesses électorales de la droite. Se partager le gâteau du patrimoine public.

Mais pas moyen de se concentrer, vraiment. Rang B ! Alors Bruno pose son casque, éteint son ordinateur et file. Il a envie de parler à quelqu'un. À son oncle.

Dans le couloir, il voit Federico, mais il n'ose pas aller le remercier. Pas aujourd'hui. Alors il se détourne, descend par l'ascenseur du fond, et il détale comme un lapin.

Mais Gavilán n'est pas là. Dommage. La boutique est bien fermée. Bruno avise sur la porte une affichette stipulant, avec un beau pléonasme : « Congé pour vacances. » Ce n'est ni l'écriture ni le style de son oncle. Ce sera donc sa maîtresse. Ah, il s'en prend, du bon temps, le vieux ! Poker, poker, il a bien raison. Dans la vitrine, il voit, devant les livres, des tasses illustrées de motifs touristiques, un panneau d'aimants du même genre et, à l'intérieur, rangé, un présentoir-tourniquet à cartes postales. Elle a de l'influence sur lui, manifestement. Pas plus mal. Et puis toujours les articles de Pere Català collés à la vitre, et décolorés par le temps et le soleil. Ah, le bon vieux, admirateur des voyageurs, c'est bien son tour de voyager un peu. Ce qui… mais oui, voilà la bonne idée !, le voilà l'homme à interroger pour cette affaire de phares. Pere Català ! S'il est contre, ça fera un témoignage excellent. Une voix autorisée, à faire entendre ! Ça peut peser dans la balance, ça. Qu'est-ce qu'il devient, d'ailleurs, le bonhomme ? Faut que je le localise, et sans traîner.

Bruno est reparti.

Eh ! Oh ! Rang B !

Le lendemain, le *Diari* est en arrêt de travail. Par solidarité. Avenue Laietana, devant les bureaux, calicots, syndicats, sifflets stridents. Il faut pourtant que le boulot avance. Se fera pas tout seul. Et Bruno, avec son smartphone, véritable bureau portatif, dans la cohue solidaire, prépare les questions pour Pere Català en même temps qu'il écrit et téléphone à gauche et à droite pour retrouver la piste du navigateur. On le rappelle enfin de la capitainerie générale, mais avec tout ce raffut, quoi ? Pardon ? Attendez un instant.

Bruno s'éloigne. Ils ont fait les recherches. Aucune nouvelle de Pere Català. La dernière chose certaine, c'est qu'il a quitté Punta Arenas, Chili, le 21 février dernier, c'est-à-dire il y a dix mois. Après, plus trace de vie. En dix mois, c'est impossible. Il naviguait sans GPS, donc on ne peut pas non plus localiser son bateau.

— Et personne n'a rien dit ?

— Personne ne s'en est rendu compte. On n'a pas mission de le suivre, vous savez. C'est pas notre job. Il y a son staff, normalement, pour s'occuper de ça.

Bruno se dit merde. Se dit tant pis. Il y aura tout de même un papier à faire, au moins sur sa disparition. Pauvre gars, n'empêche. Enfin, d'abord vérifier s'il y a un staff, mais on dirait pas. Ou bien de la famille. Doivent savoir.

— Eh, connard ! Un arrêt de travail, c'est un arrêt de travail ! Hypocrite de mes deux ! Planqué ! Suceur ! Reviens là !

Ça, c'est Joaquín, du service des sports. Viré. Bruno revient.

— Oui, oui, t'inquiète, vieux, t'inquiète pas. Je suis là.

Celui-là, un emmerdeur, travaillait mal, faisait toujours le malin, l'avaient même pas envoyé pour la Coupe du monde. Paraît qu'il harcelait les secrétaires. Franchement, on le regrettera pas. Connard toi-même.

49

Begonya, elle, est tombée amoureuse. Le premier jour de l'automne. Elle avait congé, elle se promenait, sans but. Ce que Sartre appelle une vraie promenade : se promener pour se promener. Et le hasard des pas, comme une douce psychanalyse par les pieds, dans ces cas-là la conduit le plus souvent à des lieux de souvenirs. Et, le 21 septembre, elle s'est retrouvée derrière la gare de Sants, une rue de vieilles petites maisons accolées, avec des jardinets, où habitait Nuria, la bonne vieille copine Nuria, partie à Londres depuis des lustres et perdue de vue. Drôle comme les chemins se croisent, se perdent. La maison des parents de Nuria, là, tout en chantier, avec des ouvriers qui entrent et qui sortent. Font des travaux. Rénovent, sans doute. Et un Black avec son Caddie de supermarché, un de ces milliers de Blacks qui sillonnent la ville jour et nuit et en tous sens pour ramasser la ferraille. Un Black immense, avec un tee-shirt jaune sans manche de joueur de basket, récupérant parmi les décombres que les ouvriers accumulent tout ce qui l'intéresse et le chargeant dans son Caddie. Un beau grand Black. Même très beau.

Elle en a passé, des soirées, dans la chambre de Nuria, pendant les études. C'était chouette. En même temps, ce qu'elle pouvait être bête, à l'époque. Ce qu'elle devient, Nuria ? Bof. Pas la peine. Elles doivent être trop différentes, désormais. Ne se reconnaîtraient plus. Comme la maison après rénovation. Ce ne sera plus la même maison.

Deux ouvriers sortent de la maison en portant la baignoire. Ça a l'air lourd. Ils la déposent. Le grand Black accourt. Ça a l'air de l'intéresser fichtrement. Il demande à un ouvrier de l'aider, mais celui-ci refuse : il a du travail à l'intérieur. Le Black soulève la baignoire par un côté et la traîne, avec un crissement effroyable. Begonya sent ses jambes avancer et ses mains saisir l'autre bout de la baignoire. Le type lui dit *grassias.* Ils la posent sur le Caddie, en équilibre. Elle s'est blessée, elle se suce le doigt. Le type, qui est équipé, sort des sandows d'un petit sac à dos vert accroché au Caddie. Begonya maintient la baignoire pendant qu'il attache les élastiques. Puis il remplit encore la baignoire de quelques bouts de métal et il s'en va, poussant son chargement instable. Begonya lui fait un pas de conduite, une main sur la baignoire. Il lui dit encore *grassias,* pour dire au revoir. Alors elle le laisse partir.

Mais elle le suit.

Ça fait longtemps que ça l'intéresse, le destin de ces mecs-là. Tellement visibles partout en ville, et tellement inconnus. Pour la plupart arrivés en barque précaire sur les côtes ou aux îles Canaries, donc presque tous réchappés de la mort, plus de cinq mille l'année dernière, disent les journaux.

Cinq mille arrivés vivants, pour un peu plus de trois mille morts. Elle en a parlé un jour avec son père, qui lui disait que, Dieu merci, les Canaries ne sont pas de la responsabilité de la Generalitat de Catalogne, mais que oui, tout ça est absurde. Les migrants sont reçus par la Croix-Rouge ou la Guardia Civil, puis mis en centre de rétention. Ils introduisent une demande d'asile. Dont la procédure dure, bien souvent, plus longtemps que la durée limite légale de la rétention en centre. Résultat, bon nombre sont relâchés, dans la nature, et ils circulent sur le territoire national. C'est-à-dire qu'ils filent vers la métropole et il ne sert à peu près à rien de les rechercher. *Dixit* papa.

Mais Begonya trouve ça épatant, cette porosité kafkaïenne des frontières européennes. Chaque Black ferrailleur de Barcelone lui paraît toujours plus aventureux et, partant, plus courageux et plus intéressant qu'un citoyen normal. Et ça fait longtemps, donc, qu'elle a envie d'en suivre un.

Il fait un sacré bout de chemin, le grand type, avec sa démarche un peu bondissante, comme s'il marchait sur des coussins d'air, poussant sa montagne. Elle se rappelle Sisyphe, Camus. Pas mal finalement, Camus. Les trottoirs sont larges. Encore heureux. Les gens s'écartent.

Passeig de Gràcia. Joli contraste. Le grand Africain, tee-shirt jaune numéro 16 des Lakers, le Caddie, la baignoire, et la boutique Hermès derrière. Begonya attend aussi, dix mètres en retrait, que le feu passe au vert.

Au coin de l'avenue Diagonale, il s'arrête sur un de ces bancs où l'on a mis des accoudoirs pour empêcher qu'on s'y allonge et que certains y dorment. Elle, discrètement, entre dans le café, juste en face. Elle le regarde par la vitre. Il a un trou dans le jean et son genou sort, grand, carré. Il tire une demi-baguette de pain de son sac vert et une conserve de sardines. Il ouvre le pain avec le doigt. Ses mains sont bicolores, noires sur le dos, claires sur la paume. Il se gratte le front. Grand front. Il a les yeux pas vraiment bridés, mais presque. Il ouvre la conserve de sardines et verse l'huile pour mouiller le pain, deux mouvements aller et retour, puis il glisse les sardines, se lèche les doigts et referme le sandwich. Il jette la conserve, hop, dans la baignoire.

Panier.

Et crunch. Il mord. Il mâche. Le genou qui marque un rythme.

Ce à quoi elle ne s'attendait pas, c'était à cette chaleur dans le ventre. À cette rougeur dans les joues. À ce cœur qui va plus vite que le cerveau. À ses yeux devenus limaille de fer et à ce type devenu aimant. À cette adrénaline. À ce désir de se jeter à l'eau, à cette envie de se faire manger. Mais, évidemment, on ne l'avait pas prévenue qu'un type pareil existait sur la planète. Un type tellement pour elle. Tellement nécessairement pour elle. Merde. C'est absurde.

— Quoi ? Oui, pardon, un café, c'est ça. Quoi ? Non, non. Noir.

Et elle paie d'avance, pour pouvoir sortir dès qu'il repartira.

Alors elle s'est demandé comment faire. Mais, en même temps, tout était simple. Elle avait assez fait le vide autour d'elle et dans sa vie pour que, justement, tout soit simple.

Passé l'Eixample, une fois entrés dans l'ancien quartier industriel du Poblenou, elle l'a rattrapé. Il n'y a plus personne, ici, dans les rues. Il la regarde du haut de sa taille infinie. Elle s'appelle Begonya, mais là, elle pourrait s'appeler Pivoine.

Elle se rend compte qu'il a l'air inquiet.

— Je ne suis pas de la police.

S'entend-elle dire.

— Je fucke la police, ajoute-t-elle, avec un geste.

Et en se sentant idiote.

Il rit, mais un peu jaune.

— Tu parles espagnol ?

— *Un poco.*

— Anglais ? Français ?

— Français.

— Ah. Moi, le français, ouf, pas très bien.

Ils traversent une rue.

Puis, sur le trottoir à nouveau, elle le lui dit, directement, et en anglais, sans savoir pourquoi ça lui est sorti en anglais :

— Moi, *I'm in love with you.*

Et d'un coup, subitement, elle a envie de pleurer. Des larmes ont sauté, prêtes à couler, comme des amis se précipitent à la défense d'un ami.

Il a ri. Elle lui a pris le bras. Il continue, tout droit.

— Comment tu t'appelles ?

— Moi ? Begonya.

Il rit de nouveau.

— C'est pas un nom, ça.

— Mais si !

Il rigole. Elle lui tient le bras avec les deux mains, comme un panier accroché.

— Et toi ?

— Moi ? J'ai pas de nom.

Il rit.

— *Come on…*

— Jim.

Et elle, en riant :

— *You lier.* C'est pas vrai.

Il rit.

— *Kiss me,* Jim.

Il rit. Elle rit.

— *Kiss me !* Jim !

Alors il s'est arrêté, il a regardé alentour. Et ils se sont embrassés.

Comme tout est simple. Et comme elle n'est plus que de l'eau.

Et ils avaient fait ça au fond de la cour, derrière un amas de décombres qui les cachait un peu, dans une intimité très relative tout de même, et assez vite. Et elle avait eu l'impression qu'elle se vidait de tout ce qu'elle avait de mauvais et d'indésirable, et elle s'était enfuie pour pleurer, puis elle était revenue, en courant aussi, et Jim l'avait regardée avec de la peur dans les yeux, de nouveau, un peu, puis il s'était d'un coup illuminé et il avait ri, d'une gaieté énorme et si magnifiquement gratuite. Et elle lui avait tambouriné la poitrine avec ses petits poings, mais arrête de rire, mais arrête de rire, et le bonheur, invraisemblablement simple, était là, tombé d'un coup comme une pluie de feu, et tout autour d'elle était carbonisé de joie. Ça faisait un bail qu'elle n'avait plus rien à perdre. Mais ça restait comme du vide. Maintenant, un grand vent chargé de parfums fertilisait son petit univers, des fleurs poussaient partout. Quel bizarre chemin tout de même le destin lui a fait parcourir pour qu'elle trouve son petit coin à elle, là, dans ces grands bras, sur ce tee-shirt jaune, sur cette peau brillante sous cette main rugueuse, dans ces muscles et dans ce sourire-là. Parce qu'elle n'est pas seulement heureuse : elle est en paix ! Et elle a envie de se réconcilier avec le monde entier, de courir annoncer, même à sa mère, pourquoi pas, la bonne nouvelle.

Elle n'avait pas voulu le quitter, elle avait dormi là. D'anciens locaux désaffectés, vastes, les vitres extérieures intactes, les vitres intérieures brisées ; le rez-de-chaussée est un espace de tri pour la ferraille, avec un bruit épouvantable, des coups de masse pour séparer le plastique du métal. Que des hommes, peut-être quarante, mais il y a du va-et-vient et elle ne sait pas trop. Et que des Africains. Mais elle reste avec Jim. À l'étage, il y a les couches. Et dans la cour, moitié pavés, moitié terre, il y a l'eau courante. Un petit paradis.

Le lendemain, ponctuelle, elle allait au boulot. Et déjà elle avait des idées.

Ils sont organisés en mode survie, les mecs. Mais ce que ça doit devenir, l'occasion est unique, c'est un laboratoire d'utopie. La chose est claire. Et elle n'a pas envie de perdre son temps. Première chose à faire, un potager. Dans la cour. Elle achète cinq cents kilos de terreau à prix d'amis chez Navarro, les fait livrer à Poblenou, rue de Badajoz, et avec quatre gaillards plus Jim, en cinq jours, cinquante mètres carrés de la cour sont prêts à être plantés. Carottes, panais, pommes de terre et potirons. Elle emmène Jim dans son studio, pas tous les jours, mais souvent, pour avoir un peu plus d'intimité. Et elle s'est d'ailleurs découvert le plaisir assez bruyant. Autant être entre quatre murs, tout de même.

Tout se passe admirablement bien. Elle fait venir Blanca, qui n'en croit pas ses yeux, qui se porte les mains à la tête, qui demande qu'on la pince et qui trouve ça, certes, inattendu, mais fantastique. Seydou – car c'est le nom de Jim – est sympa, charmant avec elle et effectivement très agréable à voir. Avec ce détail que Blanca trouve hilarant et dont Bego ne semble pas s'être aperçue : que Seydou a lui aussi un bel écart entre les dents.

Même les carottes poussent. Bien que Blanca, qui est devenue très bio, émette quelques doutes sur l'opportunité de faire pousser des primeurs dans la cour d'une ancienne fabrique où on a dû à l'époque déverser des tas de saloperies industrielles et de produits chimiques.

— Tes salades aux métaux lourds, ma fille, tu les mangeras toute seule, compte pas sur moi.

— Et moi je te dis que tu en mangeras. En plus, c'est pas des salades.

C'est à ce moment que Begonya apprend que Navarro licencie et que Priscilla y passe. Alors elle va voir Navarro, lui demande d'être virée à la place de sa copine. Et Navarro, qui n'avait pas voulu jadis ne pas engager la fille de Miquel Tarràs, ne veut pas non plus refuser de la licencier. Priscilla, ravie.

— Ne me remercie pas, j'en avais plein le dos, à la fin. Ça tombe très bien.

Et même si, comme Priscilla s'en doute, Begonya lui ment un peu, la chose ne tombe pas si mal. Parce que son laboratoire d'utopie ne peut pas se limiter à faire un potager avec des illégaux. Elle a bien besoin d'un temps plein. Surtout que la situation se corse, on semble ne plus trop vouloir d'elle au « village ». Car c'est ce nom que les mecs donnent à leur repère. Il faut dire que, avec son caractère, elle a eu plus ou moins tendance à prendre les commandes de la petite communauté. Organisation et rangement du rez-de-chaussée, nettoyage, propreté, hygiène dans les waters, gestion des trois frigos, tours de vaisselle et de cuisine. Ça l'avait atterrée, l'individualisme qui régnait et comme chacun mangeait de son côté, ou par petits groupes. Elle était parvenue à imposer un partage de la nourriture. Mais quand elle avait proposé aux deux patrons – qui n'étaient que deux types avec des papiers, qui ne logeaient pas sur place, qui avaient un camion et des contacts avec les ferrailleurs des faubourgs – de mettre en commun un peu d'argent pour l'entretien de tous et pour l'alimentation, et puis, pourquoi pas, de mettre au clair la situation de chacun, les besoins de papiers, les statuts administratifs, dans un souci d'efficacité, on lui avait rétorqué que personne ici n'avait besoin d'une assistante sociale. Et cela, d'une façon si menaçante – Seydou n'était pas là – que, pourtant peu peureuse, elle avait filé jusqu'à son studio de la rue de l'Avenir en regardant derrière elle.

Mais, le lendemain, elle retrouvait Seydou avec les traces sur le visage et sur les bras d'une bagarre. Seydou lui avait expliqué qu'elle et lui, au village, ça allait devenir difficile. Et Begonya, avec toute la détermination, la patience et l'ingéniosité qu'on lui avait inculquées à l'ESADE pour monter et diriger une entreprise, pour réussir dans la vie, avait considéré la situation attentivement et en avait tiré un plan. Elle était revenue vers les deux chefs – l'un s'appelait Seydou, comme Seydou, l'autre s'appelait Serge, et Bego les surnommait, du coup, les SS – avec un marché à leur proposer. Qu'ils lui cèdent une petite partie des locaux, la partie qui a une entrée indépendante sur la rue de Turró, et un accès à la cour. On installerait une palissade pour séparer la cour et on dédoublerait l'arrivée d'eau. Le *deal* était à cinq cents euros. Une fortune, pour un bâtiment illégal, dont on pouvait être délogé à tout moment. Comme le grand bâtiment s'appelait le « village », elle appela le petit *l'altre poble*, l'« autre village ». Seydou était avec elle et pour elle. Six types du village les suivirent à l'autre village. Et, un peu de sentiment, Seydou et Begonya avaient déménagé la baignoire de leur rencontre, dont elle ne voulait pas se séparer, et qui servait de rangement.

Le *deal* était nécessairement provisoire et bancal, le voisinage serait difficile, on continuerait de vendre la ferraille aux SS, en attendant de se trouver une filière propre et on verrait bien. Ça valait le coup d'être tenté. Qui a dit qu'il fallait réussir du premier coup ? Elle était motivée, heureuse, amoureuse, et Blanca disait tout simplement qu'elle s'accomplissait.

Begonya proposait à Blanca de se joindre à eux, mais Blanca, avec le petit, disait que ce n'était pas réaliste. Bego comprenait, évidemment, même si elle n'était absolument pas d'accord sur cet usage défaitiste du mot réaliste.

Begonya mit au point la caisse commune où chacun mettait ce qu'il voulait. L'objectif n'était pas d'en récolter beaucoup. Surtout que Seydou et les autres profitaient de leur temps en Europe pour envoyer leur argent à leurs familles africaines. Puisqu'un euro ici, sous le rapport du pouvoir d'achat, en vaut vingt là-bas. Begonya n'intervenait pas sur ce sujet, cela ne la regardait pas, son but étant justement d'établir un mode de vie communautaire où l'on utiliserait l'argent le moins possible, jusqu'à le faire virtuellement disparaître. Tout n'était que récupération et recyclage. Sur le rebut de la société moderne il y a largement de quoi faire vivre une autre société. Les seules choses à acheter véritablement, c'étaient les vivres, farine, lait, riz, sucre. Et le papier hygiénique. Tout le reste déborde à foison des maisons et des magasins, se répand sur les trottoirs, et, dès qu'on s'est ôté les menottes de la honte, on peut se servir. Et encore, il n'était pas rare de trouver sur le pas de la porte un kilo de riz ou une brique de lait posés à la sauvette par des bienfaiteurs inconnus.

— Si tu vis sans argent et sans en demander, je te jure, les gens t'adorent. Dans le fond, les gens détestent l'argent. C'est de ça, dans le fond du fond du fond, qu'ils veulent être libérés. Je te dis.

Les frais de l'eau et de l'électricité étaient compris dans le loyer, pour ne rien changer au contrat léonin que les SS avaient avec le voisin, qui les leur vendait secrètement et hors de prix. Les bouteilles orange de butane, on en faisait une utilisation minimale. La fin de l'automne était clémente. Et, signe encourageant du destin, le potager croissait, magnifique et plantureux.

Il n'y avait que les cinq cents euros du *deal* qui étaient vitaux, parce qu'ils assuraient la paix. Elle les prenait sur son indemnité de chômage. Du coup, la charge de son studio, rue de l'Avenir, devenait trop lourde. Elle avertit sa mère qu'elle irait vivre chez une copine en attendant de trouver un autre logement moins cher. Sa mère, horrifiée d'apprendre que sa fille est au chômage, mais heureuse de la voir, lui dit que c'est hors de question et refuse de la laisser partir. Begonya lui rappelle qu'elle fait ce qu'elle veut et que, si ça peut la rassurer, elle n'a jamais été aussi heureuse. Mireia trouve en effet que sa fille a l'air calme et douce et épanouie, mais elle est habillée comme un sac. Elle ne sait plus à quel saint se vouer et lui dit que, de toute façon, le studio reste à elle, qu'ils ne le reloueront pas à quelqu'un d'autre, qu'elle aille où elle veut mais qu'elle sache qu'elle y est toujours chez elle et qu'il n'y a plus besoin de payer de loyer. Évidemment, ma Bego. Ça va sans dire. Mais tu dois prendre soin de toi. Tu veux que ton père appelle Navarro ? Il doit pouvoir te réengager, tout de même.

— Maman…

Cette générosité familiale l'ennuie un peu, parce que c'est toujours un fil à la patte et un empêchement de brûler tout à fait ses vaisseaux. En même temps, on ne devient pas Lénine en deux coups de cuiller à pot. Patience. Et puis ça l'arrange un peu, au moins temporairement, de garder son domicile officiel et de ne pas s'attirer d'ennuis administratifs. Ça reste un paravent pour sa vie cachée. Elle décide simplement de s'y rendre le moins souvent possible, juste pour relever son courrier. Ce qu'elle va aller faire, d'emblée.

Sa mère l'accompagne jusqu'au parking.

— Et ton scooter ?

— Je l'ai revendu à une copine.

— Mais alors, comment tu fais ? Tu n'as plus rien ?

— Je n'ai pas « plus rien ». Je n'ai plus de scooter. Mais il y a le bus, un arrêt juste là, devant le couvent.

Elles s'embrassent, Begonya passe la grille, descend la rue. Sa mère :

— Prends soin de toi !

Et :

— Reviens vite !

Le bus met du temps à arriver, parce que c'est dimanche matin. Mais c'est un direct, qui la dépose presque devant l'immeuble.

Elle descend du bus. Le temps est doux, il y a des gens en terrasse et des enfants. Elle ouvre la porte de l'immeuble et rentre ; Bruno, à la terrasse du café, a bondi comme un ressort. Enfin ! Trois dimanches matin qu'il consacre à faire le guet. Bon. Bien. Il espérait plutôt la voir sortir, et la suivre. Il faudra donc attendre encore, en espérant qu'elle ressorte bientôt.

PARTIE IX

TOURNÉ VERS SA FIN DERNIÈRE

50

(2011)

2011 moins 1946, dans quelque sens qu'on fasse l'opération, ça fait implacablement 65. L'âge de la retraite pour Irving. Alors le réveillon est triste.

Soixante-cinq ans, ce n'est pas vieux, mais alors pas du tout. C'est la société qui est bizarrement faite, et on prend sa retraite. Par ici la sortie.

L'administration qui fait apposer sur tous les bâtiments publics ces affiches vertes représentant un homme stylisé courant vers l'issue de secours ne se doute certainement pas de la tristesse qu'elles inspirent à Irving, un peu partout, répétées, dans les couloirs de l'université, dans les couloirs de la bibliothèque nationale, ancien hôpital, ancien mouroir. Par ici la sortie, Irving, soixante-cinq ans.

Rue du Robador, d'accord, les putes, à soixante-cinq ans, on peut dire que c'est la fin du parcours. Mais un professeur d'université ! Pas marié, pas d'enfants, seul comme un arbre sans ombre et en pleine possession de ses moyens intellectuels… Et avec désormais cette absence d'ambition malsaine qui pervertit tant les jeunes chercheurs… Cette gratuité de la science comme plaisir et du savoir comme partage… Et puis tous ses enfants, enfin, ses étudiants, ce commerce continuel qu'il avait avec la tranche des dix-huit vingt-cinq ans, fleuve jamais interrompu de jeunesse devant lui dans les classes, rivière de jouvence où lui, vieil animal paisible, s'inclinait pour boire. D'un coup : éloignez-vous du rivage, place aux autres.

De toute façon, même les putes de la rue du Robador, il n'y en a presque plus. La moitié basse de la rue n'existe plus. « Ici se construit la nouvelle filmothèque de la ville de Barcelone. » Chantier en panne, à cause de la crise, le comble. Donc, l'ancienne filmothèque aussi, ce sera bientôt fini. Elle avait pourtant du charme, elle était grande. Quelle est cette manie de remplacer ce qui marche encore...

Si je veux continuer, de toute façon je ne peux plus. Qu'est-ce que c'est que ça, finalement, pour une société libre ?

« La jeunesse bouleverse le vieux monde », titre le *Diari* à cause des révoltes en Tunisie.

Mais oui... mais oui...

Le journal sous le bras, il remonte la rue, et les mêmes filles lui refont les mêmes avances. Ici, au moins, on a une deuxième chance.

Et puis, qu'est-ce qu'on laisse derrière soi ? Quel monde ? Des jeunes qui ne savent plus l'orthographe ; qui parlent un catalan pauvre, un castillan de télévision et un anglais pakistanais, qui ne lisent plus, qui ne connaissent les rois catholiques que par des séries télévisées, et don Quichotte par la BD, paresseux et sans imagination à cause de la facilité des écrans, incapables de se concentrer à cause de la rapidité des communications et d'Internet, dégoûtés du système par le chômage, avec un gigantesque héritage culturel qui est leur dernier réservoir de puissance face aux émergents et qu'ils ne savent plus lire, plus connaître, et qu'ils n'ont plus ni le goût, ni la patience, ni le désir de dominer. Eurosceptiques, en plus ! Vraiment, la branche sur laquelle ils sont assis est quasiment sciée. Tout va à vau-l'eau. Inutile de se mentir. La conscience politique ? Au ras des pâquerettes. Polarisée par le Barça-Madrid, Guardiola-Mourinho. Juste bons à critiquer le système sans prendre la peine de le comprendre, à taper sur les banques, ou à se replier sur des nationalismes par peur des grands ensembles. Des rêves vagues, aucune énergie, aucun enthousiasme, aucune foi en l'avenir, aucun sentiment que, l'avenir, il faut le faire. Seulement l'envie que l'avenir soit facile et la colère de découvrir qu'il ne l'est pas. La littérature ? N'en parlons pas. Ça plafonne à Zafón. Zafón ! Du roman tout juste bon pour la jeunesse, donner le goût de lire avec des niaiseries amusantes. Zafón dans le panthéon littéraire ? Oui. Autant donner à Coca-Cola un château dans le Bordelais. Ah, là, les gens diraient non. Ils sont plus exigeants pour les plaisirs de l'estomac que pour ceux de leur esprit.

Et puis, faut pas se voiler la face. Les responsables, c'est nous. C'est nous qui avons formé cette génération-là. Mais qu'est-ce qu'on a fait de mal, bon sang ?

— Mes chers amis, j'entame ici le dernier semestre de ma carrière professionnelle. Je voudrais vous dire, même si ça doit vous glacer les sangs, à vous, étudiants de lettres, que la dernière génération où il y avait encore du prestige dans ces études, ce fut la mienne. Ma génération fut la dernière où des éléments brillants pouvaient encore être séduits par une carrière dans les lettres. De nos jours, qu'espérez-vous ici ? Un poste plus qu'hypothétique dans l'enseignement. Doté d'un salaire de caporal. Que vois-je dans les rangs depuis des années ? Surtout des filles. Qui se disent que c'est une jolie matière, un métier pas trop difficile et beaucoup de congés pour s'occuper des enfants. Des garçons ? Très peu. Quelques rêveurs, sans ambition. Tous ceux qui ont conscience de leur valeur ou de leur supériorité choisissent des carrières valorisantes. En lettres, il n'y a plus que des éléments de second rang.

Parce que Irving est un professeur particulièrement aimé des étudiants, la réaction n'a pas été immédiate. Mais, maintenant, les plus incrédules se réveillent, on a tapé du poing et, justement parce que Irving est aimé de ses étudiants, on ose, la communication passe, on hue, des boulettes de papier bombardent le petit homme élégant au bas de l'amphithéâtre, qui se tait, qui semble en demander davantage. Puis on le voit, avec les mains, faire un geste de chef d'orchestre, comme s'il demandait plus de volume, plus de cris.

Et plus de cris il reçoit. Plus quelques injures.

Comme s'il demandait aux trombones et aux timbales de donner plus de voix, les bras tendus, il ajoute, couvert par le bruit :

— Vous êtes des paresseux ou des femmes qui veulent se caser !

Hurlements de ses chers étudiants.

— Vous ne vous intéressez à rien ! Vous êtes des ratés, des sous-humains !

Et l'amphithéâtre suit un élève qui a lancé un sonore *Ir-ving-cabrón, Ir-ving-cabrón,* Ir-ving-connard, Ir-ving-connard… rythmé par des coups sur les pupitres.

Et alors Irving, ému, levant les bras, mains ouvertes, et obtenant le silence :

— Merci. Merci. Mes chers amis, merci.

Rires, rumeurs.

— C'était une vérité que je voulais vous dire avant de partir. Et c'était la réaction que j'espérais. Merci. Merci.

Concert de sifflets. De nouveau les bras levés et le silence.

— Bravo.

Il pousse un très long soupir. Silence.

— Ne vous laissez pas faire. Luttez, soyez ambitieux, mes chers enfants. Tapez du poing. Lisez, lisez, sans relâche. Et même si c'est du Zafón…

Rires, parce qu'on sait que Zafón est sa bête noire.

— Lisez, pensez, exigez plus de vous et plus de vos futurs étudiants, et de vos lecteurs, s'il y en a parmi vous qui écrivent. Vous aurez des salaires de merde…

Rires.

— Oui, de merde… Peu importe. Vous êtes les dépositaires de la dernière immense richesse de l'Occident. Soyez fiers. Soyez orgueilleux. Soyez superbes. Vous êtes supérieurs. Plus tard, ne vous souvenez pas de moi, mais souvenez-vous de ce que je vous dis là. Souvenez-vous de votre mission, que vous êtes les dernières personnes cultivées de la planète, que votre richesse est mal payée parce qu'elle est incalculable, et n'arrêtez jamais, à quarante ans, à cinquante ans, à soixante ou même à soixante-cinq, à, oui, soixante-cinq, n'arrêtez jamais de lire et d'apprendre et de voyager, de vous exprimer, pour certains, et pour d'autres de thésauriser la littérature, qui est la plus forte chose du monde, la copulation de la pensée et du beau.

Quelques rires à cause de l'étrangeté de la formule.

— La culture est la crème de la civilisation et vous autres, même horriblement mal considérés, vous êtes et serez toujours la crème de la société. La plus belle production de l'humanité n'a plus que vous. Soyez infatigables.

Parce que parlant de littérature, nom d'un chien, là, dans cette enveloppe en papier kraft, quatre-vingts pages A4 écrites en grand, et la lettre manuscrite de son ex-meilleur étudiant, Bruno Vidalet, mon cher Irving, veuillez m'excuser de ne pas vous avoir écrit depuis longtemps, et veuillez aussi m'excuser de ce que je le fais maintenant dans un but intéressé. J'ai mis le point final à un recueil de nouvelles, que je ne voudrais pas soumettre à publication avant d'en avoir reçu l'opinion de celui qui reste et restera mon maître ès-belles-lettres. Ce sont des nouvelles – je sais que vous préférez l'appellation « conte » – simples, que j'ai voulues mordantes, sans doute assez lyriques en ce sens que j'y mets en scène ma sensibilité. Et cetera. Et cetera.

Est-ce que je suis devenu un vieux con ? C'est possible, après tout. Et que plus rien ne me plaise qui ne soit marqué du sceau de la mort, du passé, de l'ancien ? De ce que j'ai connu quand j'avais encore de la joie de vivre ? Un peu de jeunesse ?

Possible.

Mais qu'est-ce que c'est que cette littérature ?

Tellement… ingénue ? Tellement fraîche, peut-être ? Non. Tellement narcissique. Tellement plate. Tellement négligée. Oh, je ne sais plus. Le conte sur le *clásico* est ingénieux ; le conte sur la merde de chien, un peu consternant, mais tout de même suggestif, drôle. Non. Celui où l'on retrouve un type suspendu à son balcon, ça rappelle Poe, et celui où le narrateur ne reconnaît plus ses mains, un beau matin, en sortant de la douche, c'est un peu Cortázar. Mais le style, mon petit gars ! Et puis tout se terminant toujours en eau de boudin ou en queue de poisson, c'est fait à la va-vite. L'écriture est une chose lente, à quoi on se consacre. Mais ça, tu l'as écrit à tes moments perdus, sur un coin de table, avec un ton ironique qui n'est que l'alibi d'une paresse. Et tout ce que tu recherches, c'est la gloriole d'être un auteur. Frustration récurrente chez les journalistes. Tellement dans ce qui passe, ils veulent durer, ils veulent du papier relié et leur nom au-dessus de celui d'un éditeur.

Vieux con ? Peut-être, oui, vieux con.

Irving a envie de lui écrire que ce sont des débuts encourageants, qu'on y sent un talent encore au niveau de l'apéritif et qu'il faudrait maintenant faire le pas vers un travail plus consistant, se colleter vraiment avec la création, qu'on en est encore à des reflets fugaces de sensibilité égocentrée et que, tel quel, ce texte publié rendrait un faible service à la littérature.

Mais Irving sait que Bruno se vexerait, qu'il n'y a plus personne pour demander un avis sincère.

Et puis, surtout, Irving sait que Carme Ros n'est plus au *Diari.* Et que, lui, il va vers la retraite. Et qu'il craint plus que tout qu'on ne lui retire aussi sa colonne hebdomadaire dans ce journal. Même, avec tout ce temps vide qui l'attend, il compte demander qu'on lui donne une colonne ou l'autre en plus, en critique littéraire ou de cinéma, par exemple. Alors quoi ? Bruno a pris du grade, au *Diari.* Carme le lui a assez dit.

Tout bien réfléchi, ne pas publier les débuts prometteurs, même si un peu apéritifs, d'un auteur qui a du talent, c'est peut-être le décourager et priver l'avenir d'une bonne plume ?

Ce n'est pas si mal, finalement, ce petit recueil.

Et puis, Cortázar et Poe n'ont pas non plus écrit que des choses extraordinaires.

Alors, va. Bon. Bien.

51

L'un des charmes de l'église Sainte-Marie-de-la-Mer, qui n'est pas officiellement une cathédrale mais qui en a largement la grandeur, c'est l'éclairage dont on l'a dotée, à l'intérieur, éclairage accroché à un quart de la hauteur des piliers et jetant sa lumière vers le haut, de sorte que le bas de ces colonnes graciles et gigantesques plonge dans un contre-jour obscur où elles disparaissent de la vue d'ensemble en produisant l'impression que cette immense nef, à l'intérieur, flotte sur quelques mètres d'immatière.

C'est une production de plus de ce génie culturel espagnol, comme chez le Greco ou chez Gaudí, de représentation naturelle, spontanée, sur un seul et même plan et néanmoins distinctes, des deux dimensions terrestre et céleste. Étrange fascination pour la beauté de la mort, se dit Irving.

Et c'est peut-être cela, dans le fond, qui l'a toujours séduit dans ce grand pays et qui l'a décidé – décision qu'avait prise aussi El Greco, un beau jour de 1577 – à s'y installer pour toujours. On ne peut pas vivre pleinement sans la pensée de la mort et il n'y a peut-être qu'ici où cette pensée est entièrement dévolue à l'art, à la création et à la beauté, mettant l'art à la place de la mort, sur la frontière du réel et du surréel, sur ce point où la lumière est inventée au milieu des ténèbres. Le clergé espagnol, trop du côté céleste, faisant le rigolo en parlant de l'au-delà ; le peuple espagnol, trop du côté de la terre, de la sieste et des plaisirs du ventre, comme Sancho Pança. Et le génie culturel espagnol, juste entre les deux, seul immense et digne et dérisoire et avec toute la puissance de l'inconscient, toujours surgissant depuis le point précis de la pensée de la mort, tendu entre l'existence et le rêve dans un effort sublime et inutile. Don Quichotte, évidemment.

Au demeurant, le prêtre a un faux air du célèbre hidalgo. Grand échalas, squelette boiteux sous son aube, tournant autour du cercueil avec un bouquet de branches de buis préalablement trempé dans l'eau et aspergeant par-devant et par-derrière. Et les gens endeuillés recevant sans broncher les gouttes perdues de cette salve en l'honneur de la défunte. Les gestes du clerc quichottesque sont si vigoureux et convaincus que l'eau bénite vole loin et Irving a remarqué avec amusement qu'un bonhomme regardait avec inquiétude si la flotte n'atteignait pas les toiles de la défunte artiste accrochées pour l'occasion entre les premiers piliers et à l'entrée du chœur. Ces beaux grands portraits de feuilles d'arbres, que le prêtre dans son homélie a comparés à des icônes. Icônes de la nature, visage transparent de l'être.

Celestina, à côté de lui, ne semble pas s'inquiéter de l'inondation des toiles. Elle pourrait, pourtant, puisque plus d'une lui appartiennent.

C'est assez curieux, pour Irving, après avoir vu, il y a trois ans, l'expo de Maria del Mar Ballet entouré de Celestina et de Carme, d'assister maintenant à ses obsèques, entouré par les deux mêmes. Il y a une espèce de raccourci ou de pliage dans le temps et une analogie certaine entre ce que peuvent être une exposition d'art et un enterrement. Toujours ce rapport de l'art et de la mort.

Des flashes.

Eh bien oui. Les touristes ne voient pas pourquoi un enterrement devrait les priver de visiter Sainte-Marie-de-la-Mer.

Surtout que c'est l'occasion de la voir « en activité ». Avec les orgues, là, maintenant. Milliers de tuyaux pour une seule musique.

Quand Celestina s'assoit ou se relève, il y a tout le cliquetis de son collier et de ses bracelets. Sur Carme, au contraire, pas de maquillage, pas de bijoux, et souple. Les deux amours de sa vie, deux styles opposés et joliment complémentaires. Une sorte de ménage à trois jamais tout à fait assumé. Polygame fidèle. Il aime pourtant bien la définition, mais ni Carme ni Celestina ne la supportent. Elles sont pourtant polyandres aussi, il ne l'ignore pas. Mais peut-être ne le sont-elles pas dans un esprit de fidélité. Bah. Les femmes sont mystérieuses.

Celestina :

— Tu sais qu'elle s'est…

Irving :

— Elle s'est quoi ?

— Ben, elle s'est…

Murmurant :

— … pendue.

— Ah ?

— Oui, elle avait une maladie.
— C'est pas forcément une raison.
— Toujours est-il que…
Carme :
— Qu'est-ce qu'elle dit ?
Irving :
— Qu'elle s'est…
Avec un petit geste du poignet.
Carme :
— Mais oui, je sais bien.
Le panier de la quête passe et, pris au dépourvu, les trois fouillent leurs poches et leurs sacoches pour trouver des sous.
Après quoi, Carme :
— Je fais sa nécro pour le *Huff*.
— Le *Huff* ?
— Ah oui, tu ne sais pas ? Je travaille pour le *Huff*.
— Quoi, le *Huff* ?
— Eh bien, le *Huffington Post*, le journal *online*.
— Ah oui.
— Quand je pense que j'ai été virée parce que mon profil digital n'était pas satisfaisant.
Celestina, tournant la tête et se penchant :
— Chuut.
Carme :
— Justement, tu crois que je dois le mettre, dans la nécro, qu'elle s'est…
Irving :
— C'est officiel ou pas ?
— Pas vraiment.
— À toi de voir.
— Je crois que je vais le sous-entendre, discrètement.

— Oui, oui, c'est ça.

— De toute façon, je sais bien que ce n'est pas à cause de mon profil digital que j'ai été vidée.

Celestina :

— Mais chuut. Un peu de tenue.

Carme, touchant la manche d'Irving :

— Elle est bien, ta veste.

— Regarde, c'est doublé. Vert à l'intérieur.

— Joli, joli.

— C'est réversible.

Celestina :

— Dis, au deuxième rang, là-bas, c'est pas Barceló, le peintre ?

Irving :

— Possible.

Carme :

— Chuut.

Un qui souffre, c'est l'inspecteur Damián Pujades, derrière Carme Ros, et qui entend tout ce que murmurent ces trois inconnus devant lui, et qui voudrait, si ce n'était pas un délit, les anéantir, leur casser la figure, leur écraser la face à coups de talon et jeter leurs restes aux chiens, avec des crachats. Parce qu'il sait, lui, l'horreur qu'a vécue son ami Bernat, le cauchemar des dernières semaines, la dépression si profonde de Maria del Mar et puis la découverte du corps dans la salle de bains, pendu à un crochet même pas haut, qui ne laissait sous les pieds de la femme que trente centimètres de vide, trente centimètres à peine, à quoi la mort avait tenu, par où la vie était partie. Il voudrait les étrangler aussi, et leur arracher les yeux. Et cette langue, qu'ils ont si bien pendue. Et leur casser les dents à coups de genou. Et leur enfoncer un fer rouge par le tuyau des oreilles. Mais il ne fait rien, pas même une remarque, parce qu'il ne pourrait pas se retenir. Et puis parce que c'est une fameuse leçon sur cette saloperie d'humanité égoïste et vaine. Oh, mon bon ami Bernat, si tu savais les trous du cul d'amis de ta femme. On est mieux avec nos délinquants, nos assassins et tes cadavres qu'avec ces citoyens-là. Leur péter les reins à coups de barre.

Comment est-ce possible qu'une personne si fine, si délicate, si courageuse, si intelligente, si généreuse, Maria del Mar, une artiste aussi réussie, tellement reconnue, comment est-ce possible ? Oh mon ami Bernat, si ça pouvait servir à quelque chose, je les poignarderais, là, dans le dos, ces trois-là.

Damián est particulièrement démoli parce que Bernat lui a dit, blême et vide, que tu vois, nom de Dieu de nom de Dieu, si seulement on avait eu des enfants, tu vois, elle n'aurait jamais fait ça. Jamais.

Et ce qui touche aux enfants touche Damián.

Puis, à la fin, pour accompagner la sortie lente du cercueil et de son cortège on entend, venant de puissantes enceintes, un air de Verdi.

Comme pour l'orgue tout à l'heure, Irving se dit : cinquante voix pour un seul chant.

Un de ces airs que Maria del Mar mettait souvent, très fort, dans l'appartement, quand elle travaillait. Qui l'émouvait ingénument et qui l'enthousiasmait. Qui la faisait parfois tourner sur elle-même, avec les bras comme des ailes et le pinceau faisant des taches partout. Et qu'elle entonnait avec un accent italien douteux mais convaincu et qu'elle chantait comme si elle était ailleurs, volant dans la musique, et à tue-tête, *vole oh ma pensée... sur tes ailes d'or... va jusque là-bas sans te poser... sur les champs, sur les monts... là-bas où se respirent le doux parfum et l'air... de ce pays où je suis née...*

Et Bernat le premier suit le cercueil, pleurant sans pudeur, comme la dernière chose qu'il peut faire avec elle, et il se demande si dans sa boîte elle a un peu ouvert les bras, si ses lèvres mortes chantent au moins faiblement, *dis bonjour aux rives du Jourdain... aux tours détruites de Sion...* Bernat se demande si elle y est partie, Maria, dans ce beau pays-là, si elle savait déjà quand elle chantait dans l'atelier que ce pays-là si lointain elle y partirait volontairement. Et sans consolation et implacable, Verdi : *Ô ma patrie... si belle... et perdue... ô souvenir... si doux... et fatal...*

Damián a vu passer son ami, liquéfié, courbé, qui a perdu trente centimètres, et il attend que le cortège, tellement lent, avance, pour pouvoir s'y joindre, et sortir, sortir d'ici, de cette musique qui broie les os, dehors, de l'air, de la lumière. *Harpe d'or des devins, fais revivre en nos cœurs le souvenir... parle-nous... du temps qui fut... Invente une musique... qui donne... un peu de courage à notre douleur...*

Dehors, enfin.

Bernat a l'air tellement détruit. Sûrement, sa femme savait qu'en souffrant de sa maladie, elle faisait souffrir deux personnes ; mais peut-être qu'elle ne se rendait pas compte qu'en se tuant, elle en tuait deux aussi.

Damián se révolte maintenant contre la pauvre

Maria, la pauvre, c'est trop injuste de se fâcher contre elle, dans sa boîte, et pourtant, si tu savais ce que tu as fait... Bon Dieu, à quoi ça rime, tous tes tableaux de feuilles mortes, si toi, tu n'attends pas l'automne et si tu n'attends pas de tomber. Évidemment, j'aurais dû venir vous voir, plus. Oh, pardon. Et puis ça n'aurait rien changé. Qui suis-je ! Et puis qu'est-ce qui change quelque chose ?

Il faut tout de même aller saluer Bernat. La queue qui défile est bientôt finie. Alors, il y va. Manque de pot, il est de nouveau derrière les mêmes. La femme pleine de colliers et de bracelets embrasse Bernat, qui a encore la force inerte de remercier d'être venu. Et il lui semble bien, à Damián, sans fausse vanité, qu'en le voyant, Bernat s'est un peu éclairé. Il lui tend le bras, il l'embrasse. Damián se fâche de se sentir ému, parce que, si Bernat peut se contenir, là, ce n'est pas à lui maintenant de flancher. Et Bernat :

— Attends, attends, je vais te présenter à ces gens-là.

Damián se dit intérieurement que surtout pas. Mais il ne peut pas contredire Bernat, qui use sans doute de ce stratagème pour s'en défaire.

— Que je vous présente mon ami Damián Pujades... un écrivain.

Damián, surpris, touché aussi, puisqu'il déteste tellement qu'on le présente comme policier, ressent comme une sorte de scandale que ce soit encore son ami Bernat qui fasse l'effort d'être gentil.

— Il a écrit un roman, formidable, je l'ai lu, qui va sortir à la fin de l'année. Damián, ces deux personnes sont des journalistes, important pour toi ! Je vous laisse, excusez-moi.

Alors Bernat s'éloigne.

Carme, par politesse :

— Ah, vous publiez un roman, chez qui ?

— Aux Éditions 61.

Irving :

— Et ça parle de quoi ?

Damián, en se disant que, si c'était pour des gens pareils, il ne l'aurait pas écrit :

— Oh, un roman historique. Sur le siège de Barcelone, en 1714.

Carme, méchante :

— Ah, vous surfez sur le nationalisme catalan !

Et adroite :

— C'est bien ! Il y a besoin de bons romans historiques, pas tendancieux, sur ces sujets-là. Je me réjouis de vous lire.

Irving :

— Que pensez-vous de Zafón ?

— Zafón ? Si je pouvais écrire comme lui, je serais content. Enfin, on verra bien.

— Oui, oui, oui, oui. C'est votre premier livre ? Votre nom ne me dit rien.

— Oui, c'est mon premier livre. Enfin, j'avais gagné jadis un concours de nouvelles…

— Oui, oui, eh bien, bonne chance, en tout cas !

Les trois s'éloignent aussi de Damián, pressés de le faire, manifestement.

Et Damián, qui a mis tellement de lui dans l'écriture de son grand roman, constate qu'il les suit des yeux, regrette de ne pas connaître leur nom, se dit qu'il va le demander à Bernat et s'afflige de voir qu'il pense déjà à lui-même et que Maria a déjà commencé à mourir sa deuxième mort. L'oubli.

Il se rapproche du corbillard, où le cercueil est entré.

Maintenant, le cimetière.

52

Le lendemain, un samedi, même lieu, autre enterrement. Mme Teresa Català, la mère du navigateur. Morte le lundi, trouvée par la concierge le mardi, et à qui tout promettait un enterrement plus que confidentiel, sans âme présente pour la pleurer, si le maître de l'administration, Miquel Tarràs, n'avait pas, à la suite de cet article du *Diari* qui avait révélé la plus que probable disparition en mer du navigateur catalan, demandé à ses services de rester attentif au sort de cette vieille femme. Avec l'idée, peut-être sournoise mais adroite, et peut-être aussi, somme toute, généreuse, d'associer à ses obsèques un hommage officiel à son célèbre fils. On a besoin, plus que jamais, d'événements officiels qui détournent un peu l'attention publique des politiques d'austérité. Et si celle-ci n'est pas une cérémonie particulièrement euphorisante, du moins célèbre-t-elle la dignité d'un Catalan remarquable et ne pourra-t-elle avoir que des répercussions médiatiques positives.

Du coup, annonces dans les journaux, délégation de la Generalitat et de la mairie de Barcelone. Miquel n'est pas présent en personne, mais son porte-parole le remplace. Miquel avait dit à Marc :

— Marc, tu liras mon discours, voilà tout.

Et Marc avait souri en se disant que ces grands hommes ne doutent de rien. Son discours, c'est Marc qui l'a écrit.

Puis, un très bref instant, Marc avait réalisé que le discours, pour être tout à fait exact, c'était un de ses trois assistants qui l'avait rédigé. Et, ce même bref instant, Marc s'est senti l'étoffe d'un grand homme.

Ce à quoi on ne s'attendait pas, tout de même, c'est à cette foule. À vue de nez, deux ou trois mille personnes. Pour un demi-oublié que les poissons mangent au fond de l'océan, c'est beaucoup. Mais l'homme était beaucoup moins oublié que prévu. Les médias ne sont pas un fidèle reflet des préoccupations des gens. Des tas de familles, des vieux, des enfants et des drapeaux. Marc se dit que tant mieux, plus de gens me verront.

En même temps que ça lui fait un choc. Parce que l'analyse est vite faite : les gens sont là pour ce que Pere Català représentait, catalaniste jusqu'à la moelle, partant toujours en mer avec le seul drapeau catalan, omettant volontairement le pavillon espagnol. L'indépendantisme surprend l'homme politique lui-même et lui tombe dessus. Car c'est une force populaire, imprécise et difficilement mesurable, dont aucun des partis n'a le monopole ni le contrôle. Et ça sort de terre, là. Il va falloir se préparer. Inclure tout ça dans la stratégie électorale. Et déjà dans la communication. En parler à Miquel. Surtout que ça peut être un très bon paravent pour les politiques impopulaires qu'on doit mener, derrière. Essayer d'obtenir la direction de ce dossier. Son parti, CiU, fédère le catalanisme conservateur, qui n'est pas séparatiste. Il faudra veiller à ce que cette force montante n'aille pas grossir les résultats des autres formations. Faire gaffe à la gauche républicaine. Pas les socialistes. Ils n'en touchent pas une dans le domaine. Avec leur fédéralisme sans avenir. Non. La gauche républicaine.

Marc, au premier rang dans l'église, prépare l'une ou l'autre phrase à ajouter tout à l'heure dans sa parlotte. En tout cas, finir par un sonore : *Visca Catalunya !* Vingt rangs derrière, regrettant de n'avoir pas apporté de drapeau, il y a Gavilán, fier, portant beau, parfumé, qui n'aurait voulu rater cela pour rien au monde, triste pour son héros mais heureux qu'il ait péri par l'aventure, car un héros a le droit de mourir dans l'élément où son héroïsme le mène. Le destin, souvent, refuse cette grâce. C'est une fin shakespearienne.

L'homme à côté de lui ne se lève pas quand tout le monde se lève. Un vieil homme tout ridé, tout maigre. Pas l'air en forme.

L'homme qui n'a pas l'air en forme, Albert, ne voulait pas non plus manquer cela. Malgré la fatigue, et tout ce bruit, ce chef-d'œuvre d'architecture, mais qui résonne, qui résonne… N'empêche, ça vaut la peine, tous ces beaux drapeaux, les Catalans, qui savent ne pas oublier leurs grands hommes.

Et, face au parvis de Sainte-Marie-de-la-Mer, Raquel, qui boit un blanc sur un comptoir, qui a dit à Gavilán, en arrivant : moi, je t'attends ici. Et que les drapeaux exaspèrent. Un peu plus, même.

Ils lui font peur. Parce qu'elle est une Catalane pas catalane. Elle est née à Cadix. Allez un peu voir qu'ils s'indépendantisent. Qu'est-ce que je deviendrais, moi ? Je ne parle même pas leur dialecte de merde. Faudra que je m'exile. Et le serveur, un beau jeune, avec un accent argentin à couper au couteau :

— Vous en faites pas, madame, c'est que des pantins, ces mecs-là.

53

L'article tintamarre du *Diari* sur la fille du président de la Generalitat l'a jetée, *volens nolens*, dans l'arène.

Blanca lui déconseillait d'accepter toute espèce de contact avec les médias. Parce que, pour vivre heureux, Begonya, crois-moi : vivre caché. Mais Begonya disait : le mal est fait. L'article un peu fouille-merde signé par un certain B.V., qui a bien fait son boulot, n'empêche, et sans qu'on s'en aperçoive, a ouvert la porte. C'était une fameuse surprise ; et maintenant, je ne vais pas me dérober.

Pourquoi Blanca s'y opposerait-elle, finalement ? C'est sa vie, à Bego. Et puis, ça a toujours été une fille brillante, même si – et peut-être justement – même si elle a tout lâché. Finalement, elle a du sang de leader, se disait Blanca, un peu craintive, un peu excitée aussi.

Parce que dans la presse, très vite, la figure de Begonya est apparue dans les vignettes des humoristes. Sous la forme d'une petite gamine avec des couettes, pour évoquer Fifi Brindacier, et, naturellement, son fameux écart entre les incisives. La première vignette du genre l'opposait à son père, caricaturé comme d'habitude avec des grandes dents noires. Le père lui disait, dans une bulle :

— Légalement, je devrais l'évacuer, ton *altre poble.*

Et Fifi-Begonya, dans une autre bulle :

— Fais gaffe, ou je le dis à maman.

Puis Begonya a accepté une longue interview intimiste à la radio, vers minuit, quand on a le temps et que plus grand monde n'écoute, où elle avait dit des choses étonnantes sur l'argent ; qu'en suivant une pensée rigoureuse et réfléchie, disait-elle, l'argent n'est qu'une invention géniale, à un certain moment de l'histoire, ou même de l'évolution – je préfère dire l'évolution, si ça ne vous dérange pas – et cela ne dérangeait pas l'animateur radio –, une invention qui a permis des choses merveilleuses, rendez-vous compte, par rapport au troc, quelle avancée ! Le troc, c'est toi et moi, maintenant, on échange ça parce que ça nous arrange. L'argent, c'est merveilleux, puisque c'est dire, je te passe contre ceci ou cela une poignée de coquillages, parce que toi et moi nous savons qu'ailleurs, et plus tard, quelqu'un d'autre acceptera ces coquillages contre une autre marchandise. Cela va peut-être vous étonner que moi, qui suis tellement contre l'argent, j'en fasse l'éloge. Mais rendez-vous compte que l'argent, ce fut l'introduction du temps et de la distance dans les échanges entre les gens. Rien de moins, si l'on suit une pensée rigoureuse et profonde, que la création d'une vision du monde commune. Et durable, surtout. L'argent a permis d'unifier, ou de rendre compatibles, c'est la même chose, différentes conceptions du monde ; c'est l'argent qui a permis qu'à un moment dans l'évolution se répande l'idée que les différentes sociétés qui sans doute devaient se détester, s'ignorer et se bagarrer, ou même s'entre-bouffer, appartenaient à un seul monde. L'argent a été le dénominateur commun des différences. La première loi internationale, si vous voulez. Et il faut bien comprendre l'importance de l'argent, pour comprendre pourquoi aujourd'hui il a fini d'être utile. Et que tous les maux qu'il a toujours entraînés, aujourd'hui, n'en valent plus la peine. Aujourd'hui, ce que l'argent permet est inférieur à ce qu'il empêche. C'est donc devenu une chose inutile et nuisible. Pourquoi ?

Et l'animateur, qui pensait à autre chose, parce que son casque ne fonctionnait pas, lui dit qu'en effet, il allait lui demander pourquoi.

Miquel et Mireia écoutaient l'émission en se mettant au lit. Minuit, l'heure de la radio. Mireia disait : c'est notre fille, ça ? Et Miquel : si tu participais aux conversations que nous avons dans la bibliothèque…

Blanca, de son côté, se disait que Bego, elle en a sous la pédale.

Eh bien parce que, continuait Begonya d'une voix tranquille, parce que l'humanité, après l'argent, a mis au point, lentement, un autre moyen d'interconnecter les peuples et de créer la conscience du monde. Ce nouveau moyen a mis du temps à s'imposer à l'argent, de même que l'argent a certainement mis du temps à s'imposer au troc. Un coup décisif a été porté par Gutenberg, n'est-ce pas, et l'imprimerie, et la diffusion d'une même langue et de sujets de pensée partagés par des gens à travers la distance et à travers le temps.

J'allais le dire, je vous suis, ajoutait l'animateur.

Et Blanca, qui connaissait la voix du présentateur et qui le soupçonnait d'ironie, là, pensait avec rage que, connard, quand elle sera célèbre, tu feras moins le malin, tu opineras du bonnet comme tous les gens de ton espèce devant les gens célèbres. Elle était en colère.

Mireia ne parvenait pas à suivre, se disait que bon Dieu, bon Dieu, quelle drôle d'histoire arrive à sa fille. Et Miquel, qui dort cinq heures par nuit, quand ce n'en sont pas quatre seulement, et qui a pris dix ans depuis qu'il est au pouvoir, s'est endormi. Demain est un autre jour.

Mais Bego, douce : c'est cela, c'est la communication, qui a remplacé l'argent. Dans sa fonction essentielle. Donc, essentiellement remplacé l'argent. L'argent n'a plus d'essence. Plus de raison d'être profonde. La communication se développe énormément, en même temps que l'argent dégénère complètement, se dérègle, s'affole et commence à être violemment et ridiculement contre-productif. La communication est l'élément tellement essentiel dans l'évolution, que ça a donné Internet. Et supprimez Internet, une autre forme de communication globale le remplacera. C'est trop tard, c'est arrivé. Les gens du monde entier n'ont plus besoin d'autre chose que de communication pour se savoir en relation. L'argent n'a plus rien à apporter. Que du mauvais. Car le désir profond de l'humanité, toute l'évolution le prouve, c'est de vivre ensemble. On n'arrête pas des mouvements pareils. Et la communication a un effet économique incroyable : qu'elle rend le partage, oui, le partage, le partage généralisé, plus évident que le commerce d'argent, plus évident, plus facile. Et tout ce qui est plus évident et plus facile, dans la logique de l'évolution, relisez Teilhard de Chardin, relisez Lévi-Strauss, est inévitable. Cela arrive, quoi qu'on fasse. La loi du moindre effort pour le meilleur résultat est la loi qui dirige l'évolution. Et le partage est ce moindre effort pour un meilleur résultat. Il est inévitable. Après le troc, après l'argent, c'est l'ère de la gratuité qui arrive. Ce qui ne veut pas dire la paix universelle, parce qu'il y aura toujours désir de domination. Mais ça, c'est un autre débat.

Ce qui avait fait de Begonya une douce rêveuse, dans l'opinion de certains. Et qui, en tant que telle, l'avait rendue à la fois intéressante et sympathique, parce que apparemment inoffensive.

Puis Bego avait accepté une interview à la télé. Blanca n'osait pas lui dire non, n'y va pas, je t'en supplie ; en même temps que Blanca s'attendait au pire. Un jour, le pire viendrait. Un jour, elle se ferait démonter. Mais pourquoi, finalement ? Pourquoi ne serait-elle pas plus forte que les autres ? Que les autres tous ensemble ?

Et Blanca se surprenait parfois à être émue, à regarder son petit garçon qui marchait, Andreu, et qui jouait avec un ballon d'hélium à moitié dégonflé, acheté au parc, et qui hantait l'appartement à mi-hauteur, comme un fantôme : Dieu fasse que tu vives un jour dans le monde dont Bego parle. Nom de Dieu, j'aurais dû lui demander d'être ta marraine. En même temps, athée comme elle l'est, pas sûr qu'elle aurait bien voulu.

Et comme la télé ne veut que des coups, on avait voulu l'opposer en débat avec son père. Mais le père avait décliné, trop occupé, pas la peine. Begonya elle-même avait dit : avec mon père, je débats en privé, si je veux. On était néanmoins parvenu à faire une affiche, en lui donnant pour vis-à-vis le conseiller d'économie, Jordi López, l'homme le plus médiatique du gouvernement, celui aux nœuds papillons, qui ce soir-là en portait un vert pomme. L'émission était très vue, animée par un humoriste qui avait, quant à lui, la manie des paires de bretelles fantaisistes. López était parti d'emblée sur son cheval de bataille, à la fois provocateur et drôle, tout auréolé de sa charge – momentanément en vacance – de prof d'économie à la Columbia de New York, déclamant qu'il était complètement incroyable qu'on puisse ne pas être libéral, qu'il faudrait tout de même faire un peu de pédagogie pour extirper ces discours pseudo-marxistes et autoflagellants, que l'esprit même du libéralisme est d'augmenter la richesse de tous, que les faits le prouvent depuis deux cents ans, qu'un pauvre d'aujourd'hui vit mieux qu'un roi de jadis, qu'il faudrait tout de même commencer à ramer tous ensemble dans le même sens, que c'est la meilleure et la seule solution, que c'est une question de bon sens. Et qu'on ne vienne pas l'emmerder avec les limites du système, que soi-disant la croissance ne peut pas toujours augmenter. Évidemment, que la croissance est illimitée ! Les ressources naturelles sont limitées, c'est vrai, mais l'économie et la production de richesses, ce n'est pas seulement l'exploitation des ressources naturelles, c'est surtout la création d'idées, regardez Steve Jobs, le bonhomme, il a une idée géniale, et hop ! Les idées aussi se matérialisent et se commercialisent, et rien ne stimule plus la création d'idées nouvelles que la pensée du profit qu'on peut en obtenir. Allez tenir vos discours bidons en Chine, en Inde, au Brésil, ils rigoleront bien. Regardez comme ils nous rejoignent, les émergents, et comme ils vont bientôt nous dépasser. Il ne faut pas sortir de la course, de ce beau mouvement qui rassemble les peuples et les fait converger, il ne faut pas rouler avec les freins serrés, que diable…

Mais Begonya était toute calme et tellement tranquille qu'elle paraissait presque condescendante. Et elle lui disait : je vais vous montrer l'erreur logique que vous commettez. Vous êtes au gouvernement, n'est-ce pas ? Oui. Vous prétendez agir pour le bien de la population, et je vous crois de bonne foi. Vous venez de nous dire que le système libéral est le meilleur et qu'il est bon pour tous. Voilà la petite glissade : parce que, du coup, vous croyez agir pour le bien des gens en agissant pour le bien du système. L'exemple typique, c'est quand le gouvernement dit qu'il fallait sauver les banques avec de l'argent public, sinon les gens auraient souffert encore plus. Mais vous devez comprendre que les gens, eux, voient clair. Ils voient que vous défendez le système et ils ont donc le sentiment que vous ne les représentez plus. Et ils ont raison. Agir pour un système en postulant *a priori* que le système est bon pour les gens, ça porte un nom, qui va vous faire bondir. C'est du totalitarisme. Relisez Hannah Arendt.

Jordi López, qui ne voulait pas paraître moins calme qu'elle, s'enfonçait dans son fauteuil, faussement à son aise. L'humoriste aux bretelles vermeilles disait hou-hou, hou-hou, en sautillant. Et elle :

— Prenons pour exemple ce couple dont la presse parlait hier. Lui, quatre-vingt-douze ans, elle quatre-vingt-six. Expulsés de leur appartement par la police pour que la banque puisse se rembourser de leur emprunt, dont ils ne payaient plus le terme, qui était, si je me souviens bien, de six cents euros. Ce couple-là, et tous les gens qui le connaissent, que croyez-vous qu'ils en pensent, du système. Il ne suffit pas de leur dire qu'ils n'ont rien compris.

— Ma petite fille, vous avez beaucoup lu, c'est bien, je vous encourage à continuer, vous lisez même les journaux, bravo. Mais, pour reprendre votre exemple, qui est un peu démagogique…

L'humoriste, qui préférait la petite :

— Ce n'est pas démago, c'est un exemple réel…

— Pour reprendre son exemple, sachez que, en effet – en effet ! –, si l'on n'avait pas sauvé les banques avec de l'argent public, ce ne seraient pas vingt-quatre mille expulsions qu'on aurait connues en Espagne, mais un cataclysme épouvantable et la misère généralisée.

— Mais justement ! Le système libéral, comme disent les experts, est un système intelligent, qui s'autorégule, il faut le laisser faire parce qu'il sait où il va. Or précisément, là où il va, maintenant, c'est droit dans le mur. Alors, soyez cohérent, laissez-le faire… On n'attend que ça, nous, qu'il se crashe, le système libéral.

Et alors, comme si on avait dit quelque chose à propos de sa mère, Jordi López faisait des petits bonds furieux dans son fauteuil :

— « Nous » ! Nous… qui, nous ?!

54

Begonya avait mangé Jordi López tout cru. Et les vignettes des humoristes en avaient fait leurs choux gras, où la Fifi Brindacier était toujours une petite fille, mais son dessin était aussi grand que celui des adultes qu'on lui opposait. Elle avait désormais dans une main une faucille et dans l'autre un marteau.

Un type comme Joaquín, par exemple, qui se grattait la tête pour savoir où il avait déjà vu ce visage auparavant, la trouvait fabuleuse, la petite Tarràs. Il disait, avec sa migraine du matin – et le matin, pour lui, c'était devenu midi, midi et demi –, le journal sous le coude, le café bu sur le comptoir et les deux billets de loterie perdants quotidiens :

— C'est pour des gens comme ça qu'il faudrait qu'on vote. Des gens qui savent, et qui en même temps sont proches du peuple et des réalités.

Et la grosse dame, de l'autre côté du comptoir, disait que oui, oui, en balayant de la main la poussière grise du grattage des billets de loterie et en attendant qu'il demande son deuxième café.

— Bien chargé d'anis, hein.
— Oui, oui.

Veronica, depuis le monastère Saint-Gabriel au Caire, où elle fait des reportages sur la situation des Égyptiens coptes dans les révoltes qui secouent le pays, et sur les incendies d'églises, reconnaît à l'écran le visage de cette fille qui lui avait demandé, à la manif du Bilderberg, de ne pas publier son image. Et elle se dit qu'elle a loupé un scoop. La fille de Tarràs à l'anti-Bilderberg, ça l'aurait fait. Mais en même temps elle est contente d'avoir loupé ce scoop-là. Chacun son heure. Et pour la fille Tarràs, à l'époque, c'était sans doute trop tôt.

Anastasia, la copine complètement perdue de vue, qui travaillait à un guichet de banque dans une agence de la Caixa Catalunya, rue Granados, appelait Blanca pour lui demander si elle avait vu Begonya à la télé.

Et ç'avait été l'occasion de se retrouver. Anastasia n'avait même jamais vu Andreu. Et Blanca s'excusait, avec ses malheurs de couple, elle avait un peu coupé les ponts avec tout le monde, elle avait déprimé. Et Anastasia s'excusait de n'avoir pas été plus insistante, à l'époque. Tu sais comment c'est, le boulot, un autre monde, d'autres relations.

— Bah oui. Et puis c'est moi, surtout. Pendant deux mois je n'ai plus voulu répondre à personne au téléphone, j'ai coupé mon Facebook. Je m'excuse, tu sais. Sauf Bego, bizarrement. Enfin, elle ne téléphonait pas. Elle sonnait direct à la porte.
— Elle est vachement directe, comme fille.
— Ben oui, et maintenant, ça se voit !

On picore des olives vertes. Et Anastasia, avec sa fameuse touffe de cheveux frisés, s'inquiète pour Andreu, qui en avale des tonnes.

— Rapport à s'étrangler, quoi.

— T'en fais pas. Il a l'habitude. Il n'y a pas de noyau. Et c'est des bio !

Puis, Anastasia :

— Pour Nuria, tu es au courant ?

— Au courant de quoi ?

Alors Anastasia raconte à Blanca une histoire horrible de leucémie, de six mois de temps, de changer le sang deux fois, que rien n'y a fait, de courage exemplaire, de force, de tristesse, de parents détruits, qui vendent leur maison…

— Mais c'est pas vrai ! Mais dis-moi que ce n'est pas vrai !

… puis qui s'installent en Argentine, tu sais, son père avait un frère là-bas, ils voulaient être le plus loin possible, manifestement. Fauchée, vraiment fauchée, il n'y a pas d'autre mot, tout allait hyper bien, j'avais été la voir, à Londres, elle se la pétait, c'était la grande vie, le dimanche elle jouait au hockey avec une équipe de collègues, et puis elle espérait être mutée au bureau de Barcelone l'année suivante, je te jure, ç'a été l'horreur. Six mois. Six mois de temps. Elle est morte à l'hôpital du Vall d'Hebrón.

— Putain merde. À une demi-heure d'ici. Et je ne savais pas. Elle est où, maintenant. Je veux dire, enterrée ?

— À Montjuïc.

— Putain merde. Faut que j'y aille.

— On n'aurait pas dû s'éloigner, toutes. On aurait dû rester serrées.

— Oh oui.

— Oui. En même temps…

— C'est tout la faute de Marc.

Mireia, la mère de Begonya, perd du poids.

Et tombe tellement à bras raccourcis sur la bonne que la bonne demande son congé. Écoutez, monsieur Miquel, si je peux vous dire, votre femme est devenue tellement difficile que je préfère encore retourner au Honduras.

Et Miquel, partial et puis déformé professionnellement :

— Écoutez, Clara, ne dites pas que c'est ma femme. C'est la crise, tout bonnement. Savez-vous que le flux migratoire s'est inversé, depuis cette année, et qu'il y a en Espagne, pour la première fois depuis des lustres, moins d'immigrants que d'émigrants ?

— Madame me fait la vie impossible.

— Mais non, vous ne gagnerez pas mieux là-bas que chez nous.

— Ce n'est pas ça que je vous dis !

— Bah, après tout, la mobilité des travailleurs, c'est une bonne chose, c'est dans le plan de l'Union européenne, dès le départ. Pas plus mal que la crise stimule un peu, de ce côté-là.

— Ça va si j'arrête mon contrat le 30 juin ?

— Mais oui, mais oui, Clara, on ne vous retient pas. Mais je vous regretterai. Et les filles aussi.

— Oh, moi aussi, monsieur Miquel. Moi aussi.

— Et puis bonne chance.

— Merci, monsieur Miquel. Bon, ben, je vais me coucher.

— Bonne nuit.

Tant de publicité avait alarmé les SS, qui un beau jour avaient cessé de donner signe de vie. Du coup l'*altre poble* avait réannexé le bâtiment dans son entier, on avait supprimé la palissade dans la cour, et le quartier montrait chaque jour plus de sympathie pour cet îlot de résistance paisible sur la façade duquel une petite banderole indiquait, flottant dans l'air printanier : « L'argent est mort. »

L'*altre poble* se faisait bien attaquer, administrativement, mais peu, et de façon indirecte : le voisin qui sous-vendait l'électricité, l'eau et les bouteilles de butane avait subi un contrôle, avait été condamné, les déviations de ses câbles et de ses tuyaux avaient été supprimées. À quoi le voisin de l'autre côté, un petit homme chauve, timide et souriant, avait suppléé dans la semaine, discrètement, et à un tarif plus qu'amical. Begonya ne doutait de rien et tout lui donnait raison.

Du petit bar de l'autre côté de la rue, la patronne, une certaine Teresa, était venue lui dire : vous défiez l'autorité, eh bien nous sommes avec vous et on ne sera pas en reste. Je dois engager un serveur. Vous avez pas quelqu'un, dans vos gars, que ça intéresse ?

Begonya avait dit que, vous savez, ce ne sont pas *mes gars*, mais je vais voir, je vais leur demander.

Et Seydou s'était mis à bosser en face, chez la Teresa. Où son humour décapant faisait fureur. Et, rapidement, le menu du jour s'était mis à inclure moambe, bananes plantain et yassa de poulet, en plus des macaronis, joues de porcs et paellas habituels. Plus des légumes du potager d'en face et des potages.

Il y avait du bonheur dans l'air. Ça se respirait.

55

Aussi, quand vers la mi-mai Blanca et Anastasia vinrent apprendre à Begonya que sur la place centrale de Catalogne une centaine de manifestants de tous cheveux et de tout poil avaient planté la tente, comme aussi à Madrid, sur la Puerta del Sol, à Valence, à Salamanque, à Murcie, à Séville, à Bilbao, les trois filles étaient allées faire un tour de ce côté. Des manifestants l'avaient reconnue, et directement :

— Begonya, avec nous, avec nous !

Elle levait le pouce.

Et elles s'en étaient retournées.

Le lendemain, les cent personnes étaient cent cinquante ; le surlendemain, deux cents. Puis trois cents. Plus tous ceux qui venaient de jour et ne campaient pas sur place. On ne comptait plus. Begonya, qui avait pourtant fort à faire à l'*altre poble*, finit par penser que ce serait trop dommage de ne pas participer à cet élan sympathique et calme, que la presse baptisait « campement des indignés » et qui, lui-même, ne se donnait aucun nom et les récusait tous, indifféremment.

Begonya et Seydou arrivèrent à la onzième

heure, avec une tente prêtée par Anastasia, et la place, pourtant vaste, était saturée déjà, par le campement, par des stands faits de bric et de broc et bâchés, où des affiches indiquaient, avec des caractères inventifs, ici les pétitions, là-bas l'alimentation, ailleurs encore le matériel, et surtout par un espace nommé forum et doté d'un portique et d'un calicot, où des gens, tellement nombreux, étaient assis par terre et écoutaient un débat entre trois personnes, devant, assises sur des poufs. Comme il n'y avait pas d'électricité, pas de micros, les trois personnes s'efforçaient d'articuler, et les assistants, si nombreux, gardaient un silence impressionnant, et de temps en temps réagissaient en levant les bras et en agitant les mains. Et Seydou :

— C'est pour applaudir, mais sans bruit.

Et Begonya, lui serrant le bras, disait, en frissonnant :

— Nom d'un chien. C'est extraordinaire, ça.

Et une personne assise en tailleur s'était retournée en faisant chuuut.

Ils s'étaient assis. Un des trois intervenants était un Tunisien, qui expliquait, dans un assez bon espagnol, son expérience vécue et la chute du clan Ben Ali. Après ce débat en vint un autre, les gens ne partaient pas, au contraire, les rangs grossissaient, le soleil de mai déclinait et posait du rose et de l'orange sur les bleus des bâches et le village multicolore d'igloos synthétiques. Des banderoles confiaient à l'écrit les cris que personne ne poussait, dans cette place pleine de peuple et de stupéfiante tranquillité.

Après la conférence, qui traitait des modifications qu'on pouvait exiger de la loi sur les hypothèques (inique, inique, répétait la dame, si l'argent public peut sauver les banques de leurs actifs toxiques, qu'il puisse aussi sauver les emprunts de citoyens empêchés de payer, et cela est faisable, il suffit d'obtenir, d'exiger, d'abord un moratoire, une période où l'on arrête d'expulser les gens de leur logement, une période où...), quand la séance fut levée, la rumeur renaquit, les paroles, les bavardages, tout le bruit de verbe après le silence qui entourait la parole publique. Begonya et Seydou s'informèrent à un stand pour savoir où ils pourraient planter leur tente. On leur dit qu'il n'y avait plus de place, qu'il faudrait chercher à se faire accueillir dans des tentes où il resterait peut-être du couchage, ou alors, à votre libre inspiration. Begonya avait déjà l'habitude d'être reconnue, et la fille au stand était contente qu'elle soit là et lui souhaitait la bienvenue, et qu'il faudrait qu'elle participe aux débats de demain, on va voir avec la programmation. En attendant, si vous avez faim, c'est là-bas, le stand orange, vous verrez, c'est plein de monde.

Seydou et Begonya firent un petit tour, c'était comme la visite touristique d'une ville romaine antique, tout organisée en peu d'espace autour d'un forum, des rues improvisées, des secteurs définis selon leur fonction.

— Tu vois, l'autorégulation des marchés, on dit, on dit. Mais maintenant, c'est l'autorégulation des populations. Ça crève les yeux.

Après, il était clair qu'il n'y avait plus beaucoup de place pour s'installer. Seydou portait la tente sous le bras. Et il regardait en l'air, vers les arbres. Bego :

— J'ai l'impression que tu penses à la même chose que moi.

Un aller-retour à l'*altre poble*, ramener un Caddie chargé de matériel et peu avant minuit la cabane était construite dans un arbre accueillant. À vrai dire, une plate-forme rudimentaire, et la toile de tente nouée pour faire un petit toit. Pas trop contre la pluie, mais plutôt pour arrêter les fientes qu'un gros nid rond de perruches un peu plus haut rendait plus que probables.

Pas un euro ne circulait. Tout était gratuit. Sauf les Bangladais, le soir, et leur commerce de canettes, bière fraîche, un euro, un euro, *cerveza fría.*

L'approvisionnement arrivait de lui-même, comme la manne était tombée du ciel. L'ingéniosité et le partage suppléaient à toute règle écrite. Begonya s'émouvait, parce qu'elle n'y était pour rien. Des gens étaient allés chercher des conteneurs supplémentaires pour les ordures, dans d'autres rues. Ça gênait la circulation, mais la circulation ne se plaignait pas. La police regardait, et ne faisait pas évacuer.

Et surtout cette paix ! Cette amabilité !

56

Difficile de faire mieux. Un trois quarts temps. Et puis une boîte française, avec un salaire à la française, et, – oh ! – comme elle est ravie. Bililim, baliloum louloum. Elle n'a pas encore téléphoné à Nico pour lui annoncer la bonne nouvelle. Elle prend le temps de la savourer toute seule. Et elle ne marche pas, elle sautille. Non, elle gambade, c'est ça le mot. Gambader, la plus belle ville du monde, le plus beau soleil de printemps, des gens sympas. Et puis les bureaux de la boîte, tout neufs, tout nickel, hyper-belle rénovation, et le boss qui ressemble au prince Felipe, mais deux gouttes d'eau. Et enthousiaste, amical, confiant. Et Nico qui disait qu'après trois ans d'inactivité elle aurait du mal à se faire valoir, et le boss au contraire qui lui dit que l'avantage avec toi, Michèle, c'est ton expérience. Et puis tes langues, aussi.

— Ah oui, parce qu'on se tutoie, dans la boîte. Ça ne te dérange pas ?

— Oh non, mais alors pas du tout.

— Donc moi, tu m'appelles Tanguy, tu. OK ?

— OK, OK, Tanguy.

Les bureaux sont sur la Ronda de Sant Pere,

ça lui fait un peu loin, mais elle aura une voiture de société – une voiture de société ! –, en principe une Mini – une Mini ! – et il y a un garage au sous-sol, très étroit mais très pratique tout de même. Et puis, sinon, elle a une bonne ligne de métro, arrêt place de Catalogne, et hop, en deux minutes elle y est.

Et elle y va, Michèle, au métro place de Catalogne, gambadant, guillerette. Et fière. Enfin, fière, mais fière.

Sur la place, elle découvre tout cet attroupement étrange. Et son téléphone sonne. Message de Nico : Alors ? Sortie ? Prise ? Pas prise ?

Elle se dit qu'elle ne va pas le laisser macérer plus longtemps. Elle l'appelle.

Et : prise ! Et des petits cris et des petits bonds. Et en trois quarts temps ! Comme ça je peux m'occuper des enfants les mercredis !

— Bon, ben, ma belle, ce soir, champagne ! Je t'avoue que sur ce coup-là tu m'épates.

— Dis, tu sais, c'est fou, il y a une troupe de romanichels qui s'est installée en plein sur la place de Catalogne, des tentes, des cabanes dans les arbres, c'est dingue. Ça fait désordre, je te dis pas. Et t'as les flics qui regardent, avec les bras croisés.

— Bah oui, c'est les indignés, tu ne sais pas ?

— Ah ? Non, je ne savais pas. Ils ont un grand calicot qui dit : « Là où il y a du boudin, il y a eu du sang. » Marrant, non ? Bon. Écoute, là, je rentre, je fais les courses et je vais chercher Marion chez la nounou. Toi, tu récupères Martin comme prévu, hein ? À seize heures quinze.

— Oui, oui.

— J'espère que l'accès au métro est toujours libre.

— Sinon, tu prends un taxi.

— Ah oui, et j'aurai une voiture de société ! Je suis motivée !!

57

— Je vais vous avouer que c'est la première fois que je fais une interview perchée dans un arbre…

Carme Ros sort et allume son cher Nagra.

— … je vous enregistre, je retranscrirai après. Mais vous devez avoir l'habitude… Alors… J'ai eu l'occasion plusieurs fois d'interviewer votre père, c'est amusant pour moi, et c'est un peu émouvant, d'être maintenant face à sa fille… Je vais commencer par vous rappeler ce qu'il m'avait dit, jadis, c'était avant même son élection, à savoir qu'il allait gouverner en serrant la ceinture, mais que c'était le bon sens et que c'était une gestion que feraient n'importe quels parents dans une famille quand les choses vont mal. Alors, pourquoi cette rébellion des enfants ?

Et Begonya :

— Dans un système de droite, le bon sens sera toujours à droite. Même la gauche est devenue la gauche de la droite, depuis belle lurette. Tant qu'il n'y a pas de changement de paradigme, le bon sens sera à droite. Tout à droite. La carotte et le bâton, le mal et le remède, les bons et les méchants. Mais, pour l'argument de la gestion en bon père de famille, permettez-moi de vous dire que c'est un argument très faible. Car que diriez-vous d'une famille qui se serre la ceinture et où trois enfants sur quatre mangent des croûtes de pain rassis, tandis qu'à la même table le quatrième et les parents se farcissent un repas complet ? Hein ? Bon.

— Que répondriez-vous à ceux qui taxent le discours antibanque de purement démagogique ?

— Ils ont raison. La banque n'est pas coupable. La banque et la finance ne sont ni plus ni moins légitimes que tout le reste de l'activité commerciale. Ce qu'on attaque, ce qu'on critique, c'est la gestion politique de la crise. Je vais vous donner un exemple tout récent. Il y a deux jours, une copine à moi, Anastasia, a perdu son emploi, à la Caixa Catalunya. Alors suivez la logique : Caixa Catalunya est une banque qui a été sauvée, ou, si vous voulez, refinancée, avec de l'argent public. Bien. Contre toute logique commerciale libérale classique. Bon. Mais alors le gouvernement, après qu'on a sauvé la banque, exige d'elle, en compensation, qu'elle se soumette aux dures lois du marché, qu'elle travaille à retrouver sa rentabilité, donc à commencer à diminuer ses dépenses. Du coup, en contrepartie de l'argent public reçu, la banque ferme des agences et licencie son personnel. Alors, combien de fois elle s'est fait enculer, ma copine ?

— Je ne mettrai pas « enculer ».

— D'accord. Combien de fois elle se fait avoir, hein ? Deux ! Une politique qui encule, pardon, qui attrape deux fois le citoyen, pour son bien, hein, pour son bien, enfin, qu'est-ce qu'il faut en penser, hein ? Les banques, on les a sauvées pour qu'elles puissent faire comme les autres : licencier. C'est pas un comble ? Le sauvetage des banques, c'est le plus invraisemblable scandale d'incapacité politique qu'on puisse imaginer. L'avenir nous jugera sévèrement, si on ne réagit pas. Il est là, le bon sens. Donne-moi des sous, pour que je permette à ton employeur de te virer dans les règles ! Les politiques ne se sont pas mis une seule seconde du point de vue des gens. Et ça, c'est une faute grave de leur part, très grave, qui aura de très graves conséquences. Maintenant ou plus tard.

— Begonya Tarràs, pensez-vous que le mouvement des indignés pourrait prendre en Europe l'ampleur qu'ont pris, par exemple, les Printemps arabes dans le nord de l'Afrique ?

— Qui sait ? Maintenant ou plus tard, on verra bien.

— Autre question. Qu'est-ce que ça vous fait d'être devenue une sorte de leader ?

— Je ne suis absolument pas une sorte de leader. Je ne suis pas du tout à l'initiative de ce qui se passe ici, ou à Madrid, ou ailleurs.

— Mais c'est tout de même vous que le journaliste du *Monde* a interviewée la semaine passée, et puis le *Corriere della Sera* aussi. Votre figure devient internationale.

— Les journaux m'interviewent parce que je suis la fille de mon père et que c'est parlant. Le *Corriere* ne me connaissait même pas, ils étaient là parce que Beppe Grillo, qui est un agitateur de chez eux, est passé avant-hier sur la place de Catalogne. C'est tout. La presse fabrique des figures, mais moi je ne suis rien que moi.

— Songez-vous à vous engager en politique ?

— Non. Moi, si vous voulez savoir, je songe plutôt à avoir des enfants.

58

Mais cette fois la coupe est pleine. C'en est trop. Lui nuire, à cette salope. Lui nuire activement, proactivement. Et le plan s'est mis en place de la façon la plus naturelle et logique. Il suffit qu'elle morde à l'hameçon. Et elle mordra. Marc en est sûr. Si Eulalia fait ça adroitement.

L'article dans *Le Monde*, la photo dans le *Corriere*, ses copines qui lui ont fait une page Facebook, qui gèrent pour elle son compte Twitter, ses milliers de suiveurs. Il faut que ça lui pète au visage. Ce qui se fait si vite et si facilement doit se défaire aussi facilement, et aussi vite. Accroche-toi, connasse. Va y avoir un virage.

— Maman est comme un pied de vigne. Elle a perdu sept kilos, et elle clignote comme jamais. Évidemment, tu t'en rendrais compte si tu passais de temps à temps à la maison, la voir. Elle est tellement malheureuse. Papa continue de te défendre, on n'a rien contre toi, ici. Non, non, laisse-moi parler, non, je ne veux pas te jeter la pierre, ce n'est pas le but, justement, au contraire, mais que tu fasses un geste de bonne volonté. J'ai déjà dit à maman que tu venais. Oui, je sais, je me suis avancée, mais tu aurais dû voir comme elle était contente. Moi, ça me dépasse, mais elle était tellement heureuse, qu'on se retrouve, ensemble, juste nous ensemble. Oui, Marc vient, mais toi aussi tu peux venir avec ton… ton… voilà, c'est ça. Maman préfère encore ça plutôt que tu ne viennes pas. Oui, bon, d'accord, ton laïus sur Marc, je connais, mais on pourrait peut-être enterrer la hache de guerre, ne fût-ce qu'un tout petit peu, ne fût-ce qu'un jour, le temps de faire à maman ce plaisir-là. Elle n'en a rien à foutre de la politique, maman. Elle préférerait même que papa démissionne. Ce qu'elle veut, c'est voir que la famille n'est pas morte, quoi. Qu'on sait encore être ensemble, mettre le reste de côté. C'est toute sa vie, à elle. Oui. Quoi ? Oui, oui. Ce serait ce dimanche. On ferait comme chaque année, sur le yacht d'Antonio, mais pas d'invités, cette fois. Que nous. Juste nous, la petite famille. Confidentiel. Intime.

Le bonhomme qui passera avec son Zodiac, à bonne distance, et son gros zoom, était un peu cher à payer, mais c'est un sale boulot, aussi, disait-il. Ça les vaut. Et puis, moitié avant, moitié après, à la remise des clichés. Et Marc :

— Mais vous les remettrez vous-même à la presse, s'il vous plaît. Vous-même !

— Alors, il y a un supplément.

— Mais oui, mais je m'en fous de votre supplément.

— Mais non, on n'en dit rien à personne, évidemment. Tu ne comprends rien. C'est justement pour être seulement entre nous. Écoute, si tu as un peu de cœur… On n'abordera aucun sujet qui fâche, on boira un coup pour s'aider à rire, on mangera le gâteau, papa soufflera les bougies, il fera son bain de mer comme chaque fois, il fera ses dix tours de bateau comme chaque année. De toute façon, c'est pour maman. Et papa aussi y tient. Beaucoup. Parce qu'il a pris dix ans, lui aussi. Franchement, pour eux, ce sera un bol d'air. Un soulagement. Tu es d'accord ? Bon. C'est bien. Je suis contente. Franchement, je te remercie. Et moi aussi, figure-toi, ça me fera plaisir de te revoir. Honnêtement. Ça m'énerve, ces disputes. Attends encore une minute, je vais voir si je peux te passer maman.

L'effet que produiront les jolies images, volées de loin, de la leader des indignés sifflant le champagne sur un yacht privé, en maillot de bain, oh quel bonheur, oh quelle joie, oh comme c'est bon de rire, oh comme elle va se réveiller avec la barre, la sainte laïque, oh, saint François d'Assise, comme elle la ramènera moins. Oh, et s'il peut la prendre quand elle plongera du bord, avec son grand Noir, oh, la *poverella*, oh par pitié qu'elle oublie son maillot de bain et j'en apporterai un pour elle, le blanc, avec Chanel écrit sur le cul ! Oh oui ! Oh, et qu'il fasse beau, dimanche ! Et que la mer soit douce et luxueuse ! Et que le groom du bateau soit un Noir, oh oui, tu imagines un peu…

— Viens là, que je t'embrasse. Un peu de méchanceté clairvoyante de notre part mettra fin à beaucoup de méchanceté aveugle de la sienne. Tout cela est tellement moral qu'on devrait mettre papa et maman dans le coup.

— Je n'irais pas jusque-là, tout de même.

— Pourquoi pas ? Franchement, réfléchis. C'est un service qu'on lui rend. Avec les seules armes qu'elle nous laisse. Il n'y a que la vérité qui blesse. Il faut que la réalité la rattrape, ou elle deviendra complètement folle. Un petit rappel des racines, là. Hop !

59

Veronica dans le taxi. Énième retour à Barcelone. L'avion a atterri à l'heure, mais la valise a tardé.

La vitre demi-baissée, l'air dans ses cheveux qu'elle a laissé repousser.

Petit message à son père : « Retard à la livraison des bagages… Suis dans taxi. J'arrive. »

Le ciel bleu, deux tout petits nuages égarés, les hangars qui défilent, *you're a soldier,* le bruit de l'air hachant la musique de la radio, *choosing your battles,* les brasseries Damm, les entrepôts Pronovias. Revenir est si doux ; dommage que rester soit pénible. *This isn't over.* Le centre oncologique, qui ressemble à des Lego, l'hôtel Hesperia et son restaurant en forme de soucoupe volante posée sur le dernier étage, *and if you fall, get up eh eh eh,* des gens dans les voitures, des voitures, des gens, des gens, des gens, des scooters. *Tsamina mina eh eh.*

Je demanderai à papa ce qu'il pense du nouvel aéroport, en forme d'avion. Et puis du nouvel hôtel, sur le port, en forme de voile. *You paved the way, believe it.* Voir si c'est de l'architecture d'idée ou de manque d'idée.

Puis le tissu de la ville qui se resserre, le taxi qui ralentit. *Boum-boum-boum tchac-boumboumboum.* Feux. *The heart is a bloom.* Deux types qui insistent pour laver un pare-brise. Ça redémarre. *Traffic is stuck and you're not moving anywhere.* Fatiguée. L'auto berce. *You thought you had found a friend.* Somnolence. *Beautiful day, sky falls.*

À la maison, Nero aboie. Et Albert s'endort dans son fauteuil.

Veronica dans le taxi. Le regard par la vitre. *Don't let it get away.* Beaucoup de drapeaux, quand même. De plus en plus, chaque fois, qui fleurissent aux balcons. *You love this town.* Pas seulement les jaune et rouge traditionnels. Mais les indépendantistes, ornés d'un triangle bleu, et d'une étoile blanche dans le triangle. *It's a beautiful day.* Bande de cornichons. Coup de frein, tourné à gauche. *Don't let it get away.* Ou d'un triangle jaune et d'une étoile rouge. Ceux de la gauche républicaine. *I know I'm not a hopeless case, touguitouguitougitoudoutoudou.*

Ça faisait longtemps, tiens, U2. *See the world in green and blue.*

Puis, au carrefour des rues de Bailèn et de València :

— Madame ?

— Oups, pardon, je m'étais endormie.

— Ça fait vingt-sept euros.

Et elle sort, prend sa valise et regarde autour d'elle dans la belle lumière, un peu moins blanche, plus chaude, que la lumière d'Égypte. Voir si quelque chose a changé. Le magasin de vêtements, en face, a fermé. Et puis son sang ne fait qu'un tour, parce que, là-haut, la fenêtre de sa chambre, son balcon, sont pavoisés d'une bannière à étoile. Ah non, papa, pas ça ! Qu'est-ce qui te prend ! Elle tire sa valise, le pharmacien qui fume devant sa porte la salue. Elle entre, elle monte par l'ascenseur. Nero aboie derrière la porte, elle ouvre, le chien la lèche, la mordille, lui passe entre les jambes, la fait tomber. Elle le prend par le collier et lui demande de retirer à papa ses idées nationalistes qui sentent le renfermé, d'accord ? Nero a l'air d'accord. Puis elle le serre dans ses bras, ils font un roulé-boulé qui renverse la valise.

Elle va dans sa chambre, ouvre la grande fenêtre. Et, de la rue, le pharmacien rêveur voit ses mains qui dénouent et enlèvent le drapeau. Puis, avec le drapeau en boule dans la main, elle renfile le long corridor, retraverse le hall, passe devant la cuisine, à gauche, où elle voit la table mise, deux assiettes, une bouteille de vin et une corbeille de pain. Elle entre au salon et dit :

— Papa, qu'est-ce que c'est que ce drapeau ! Pas à ma fenêtre, quand même !

Mais papa ne répond pas. Elle le voit dans son fauteuil, il dort.

Et alors une armée d'anges envahit la pièce, pleine soudain d'ailes et d'yeux et de plumes blanches, parce qu'elle voit papa tellement petit, tellement rapetissé, perdu dans son fauteuil, plus maigre qu'un os rongé. Elle fait silence. On l'entend qui ronfle, doucement. Il a les deux mains sur les genoux parallèles. Vraiment un tout petit vieux.

Elle jette le drapeau, va s'accroupir devant lui et elle le regarde.

Elle pose les mains sur ses mains. Sans le réveiller.

Ouh la la.

Elle veut dire : Papa ? Mais elle se retient. Elle avale, à sec. Elle le regarde encore. Les vieilles paupières de son père, comme deux pétales chiffonnés.

C'est maintenant qu'elle atterrit vraiment.

Il respire doucement, la bouche entrouverte.

Elle regarde les mains de son père, les mêmes que les siennes. Celles de son père, enveloppées de peau comme d'un gant trop ample ; et les siennes, blanches et nerveuses, en parfait état de fonctionnement. C'est une chose qu'elle n'a jamais aimée, chez elle, ses propres mains. Trop fortes, doigts trop courts, paumes trop larges. Des mains d'homme trapu. Celles de son père. Des mains de lutteur.

Puis elle regarde à travers son père, et elle se demande depuis combien de générations ces mains-là leur viennent. À lui, à elle.

Puis son cœur rate une pulsation. Parce que ce n'est pas rien de sentir soudain des siècles et des siècles dans ses mains. Et de ne pas savoir de qui on a les mains. Et de ne pas savoir qui l'on est.

Elle regarde les yeux fermés de son père. Elle ferme les yeux aussi. Tout est obscur. Et elle se souvient d'un film terrible, qu'elle a vu il y a longtemps, où un catcheur en fin de vie grimpe sur les cordes du ring et ferme les yeux avant de sauter, l'écran devenait tout noir, puis il sautait, et c'était la mort.

— Papa… Ouh-ouh, papa…

Elle lui pince la joue. Les paupières se lèvent.

— Alicia ?

— Papa… ouh-ouh, je suis là.

— Ah, te voilà, ma chérie. Mais tu es en retard.
— Oui, les bagages, à l'aéroport.
— Excuse-moi, je me suis endormi, en t'attendant. J'ai préparé un *suquet.*
— C'est ça qui sent si bon.
— Il aura refroidi, maintenant. Attends.
Et il se lève, ou plutôt il essaie. Et doit s'y reprendre.

Cette fois, plus moyen de nier l'évidence. Il va falloir qu'elle lui demande. Il va falloir qu'il lui dise. Qu'est-ce qui lui arrive ? Cette maigreur, cette faiblesse.

— Tu laisses repousser tes cheveux, c'est chouette ça, ça ondule de nouveau. Tu as une mine splendide. Viens, je vais remettre le feu sous la cocotte. J'ai beaucoup aimé tes derniers papiers sur les coptes et tout ça. C'est toi qui écrivais les textes, aussi ?
— Ben oui.
— J'ai surtout aimé le dernier, où tu montrais tout ce qui va bien. Ces villages où coptes et musulmans s'entendent depuis des siècles et s'entraident. C'était plein d'espoir.
— Il y a des tas de choses positives, aussi. Mais c'est difficile d'en faire de l'info.
— Oui. Tiens, débouche le vin.
— Papa… maintenant il faut vraiment que tu me dises. Ce qui t'arrive.

Et alors, penché sur le fourneau, tâtant toutes les cinq secondes la cuisson du *suquet* avec un morceau de pain qu'il mouille et porte à sa bouche, et donc tournant le dos à sa fille :

— Sers-toi un verre de vin. Tu sais. Ça s'explique en une minute. Mais ça prend des plombes pour comprendre. C'est une tumeur dans l'intestin. Un cancer, comme ils disent. Mais ils ne savent pas ce que c'est le cancer, alors moi…

Veronica a envie de dire qu'elle s'en doutait, mais elle ne dit rien. Elle respire profondément et elle prie. Elle dit la formule qu'on lui a apprise au monastère. Qu'elle dit souvent, beaucoup, presque tout le temps. Et qui s'est modelée à sa respiration.

Albert est très attentif au *suquet.*

— On peut vivre très longtemps, avec ça.

Puis, Veronica :

— Ça te fait mal ?

— Heureusement, pas beaucoup. Jusqu'à présent.

Albert a peur de se retourner, parce qu'il ne sait pas comment est sa fille. Il ne veut pas voir son visage, son expression, son regard. Ses reproches. Le *suquet* commence à frémir. Il baisse le feu. De la buée s'élève. Qui sent bon.

Veronica, sans que la prière cesse à l'intérieur d'elle :

— Et tu… tu te soignes ?

Albert, toujours les yeux dans le *suquet* qui bouillonne et qui s'évapore doucement :

— Écoute… J'ai demandé s'il y avait moyen de la retirer. Par une opération chirurgicale.

— Et ?

— Et non. Ça arrive, mais dans mon cas, non. C'est bon. C'est chaud. On peut manger.

Il fait un pas de côté, prend les maniques au crochet, les enfile lentement et prend la cocotte brûlante. Il se retourne, pose la cocotte sur le dessous-de-plat avant de lever les yeux sur sa fille. Qui ne pleure pas. Qui fait seulement une moue embarrassée. Évidemment, elle est forte, ma fille. Tellement forte.

— Donne-moi ton assiette.

Veronica ne réagit pas.

— Ouh-ouh, ton assiette.

— Ah, pardon.

— Attention, tout est frais. Gambas du jour, lotte de la côte, et l'araignée de mer était tellement en forme qu'elle sortait de la casserole.

Veronica sourit :

— Même coupée en deux ?

— Mais oui. C'est pour ça que je me suis endormi tout à l'heure dans le fauteuil, ce matin j'avais fait les courses, puis ça prend un temps fou à préparer, ce machin. Tout le temps debout.

— Des années que je n'en ai pas mangé.

— Eh bien, sers-moi du vin aussi.

— Pardon. Tiens.

Ils lèvent leurs verres, mais se retiennent au moment de dire santé.

Le *suquet* devait être délicieux, mais il a un affreux goût de détergent. De liquide vaisselle. Qui de temps en temps monte au nez, et rayonne d'acidité dans la bouche. Papa semble ne pas s'en apercevoir. Veronica n'en dit rien. À moins que ça ne vienne du verre. Papa sans doute a dû négliger le rinçage de la vaisselle. Ou bien faire tomber une goutte dans la casserole en la survolant avec le flacon. C'est horrible, la vieillesse. Même le *suquet*, toute une matinée de préparation, et puis c'est à peine mangeable. *Aie pitié de nous et de ton monde.*

— Et… on ne t'a pas proposé une… chimio, ou des rayons, tout ça ?

Alors, tapant sur la table avec son petit poing millénaire :

— Ça non ! Ça, j'ai dit non ! Je ne veux pas devenir fluorescent, liquéfié, glabre, gélatineux ! Ils n'y comprennent rien, au cancer ! Mais ils veulent t'imposer des trucs abominables ! Pour que tu meures comme un sujet médical plutôt que comme un homme ! Ça c'est non, depuis le début, c'est non, *nein, niet* !

Et, en français :

— *Hors de question.*

— Et ils n'ont rien dit ?

— Manquerait plus que ça, qu'on ne soit pas libre ! Bien sûr, qu'ils ont dit quelque chose, ils m'ont traité, même pas très poliment, de… enfin, en somme, d'idiot, quoi. Mais j'ai claqué la porte et ils ne me reverront plus. Ils veulent me mettre au lit, sous des néons, dans une alcôve avec des rideaux bleu pâle ! Otage d'une médecine qui ne veut pas admettre ses limites ! Non, non, c'est tout réfléchi, depuis le début. Des médecins qui ont toujours l'air fatigués, surmenés, à qui les gens disent docteur, docteur, d'une voix humiliée, comme si le docteur tenait les clés de la vie. Pas pour moi, ça. Les clés de la vie, c'est pas les médecins qui les ont, c'est la nature. Et moi, je me soumets humblement à Mère Nature. Bon. Je m'échauffe, excuse-moi. Mais c'est aussi que j'avais un peu peur que tu ne me le reproches.

— Oh, non, moi, au fond, je ne sais pas. Peut-être que je réagirais comme toi. Et puis personne ne peut t'obliger.

— Merci. Merci vraiment. Parce que j'avais peur de ce que tu en penserais. Mange, mange, tu ne manges presque rien.

— Oui, oui.

— Et puis ne t'en fais pas, je me soigne tout de même. Mais autrement. J'ai pas mal cherché, puis j'ai trouvé la perle rare. Le truc qui me convient. Tu sais, dans les thérapies naturelles. Un homme formidable. Déjà, il a plus que cinq minutes à te consacrer. Il te permet de parler, un peu longuement. Il n'est pas pressé.

— Oui, enfin, dans les médecines parallèles, il faut faire un peu gaffe aussi, parfois.

— Ah mais non, c'est pas le premier rebouteux venu. Pas un de ces mecs qui ont acheté une blouse blanche en guise de diplôme et qui consultent au petit bonheur la chance et cinquante euros le quart d'heure. Qui te font toucher une sorte de xylophone en te tournant autour avec une baguette de sourcier. J'en ai vu, des comme ça, aussi. Non, ici, rien à voir. D'ailleurs, il ne porte pas de blouse blanche.

— Et en quoi ça consiste, le traitement ?

— Oh, c'est peu de chose. Le plus concret, c'est des lavements, avec de l'eau et des herbes.

Veronica grimace. Albert :

— Ça ne peut pas faire de tort, ça peut éventuellement faire du bien. Tous les quinze jours, ou tous les mois, et c'est vrai que ça soulage. Après, tu manges des yaourts. La première fois, c'est bizarre, puis ça devient très agréable, comme purge. Tu te vides aussi de tout, tu te relaxes, des choses en toi s'évaporent. Tu as un vrai sentiment de propreté, comme si tu étais allé où l'on ne va jamais.

— Ben oui… Et à part ça ?

— Des infusions, des plantes, des gouttes, des huiles. Et surtout une hygiène de vie. Ne renoncer à rien, mais augmenter toutes les bonnes habitudes que j'ai déjà. Il me dit que ce n'est pas ce qui entre en moi qui me fait du tort, mais ce qui ne sort pas, ou ce qui sort mal. Il m'a dit surtout d'être très heureux de tout ce que j'avais déjà fait. Que les choses bien qu'on a faites durent longtemps. Qu'il faut les laisser agir. On a eu des conversations formidables. Sur la maladie, sur la guérison. Il faut commencer par l'acceptation. Accepter que tu aies quelque chose qui dégénère et qui peut t'envoyer sous terre en un mois. Une fois que c'est accepté, enfin, une fois que tu essaies de l'accepter, tu cherches surtout à ne pas trop changer ta vie, surtout perdre tout sentiment de culpabilité. Il dit qu'il ne faut pas retirer à la maladie son origine un peu mystérieuse, et qu'il ne faut pas non plus retirer à la guérison son origine parfois un peu mystérieuse. Qu'on n'est maître de rien, ni du mal ni du remède, mais qu'on peut essayer de se laisser traverser par tout ce qu'il y a de bon.

— C'est autant un psy qu'un médecin, quoi.

— Mais j'espère bien ! Il soigne par une espèce d'amitié, on pourrait dire. Par exemple, je lui ai dit ce que je faisais, mon livre sur Barcelone, il m'a demandé de lire mes pages, il m'a encouragé, et alors là, tu vois, c'est extraordinaire, sans rien me dire, il a cherché, avec mon manuscrit, et il a trouvé un éditeur. Un vrai ! Pas du compte d'auteur. Une vraie maison, petite évidemment, moi je ne la connaissais pas, mais voilà.

— Mais c'est fabuleux, papa ! Un livre, un vrai de vrai ! Définitif ! Ah, ça, je suis contente !

Elle se lève, la chaise crisse sur le sol, son père a rougi un peu de fierté, et ils s'embrassent.

Puis ils pleurent, aussi. Puis elle retourne à sa place en disant waw, waw, ça c'est vrai que tu le mérites.

Elle arrose ça d'un verre de vin. Tchin. Lui :

— Je tchine, mais je n'en bois plus. Faut que je me mesure, tout de même.

Elle :

— Bon, c'est vrai que tu as dégotté un médecin vraiment atypique.

— Oui, tu vois, moi, je pense, c'est des choses comme ça qui peuvent me faire guérir. Ou me faire vivre, tout simplement. Parce que c'est de ça qu'il s'agit. S'agit pas de guérir. S'agit de vivre.

Veronica se mouche.

— Et il coûte cher, ton agent littéraire-thérapeute-psychologue-ami ?

— Même pas. Vingt euros, et parfois ça dure une heure et demie. J'ai oublié de le payer, une fois, et il ne me l'a jamais rappelé.

— Papa, tu as eu de la chance.

— Et en plus, c'est un vrai médecin ! Il est chirurgien. Enfin, il était. C'est un grand bonhomme, immense, une armoire à glace. Il se laisse pousser la barbe, on dirait un patriarche. Il s'est installé à Barcelone il y a six mois, plus ou moins. Pas loin d'ici, place de Tétouan. Avant, il travaillait dans une super-clinique à New York, mais d'un coup il a tout lâché. Il a dû vivre quelque chose, il ne m'a pas dit quoi. Mais il a tout lâché. C'est un Allemand. Il ne voulait pas retourner en

Allemagne. Il gagnait beaucoup d'argent, mais quelque chose a dû le dégoûter. Il s'est passionné pour les médecines douces, les plantes. Et là, maintenant, il est en processus d'adoption d'un gamin, un gamin des rues, de par ici. Mais ça a l'air difficile. Comme il n'est pas marié, et puis bon, c'est toujours difficile.

— Tiens donc. C'est carrément le bon Samaritain !

— Le gamin vit déjà chez lui, je l'ai vu. C'est un ado. Pas très bavard. Mais gentil.

— C'est tout de même un drôle de profil, ton bonhomme. Il n'aurait pas fait des conneries avant ? Genre de la prison, ou quoi ?

— Mais enfin…

— Je dis ça parce que ça ressemble à un comportement de repenti.

— Écoute, repenti ou pas, c'est un homme excellent.

— Tu vois, Karadžić, le leader serbe, accusé de crimes contre l'humanité, pendant la guerre en Yougoslavie…

— Oui…

— Eh bien, il avait disparu dans la nature, et quand ils l'ont retrouvé, là, il y a trois ou quatre ans, je ne sais pas si tu te souviens, mais il s'était laissé pousser une longue barbe de patriarche et il travaillait comme médecin, enfin médecines douces, aux herbes, comme ton gars. Il avait une grosse patientèle, qui ne savait pas du tout qui il était, et il paraît qu'il était très doué et qu'il faisait du bien à des tas de gens.

— Ah bon. Enfin, ça m'étonnerait que ce soit Karadžić, tout de même.

— Moi aussi, Karadžić, il est en prison, aux Pays-Bas.

— Et, depuis sa prison, il ne peut plus faire de bien à personne.

— Exact. Mais la justice d'ici-bas, c'est la justice d'ici-bas.

— Et il n'y en a pas d'autre.

— Il s'appelle comment, ton type ?

— Hans Reiter. Place de Tétouan, numéro 14, tu sais, l'immeuble avec l'immense porte cochère en bois clair.

60

Matin. Tisane de fleurs d'arbre miro pour les deux. Albert :

— Moi, je prends une cuillerée de gelée royale. Tu en veux ?

— C'est bon ?

— Pour le corps, oui, mais, au goût, c'est dégueulasse. Pour le dire franchement.

— Donne.

Une des trois lampes au plafond de la cuisine clignote puis, paf, saute. Lui :

— Bon, ben faudra remplacer ça.

Elle, la cuiller sortant de la bouche :

— Muuuuh, ah oui c'est infect. Arh. Franchement, tu préfères ça à une chimio ?

Son père, un bref instant interloqué, puis vaincu par l'humour et qui vient lui prendre les deux oreilles et en tirant dessus :

— Petite insolente, va. Je reconnais ta mère.

— On ne se refait pas, qu'est-ce que tu veux.

On sonne à la porte.

Son père va, revient avec le journal.

— C'est la concierge. Elle me monte le courrier, le matin.

— C'est nouveau, ça. Elle n'a plus mal aux genoux, au dos, aux dents ?

— Si, si, mais elle doit s'imaginer que je vais mourir un de ces quatre, et elle doit avoir envie de sonner un matin, de sonner, de sonner, que ça ne réponde pas, tu vois, puis d'appeler la police, l'ambulance, les pompiers, le serrurier, de trouver le cadavre et d'avoir quelque chose d'épatant à raconter aux copines.

— C'est pas vrai… Elle est incroyable.

— Je suis sûr que c'est ça, en plus.

— Tu ne lui as rien dit ?

— Mais non, mais elle me regarde, tu penses.

Veronica prend le journal.

C'est le premier matin où elle n'a pas envie de repartir. Où elle n'a carrément plus envie de partir. Mais de rester, rester et encore rester.

La prière en elle ne s'arrête pas, quoi qu'elle fasse. Toujours là, la formule, doucement, comme elle respire. Et teintée de joie. Albert :

— C'est quoi, que tu as autour du cou ? Une croix ?

— Ah oui. C'est un cadeau.

— Un cadeau ? Tu as un amoureux ?

— Ah, ça, non. Enfin, pas vraiment.

— Ce serait bien, pourtant, tu sais.

— Oui, enfin, on ne peut pas presser les choses.

— Non, mais enfin, je dis ça, je dis rien. En même temps, une croix, les gens vont te prendre pour une chrétienne.

— Bah, les gens croient ce qu'ils veulent. Non ?

— Oui.

— Au lieu de me chambrer sur ma vie sentimentale, dis, au fait, est-ce que tu as reçu mon colis, il y a, quoi, un mois ou deux ?

— Ah oui, le petit micro, là, et les écouteurs ?

— Oui.

— Oui, mais c'est arrivé un peu tard, tu sais. Je suis trop fatigué pour faire encore des visites. Ça, j'ai renoncé.

— Ah. Bon. Zut alors.

— Et puis le mode d'emploi, c'était un charabia invraisemblable. J'ai essayé le truc, ça faisait des ultrasons, le chien hurlait, non, non, c'est pas au point, leur machin.

— C'est bête. Ça fait longtemps que je voulais que tu aies un système comme ça. Au moins, on ne s'époumone pas, et c'est confortable pour les groupes. Dès que tu te sentiras un peu plus résistant, tu pourras recommencer. Je vais lire le mode d'emploi.

— Lis-moi déjà les titres du journal.

Elle revient à la première page.

— Rien de très grandiose. Nadal, évidemment la grande photo, son sixième Roland-Garros. La droite a gagné les élections au Portugal.

— Ah bon ? Sanchez Coelho, c'est ça ?

— Passos Coelho. Humala, d'après les premiers sondages, aurait gagné au Pérou. L'Allemagne attribue l'infection E. coli à une entreprise de Basse-Saxe.

— Ah oui. Ils avaient d'abord accusé les légumes d'Andalousie. Sont pas vite gênés, quand même.

— Et puis la suite du feuilleton de la petite Tarràs, là. Ils l'ont captée en flagrant délit de vie de luxe, sur un yacht, à boire du champagne. Le collègue qui a pris ces photos-là ferait mieux de ne pas être fier de lui. Je l'avais vue, moi, la fille Tarràs, à une manifestation anti-système. C'était à l'époque où elle n'était pas encore connue.

— Bah, écoute, la fille d'un millionnaire leader des indignés, faut quand même pas prendre les gens pour des idiots.

— Je ne sais pas. Elle était peut-être sincère. Moi, quand je l'ai vue, on a bavardé un peu, bon, je ne savais pas qui elle était, mais elle m'avait fait bonne impression, la fille.

— Mouais. Son père président… écoute, franchement…

— Conséquence directe ou pas, la place de Catalogne a été évacuée. Regarde la photo, comme elle est mauvaise.

Elle lui tend le journal, puis le récupère.

— Sans charge policière, disent-ils. Mais tout de même dix-neuf arrestations.

— C'est dommage, en un sens. Ils étaient sympathiques, ces manifestants-là. J'ai été voir, la place. C'était pas mal, ce qu'ils avaient fait.

— Attends. Les manifestants délogés scandaient : « Nous ne partons pas, nous nous répandons ! »

Albert ressert deux tasses de tisane. Veronica feuillette :

— L'inscription à l'université augmente de 7,6 pour cent. Le roi se récupère de son opération au genou. Strauss-Kahn plaide non coupable.

— Quel culot, celui-là.

— Ah et puis, marrant : un certain Anthony Weiner, député démocrate américain, envoyait des photos de lui en caleçon sexy via Twitter.

— Et ces pudibonds d'Américains trouvent que c'est un crime, je suppose.

— Oui. Il s'excuse publiquement et rentre sous terre.

— Eh bien…

— Sinon, politique locale, Miquel Tarràs prend le virage indépendantiste. Ah oui, à ce propos, papa, le drapeau, à ma fenêtre…

— Quoi…

— Mais je l'ai retiré, évidemment. S'il te plaît, ne tombe pas dans ce piège.

— Mais ce n'est pas un piège ! C'est l'avenir ! C'est notre chance.

— Bon. On ne va pas se disputer. Je te laisse tes idées. Mais, s'il te plaît, pas de drapeaux à *mon* balcon.

— Nom de Dieu. Comme ta mère.

— Oui, comme maman.

— Allez, allez, passe. Prends les pages littérature. Qu'est-ce qu'ils disent ?

— Ils ne parlent pas encore de ton livre.

— Faudrait d'abord que je le termine.

— Oh, papa… Jorge Semprún est mort.

— C'est vrai ? !

— Je te jure, regarde.

Elle lui passe le journal, qui fait son bruit de feuilles.

— Oh non. Oh non… Jorge Semprún. Un ami de tes grands-parents…

— Je sais.

— Oh non ! Un homme formidable. Merde. Merde. Merde.

… de nous et de ton monde.

61

Les livres sont arrivés.

Des grands paquets emballés dans du plastique transparent.

Ils sortent de l'ascenseur sur un diable, poussé, tiré puis repoussé par un manutentionnaire moustachu. Une attachée de presse des Éditions 61 dit à Damián :

— Les voilà, vous allez voir, ils sont beaux. Suivez-moi.

Le manutentionnaire sait où aller, il a l'habitude. Damián suit l'attachée de presse. Il a les mains moites et le cœur qui bat. Lui, un écrivain. C'est incroyable. Bien sûr, il écrit, il écrit depuis longtemps. Mais là, une attachée de presse, des livres, les bâtiments modernes des Éditions 61, des gens qui passent, à l'aise, peut-être des auteurs, qu'il ne reconnaît pas. L'attachée :

— Alors voici, c'est la petite salle qu'on appelle la bibliothèque, même s'il n'y a ni plus ni moins de livres dans cette pièce que dans les autres de la maison. Mais enfin. C'est ici que vous allez signer votre service de presse. Je vais vous expliquer, ne vous en faites pas. Entrez.

Dans la bibliothèque, il y a huit tables. Sur l'une, le manutentionnaire dépose les paquets de livres de Damián. Sur une autre, un auteur est déjà occupé à signer. L'attachée de presse le salue.

— Alors, Bruno, vous en êtes où ?

L'homme, indiquant une pile de livres :

— J'ai déjà fait tout ça.

— Bien ! Je vous présente Damián Pujades.

— Enchanté.

— Bruno Vidalet.

— Enchanté.

— C'est un premier livre aussi, comme vous.

Bruno, à ce « comme vous », fait une moue presque imperceptible, que Damián remarque, et qui lui fait penser que ce gaillard n'aime être comparé à personne.

L'attachée, gentille :

— Asseyez-vous, Damián. Alors voilà. Je vous ai préparé une liste, ici, vous voyez, avec tous les noms de journalistes à qui l'on va envoyer votre livre. Alors vous leur mettez un petit mot, vous pouvez un peu personnaliser pour ceux que vous connaissez. Le mot, vous l'écrivez là, regardez, sur la page de faux titre. Puis tous les livres signés, vous les laissez sur l'autre table, et on les prendra pour les envoyer. Je suis dans mon bureau. Vous m'appelez si vous avez besoin de moi. Vous avez un stylo ?

— Oui, oui.

— Il est joli, non, votre livre ?

— Ah, c'est formidable de l'avoir en main. C'est extraordinaire.

— Dommage, cette coquille sur la couverture, dans votre nom.

— Quoi ?

— Je plaisante…

— Vous m'avez fait peur.

— Je vous laisse. Bon travail.

Damián, perplexe, jette un coup d'œil à son voisin, penché sur ses livres, qui a l'air de savoir s'y prendre.

— Excusez-moi. Qu'est-ce que vous mettez, vous ?

— Pardon ?

— Oui, euh, vous mettez quoi, comme mot ?

— Ça dépend. Mais ne vous emmerdez pas. Écrivez : « Cordialement », ou bien carrément : « Avec ma plus sincère admiration. »

— Mais si je ne les connais pas…

— C'est égal !

Damián se reconcentre sur sa page de faux titre. Il voit bien que son voisin écrit des petits mots plus longs que ça.

Il a compris. C'est chacun pour soi.

N'empêche, c'est joliment beau, un livre.

Damián le manipule, l'ouvre, reconnaît à peine ses phrases dans cette typographie si sérieuse, si détachée de lui, si intemporelle. L'illustration de couverture, son nom au-dessus. Comme si c'était le nom d'un autre. Et c'est d'ailleurs un peu le nom d'un autre. Damián Pujades, lui ; et puis « Damián Pujades », là.

Boum patatras, entré dans le monde de la culture. Faut se pincer pour y croire.

La magnifique page vierge avec, à mi-hauteur,

en italique, la dédicace : *Pour Mauro, mon fils.* Il avait beaucoup hésité à mettre « Pour Mauro, mon fils » ou « Pour mon fils, Mauro », ou encore, sans la virgule : « Pour mon fils Mauro. » Finalement, oui, c'est très bien comme ça.

Puis il repasse la liste des noms de journalistes. Il en reconnaît l'un ou l'autre, parce qu'il les a lus dans la presse. Il y a aussi quelques écrivains, dont il ne savait pas qu'ils étaient journalistes. Tout ça l'impressionne horriblement. Il se dit : je vais commencer par téléphoner à Bernat, lui demander comment s'appelaient, encore, les deux qu'il m'avait présentés à l'enterrement de Maria del Mar.

Il prend son téléphone. Puis il se dit qu'il ne va tout de même pas téléphoner comme ça, devant l'autre, ça va déranger, et puis il aura l'air idiot. Il se lève et il sort en disant :

— Je reviens.

Bruno lève les yeux, le voit sortir et refermer la porte. Bruno en profite pour prendre le livre de son voisin. Un gros roman, quatre cent trente-six pages, tout de même. On dit toujours que les romans se vendent beaucoup mieux que les recueils de nouvelles. Boah, on verra bien.

Il jette un coup d'œil aussi à la liste des journalistes, voir si ce sont les mêmes noms, si sa liste à lui est plus longue ou plus courte. Non. Pas de grosse différence.

Puis il se dit, sympa, qu'il va lui dédicacer un de ses livres. Il ouvre son mince recueil, note sur la page de faux titre : « Pour… »

Il vérifie le nom de son voisin.

« Pour Damián Pujades, ce modeste recueil, en ce jour de rencontre. Amicalement, Bruno Vidalet. »

Voilà. Il souffle, pour faire sécher l'encre, referme le livre et le pose sur la table de Damián.

Il consulte sa montre. Treize heures. Il a la tête qui chauffe. Le moment de faire une pause. Et de courir chez son oncle, pour lui montrer le livre.

Ça fait horriblement longtemps qu'il ne l'a plus vu, son oncle. Il avait hésité à lui envoyer le manuscrit, comme à Irving. Mais il avait trop craint les sarcasmes, ou même les silences, un mouvement quelconque de ces sourcils broussailleux et le dédain inévitable du vieil admirateur de Shakespeare. Mais là, enfin, avec le livre tout frais sorti de chez l'imprimeur, l'estampille d'une grande maison d'édition, il peut courir fièrement, il n'y a plus rien à craindre, tout commentaire de son oncle, même très ironique, serait inévitablement une forme de coup de chapeau.

Alors il trotte dans les rues, Bruno, le front haut, les pieds légers, euphorique, dompteur dans une ville domptée. Même les gens sur les affiches publicitaires semblent le regarder et l'applaudir. Rue du Carme puis rue Petritxol, puis Sainte-Marie-du-Pin. Tiens, on l'a couverte d'échafaudages. Puis tourner, quelques pas encore, et voilà la boutique.

Fermée. La vitrine complètement empoussiérée, sombre à l'intérieur, et vide. Complètement vide. Quelques crasses par terre.

Bruno a du mal à réaliser. C'est un peu comme si Sainte-Marie-du-Pin n'était plus là ou si on avait déménagé la Sagrada Família.

Il vérifie qu'il est dans la bonne rue. Tout de

même ! Évidemment ! Pas de doutes. L'enseigne est là, de toute façon. *Voluptuositat, llibres antics.*

Même les articles sur Pere Català ont disparu de la vitrine. On y voit encore la trace du ruban adhésif.

Bruno ne se rend pas compte qu'il a laissé tomber son livre. Il a empoigné la barre de la porte d'entrée et pousse, et pousse comme s'il voulait l'enfoncer ou comme s'il voulait faire remonter le temps, avec ses deux mains il secoue la porte, qui se plaint dans ses gonds, mais le verrou résiste. Bruno dit non, non, non, pousse, cogne, frappe, et se sent d'un coup vidé, froid, sans force et orphelin.

62

C'est ici qu'a vécu longtemps le grand écrivain Roberto Bolaño. Blanes, petite ville côtière et touristique, à une heure et demie de Barcelone.

Bolaño, le seul égal de Shakespeare dans nos temps miséreux. Qui n'a connu la gloire qu'après son œuvre faite, et quand il était déjà mourant. Mourant jeune, en plus. À peine cinquante ans.

Oh, stop ! Pas de sentiments.

Gavilán sert dans une tasse le contenu d'une petite théière en inox, une infusion de camomille trop infusée et jaune pisse. Il est à la dernière table de la terrasse, la plus écartée, parce qu'il sent bien qu'on n'a pas envie ici de vagabonds.

On ne l'y prendra pas, cependant, à s'aviner comme un clochard. Garder toute sa lucidité, et savourer l'amertume de ce monde. Non, pas de ce monde. De cette société. Non, pas de cette société. De cette vie. Non plus. L'amertume, tout court.

Il y a deux ou trois jolies choses, à Blanes. L'église, ocre. Sa petite place des temps anciens où ce genre de bourg était disputé, armes à la main, par Napoléon, la Couronne d'Angleterre et les peuples d'Espagne privés de leur souveraineté. Et puis toute la vaste débauche de laideur et d'architecture bon marché et gagne-petit, symbole accablant devant la splendeur gratuite de la mer, l'immensité du ciel, la gentillesse de l'air et le bercement vert d'un pin d'Alep surgi, héroïque et discret, du défaut d'un roc.

Symbole accablant, ou pas, finalement. Le plus accablant serait que toutes ces mouches humaines, au surplus, ne l'aimassent pas, cette belle immensité de la mer. Et qu'elles ne se baignassent pas dans cette eau, qui est de la roche liquide, et qui a l'âge de la Terre.

Il s'était souvent demandé, jadis, comment on faisait pour basculer dans la pauvreté. À vrai dire, non, pas souvent. Mais une fois ou l'autre, tout de même. Et il n'aurait peut-être pas dû. Parce que, maintenant, la vie lui a répondu et bien expliqué.

Il ne s'inquiétait pas, puisqu'il avait la librairie, l'héritage de ses parents et son portefeuille boursier. La librairie ne rapportait plus rien, mais il restait l'héritage et le portefeuille. Puis l'héritage se vida, mais c'était pour la bonne cause du bonheur et de l'amour, et puis il lui restait le portefeuille boursier. Caja Madrid et Telefónica, les actions les plus sûres. S'il fallait en vendre une partie et manger des croûtes de pain pour se sortir d'une mauvaise passe, on n'en mourrait pas. Puis la crise qui ne frappe que les autres frappe soudain tout le monde, Telefónica baisse de moitié. Et Caja Madrid s'effondre carrément. Valent plus rien, plus rien. Et là encore, la jolie fille à la banque, avec sa fameuse touffe de cheveux frisés, qui lui dit qu'il ne faut pas s'en faire : Caja Madrid change de nom, ça devient Bankia, les actions valent zéro, mais c'est du solide quand même, il suffit d'attendre, ça va remonter. Dans trois ans, cinq ans. Le gouvernement ne laissera pas tomber les banques, ne vous en faites pas. Un peu de patience.

Et alors oui, dans trois ans, ma petite fille, vous êtes bien gentille. Dans trois ans. Si j'avais quelque chose d'autre !

Mais il ne s'était pas mis en colère. Il n'avait pas fallu appeler la police pour le déloger.

Encore, il restait l'espoir que la vente de la boutique et de son petit appartement produisent un peu plus que le remboursement de l'emprunt. Les prix de l'immobilier n'ont-ils pas grimpé sans discontinuer depuis vingt ans ?

Oui, depuis vingt ans, oui, énormément. Mais depuis deux ans ça a beaucoup baissé. Les banques ont tellement d'immeubles expulsés sur les bras, qu'elles essaient de revendre, ça fait couler les prix. Mais oui, évidemment. C'est un cercle vicieux. De sorte que la vente sera inférieure à ma dette et que, quand on m'aura tout pris, il me restera encore des dettes. Il y a d'autres façons de le dire, mais qui reviennent au même. Et donc pas de petite plus-value sur l'hypothèque, pas ce petit pécule qui aurait fait un tout petit loyer.

Ah bah, après tout. Ne plus rien avoir à faire avec tous ces gens, cette administration, ces papiers, ces pions obéissants. Le seul drame, le seul ennui, c'est Raquel. Et puis Bruno. Mais Bruno de toute façon ne vient plus me voir depuis longtemps. Et puis Raquel, elle n'était pas là au début, elle ne sera pas là à la fin. Mais je ne lui dirai rien, jusqu'au bout. Un jour, je n'y serai plus, et ça aura fini comme ça aura commencé. Elle trouvera la boutique vide, elle essaiera de pousser la porte, le verrou tiendra. Et ho !

Oh ! Pas de sentiments. Stop.

Avec un peu de chance, elle trouvera quelqu'un avec des actions Deutsche Bank, un bon cœur aussi, et une meilleure prostate. Bonne chance, ma Raquel. Bonne chance.

Stop ! Pas de sentiments.

Et puis, on ne va pas se le cacher. C'était pas rose non plus tous les jours. Hein ? J'étais pas facile, facile.

En tout cas, quitter Barcelone, pour être sûr de ne pas croiser des connaissances.

La misère sera plus belle à la plage.

Mon bon vieux, te voilà Roi Lear. Montre-t'en digne.

Roi Lear, père Goriot, une belle ascendance.

C'est le grand soliloque, qui va commencer.

Alors Blanes, oui, évidemment, Blanes. À cause de Bolaño. Le seul égal de Shakespeare dans nos temps miséreux.

Faut que je fasse gaffe à ne pas me répéter. Pas avoir les mêmes idées qui tournent. Sinon je vais devenir fou.

On ne m'y prendra pas, cependant, à m'aviner comme un clochard. Rester lucide.

Il y a même un hospice, à Blanes. Qui ouvre à huit heures le soir, et qui ferme à huit heures le matin. Chambre de six lits. Mais douches individuelles. Petit déjeuner.

Et des livres.

Tout coûte, dans la vie. Sauf les livres. À condition qu'on ne soit pas trop exigeant sur le choix. Il faut prendre ce qu'il y a. Les gens donnent volontiers les livres.

Puis on a douze heures, dans la nature, avant que l'hospice ne rouvre.

Il y a de bons livres, tout de même. Il y a de tout.

La première fois qu'on plonge le bras dans une poubelle, et puis surtout la première fois qu'on mord dans une fin de sandwich, dans mon cas c'était un sandwich à la tortilla de pommes de terre, eh bien, c'est comme un tampon sur un passeport. Vous y êtes.

En même temps, les mâles ont de la chance. Il suffit de laisser pousser cette barbe naturelle et généreuse, et on est bien caché.

En tout cas, on ne m'y prendra pas à m'aviner comme un clochard. Et on ne m'y prendra pas à me répéter.

63

Damián, son livre sous le bras, devant l'immeuble. La porte de rue est ouverte, mais il sonne. Michèle, en haut, décroche, répond, appuie sur le bouton. Damián entre. Il y a des meubles dans le vestibule, quelqu'un déménage. C'est pour cela que la porte sur rue est béante. L'ascenseur est pris aussi. Damián monte par l'escalier.

Michèle l'attend sur le palier :

— Entrez, entrez.

— Tout s'est bien passé ? Mauro a été gentil ?

— On ne peut plus gentil. Ils jouent aux dragons Lego dans la chambre. Entrez.

Elle referme la porte.

— Oui, il y a du bazar dans l'immeuble. C'est la voisine qui déménage. Enfin, quand on dit déménager… Mauro, ton père est là ! Ils sont dans la chambre. Vous prendrez bien un café ou une petite bière, non ?

— Écoutez, je ne veux pas déranger.

— Si si, venez. Je disais qu'elle déménage, mais, en fait, c'est une expulsion, vous savez. Ça fait bizarre. Paraît qu'elle ne payait plus depuis des mois. Alors on fait semblant de rien, mais on sait bien. J'ai de la Heineken, ça va ?

— Oui, oui, c'est parfait.

— Attendez, j'appelle mon mari. Il a pris congé aujourd'hui. Nico ! Nico !

— Oui, c'est ennuyeux, ces nouveaux horaires, à l'école. Le mercredi après-midi congé.

— Mais moi, vous savez, j'ai un trois quarts temps exprès pour pouvoir m'occuper des enfants, donc, si vous voulez, on peut faire ça chaque mercredi, je prends Mauro avec Martin à la sortie de l'école, et vous revenez le chercher le soir.

— Ça me gêne, enfin, c'est très généreux, mais je vais voir si je trouve une solution, aussi.

— Comme vous voulez. En attendant, c'est un plaisir, parce que Martin dit toujours que c'est son meilleur copain.

— Oui, c'est réciproque. Ils s'entendent bien.

— Il a des frères et sœurs, Mauro ?

— Non. Enfin, du côté de sa mère, on est séparés, il a une demi-sœur, quoi.

— Ah, Nico, te voilà. C'est le père de Mauro. Nico, mon mari.

— Enchanté.

— Tu prends une bière avec nous ?

— Oui, oui. Enfin non, pas une bière. Je me fais un café.

— Je vous ai apporté, euh, enfin, mon livre, je viens de… il n'est pas encore sorti en librairie, mais j'en ai déjà quelques exemplaires.

— Oh ! Formidable ! Merci beaucoup, il ne fallait pas.

— Si, si. C'est pas grand-chose.

— Ah, et il y a une dédicace. Écoute Nico :

« Pour Michèle et Nico, les parents de Martin, ce modeste roman, un jour de rencontre. Amicalement, Damián. » C'est hyper-gentil, en tout cas. Et ça raconte quoi ? C'est un peu nationaliste, non ?

— Non, non…

— Je dis ça à cause de la couverture. Regarde, Nico.

Elle montre l'illustration de couverture, représentant trois hommes vêtus en costume XVIIIe siècle et portant, bouche ouverte par un cri, un grand étendard catalan.

— En fait, c'est simplement l'histoire d'un gamin à la recherche de son père, pendant le siège de Barcelone, en 1714. Il n'y a pas de message politique.

— Non, mais enfin, une couverture pareille, par les temps qui courent…

— C'est le choix de l'éditeur. Moi…

— N'empêche que c'est avec des couvertures pareilles qu'on attise certaines idées.

— Nico…

— Non mais c'est vrai, aussi.

— Je pense que l'éditeur, pour des raisons commerciales…

— Il a raison, nous, à la boîte, pour la pub, pour les produits catalans, le nationalisme, c'est un argument de vente. Et puis lis-le, avant de dire quelque chose.

— Oui, oui.

— En tout cas, merci beaucoup, Damián, c'est super-sympa. Je vais courir en acheter un autre, pour l'offrir à Albert, Nico, qu'est-ce que t'en penses, il adorera, c'est sûr. Et ça fait longtemps qu'on ne le voit plus, Albert, ce sera l'occasion de le réinviter. On pourrait vous inviter ensemble, même. Enfin, je l'appellerai ce soir et on verra. Je vais chercher Mauro, parce qu'on dirait qu'il ne vous a pas entendu arriver.

— Votre voisine déménage, il paraît ?

— Oui, oui. Enfin. C'est une expulsion. C'était pas une dame très sympathique, mais tout de même, ça fait pitié. Je veux dire, c'est triste. Vous voulez un café ?

— Non merci, j'ai la bière.

— Ah oui.

— Pour revenir sur le sujet nationaliste, je pense que vous, les Français, vous avez du mal à comprendre, parce que vous êtes vraiment l'exemple même de la centralisation. Et de la centralisation réussie, certainement. Mais, en Espagne, c'est différent.

— Écoutez, Damián, c'est ça ?

— Oui, Damián.

— Écoutez, Damián. Français ou pas, l'Espagne est le pays le moins centralisé d'Europe, quand même. Vous, les Catalans, vous avez votre parlement, votre gouvernement, même votre police, l'enseignement en catalan, qu'est-ce que vous voulez de plus ? Les impôts, oui, ça, vous n'avez pas le contrôle de l'impôt. Mais l'impôt, ce n'est plus une revendication culturelle. Il ne faut pas exagérer.

Michèle :

— Damián, il faudra que vous veniez, parce qu'il n'y a pas moyen de les arracher à leur jeu. Ils sont mordus des dragons Lego, c'est fou.

Damián :

— C'est bien ce que je dis, vous ne nous comprenez pas.

Michèle :

— Pardon ?

— Non, je réponds à votre mari.

— Oui, on parle nationalisme.

— Ah mais fous-lui la paix ! Lis le livre, avant de parler ! Venez, Damián.

Ils enfilent le couloir, jusqu'à la chambre du fond.

Les deux enfants jouent, l'un avec le dragon vert, l'autre avec le rouge, et les font tournoyer autour du château gris en plastique, en faisant chhhhrrrr, fffffouuffff, tchouatatatata, krrrrrrrrr.

— On disait que le château était détruit.

— Non, non.

— Allez, seulement une partie du château.

— D'accord.

Chhhhrrrr, frrrrrrwaaa, tchrrrrr, bouuuuuu, tchaca, baaah.

PARTIE X

DANS LES ÉTOILES

(Épilogue)

64

C'est à cause de Mary.

Du jour où elle lui avait demandé :

— Dis, Daddy, Jacques Brel et Paul Gauguin, ils avaient des enfants ?

Un déclic. Quelque chose qui avait bougé, à l'intérieur.

Il avait répondu :

— Eh bien, figure-toi que je n'en sais rien. Je ne m'étais jamais posé la question.

Mais c'était trop tard.

Mary grandissait. Les seins arrivaient déjà. Onze ans, onze ans et demi. Et les idées. L'avenir. Toute une vie à faire. Les dents toutes blanches. L'envie de vivre. Elle parlait de l'Angleterre et ses parents la grondaient. Ses parents, oui, mais Daddy pas. Daddy jamais.

Toute la Terre bleue que Daddy connaissait, qu'il avait parcourue de bout en bout, de vague en vague, dans les fêtes et les tempêtes. Et puis qu'il avait dénigrée. Et qu'elle désirait. Qu'elle voulait connaître et manger. Et se baigner dedans et s'envelopper d'elle comme d'un manteau, et s'y glisser, et y vivre, et y faire, et y étudier, et y exercer un métier, comme elle disait. Un métier. Ce que je veux être plus tard, c'est... Et le soir, quand elle était au lit, et lui toujours dans la même chambre, c'était la litanie de tout ce qu'elle voudrait faire plus tard. Tout ce qu'elle voudrait être, plus tard. Plus tard. Cuisinière, astronaute, paléontologue et romancière, cultivatrice, institutrice, professeur à l'université, Premier ministre. Dessinatrice, médecin, pilote, chanteuse. Animatrice télé, exploratrice des fonds marins, coureur de fond, violoniste.

Que des espoirs, que des espoirs, que des espoirs. Les dents blanches, le sourire dans la pénombre de la chambre.

Elle avait encore peur. Il fallait qu'il reste jusqu'à ce qu'elle s'endorme. Et lui, il restait.

Ou secouriste. Ou infirmière.

Toutes les raisons de vivre, nom de Dieu ! Heureusement que la lumière était éteinte, elle ne le voyait pas lever la tête et regarder au plafond pour que les putains de larmes ne coulent pas des yeux.

— Tu te mouches ?

— Un rhume.

— C'est toujours le soir, ton rhume.

Pas bête, la petite. Mais alors pas bête du tout.

Elle demandait : c'est comment, Barcelone ?

Il expliquait.

Fichu rhume.

Puis, au milieu d'une explication, elle s'endormait. Léger bruit de sa respiration, parfois sa jambe qui se tendait d'un coup sous le drap. Lui, assis contre la paroi, se relevait alors, les genoux qui craquent, la porte, le rai de lumière qui va jusque sur le visage de Mary. Elle dort. Sûr.

Sortir. Refermer la porte. Rejoindre les autres dans le jardin.

— *She's OK ?*

— *She's asleep.*

La bière, si précieuse, si chère. Les chèvres, tout près, presque humaines.

Alors, à force. À force, et à cause de Mary, seulement à cause de Mary, un jour, en remontant seul tout en haut de l'île, devant la mer toujours mouvante et les nuages comme d'autres navires dans le ciel, flottant, légers, et sans marin à bord, il s'était dit, Daddy, si tu es un homme… Et tout en haut de Pitcairn, à un endroit où il avait plusieurs fois emmené des touristes, un roc décroché en surplomb sur le rien, sur le tout, et où les touristes se faisaient prendre en photo, accroupis et audacieux, à cause du vent, là-haut, qui vous emporte comme un fétu, là-haut sur le roc décroché il s'était tenu debout, tout droit dans l'air. Levé les deux bras, comme deux mâts. Sans regarder le vide. Tendu comme un arc, raide comme une flèche. Longtemps, longtemps, longtemps. Le vent n'avait pas voulu souffler. Alors il était redescendu en courant, bondissant, sautant comme un chamois, s'éraflant dans les branches, se tordant la cheville, continuant, plus vite, dévalant jusqu'à la maison de bois rouge et blanche dont Christian dit qu'il va la repeindre quand le paquebot apportera la peinture commandée depuis quatre mois, et sautant la petite clôture et faisant fuir les chèvres, et trouvant la maison vide, et ressortant, il avait couru jusqu'à l'école, et là, ne voulant pas faire d'esclandre en entrant dans la classe et en serrant la petite Mary dans ses bras très fort, très fort, il s'était arrêté devant la porte blanche, qu'il avait regardée un long moment, puis il s'était retourné, s'était assis sur les marches, haletant, en secouant encore les bras, par besoin de mouvement, puis il s'était calmé, un peu, il se retournait, regardait la porte derrière laquelle... l'école, la petite classe, la petite Mary... puis il serrait les poings, parce que c'était dur à admettre, qu'il avait tout raté, qu'il avait commis erreur sur erreur... non, pas tout raté, seulement une petite décision à prendre, maintenant... mais si, tout raté. Non. Seulement un petite décision. La porte derrière lui était si présente qu'il se sentait être devenu la porte. Une porte. Il était une porte. Et Mary, avec son petit poing, avait frappé trois coups. Et répété, et répété. Lui, la porte. Et il ne pouvait pas, non, il ne pouvait pas ne pas s'ouvrir. Mary frappait. Daddy, ouvre-toi.

Alors oui, il avait décidé.

Personne ne l'avait vu dévaler la montagne et personne ne lui avait rien dit. Il était remonté, sagement, à la maison. Mais la décision était prise de partir. De revenir.

Un mois encore avait passé, parce que les mois passaient comme les jours. Avant qu'il parle à Christian.

— Ta fille, Christian, elle veut partir. Elle veut partir. Elle a bientôt douze ans. Douze ans ! Elle veut étudier en Europe. Elle me l'a dit cent fois.

Christian ne disait rien, la bouteille de bière coincée entre les genoux, le soir rouge brûlant la montagne.

— Alors moi, je vais partir. Et quand je serai là-bas, tu me l'enverras. Elle ira à l'école, et je prendrai soin d'elle. C'est ta fille avant d'être la mienne, c'est toi qui décides.

— À Londres ?

— À Londres, si tu veux. Ou à Barcelone. Laisse-la choisir. Où elle voudra, tu me diras, j'y serai. Laisse-moi deux mois pour rentrer. Je t'appellerai.

Christian avait dit oui.

Mais Daddy ne savait pas si c'était oui, ou si c'était pour le faire partir.

Alors Daddy ne dit rien à Mary, ne promet rien. Mais il a pris l'énorme Christian par les épaules, et il lui dit : tiens ta parole. Tiens ta parole, mon vieux.

Mary est un torrent de larmes. Le bateau est à l'eau.

Neuf mètres de coque et la vie de Daddy vers l'Europe.

Il n'aurait jamais dû lui parler de Jacques Brel. Parce qu'elle lui a chanté de ne pas le quitter, avec son accent anglais, ne me quitte pas, et qu'il est sûr, là, sur son bateau, en voyant les petits humains qui lui font signe, de voir, de si loin, les lèvres de Mary disant ça, ne me quitte pas.

En tout cas, il l'entend.

Il entend ça, hurlant plus fort que le vent et que la mer, plus fort que l'océan et l'horizon sans vie où il avance et qui l'engloutit, où Pitcairn disparaît, et où, de Pitcairn, le bateau, même aux jumelles, n'existe plus. Ne me quitte pas !

N'empêche, l'océan est bon, le bateau glisse, les vents sont favorables.

Les êtres de la mer l'accompagnent.

Renonçant à son tour du monde pour prendre la route la plus rapide, il met le cap au nord-est. Pour chaque biscuit qu'il mange, pour chaque gorgée d'eau qu'il avale, il remercie Pitcairn.

Quand il arrive à Panamá, la douane, toutes les formalités. Le réenregistrement du bateau, et forcément la nouvelle qui court jusqu'à Barcelone.

— On vous y portait disparu, vous savez. J'ai eu la capitainerie, ils tombent des nues !

— Pas plus mal. Ils vont m'envoyer des fonds, pour payer vos saloperies de droits.

Et alors, l'eau brune du canal, interminable, d'écluse en écluse, comme autant de gueules s'ouvrant, monstrueuses et dentues, et se refermant, comme si elles avalaient le passé, et amarrer, démarrer, amarrer, démarrer, saluer les ouvriers, entre les cargos écrasants où les pélicans oisifs et gris se posent par trois ou quatre.

Et retrouver l'Atlantique. La baie de Colomb. Les remorqueurs et leurs panaches noir charbon.

Presque la porte de chez soi. Un océan à peine à traverser. Et dire que je me croyais tellement plus loin.

Refaire les réserves.

Le temps passe, indolore, indifférent. Pere Català ne sait même plus son âge. Et il s'en fout.

Sur l'horizon vide, bleu, gris, noir, blanc, or, parfois rose, parfois violet, c'est toujours la même silhouette. La terre qui revient. Le même profil. Les montagnes oubliées, les montagnes promises. La ville. La naissance, la mort. Les immeubles, les tours de la Sagrada Família, comme des fuseaux, et faites, comme les temples des Grecs, pour être vues depuis la mer.

Se taire.

Naviguer, revenir, rentrer.

Trois semaines.

Aux Açores, déjà, une interview qui l'attend au téléphone. Bon Dieu, quoi ? Les phares vont être privatisés ? Mais grand bien leur fasse. Des hôtels ? Et alors !

Mais avec quoi ils viennent, les Terriens.

Une semaine et demie.

Mary. Mary ! Ton père tiendra-t-il sa promesse ? Mary. Les colonnes d'Hercule. L'Afrique, à droite ; l'Europe, à gauche. Où vivras-tu, plus tard ? Où feras-tu ton métier, petite ? Et quel métier ? Et quel avenir ? Et quel bonheur ? Et quelles tristesses ? Et quels voyages ? Écoute-moi, écoute-toi, petite Mary. Viens !

Puis, au bout de la prière, cette silhouette enfin réelle, la ville, les monts qui s'élèvent, derrière, la ville qui se rapproche, la Vierge de pierre flottant au-dessus de l'église de la Mercè, qui m'avait dit au revoir. La Vierge. Mary !

Me voici, me voici !

Mary !

Et alors, debout, ressuscitant, tout cri et tout pleur, parce que c'est incroyable, et parce que c'est vrai, les bras levés, il se jette au ciel :

— Barcelona ! Barcelona ! Mary !

L'auteur remercie le service de la Promotion des lettres
de la Fédération Wallonie-Bruxelles pour la bourse
de création obtenue.

Vive gratitude aussi envers
Jean-Christophe et Géraldine Leurquin.

I. Les uns 13
II. Et les autres 105
III. À la recherche d'eux-mêmes 153
IV. Tous en un seul corps 187
V. Sur le chemin perdu 227
VI. De l'innocence 259
VII. Le visage en pleurs 297
VIII. D'amour et de révolte 345
IX. Tourné vers sa fin dernière 407
X. Dans les étoiles 495

DU MÊME AUTEUR

Aux Éditions Gallimard, Paris

MADRID NE DORT PAS, roman, 2005.

EXCUSEZ LES FAUTES DU COPISTE, roman, 2006 (Folio n° 4779).

LEURS VIES ÉCLATANTES, roman, 2007 (Folio n° 4904).

CHUCHO, roman, 2009 (Folio n° 5180).

PETIT ÉLOGE DE LA GOURMANDISE, 2010 (Folio 2 € n° 5128).

LES BALLONS D'HÉLIUM, roman, 2012.

BARCELONA !, roman, 2015, prix Amerigo-Vespucci 2015 (Folio n° 6156).

Aux Éditions numériques Storylab, Paris

LES BOUTS DE FICELLE, mini-roman, 2012.

Aux Éditions REMA 12, Barcelone

MAREA ALTA, MAREA BAIXA, théâtre, traduction en catalan par Albert Mestres, 2013 (Collection Off Cartell).

Aux Éditions Zoé, Genève

Juan Valera, PEPITA JIMENEZ, introduction et traduction par Grégoire Polet, 2007.

Aux Éditions Cosmopole, Paris

DICTIONNAIRE INSOLITE DE BARCELONE, en collaboration avec Émilie Brehain, 2016.

Composition Nord Compo.
Impression Grafica Veneta
à Trebaseleghe, le 10 août 2016
Dépôt légal : août 2016
1er dépôt légal dans la collection: mai 2016

ISBN : 978-2-07-046895-9./Imprimé en Italie

309838